BOLSILLO
ZETA

Título original: *Prince of Dreams*

Traducción: Albert Solé

1.ª edición: octubre 2006
1.ª reimpresión: octubre 2006
2.ª reimpresión: noviembre 2006
3.ª reimpresión: diciembre 2006

para el sello Zeta Bolsillo
Bailén, 84 - 08009 Barcelona (España)
www.edicionesb.com

Printed in Spain
ISBN: 84-96581-75-6
ISBN 13: 978-84-96581-75-3
Depósito legal: B. 49.875-2006

Impreso por LIBERDÚPLEX, S.L.U.
Ctra. BV 2249 Km 7,4 Polígono Torrentfondo
08791 - Sant Llorenç d'Hortons (Barcelona)

EL PRÍNCIPE DE MIS SUEÑOS

LISA KLEYPAS

BOLSILLO
ZETA

A mi esposo, Greg.
¡Gracias por hacer mi vida maravillosa!
Siempre te querré

L. K.

PRIMERA PARTE

Extraño fue nuestro encuentro. En el círculo de un salón
con su conversación vacía,
casi furtivamente, sin conocernos,
enseguida adivinamos que algo nos unía.
Y comprendimos cuán parecidas eran nuestras almas.
No por palabras desordenadas que la pasión nos trajera a [los labios,
sino por mentes en sintonía,
por el destello de pensamientos escondidos.

KAROLINA PAVLOVA

1

Londres, 1877

—¿Esperas a alguien? —Una voz masculina se abrió paso a través de los tenues rumores del jardín. El acento ruso, suave y gutural, fue como una agradable caricia en los oídos de Emma. Con una sonrisa irónica en los labios, se volvió para ver salir de entre las sombras al príncipe Nikolas Angelovski.

Con esa piel dorada, los reflejos del sol en el pelo y una impredecible crueldad, Nikolas parecía más un tigre que un ser humano. Emma nunca había visto una combinación tan perfecta de belleza y amenaza en ningún otro hombre. Sabía por experiencia que había buenas razones para tenerle miedo, pero era toda una experta en el arte de manejar a criaturas peligrosas. Si mostraba temor podía dar por hecho que recibiría algún zarpazo.

Emma aflojó la tensión en su espalda y se acomodó en el banco de piedra, situado en el rincón más apartado de aquel gran jardín.

—A ti no, ciertamente —replicó sin inmutarse—. ¿Qué te trae por aquí?

Él sonrió, y sus blancos dientes brillaron en la oscuridad.

—Me apetecía dar un paseo.

—Pues te agradecería que fueras a pasear a otra parte. Tengo una cita privada con alguien.

—¿Con quién? —preguntó él, al tiempo que deslizaba las manos en los bolsillos y se acercaba a ella.

—Vete, Nikolas.

—Dímelo.

—¡Vete!

—No creas que puedes darme órdenes en mi propiedad, niña. —Nikolas se detuvo frente a ella. Era alto, uno de los pocos hombres en Londres a los que Emma no podía mirar desde arriba. Tenía las manos y los pies grandes, y una constitución muy robusta. Las sombras oscurecían sus rasgos, salvo el penetrante resplandor amarillo de aquellos ojos.

—No soy una niña. Soy una mujer hecha y derecha.

—Lo eres, desde luego.

Nikolas la recorrió con la mirada, y sus ojos tomaron nota de la esbelta figura envuelta en un sencillo vestido blanco. El rostro de Emma, como siempre, no llevaba maquillaje alguno. Se había recogido los cabellos en un apretado moño, pero unos cuantos rizos exuberantes escapaban de él para enmarcarle la cara y el cuello. Reflejos de bronce y canela brillaban en el rojo sublime de su cabellera.

—Estás muy hermosa esta noche —le dijo.

Emma rió.

—No me adules. A lo máximo que puedo aspirar es a ser atractiva, lo sé muy bien. ¿Para qué voy a llenarme la cabeza de horquillas y aplastarme las costillas con ballenas tan ceñidas que me impidan respirar? Prefiero ir por el mundo con botas y pantalones de montar y estar cómoda, como un hombre. Si una no puede ser hermosa, no debería intentar serlo.

Nikolas no quiso discutírselo, aunque tenía su propia opinión al respecto. El atractivo de Emma siempre lo había fascinado, precisamente porque era único. Fuerte y llena de energía, tenía toda la gracia de un navío de altos mástiles. Su rostro era una composición de pómulos ligeramente marcados, labios carnosos y una nariz salpicada de tenues pecas. Esbelta y de largas piernas, pasaba del metro ochenta, incluso cuando calzaba zapatillas sin tacón. Nikolas apenas le sacaba unos centímetros. Había imaginado a menudo lo bien que el cuerpo de Emma se adaptaría al suyo, con esas piernas y esos brazos rodeándolo.

Estaban hechos el uno para el otro. A Nikolas le extrañaba que nadie más fuese capaz de verlo, pero él lo tenía muy claro desde el día en que la había conocido, y de eso ya hacía unos cuantos años. De niña Emma había sido un auténtico diablillo, un explosivo hatillo de miembros desgarbados e indómita melena pelirroja. Ahora era una joven de veinte años, con una implacable honestidad que hacía de ella el complemento perfecto para la naturaleza reservada y distante de Nikolas. Le recordaba a las mujeres que había conocido en Rusia, con fuego en el alma, tan distintas de las insulsas criaturas europeas a las que había conocido durante los últimos siete años...

Consciente de la inspección a que la estaba sometiendo, Emma le hizo una mueca.

—Me da igual ser tan poco agraciada —dijo—. Por lo que he podido ver, la belleza sólo sirve para crearte problemas. Y ahora tienes que irte, Nikolas. Ningún hombre se atreverá a acercarse contigo rondando por aquí.

—No sé a quién puedes estar esperando, pero no durará más que los otros.

Emma frunció el ceño en un súbito desafío.

—Éste sí.

—Nunca duran —continuó él, como si no la hubiera oído—. A todos los rechazas de plano, en el mismo orden en que van llegando a ti. ¿A qué es debido?

Un rubor que podía rivalizar con el rojo de sus cabellos se extendió por las mejillas de Emma. Apretó los labios. La flecha lanzada por Nikolas había encontrado el blanco. De su presentación en sociedad hacía ya tres temporadas, de manera que si no se casaba pronto, el mercado matrimonial la consideraría un fracaso. De ahí a ser considerada una solterona sólo había un paso.

—No veo para qué necesito a un esposo —dijo—. No me gusta la idea de ser propiedad de nadie. Seguro que piensas que eso me hace poco femenina, ¿no?

—Yo te considero toda una mujer.

Las cejas de Emma se alzaron.

—¿Eso es un cumplido o una burla? Contigo es difícil saberlo.

—Yo nunca me burlo de ti, Emma. De otras personas, sí. De ti, no.

Ella soltó un bufido de incredulidad.

Nikolas dio un paso adelante y entró en la tenue claridad derramada por una linterna de jardín.

—Y ahora me acompañarás adentro. Como anfitrión y primo lejano tuyo, no puedo permitir que estés sola aquí a estas horas sin carabina.

—No intentes recurrir a ese supuesto parentesco que existe entre nosotros. Sólo eres pariente de mi madrastra, así que no nos une ningún vínculo familiar.

—Somos primos por matrimonio —insistió él.

Emma sonrió al oírle decir eso, porque sabía que, en tanto que primos, podían tener una relación mucho más informal, llamarse por el nombre de pila y hablar en privado sin necesidad de que la acompañara carabina alguna.

—Lo que diga vuestra alteza.

—Quizá te gustaría visitar mi colección de arte —sugirió Nikolas—. Tengo una colección de iconos que podrían interesarte. Muchos son del taller de Novgorod, del siglo trece.

—El arte no me dice nada, y ciertamente no quiero ver ningún viejo icono. —Emma lo miró escépticamente—. ¿Por qué los conservas? Eres la última persona de la que pensaría que colecciona pinturas religiosas.

—Los iconos son las ventanas del alma rusa.

Emma curvó los labios en una mueca desdeñosa.

—¿Alma? Nunca me ha parecido que tuvieras una.

—Quizá no has mirado lo bastante de cerca. —Dio un paso adelante, y luego otro más, hasta casi tocar con los zapatos las puntas del vestido blanco.

—¿Qué haces? —preguntó ella.

—Levántate.

Por un momento Emma no se movió. Nikolas nunca le había hablado de aquella manera. Parecía muy relajado, y sus manos desenguantadas permanecían caídas a sus costados, pero Emma ya había visto esa calculada inmovilidad antes: era la de un gato que se disponía a atacar. Obedeció, inquieta, y se irguió de modo que su nariz casi tocaba la de Nikolas.

—¿Qué quieres?

—Quiero saber más cosas sobre ese amigo tuyo. ¿Te toma en sus brazos? ¿Te susurra palabras de amor? ¿Te besa? —Cerró los dedos sobre los brazos de Emma, y el calor de las palmas de sus manos enseguida atravesó las frágiles mangas de seda.

Emma dio un respingo y dejó escapar un gemido ahogado. El corazón empezó a latirle con fuerza. Ni en sueños hubiese podido imaginar que iba a sentir las manos de aquel hombre sobre su cuerpo, que lo tendría tan cerca que sus senos rozarían el pecho de Nikolas Angelovski. Intentó apartarse, pero él la sujetó todavía más fuerte.

—Si has acabado de divertirte, Nikolas, ten la amabilidad de apartar tus reales zarpas. Me temo que no sé apreciar tu sentido del humor.

—No es ninguna broma, *ruyshka*. —La rodeó con los brazos, dejándola atrapada contra su cuerpo. Emma lo miró con cara de asombro, y él le añadió—: Significa «pequeña pelirroja».

—¡No soy pequeña! —dijo ella al tiempo que se debatía entre sus brazos. Él contuvo sus intentos sin ningún esfuerzo. Aunque eran casi de la misma estatura, Nikolas pesaba el doble que ella, su cuerpo era musculoso y de recia osamenta, y sus hombros tan anchos como las puertas de una iglesia.

Continuó hablando en voz baja, sin hacer caso de las protestas que murmuraba ella.

—Podrías pasar fácilmente por una eslava, ¿sabes? Con esta melena pelirroja, esta piel tan blanca... Tus ojos tienen el color del Báltico, el azul más oscuro que he visto nunca.

Emma pensó en pedir ayuda. ¿Qué podía impulsarlo a comportarse así? ¿Qué quería de ella? Se acordó de todos los rumores que había oído sobre Nikolas. Su pasado estaba lleno de vilezas, asesinatos y traiciones. Lo habían exiliado permanentemente de Rusia por crímenes contra el gobierno imperial. Muchas mujeres encontraban excitante su aura de peligro, pero Emma no formaba parte de ellas.

—Suéltame —jadeó con voz entrecortada—. No me gustan tus juegos.

—Podrían llegar a gustarte.

La retenía tan fácilmente como si fuese una muñeca, o una gatita. Emma notó que disfrutaba de su poder sobre ella, que quería hacerle saber lo mucho más fuerte que era. Echó la cabeza hacia atrás y cerró los ojos. En cualquier momento sentiría la boca de él sobre la suya. Contuvo la respiración y esperó, esperó...

Él apartó un brazo y subió la mano hacia el cuello de Emma para acariciárselo ligeramente. Resiguió con el pulgar el pulso que palpitaba bajo la mandíbula de Emma. La inesperada suavidad de aquel contacto la hizo estremecer. Emma levantó sus trémulas pestañas y lo miró. El rostro de Nikolas estaba muy próximo al suyo.

—Algún día te besaré —dijo él—. Pero no esta noche.

Emma se apresuró a apartarse con una mueca de indignación. Retrocedió unos metros y cruzó sus largos brazos sobre el pecho.

—¿Por qué no vuelves con tus invitados y te dedicas a hacer de anfitrión? —le espetó—. Estoy segura de que ahí dentro habrá muchísimas mujeres que se mueren de ganas de tenerte cerca.

Nikolas permaneció inmóvil en el círculo de luz, con una leve sonrisa en los labios y los reflejos de la claridad en su pelo. A pesar de lo enfadada que estaba, Emma no pudo evitar reparar en lo guapísimo que era.

—Muy bien, prima. Que lo pases bien en los brazos de tu... amigo.

—Lo haré.

Emma no se movió hasta que estuvo segura de que se había ido. Entonces fue hacia el banco, se sentó y estiró sus largas piernas. Nikolas la había dejado alterada... y extrañamente decepcionada.

«Algún día te besaré...» No había sido más que otra de sus burlas, claro. Emma sabía que no era de esas mujeres que hacían enloquecer a los hombres. Se acordó de todas aquellas fiestas en las que los niños con la cara llena de granos solían reírse de ella porque no había nadie tan alto; y de su puesta de largo, cuando todos los solteros la habían ignorado en beneficio de la primera chica más bajita que pasara por allí. A los diecisiete años Emma ya se había quedado al margen de la fiesta, y eso que tenía el atractivo de una gran fortuna familiar tras ella.

Pero ahora al fin tenía su propio pretendiente. Se había enamorado de lord Adam Milbank. Hacía meses que la cortejaba en secreto, desde el inicio de la temporada. Pensar en él bastó para que el corazón empezara a palpitarle de impaciencia. Adam ya debería haber llegado. ¿Por qué se retrasaba?

El jardín de la finca Angelovski estaba organizado en una serie de secciones, cada una de ellas circundada por árboles, setos o parterres de flores. Nikolas dio un rodeo alrededor del claro en el que estaba sentada Emma, oculto tras la hilera de imponentes tejos irlandeses. Encontró un buen punto de observación, se detuvo y esperó a que apareciese el misterioso pretendiente de Emma.

Emma, que se creía sola, se agitaba nerviosa en el banco, trataba de alisar sus bucles rojizos e intentaba disponer sus largas piernas de modo que pareciesen más cortas. Luego dejó caer los hombros, abatida al comprobar que todos sus esfuerzos eran inútiles. Nikolas sonrió ante todo aquel ajetreo. Emma se levantó del banco, se alisó las faldas y tensó su espalda, en una nueva postura que ofrecía su perfil. Nikolas admiró el elegante arqueo de su largo cuerpo, la redondez de sus senos. Emma rodeó el banco y arrancó una ramita de madreselva de uno de los setos.

Una voz masculina se abrió paso a través de los serenos rumores del jardín.

—¡Cariño!

Emma se volvió y dejó caer la ramita de madreselva. Una sonrisa deslumbrante apareció en su rostro.

—Llegas tarde —dijo mientras corría hacia el visitante. Tras arrojarse a sus brazos, le cubrió el rostro de besos.

—Tuve que escabullirme sin levantar sospechas. —El joven reía mientras intentaba defenderse—. Ya sabes que nada podría impedir que acudiera a ti.

—Cada vez que te veo al otro lado del salón, quiero correr a tus brazos.

—Pronto estaremos juntos.

—¿Como cuánto de pronto? —preguntó ella con impaciencia.

—Muy pronto. Ahora, estate quieta. Quiero... —Tomó la rizada cabeza de Emma entre las manos y la besó en la boca.

Nikolas observó a los enamorados, los ojos entornados fijos en aquellos dos cuerpos. El hombre le daba la espalda. Muy despacio, Nikolas avanzó y apartó una rama baja para tener una mejor visión de la escena.

Por fin el hombre echó hacia atrás la cabeza y la luz cayó sobre su rostro. Era lord Adam Milbank.

Nikolas se relajó.

—Perfecto —dijo en un murmullo, y hablaba en serio.

Ahora entendía la imperiosa necesidad de secreto por parte de Emma. Milbank era un vizconde empobrecido. Un cazador de fortunas. El padre de Emma nunca permitiría que su única hija se casara con un manipulador sumido en la miseria como Milbank. Sin duda Stokehurst les había prohibido verse. Nikolas dio media vuelta y se encaminó hacia el salón de baile, casi ronroneando de satisfacción. Sería fácil librarse de Milbank. Nikolas quería que Emma fuese suya, y nada se interpondría en su camino.

Emma entrelazó los brazos alrededor del cuello de Adam Milbank. Respiró su olor, cerró las manos sobre su chaqueta y paladeó su proximidad. Alto y apuesto, Adam Milbank tenía veinticuatro años y un atractivo porte de muchacho.

—Cada día que pasa estoy más enamorada de ti —dijo con la mirada clavada en sus aterciopelados ojos castaños—. Pienso en ti todo el tiempo.

Adam le acarició la cara con ternura.

—Me has embrujado, Emma Stokehurst. —La besó largamente, con la calidez de la pasión en su boca y los brazos sujetándola por detrás de la cintura. Cuando levantó la cabeza, a los dos les faltaba el aire—. Tendremos que volver a la fiesta —dijo—. Por separado, naturalmente. Nadie debe sospechar de nosotros. Y no pongas esa cara. Ya sabes que debemos hacerlo.

—Parece como si lleváramos una eternidad haciendo lo mismo, Adam. Diez minutos robados aquí o allá..., no es suficiente. Ahora que los dos estamos seguros de cuáles son nuestros sentimientos, tenemos que ir a hablar con mi padre. Y si se niega a bendecir nuestro matrimonio, nos escaparemos.

—No digas esas cosas, cariño —murmuró Adam, el rostro ensombrecido por una súbita cautela—. Que no te vuelva a oír hablar de escaparnos. Sé lo importante que es tu familia para ti. No quiero ser la causa de una separación entre tú y tu padre.

—Pero puede que papá nunca dé su aprobación.

—Tú deja pasar el tiempo, y ya verás cómo al final cede —dijo Adam, y besó tiernamente su frente fruncida—. Puedo ser muy paciente, Em.

—Pues yo no —dijo Emma con una risita de frustración—. La paciencia tal vez sea una de tus virtudes, pero no figura entre las mías.

—Prueba a hablar con tu madrastra —sugirió Adam—. Si consigues ponerla de nuestra parte, quizá podría hacer que tu padre dejara de verme con tan malos ojos.

—Quizá —dijo Emma pensativamente. Su madrastra, Tasia, siempre había sido como una bondadosa hermana mayor, que nunca dejaba de simpatizar con los problemas de Emma—. Sí, supongo que si alguien puede hacer cambiar de parecer a papá, es Tasia. Pero si eso no funciona...

—Tiene que funcionar. Em, debes entender lo importante que es poder contar con la aprobación de tu padre. Sin ella nunca podremos casarnos.

Emma dio un paso atrás, muy sorprendida.

—¿Nunca? ¿Por qué no?

—No tendríamos dinero con que vivir.

—Pero el dinero no es tan importante como que estemos juntos.

—Ese sentimiento te honra, cariño, pero tú siempre has estado rodeada de todas las cosas buenas de la vida. No tienes ni idea de lo que es verse obligado a prescindir de ellas. Y recuerda, sin una dote tendrías que renunciar a tus animalitos. Te verías obligada a venderlos, y acabarían en manos de los zoos y los coleccionistas privados.

—¡No! —dijo Emma, horrorizada sólo de pensarlo—. ¿Cómo los tratarían? No puedo permitir que mis animales pasen por eso. —Hacía años que tenía una pequeña reserva de animales en la propiedad familiar, donde acogía toda clase de criaturas extraviadas o heridas. Cuidaba de caballos, osos, lobos y perros, monos, y hasta de un tigre asiático—. Dependen de mí, y la mayoría no sobrevivirían sin cuidados especiales.

—¿Entonces entiendes que necesitamos poder contar con el consentimiento de tu familia?

—Sí —dijo Emma de mala gana. Pero lo que más deseaba en aquellos momentos era encontrar la forma de persuadir a Adam de que fuera a hablar con su padre. ¡Ah, si se decidiera de una vez a plantarle cara y exigir que le otorgara su permiso para casarse con ella! Eso nunca ocurriría, sin embargo. El pobre Adam detestaba las discusiones, y además, como todo el mundo, le tenía auténtico pánico al padre de Emma.

Era muy comprensible. Lord Stokehurst intimidaba fácilmente a la gente. A sus ojos, nadie era lo bastante bueno para su hija. Unos meses antes le había prohibido categóricamente a Adam que le hiciera la corte. Adam se había quedado tan aterrado que no había podido articular palabra. Lo que hizo fue abandonar el lugar con expresión derrotada, y ahora se encontraba en una situación insostenible.

Emma apretó los dientes.

—Hablaré con mi madrastra —dijo—. Me las arreglaré para hacerle entender que tú y yo hemos nacido para estar juntos. Y luego ella convencerá a papá para que autorice el compromiso.

—Ésta es mi chica. —Adam sonrió y la besó—. Venga, y ahora vuelve al baile, Em. Yo esperaré aquí unos minutos antes de entrar.

Ella titubeó, mirándolo con expresión anhelante.

—¿Me quieres, Adam?

Él la apretó contra su delgado cuerpo y la abrazó tan fuerte que casi la dejó sin respiración.

—Te adoro. Eres lo que más me importa en el mundo. No temas, Em: nada podrá separarnos.

Emma encontró a su madrastra en el salón de baile, una suntuosa caverna circular cubierta de tallas y espejos, todo en pan de oro. Tasia bebía sorbos de una copa de vino y sonreía mientras oía conversar a sus amistades. Parecía más una jovencita recién entrada en la adolescencia que una respetable señora de veinticinco años. Irradiaba la misma aureola de misterio que hacía tan fascinante a su primo Nikolas Angelovski. Ambos habían nacido en Rusia, y luego las circunstancias los habían obligado a establecerse en Inglaterra.

Emma fue hacia su madrastra y se la llevó consigo.

—*Belle-mère* —le dijo con voz apremiante—, tengo que hablar contigo de un asunto muy importante.

Tasia la miró sin mostrar ninguna sorpresa. Pocas cosas se le pasaban por alto, y a veces casi parecía capaz de leer los pensamientos.

—Tiene que ver con lord Milbank, ¿verdad?

—¿Quién te lo ha contado?

—Nadie. Hace meses que salta a la vista, Emma. Cada vez que desapareces durante un baile o una velada, lord Milbank desaparece también. Os habéis estado viendo en secreto. —La mirada de Tasia era reprobadora—. Ya sabes lo que me disgusta que se hagan cosas a espaldas de tu padre.

—No he tenido otra salida —dijo Emma con expresión culpable—. Todo porque papá se niega a permitir que Adam me haga la corte.

—Tu padre no quiere que nadie se aproveche de ti, y menos un cazador de fortunas.

—¡Adam no es ningún cazador de fortunas!

—Pues lo cierto es que todo el mundo tiene esa impresión. El año pasado hubo ese horrible asunto con lady Clarissa Enderly...

—Adam ya me lo explicó —dijo Emma, sin poder evitar torcer el gesto ante aquel recordatorio.

Sí, antes de que hubiera empezado a cortejarla, habían sorprendido a Adam cuando iba a fugarse con una ingenua heredera. La indignada familia Enderly había amenazado a Adam, y luego se habían apresurado a casar a su hija con un rico barón ya entrado en años.

—Eso fue un error. Un malentendido —dijo Emma por fin.

—Emma, tu padre y yo queremos verte casada con un hombre que te valore, que sea digno de ti...

—Y que sea lo bastante rico —la interrumpió Emma—. Todo se reduce a eso, ¿verdad? Ni a ti ni a papá os hace ninguna gracia que Adam no cuente con una gran fortuna familiar.

—¿Y si no tú tuvieras ni un penique? —le preguntó Tasia dulcemente—. ¿Piensas que Adam seguiría queriendo casarse contigo? Claro que no sólo te quiere por el dinero, pero no puedes negar que eso cuenta.

Emma frunció el ceño.

—¿Por qué a todo el mundo le resulta tan difícil creer que un hombre pueda llegar a amarme? A él no le importa mi fortuna, no del modo que tú piensas. ¡Lo único que quiere es hacerme feliz!

Un velo de compasión ensombreció la expresión de Tasia.

—Sé que lo amas, Emma, y sé que tú crees que él siente

lo mismo. Pero tu padre tendría en mucho mejor concepto a Adam si tuviese el valor de comparecer ante él y decir: «Lord Stokehurst, deseo que reconsidere su decisión de prohibirme cortejar a Emma, porque quiero que se me dé la oportunidad de demostrar lo mucho que la amo y la respeto...». Pero no, Adam te ha convencido de que debéis recurrir a estas sospechosas citas a escondidas...

—¿Puedes reprocharle que le tenga miedo a papá? —preguntó Emma con una súbita vehemencia—. ¡Yo no se lo reprocho! ¡Son muchas las personas que piensan que papá es un ogro!

Tasia rió, y sus ojos de un gris azulado recorrieron el gentío hasta encontrar la silueta de anchos hombros de su marido.

—Hubo un tiempo en el que yo pensaba lo mismo. Pero ahora ya sé que tu padre no es ningún ogro.

Como si percibiera la mirada de Tasia, Lucas Stokehurst se volvió y la miró. Era más impresionante que apuesto, con firmes facciones masculinas y vívidos ojos azules. Algunas personas no podían evitar sentirse desconcertadas ante el gancho plateado que ocupaba el lugar de su mano izquierda. Lord Stokehurst había perdido esa mano hacía muchos años en un accidente, cuando intentaba salvar a Emma y su madre del terrible incendio que arrasó su mansión. Emma sobrevivió al desastre, pero su madre había perecido. A veces Emma se preguntaba cómo habría sido su vida si hubiera crecido teniendo una madre. Pero sólo había dispuesto de un padre lleno de amor, dominante y excesivamente protector.

Al ver a su esposa con su hija, Luke se excusó de la conversación intrascendente que mantenía y fue hacia ellas.

—Te mereces un hombre como tu padre —murmuró Tasia mientras veían aproximarse a Luke—. Él haría lo que fuese por las personas a las que quiere. Daría su vida por ellas.

—Pero es que no hay hombres como él —dijo Emma con voz compungida—. Santo Dios, si tengo que juzgar a los pretendientes según esos criterios, nunca encontraré con quien casarme.

—Encontrarás a alguien que sea digno de ti. Hay que darle tiempo al tiempo.

—Y así pasará una eternidad. Por si no te habías dado cuenta, los pretendientes no acuden en tropel para pedir mi mano.

—Si les mostraras la parte de ti misma que ve tu familia, todos los solteros del país correrían a hacerte la corte. Tienes un inmenso encanto natural y puedes ser muy afectuosa, pero cuando estás entre hombres es como si te convirtieras en una estatua.

—No puedo evitar ser como soy. —Emma dejó escapar un largo suspiro—. Pero cuando estoy con Adam soy distinta, *belle-mère*. Él hace que me sienta especial, incluso hermosa. Trata de entenderlo, por favor. Tienes que hablar con papá en mi nombre, y hacer que invite a Adam a casa.

Tasia la miró con expresión preocupada, le dio unas palmaditas en el brazo y asintió.

—Veré qué puedo hacer. Pero no esperes demasiado. A Luke no le gustará nada la idea.

El padre de Emma llegó hasta ellas, y aunque su sonrisa las abarcó a ambas, su mirada quedó posada en Tasia. Por un instante parecieron estar absortos en un mundo privado. Era raro ver a un marido y una esposa tan apasionadamente enamorados. Después de que falleciera su primera esposa, Luke no esperaba volver a casarse, pero Tasia lo embrujó nada más entrar en su vida. Ya le había dado dos hijos, William y Zachary. Había momentos en los que Emma se sentía excluida de aquel círculo, pese a lo mucho que se esforzaban Luke y Tasia por evitar que eso ocurriera.

—¿Lo estás pasando bien? —preguntó Luke a Tasia, la mirada clavada en sus oscuros ojos de gata.

—Sí —replicó ella en voz baja mientras le alisaba las solapas—. Pero todavía no le has pedido a tu hija que baile contigo.

Emma se apresuró a intervenir.

—Prefiero formar parte de la decoración antes que tener a mi padre como único compañero de vals en toda la velada

—dijo—. Y no, tampoco quiero que me consigas una pareja de baile, papá. A nadie le gusta tener que bailar por obligación.

—Voy a traer al joven lord Lyndon para presentártelo —dijo Luke—. Es inteligente, tiene una mente muy despierta y...

—Ya lo he conocido —dijo Emma secamente—. No soporta los perros.

—Ésa no es razón para condenar a un hombre, ¿no te parece?

—Habida cuenta de que por lo visto siempre voy llena de pelos de animal y huelo a perro o caballo, me parece que no congeniaríamos demasiado. Y no se te ocurra hacer de casamentero, papá: empiezas a asustarme.

Luke sonrió y le tiró suavemente de uno de los bucles rojizos.

—Está bien. —Se volvió hacia Tasia—. ¿Me concede el honor, señora?

La pareja fue hacia la pista de baile, y Luke tomó en brazos a su esbelta esposa. Al dejarse llevar por los compases del vals pudieron hablar en la intimidad.

—¿Cómo es que Emma no se relaciona con nadie? —preguntó Luke—. Esta noche se la ve muy retraída.

—Sólo está interesada en un hombre.

Una expresión un poco sombría invadió las facciones de Luke.

—¿Se trata todavía de Adam Milbank? —preguntó malhumorado—. Creía que ya había zanjado de ese problema.

Tasia sonrió.

—Cariño, los sentimientos de esos dos jóvenes no van a dejar de existir sólo porque tú les hayas prohibido verse.

—Jamás permitiré que ese cazador de fortunas se case con ella. Antes preferiría verla casada con cualquiera.

—No se te ocurra decir esas cosas en voz alta —le advirtió Tasia, alarmada—. Parece que siempre te guste tentar al destino.

Luke sonrió.

—Tú y tu supersticiosa alma rusa. Me reafirmo en lo que he dicho. Por mucho que busques, nunca encontrarás un yerno peor que ese Milbank.

Una vez sola, Emma fue hacia la pared y se apoyó en ella. Suspiró abatida mientras pensaba en cuánto le gustaría abandonar el baile o, cuando menos, deambular por la mansión Angelovski, llena de antiguos tesoros rusos, magníficas obras de arte, muebles de intrincadas tallas y paneles forrados de joyas. Nikolas se había traído consigo todo aquello, junto con un ejército de criados y sirvientas de la familia, cuando vino a Inglaterra.

El hogar de Nikolas era como un museo, asombroso, opulento, sobrecogedor y melancólico al mismo tiempo. La sala central estaba circundada por quince imponentes pilares dorados, con la disposición original aumentada en deferencia a la vieja superstición rusa de que los números pares traían mala suerte. Una gran escalinata con decoraciones azules y doradas caracoleaba delicadamente hacia el segundo y el tercer piso. Magníficas vidrieras iluminaban los suelos de mármol negro y gris.

La mansión se alzaba en el centro de cincuenta mil acres de tierras de labor, que se extendían a ambos lados del Támesis, al oeste de Londres. Nikolas había comprado la finca hacía tres años, y después había decorado la mansión a su gusto. La residencia era digna de un príncipe, pero aun así tenía que resultar pequeña comparada con los palacios que había poseído Nikolas en Rusia. Se le permitió llevarse consigo al exilio una décima parte de su fortuna, y se estimaba que esa mera fracción ascendía a treinta millones de libras. Nikolas era uno de los hombres más ricos de Europa, y con mucho el mejor partido. Toda esa riqueza debería haberlo hecho muy feliz, y sin embargo Nikolas parecía la persona más desgraciada que Emma había conocido nunca. ¿Habría algo que deseaba pero no podía obtener, o algún deseo privado que nunca había llegado a satisfacer?

Una delicada voz femenina puso un brusco fin a las cavilaciones de Emma.

—¡Vaya! Mira, Regina, nuestra amiga Emma, de pie junto a la pared, como de costumbre. Me sorprende que aún no hayan puesto una placa para indicar que es tu sitio especial: «Lady Emma Stokehurst pasó aquí miles de horas esperando que la sacaran a bailar.»

La que así hablaba era lady Phoebe Cotterly, acompañada por su amiga lady Regina Bradford. Phoebe se había convertido rápidamente en la gran sensación de la temporada londinense, gracias a la mágica combinación de una impresionante belleza rubia, un apellido reverenciado por todos y la seguridad que le daba saberse acreedora de una generosa dote. Sólo tenía un problema: decidir con cuál de los integrantes de su legión de pretendientes iba a contraer matrimonio.

Emma sonrió, nerviosa, y no pudo evitar sentirse como una giganta torpe y desgarbada en comparación con las otras dos jóvenes. Dejó caer los hombros y retrocedió hasta apoyar la espalda en la pared.

—Hola, Phoebe.

—Sé por qué se la ve tan fuera de lugar —le dijo Phoebe a Regina—. Es que nuestra Emma se siente mucho más a gusto en un granero que en un salón de baile. ¿No es verdad, Emma?

Emma sintió que se le hacía un nudo en la garganta. Miró al otro lado de la estancia y vio a Adam, conversando con unos amigos. Su lejana presencia bastó para armarla de valor: se dijo que Adam la amaba, y que por lo tanto no debía dar ninguna importancia a los comentarios despectivos de aquella joven. Pero eso no bastó para evitar que le dolieran.

—Es raro ver a una muchacha tan sencilla y natural —ronroneó Phoebe, decidida a clavar un poco más las garras en la herida—. Sí, realmente eres única. Los hombres deberían revolotear a tu alrededor. Nunca entenderé por qué no saben apreciar tus rústicos encantos.

Antes de que Emma pudiera replicar, dio un respingo al

descubrir que Nikolas Angelovski acababa de aparecer junto a ella. Con un parpadeo de sorpresa, alzó la mirada hacia su rostro inescrutable.

—Me parece que ha llegado el momento de que me concedas ese baile que me prometiste, prima —dijo él suavemente.

Emma se quedó sin habla por unos instantes, al igual que las dos jóvenes. En el esplendor lleno de reflejos del salón de baile, con su severo atuendo negro y blanco, Nikolas parecía demasiado extraordinario para ser real. La luz que destellaba sobre sus austeras facciones convertía sus ojos en dos pequeños estanques amarillos llenos de iridiscencia, y realzaba cada curva y cada ángulo de su piel dorada. Sus rubias pestañas eran tan largas que se enredaban en las comisuras exteriores de los ojos.

Phoebe Cotterly se había quedado boquiabierta, consternada al comprender que Nikolas había escuchado sus mezquinas burlas.

—Príncipe Nikolas —dijo con voz entrecortada—, sois un anfitrión excepcional. ¡Qué velada! Magnífica, lo estoy pasando maravillosamente. Todo es perfecto: la música, las flores...

—Nos complace que esta reunión merezca vuestra aprobación —la interrumpió Nikolas fríamente.

Emma logró contener la risa. Nunca le había oído usar el «nos» principesco antes, pero no cabía duda de que resultaba muy efectivo.

—¿Habéis llamado «prima» a Emma? —preguntó Phoebe—. No sabía que estuvierais emparentados.

—Somos primos lejanos, por matrimonio —replicó Emma, haciendo como que no veía la leve sonrisa que acababa de aparecer en la boca de Nikolas.

—¿Nuestro baile? —insistió él al tiempo que le ofrecía el brazo.

—Pero, alteza —protestó Phoebe—, sólo habéis bailado conmigo una vez antes de esta noche, en el baile de Brimforth. Fue una experiencia que merece ser repetida, ¿no os parece?

La mirada especulativa de Nikolas descendió hasta los delicados pies de Phoebe y volvió a subir.

—Creo que con una vez fue más que suficiente, lady Cotterly. —Extendió la mano hacia Emma y la llevó hacia la pista de baile. Phoebe se había quedado sin habla, mientras que Regina parecía estar perpleja.

Emma respondió con una reverencia a la inclinación de Nikolas y puso la mano en la suya. Luego lo miró con una sonrisa de deleite culpable.

—Gracias. Nunca había visto que nadie pusiera en su sitio a Phoebe. Te debo una.

—Entonces consideraremos que estás en deuda conmigo. —Le pasó el brazo alrededor de la cintura y la llevó consigo en los primeros giros de un vals. Emma le siguió los pasos sin ningún esfuerzo, sus largas piernas moviéndose al unísono con las suyas. Eso la dejó tan sorprendida que por unos instantes no pudo hablar. Nunca había bailado tan bien con nadie. Era como volar, y parecía como si de pronto sus pies hubieran cobrado vida entre el ondular de las faldas de su vestido blanco. Se dio cuenta de que la gente los miraba y algunas parejas incluso se retiraron a un lado de la pista para observarlos. Emma no soportaba ser el centro de atención. El rubor le cubrió rápidamente la cara.

—Relájate —murmuró Nikolas, y Emma reparó en que le apretaba la mano con todas sus fuerzas.

—Lo siento —dijo, al tiempo que aflojaba los dedos—. Nikolas, ¿por qué nunca me habías pedido que bailara contigo antes de esta noche?

—¿Habrías aceptado mi invitación?

—Probablemente no.

—Por eso no te lo pedí.

Emma miró con curiosidad al hombre que bailaba con ella. Era imposible saber si lo estaba pasando bien o no. Su rostro permanecía completamente inexpresivo. Nikolas se movía con mucha ligereza para lo alto que era. Su cuerpo parecía estar hecho de músculos y resortes, como el de un gato. Un olor muy agradable flotaba a su alrededor, una mezcla de cálida piel masculina y jabón de alerce, con una sombra de té endulzado en el aliento.

Allí donde su piel dorada se encontraba con la blancura almidonada del cuello de la camisa, Emma vio la punta de una cicatriz. Bajó la mirada hacia el hombro de Nikolas, y se acordó de cuando había llegado a Inglaterra hacía siete años, prácticamente a las puertas de la muerte. Emma había acompañado a su madrastra hasta la cama en la que yacía Nikolas, y lo había observado con detenimiento. Nunca olvidaría lo pálido y flaco que estaba entonces, tan exhausto que apenas si podía levantar la cabeza. Y las cicatrices, su horrendo recorrido sobre el pecho, las muñecas... Emma nunca había visto unas cicatrices semejantes. Nikolas había sacado fuerzas de flaqueza de alguna parte para cerrar sus delgados dedos sobre un mechón de los cabellos de Emma.

—Ah, sí —había dicho con un hilo de voz—. Conozco un cuento popular ruso sobre una chica que salva a un príncipe que iba a morir..., trayéndole una pluma mágica... arrancada de la cola del pájaro de fuego. Las plumas de ese pájaro eran de un color entre el rojo y el oro... como tus cabellos...

Emma se había apartado del lecho con desdén, pero aquellas palabras tan extrañas le habían despertado la curiosidad. Después le preguntó a Tasia qué le había ocurrido a aquel hombre, y por qué lo habían herido de aquella manera.

—A Nikolas lo han torturado —le había explicado Tasia en voz baja—, y después lo han expulsado de Rusia por traición.

—¿Morirá por esas heridas?

—No, por las físicas, no. Pero las interiores son mucho más graves, me temo.

Durante un tiempo Emma había intentado sentir pena por él, pero era imposible. Por mucho que hubiera llegado a padecer a causa de sus pecados, Nikolas era demasiado arrogante para inspirar compasión.

Sus pensamientos volvieron bruscamente al presente cuando los compases del vals los hicieron pasar junto a Adam Milbank, que se encontraba en pie en el otro extremo del salón. Adam la miró con asombro. ¿Qué se le pasaría por la cabeza al verla bailar con Nikolas? Emma se puso rígida, y sus movimientos se volvieron extrañamente envarados mientras Nikolas no dejaba de guiarla en los giros. ¡Si al menos pudiera correr hacia Adam y explicarle la situación...!

—Tu amigo tiene que estar observándonos —dijo Nikolas.

El que fuera tan perceptivo sorprendió un poco a Emma.

—Desgraciadamente, sí.

—Una pizca de celos siempre ayuda a condimentar una historia de amor.

—Supongo que hablas por experiencia. Porque tú has visitado unas cuantas camas, ¿verdad?

Eso pareció divertir a Nikolas.

—¿Nunca intentas mantener a raya tu lengua, *ruyshenka*?

—¿Te ofende?

—No.

—A veces intento ser educada y discreta. El impulso me dura cosa de media hora, y luego vuelvo a ser la de siempre. —Emma volvió la cabeza para mirar a los músicos en su cenador cubierto de flores. Su movimiento hizo que Nikolas tuviera que saltarse un paso—. Supongo que este vals estará a punto de terminar, ¿no? Me parece como si estuviese durando una eternidad.

—¿No te lo pasas bien? —preguntó Nikolas, al tiempo que recuperaba el paso perdido y restablecía sus ritmos.

—No con toda esta gente que no deja de mirarnos. Puede que tú estés acostumbrado, pero a mí me pone nerviosa.

—Pondré fin a tu tormento, entonces. —Nikolas la guió hacia uno de los lados del salón, le soltó la cintura y se llevó su mano a los labios en un gesto que no podía ser más superficial—. Muchas gracias por el baile, prima. Eres una pareja realmente encantadora. Te deseo suerte con tu amigo.

—Oh, no necesito suerte —replicó ella, confiada.

—Eso nunca se sabe. —Nikolas le hizo una reverencia y se alejó, sin dejar de pensar para sus adentros que ni toda la suerte del mundo podría hacer que la causa de Emma llegase a buen puerto. Nunca pertenecería a otro hombre. Nikolas siempre había sabido que Emma estaba hecha para él, únicamente para él..., y no tardaría en ser suya.

Los Milbank eran un buen ejemplo del tipo de aristocracia europea que más despreciaba Nikolas, la que vivía de unos recursos cada vez más reducidos que era o demasiado perezosa o demasiado orgullosa para recuperarse salvo uniendo en matrimonio a sus vástagos con alguna familia rica. Nunca se decidirían a trabajar, a menos que fuera para ocupar algún cargo nominal en un banco, bufete de abogados o compañía aseguradora. Y se aferraban tan desesperadamente a sus cada vez más reducidas reservas de dinero que ni siquiera eran capaces de hacer alguna inversión provechosa.

Inmóvil ante la puerta principal del hogar londinense de los Milbank, Nikolas respondió a la expresión levemente perpleja del mayordomo con una mirada impasible.

—Vengo a ver a lord Milbank —dijo, al tiempo que le tendía una tarjeta de visita.

El mayordomo tomó la tarjeta y se recuperó de inmediato.

—Ciertamente, alteza. Creo que lord Milbank está en casa, pero podría equivocarme. Si tenéis la bondad de esperar en el vestíbulo...

Nikolas respondió con un seco asentimiento de cabeza y entró en la casa. Su mirada carente de expresión recorrió el vestíbulo, y se detuvo unos instantes en los bordes ya un poco raídos de la alfombra y los paneles de madera, limpiados a conciencia pero ya un tanto desgastados por el paso del tiempo. Un tenue olor a cerrado y decadencia flotaba en el ambiente. Tal como había esperado Nikolas, la casa necesitaba que unas cuantas reparaciones.

El mayordomo regresó en unos dos minutos. Evitó mirar a los ojos a Nikolas mientras hablaba.

—Lamento haberme equivocado, alteza. Parece ser que lord Milbank no está en casa.

—Ya veo. —Nikolas dejó que transcurriera un largo silencio durante el que no apartó la mirada del rostro del mayordomo. Éste se puso tenso, y la frente se le cubrió de gotitas de sudor—. Ambos sabemos que lord Milbank está en casa —añadió Nikolas sin levantar la voz—. Vuelve con tu señor y dile que necesito hablar de un asunto de negocios con él. No lo entretendré mucho rato.

—Sí, alteza. —El mayordomo se esfumó con tal premura que la suela de uno de sus zapatos impecablemente lustrados dejó una señal oscura en el suelo de mármol.

Adam Milbank no tardó en aparecer en el vestíbulo.

—Príncipe Nikolas —dijo con una sonrisa recelosa—. Confieso que no se me ocurre qué puede haberos traído por aquí. ¿Un asunto de negocios, tal vez?

—Un asunto personal.

Los dos hombres se evaluaron con la mirada. Milbank no pudo evitar dar un paso atrás, quizá porque había percibido el desagrado que permanecía oculto tras la expresión remota de su visitante. Con sus facciones delicadas y sus ojos castaños de cachorro, parecía más joven de lo que recordaba Nikolas.

—¿Tomamos un refrigerio en la sala de estar? —ofreció Milbank con voz titubeante—. ¿Un té con tostadas, tal vez?

Té con tostadas. Una típica oferta inglesa. Podía considerarse incluso generosa. El refrigerio no era algo que se ofreciese rutinariamente a los invitados en aquel país. En Rusia, la tradición era dar la bienvenida a cualquier conocido, tanto amigo como enemigo, con alguna colación especial. Nikolas pensó con añoranza en la mesa tradicional de «tentempiés» rusos —platos con pepinillos, caviar, ensaladas y pan untado de mantequilla, que se acompañaban con vasos de vodka bien frío—, y reprimió un suspiro. Él se había creado un hogar en Inglaterra, pero nunca llegaría a sentirse del todo a gusto en una cultura tan distinta de la suya.

—No, gracias —murmuró—. No te entretendré demasiado. Vengo a hablarte de los Stokehurst. De un Stokehurst en particular. —Hizo una pausa que dedicó a observar cómo el rostro de Milbank se tensaba visiblemente—. Quiero que pongas fin a tu relación con Emma.

Los ojos castaños se llenaron de sorpresa.

—No entiendo... ¿El duque os ha pedido que me advirtierais de que debo mantenerme alejado de su hija?

—No seas estúpido —dijo Nikolas—. Stokehurst es perfectamente capaz de hacer eso sin necesidad de mi ayuda.

Nikolas sacudió la cabeza, visiblemente confuso.

—¿Habláis a título personal, entonces? ¿C-cuál es vuestro mo-motivo?

—No necesitas saberlo.

Milbank tomó aire.

—Anoche os vi bailar con Emma. Dios mío, ¿qué está pasando? Vos no podéis tener ningún interés personal en ella.

—¿Por qué no?

—No hay nada que podáis querer de una joven como Emma. Ciertamente, no tenéis ninguna necesidad de su dote.

Nikolas arqueó una ceja leonada.

—¿Piensas que el dinero es lo único que puede ofrecer Emma?

—Yo no he dicho eso —se apresuró a replicar Adam.

Nikolas mantuvo el rostro vacío de toda expresión, pero el desprecio se infiltró en su voz cuando volvió a hablar.

—La temporada no tardará en llegar a su fin. Como de costumbre, en cuanto haya terminado aún quedarán libres unas cuantas herederas que no son lo bastante atractivas para encontrar marido. De buena gana te ofrecerán sus gordas manos para que te cases con ellas. Tú sólo quieres dinero, así que siempre te queda el recurso de escoger entre ellas. Mantente alejado de Emma Stokehurst.

—¡Ni hablar! —La barbilla de Adam tembló en lo que parecía ser rabia o miedo, o alguna volátil mezcla de ambas emociones—. Da la casualidad de que amo a Emma, y seguiré adelante aunque todo esté en mi contra. Y ahora salid de mi casa, y no volváis nunca.

La boca de Nikolas se curvó en una sonrisa aterradora. Por muy convincentemente que se mostrara Milbank en la interpretación de su papel, Nikolas podía ver a través del fingimiento, las mentiras y la manipulación.

—Me parece que no lo entiendes —murmuró.

—Si lo que intentáis es asustarme...

—No pienso darte elección en lo que concierne a Emma. Nada de visitas, nada de correspondencia, nada de encuentros furtivos. Si intentas verla, lo único que conseguirás con ello será causarte un sufrimiento innecesario.

—¿Me estáis amenazando?

La sombra de diversión desapareció, y Nikolas replicó en un tono de mortífera seriedad:

—Te estoy prometiendo que serás tan desgraciado que maldecirás a tu madre por haberte traído al mundo. —Esperó sin inmutarse mientras la frustración flotaba en el aire. Le encantaba ver el apuro de Milbank, la dura batalla que la codicia y el miedo libraban dentro de él. Milbank era un chacal, pero además era un cobarde. Quería a Emma y su dinero, pero no hasta el punto de arriesgarse por ello.

—He oído hablar de todas las vidas que habéis destruido —dijo Milbank, que se había puesto rojo—. He oído hablar de vuestra brutalidad, de vuestra crueldad... ¡Si os atrevéis a hacerle daño a Emma, os mataré!

—Nadie sufrirá daño alguno... Siempre que no contradigas mis deseos.

—¿Por qué hacéis esto?—preguntó Milbank—. ¿Qué planes tenéis para Emma? ¡Tengo derecho a saberlo!

—En lo que concierne a Emma Stokehurst, ya no tienes derecho alguno. —Nikolas le hizo una exquisita reverencia antes de irse, mientras Adam Milbank se debatía entre la furia y la perplejidad.

Emma silbaba alegremente mientras entraba en la villa londinense que los Stokehurst tenían junto al Támesis. Las mañanas de junio aún eran lo bastante frescas para una vigorosa galopada por Hyde Park. Ese día su caballo, un magnífico pero nervioso pura sangre de dos años de edad, se había mostrado bastante difícil de controlar. Con las mejillas enrojecidas y la frente sudorosa a causa del ejercicio, lo primero que hizo al entrar en el vestíbulo fue desabrocharse la chaqueta de montar.

—Señorita Emma. —El mayordomo le ofreció una bandejita de plata sobre la que había un sobre sellado con lacre—. Ha llegado esta carta para usted.

—Gracias, Seymour. Me pregunto quién... —La voz de Emma se perdió en el silencio cuando reconoció la letra, pequeña y perfecta, que había en el sobre. La carta era de Adam. Emma sintió que le daba un vuelco el corazón, y miró al mayordomo—. ¿Papá o Tasia saben que he recibido esta carta?

—Ninguno de los dos la ha visto —admitió el mayordomo.

Emma le dirigió su sonrisa más irresistible.

—Me parece que no hay ninguna necesidad de contárselo, ¿verdad?

—Señorita Emma, si me está pidiendo que los engañe...

—Por el amor de Dios, Seymour, no te estoy pidiendo que le mientas a nadie. Lo único que quiero es que no digas nada a menos que te pregunten al respecto. ¿De acuerdo?

Seymour dejó escapar un breve, casi imperceptible suspiro.

—Sí, señorita.

—¡Oh, Seymour, eres maravilloso! Te adoro. —Emma le dio un gran abrazo al perplejo mayordomo y corrió escaleras arriba para leer la carta en privado.

Después de haber cerrado la puerta de su habitación, se dejó caer sobre la cama sin prestar atención a las partículas de tierra que se desprendieron de sus faldas y sus botas para esparcirse por la colcha bordada. Rompió el sello de lacre y desdobló la carta. Con la punta del dedo resiguió tiernamente las primeras palabras.

Mi queridísima Emma:

Ojalá pudiera encontrar palabras con las que decirte lo mucho que te amo...

Emma dejó de leer y se llevó la carta a los labios.

—Adam —susurró mientras lágrimas de felicidad acudían a sus ojos. Pero cuando bajó el papel y siguió leyendo, la sonrisa se esfumó de sus labios y la sangre huyó de su rostro.

Mi vida ha cambiado para mejor durante estos últimos meses, ahora que te conozco, ahora que he podido disfrutar de la inmensa alegría de tenerte en mis brazos por unos instantes, algunas veces. Por eso me ha llenado de pena... No, de angustia... comprender que cualquier clase de relación entre nosotros es completamente imposible. Tu padre nunca aprobará que estemos juntos. No quiero someterte a una vida de penalidades y sacrificios, así que me veo obligado a renunciar a mi sueño de felicidad. Es difícil no ser egoísta, amor mío, pero el honor me obliga a liberarte de tu compromiso. Dejo el país durante una temporada, y no tengo idea de cuándo regresaré. No me esperes. Deseo que algún día encuentres la felicidad con alguien que pueda cuidar de ti del modo que espera tu padre. Como final a esta carta, no diré *au revoir* sino *adieu*.

Siempre tuyo,
Adam

Emma sintió que la mente se le quedaba en blanco por unos instantes, pero aun así fue consciente del terrible dolor que acechaba tras la nada, a la espera de poder engullirla.

—No, no podré soportarlo. Oh, Dios... —Se dio la vuelta en la cama y apretó la carta contra su estómago mientras intentaba respirar. Sentía la cara extrañamente seca. La pena era tan grande que ni siquiera podía llorar—. Adam..., no tenías que dejarme..., dijiste que esperarías. Dijiste... —Se le hizo un nudo en la garganta. No se dio cuenta de que contenía la respiración hasta que el aire entró en sus pulmones con un brusco jadeo, al que enseguida siguió otro—. Adam

—murmuró, y luego guardó silencio mientras se preguntaba desesperadamente si llegaría el día en que pudiese volver a sentir algo.

Sentado frente a la chimenea, Luke contemplaba las llamas con Tasia apoyada en su pecho. Compartían una copa de coñac, y alternaban los sorbos con el besarse para compartir el sabor. El resplandor dorado del fuego bañaba la sala de estar, que se comunicaba con su *suite* privada.

—¿Dónde están los niños? —preguntó Luke.

Tasia volteó el coñac dentro de la copa y le ofreció otro sorbo, inclinando delicadamente el borde del cristal sobre la boca de su marido.

—En el cuarto de juegos. Ya casi es la hora de bañarlos, así que supongo que debería subir a ocuparme de ellos.

—Todavía no —dijo él sujetándole el brazo con su mano enorme—. Espera, que ésta es mi parte favorita de la tarde, cuando te tengo sólo para mí.

Tasia rió y posó sus labios sobre el cuello, en su zona más suave, antes del inicio de la barba.

—Tengo que ir a ayudar a la institutriz, o los niños lo pondrán todo perdido de agua con sus chapoteos. Y quiero que vayas a ver qué le pasa a Emma. Lleva todo el día encerrada en su habitación. Hice que la cocinera le subiera la cena, pero no sé si la habrá tocado.

Luke frunció el ceño.

—Probablemente echa de menos a su Milbank.

—Probablemente.

—Pensaba que a estas alturas ya se le habría pasado. ¿No hay nada que podamos hacer para acelerar el proceso?

—Es obvio que tú nunca has padecido la pena del amor no correspondido —dijo Tasia secamente.

—La padecí contigo.

—¡No me digas! Pero si todo fue decidir que me amabas, y dos días después viniste a mi cama...

—Pues fueron los dos días más largos de mi vida.

Lo dijo de todo corazón, y Tasia no pudo evitar echarse a reír. Luego dejó la copa en el suelo y le pasó los brazos por detrás de la cintura, para que sus manos se posaran delicadamente sobre la musculosa espalda de su marido.

—Y desde entonces hemos estado juntos prácticamente todas las noches.

—Salvo cuando la aparición de Nikolas Angelovski se encargó de impedirlo —dijo Luke con expresión sombría.

—Chis. —Tasia lo besó—. Acordamos que perdonaríamos y lo olvidaríamos todo. Ya hace siete años de eso.

—No lo he olvidado.

—Y parece que tampoco has perdonado. —Tasia clavó la mirada en los ojos color zafiro de Luke y sacudió la cabeza lentamente—. Querido mío, eres la segunda persona más terca que he conocido nunca.

—¿Sólo la segunda?

—Creo que Emma puede realmente superarte por un escaso margen.

Luke se inclinó sobre ella y sonrió.

—Los Stokehurst llevan la terquedad en la sangre —dijo a modo de información—. Ni Emma ni yo podemos evitar ser un poco obstinados.

Tasia rió suavemente y volvió la cara para esquivar sus besos.

—¡La sangre de los Stokehurst es tu excusa para todo!

Luke usó su peso para mantenerla atrapada bajo él, y le mordisqueó amorosamente el cuello mientras Tasia se debatía.

—Tercos y muy apasionados... Espera, te mostraré lo apasionado que puede llegar a ser un Stokehurst.

—Ya me lo has demostrado muchísimas veces —dijo ella sin poder contener la risa.

Sus juegos se vieron interrumpidos por una brusca llamada a la puerta. Tasia miró en esa dirección y tuvo una visión invertida de la alta silueta de Emma. Se apartó de su esposo y se apresuró a incorporarse.

—Emma, querida... —Se calló y parpadeó al ver lo pálida y abatida que estaba, como si algo la hubiera afectado muchísimo. Luke debió de verla en el mismo instante, puesto que también se apresuró a sentarse y pronunció el nombre de su hija en un tono interrogativo.

—Perdonad que os interrumpa —dijo Emma fríamente.

—¿Qué pasa? —preguntó Tasia con preocupación—. ¿Ha ocurrido algo? Tienes muy mala cara...

—Oh, estoy bien. —Emma abrió el puño y dejó caer a los pies de Luke una hoja de papel hecha una bola. Las llamas del fuego que ardía en la chimenea la pintaron con destellos rojos y dorados—. Espero que esto te complazca, papá.

Luke tomó la carta sin decir palabra, sin apartar los ojos del rostro demudado de su hija.

—Léela —dijo Emma secamente—. Es de Adam. Ha renunciado a toda esperanza de casarse conmigo. Se marcha del país, y estará fuera durante una larga temporada. Gracias a ti, nunca tendré a nadie. —Los pequeños músculos de su mandíbula temblaron violentamente—. Nunca te perdonaré que me hayas arrebatado mi única posibilidad de ser amada.

Luke la miró con expresión consternada.

—Adam Milbank no te amaba —dijo en voz baja.

Emma frunció los labios amargamente.

—¿Quién eres tú para decidir si me amaba o no? ¿Y qué pasa si realmente me amaba, sinceramente y con un amor verdadero? ¿Cómo puedes estar tan seguro de que no te has equivocado? Mi padre, tan noble, tan sabio... ¡Tan perfecto que le basta con mirar a un hombre para ver lo que hay en su corazón y poder juzgarlo! ¡Tiene que ser estupendo saber que uno es infalible!

Luke no respondió.

—Tú no quieres verme casada —continuó Emma con creciente vehemencia—, si no es con algún títere al que puedas controlar a tu antojo, como haces con todo el mundo...

—¡Basta! —la interrumpió Tasia.

Emma volvió hacia ella su mirada llena de angustia.

—Supongo que no pensarás que a mi padre le ha dolido oírme decir eso, ¿verdad? Tienes que querer a alguien para que sus palabras puedan hacerte daño, y yo no tengo el privilegio de figurar en la corta lista de personas que le importan a mi padre.

—Eso no es verdad —dijo Luke con voz enronquecida—. Yo te quiero, Emma.

—¿De veras? Y yo que pensaba que querer a alguien significaba desear que fuese feliz... Bueno, pues guárdate eso a lo que tú llamas amor, papá. Ya me has dado bastante, tengo para toda la vida.

—Emma...

—¡Te odio!

Un estremecimiento visible de emoción le recorrió el cuerpo. En el espeso silencio que siguió a esas palabras, Emma dio media vuelta y desapareció.

2

Tasia fue la primera en moverse. Tomó la hoja de papel de la mano de Luke con mucho cuidado y leyó en silencio. Luke se quedó sentado con la cabeza baja, como queriendo ocultar sus pensamientos.

En cuanto hubo terminado de leer la carta, Tasia la dejó en el suelo con un bufido de disgusto.

—¡Cuánta palabrería barata! —dijo secamente—. Los describiste como dos pobres enamorados víctimas del infortunio, y naturalmente el papel de villano de la función te corresponde a ti. Adam la deja «porque el honor así lo exije», y te culpa de haberlos separado.

Luke levantó la cara. Había palidecido, y tenía los labios apretados.

—¿A quién hay que culpar si no a mí?

—Tú has hecho lo que creías mejor para ella.

Tan rápida defensa de su esposa hizo que los ojos le brillaran con un destello de ternura, pero luego sacudió la cabeza con fatiga.

—Emma tenía razón. Debería haber tomado en consideración la posibilidad de que Milbank realmente la amara, pero... —Se calló y frunció el ceño—. Tanto tú como yo sabemos que sólo es un parásito.

—Me temo que eso está claro para todo el mundo, excepto para Emma.

—¿Debería haber permitido que la cortejara cuando sabía el daño que le haría? ¡Dios, no sé nada de hijas obstinadas! Lo único que sé es que Milbank no se la merece. No podía quedarme cruzado de brazos y dejar que se aprovechara de ella.

—No, claro que no —dijo Tasia con dulzura—. La quieres demasiado para eso. Y Mary nunca hubiese querido que su niña se casara con un hombre como Milbank.

La mención de su primera esposa pareció asestarle el golpe de gracia. Luke se dio la vuelta con un gemido y clavó la mirada en el fuego.

—Hubo tantos años solitarios para Emma después de que Mary muriese... Debería haberme vuelto a casar inmediatamente por el bien de mi hija. Emma necesitaba la influencia de una mujer. Tendría que haber pensado en lo que tenía que ser para ella crecer sin una madre, en vez de pensar únicamente en mí mismo...

—No debes sentirte culpable —insistió Tasia—. Y Emma no te odia.

Luke rió sin ningún humor.

—Pues cuando lo dijo parecía de lo más convincente.

—Está furiosa y dolida porque Adam la ha dejado, y tú eres el blanco más próximo en el que descargar su ira. Hablaré con ella cuando se le haya pasado un poco el enfado. Se recuperará, ya lo verás. —Tasia le tomó la mandíbula entre las manos y lo apremió a mirarla a los ojos, de un azul grisáceo, llenos de amor—. Y puede que tengas razón cuando dices que Emma necesitaba la presencia de una madre —susurró—. Pero me alegro de que no te casaras con otra mujer. Será mi egoísmo el que habla, pero me alegro de que me esperases.

Luke apoyó la cabeza en la suave curva del hombro de su esposa, y halló consuelo en su proximidad.

—Yo también —dijo con un hilo de voz.

Tasia sonrió y le acarició el pelo, entreteniéndose en las hebras de plata de sus sienes. Para el resto del mundo, Luke era un hombre poderoso y seguro de sí mismo que rara vez se permitía mostrar sus emociones. Sólo con ella revelaba sus dudas y sus sentimientos, porque no le importaba confiarle todos los secretos de su corazón.

—Te quiero —susurró ella junto a su oreja, acariciándole el lóbulo con la punta de la lengua.

Luke le buscó la boca y la besó ávidamente mientras la estrechaba entre sus brazos.

—Gracias a Dios que existes —dijo, y la acostó sobre la alfombra.

Ahora que la temporada londinense se había dado oficialmente por terminada, la residencia de los Stokehurst —familia, servidumbre y animales— fue transferida a la gran finca que tenían en el campo. Edificada en lo alto de una colina desde la que se divisaba el pueblecito que había debajo, Southgate Hall era una romántica mansión que se alzaba sobre los restos del castillo original, una fortaleza normanda. Con sus magníficas torretas y complicada fachada de cristal y ladrillo, hubiese sido el escenario perfecto para un cuento de hadas. Los Stokehurst pasarían los próximos meses en aquellos tranquilos parajes, lejos de la fétida humedad londinense. Ofrecerían alguna que otra fiesta, unas cuantas visitas de parientes y amistades, y toda la actividad propia de la cosecha del verano.

Emma pasaba la mayor parte de su tiempo cabalgando por los verdes campos o trabajando en su pequeño refugio para animales, ubicado a medio kilómetro de Southgate Hall. Las inacababLes tareas de cuidar de sus animales la ayudaban a no pensar en Adam. Mientras había luz trabajaba hasta que le dolían los músculos, y por la noche dormía de puro agotamiento. Pero el conocimiento de lo que había perdido siempre se hallaba presente, y le costaba mucho aceptar que nunca volvería a estar con Adam.

La cena era la peor parte del día. Emma engullía su comida a toda prisa y se levantaba de la mesa lo más pronto posible, incapaz de soportar la presencia de su familia. Nunca había estado tan furiosa con su padre. Cada uno de los momentos de soledad que la afligían eran culpa suya. Cada noche de sueño solitario era culpa suya. Su padre había intentado hablar con ella en un tono de disculpa, pero siempre había topado con la inflexible frialdad de su hija. En lo que a ella concernía, nunca volverían a relacionarse como en el pasado. Algo que nunca podría ser reparado había estallado en mil pedazos.

Le daba igual que hubiera algo de verdad en la afirmación de su padre de que Adam quería su dote. Por supuesto que se sentía atraído por el dinero, y él nunca había intentado ocultarlo. Pero también le importaba ella. Juntos habrían llevado una vida apacible. Ahora esa esperanza se había esfumado, y Emma sabía que quizá nunca sería la esposa de nadie. No estaba dispuesta a cargar con un imbécil aburrido o un viudo gordo y entrado en años sólo por estar casada.

Emma sabía que había perdido todo el valor en el mercado matrimonial. A cada nueva temporada entraban en escena demasiadas chicas más jóvenes y guapas que Emma, y serían ellas las que se harían con los buenos partidos. Su padre y Tasia estaban ciegos a los defectos que el resto del mundo veía en ella. No parecían darse cuenta de que Adam había sido su única esperanza.

—Emma, ¿los animales se casan? —le preguntó un día su hermano William, que tenía seis años, mientras la veía limpiar el redil de la chimpancé. *Cleo*, la mona ya entrada en años que lo ocupaba, pasaba sus dedos correosos por el pelo oscuro del niño en una infructuosa búsqueda de insectos. La puerta del edificio estaba abierta, en una invitación dirigida a cualquier brisa errante que pudiera decidir entrar en él.

Emma hizo un alto en el trabajo, se apoyó en el mango del rastrillo, y le sonrió.

—No, William, no de la manera en que lo hacen las personas. Pero algunos animales buscan pareja y luego ya no se separan de ella en toda la vida. Los lobos, por ejemplo. O los cisnes.

—¿Pareja? ¿Qué es pareja?

—Es lo que son tu padre y tu madre, dos criaturas que se mantienen fieles la una a la otra durante toda su vida.

—¿Los monos tienen pareja toda su vida? —William apartó las manos inquisitivas de *Cleo* y clavó la mirada en sus melancólicos ojos castaños. La chimpancé frunció los labios y emitió unos cuantos gruñidos de interrogación, al tiempo que volvía a extender las manos hacia el pelo de William.

—No —replicó Emma secamente—, los monos no son tan refinados.

—¿Y los tigres?

—Los tigres tampoco.

—Pero las personas sí que tienen pareja toda la vida.

—La mayoría de las personas, sí —admitió Emma—. Cuando es posible.

—Y cuando no tienen son solteronas. Como tú y *Cleo*.

Emma rió mientras arrancaba las briznas de paja que se le habían pegado a la ropa.

—Algo así.

Una nueva voz entró en la conversación.

—Tu hermana es demasiado joven y hermosa para ser una solterona.

Emma y William se volvieron para ver a Nikolas Angelovski inmóvil en el umbral, recortado contra la luz del sol. Con una mirada crítica a la chimpancé, añadió:

—Aunque me temo que no puedo decir lo mismo de *Cleo*.

Cleo chilló y se puso a dar saltos cuando William corrió hacia el recién llegado. Al parecer, pensó Emma sarcásticamente, nadie era inmune a la potente mezcla de encanto y misterio de Nikolas.

—¡Príncipe Nikolas! —dijo el niño con voz entrecortada—. *Zdravstvuite!*

—*Zdravstvuite*, William —dijo Nikolas poniéndose en cuclillas para estar a la altura del niño. Sonrió mientras William repetía la palabra a la perfección—. Tienes un acento magnífico. Tu madre te ha enseñado bien. Sólo un muchacho con sangre rusa como la tuya podría decirlo tan claramente.

—También tengo sangre Stokehurst —dijo William orgulloso.

Nikolas miró a Emma por encima de la oscura cabellera del niño.

—Una combinación muy poderosa, *niet*?

Emma lo miró con dureza. Aunque Nikolas tenía por costumbre ir de vez en cuando a Southgate Hall para vaciar teteras de té chino y mantener rápidas conversaciones en ruso con Tasia, nunca había puesto los pies en aquel recinto. La colección de animales era el mundo privado de Emma, y nadie podía entrar allí a menos que se lo hubiera invitado específicamente.

—¿Qué es lo que quieres, Nikolas?

Él le dirigió una sonrisa oblicua.

—Nunca había visto tu colección de animales. Me gustaría echarles un vistazo.

—Tengo mucho trabajo —dijo Emma secamente—. Estoy segura de que encontrarás distracciones mejores que ver cómo les doy de comer y recojo el estiércol con el rastrillo.

—No necesariamente.

Emma frunció los labios.

—Quédate si quieres, entonces. —Acabó de recoger el montón de paja sucia de la jaula de la chimpancé y lo sustituyó por paja limpia. Luego le señaló el interior a *Cleo*—. Es hora de volver a entrar, vieja amiga. Anda. —La chimpancé sacudió la cabeza vigorosamente y le enseñó los dientes—. Sí, ya lo sé —dijo Emma mientras volvía a señalarle el recinto—. Ya jugaremos después, *Cleo*. Dentro de un rato.

La chimpancé masculló con resentimiento al tiempo que cogía una muñeca de trapo de una pequeña pila de juguetes. El pequeño y nervudo cuerpo de *Cleo* subió como una exhalación por la escalera sujeta al lado de la jaula. Cuando llegó arriba, se acomodó en una plataforma de madera y los miró con el ceño fruncido. Emma cerró la puerta y se volvió hacia su hermanito—. William, me parece que ya es hora de que vuelvas a casa.

—¿No me puedo quedar un rato con *Cleo*? —suplicó el niño, dirigiendo una mirada anhelante a la chimpancé.

—Ya conoces las reglas: nada de visitar los animales si yo no estoy contigo. Vendremos a verla esta tarde.

—Sí, Emma.

El niño se fue, y Emma volvió su atención hacia Nikolas. Llevaba pantalones de montar oscuros y una camisa blanca que realzaba el tono dorado de su piel. Esta vez sus cabellos parecían más castaños que rubios. Una ligera capa de transpiración había dado un suave brillo a su piel, como si fuera una escultura fundida en un metal precioso. Las gruesas pestañas que enmarcaban sus ojos dorados relucían como filamentos de luz.

Por primera vez desde que Adam la había dejado, Emma sintió nacer el inicio de algo distinto a la ira dentro de ella, una mezcla de nervios, confusión y súbito interés por el mundo. Entonces se dio cuenta de que llevaba un rato sin quitarle los ojos de encima a Nikolas, y se volvió para alcanzar un cubo de metal. Luego fue hacia la bomba de agua que había en un rincón y accionó la palanca hasta que el agua empezó a manar de ella.

Nikolas dio un paso adelante y extendió la mano.

—Déjame ayudarte.

—No —se apresuró a decir ella al tiempo que lo apartaba con el codo—. Puedo hacerlo yo sola.

Nikolas se encogió de hombros y retrocedió mientras ella se afanaba en llenar el cubo. La observó atentamente. Los músculos se tensaban en los hombros de Emma bajo la camisa manchada de sudor. Los pantalones grises que llevaba revelaban la esbelta forma de trasero y muslos. Nikolas recordó el aspecto que tenía en el baile de Londres, con aquel elegante vestido blanco y la melena recogida sobre la nuca. Él la prefería tal como estaba ahora, fuerte, capaz, sonrojada por el ejercicio. Emma era extraordinaria. Nikolas nunca había conocido a una aristócrata que trabajara como una campesina. ¿Por qué se ocupaba de los animales cuando podía ordenarles a sus sirvientes que se encargaran de esas tareas?

—No suelo tener ocasión de ver a una mujer en pantalones —dijo—. De hecho, puede que ésta sea la primera vez.

Emma se irguió bruscamente y lo miró con recelo.

—¿Te escandaliza?

—Se necesita mucho más que eso para escandalizarme

—dijo él, al tiempo que la recorría con una mirada llena de admiración—. Me recuerdas una frase de Tiútchev... «El rostro de la belleza arrebolado por el aire de la primavera...»

Emma pareció decidir que se burlaba de ella, porque lo fulminó con la mirada y volvió a inclinarse sobre la bomba.

—No me gusta la poesía.

—¿Qué lees, entonces?

—Manuales de veterinaria y periódicos. —Levantó el pesado cubo, jadeando un poco a causa del esfuerzo.

Nikolas hizo un gesto para agarrarlo, instintivamente.

—Permíteme...

—Estoy acostumbrada —gruñó ella—. Aparta.

Nikolas levantó las manos en un sarcástico gesto de rendición.

—Faltaría más.

Las gruesas cejas cobrizas de Emma se unieron en un gesto de determinación. Señaló otro cubo que había cerca.

—Si quieres ayudar, toma ése.

Nikolas se arremangó para hacer lo que le decía. El cubo contenía unos seis kilos de pedazos de carne fresca. El olor de la sangre era muy intenso, y Nikolas titubeó antes de coger el cubo.

—No sabía que fueras tan impresionable —se burló Emma—. Esta clase de trabajo es indigno de ti, ¿verdad?

Nikolas no replicó, aunque ella estaba en lo cierto. Nunca había necesitado hacerse cargo de aquella clase de labores. Como era habitual entre los hombres de su círculo social, para Nikolas el ejercicio físico consistía en cabalgar, cazar, boxear o practicar la esgrima.

Cuando levantó el cubo del suelo, el olor de la sangre se volvió aún más intenso. Penetrante, entre dulce y salado... Nikolas sintió que los dedos se le quedaban rígidos y se detuvo cuando un recuerdo acudió de pronto a su memoria..., imágenes oscuras y aterradoras... Intentó alejarlas de su mente, pero las imágenes cayeron sobre él como una marea roja.

La sangre le corría por el pecho. Las marcas del látigo le cubrían la espalda, y la gruesa cuerda que le ataba las muñecas había abierto un profundo surco a través de la piel y el músculo. Piotr Petrovich Ruvim, el interrogador imperial, le tocó suavemente la cara con las puntas de los dedos y evitó que un hilillo de sudor salado le entrara en los ojos. Aunque era diábolicamente eficiente en el arte de la tortura, Ruvim no parecía hallar ningún placer en practicarlo.

—¿No os parece que ya ha habido suficiente? —preguntó en voz baja—. ¿Queréis confesar, alteza?

—No he hecho nada —graznó Nikolas.

Era una mentira, y todos lo sabían. Nikolas era un asesino. Había matado a Samuel Shurikovski, el consejero favorito del zar, pero como no había manera de probarlo, se conformaron con acusarlo de traición. En aquellos días turbulentos de reaccionarios y reformistas, el peligro acechaba al zar por todas partes. No hacían falta pruebas para mantener preso a un hombre indefinidamente, ya que bastaba con la sospecha.

Durante una semana Nikolas fue sometido a sesiones diarias con Ruvim y otros funcionarios del gobierno, en el curso de las cuales se le infligía un dolor cuidadosamente calculado para no matarlo. Nikolas ya no era humano. Sólo era una bestia que sufría, a la espera del momento en que su miseria terminaría por fin y podría llevarse sus secretos a la tumba.

Ruvim suspiró y se volvió hacia los otros funcionarios.

—Volved a traer el *knut*.

—No —dijo Nikolas, mientras un estremecimiento recorría su cuerpo desnudo. Sabía que no podría volver a soportar el látigo de nudos, aquel chasquido desgarrador que le atravesaba la carne hasta llegar al hueso..., y las continuas preguntas que zumbaban en sus oídos. «¿Sentís alguna clase de simpatía por los nihilistas?» «¿Aprobáis la política del zar?» Lo irónico era que Nikolas nunca había prestado atención a la política. Lo único que le importaba era su tierra y su familia.

Ruvim sacó un atizador del brasero lleno de ascuas y lo sostuvo ante el rostro de Nikolas.

—¿Preferiríais esto al *knut*, alteza?

El fogonazo de calor hizo que Nikolas se estremeciera violentamente. Asintió, bajó la cabeza y el sudor y las lágrimas gotearon de su mandíbula...

—¿Qué pasa? —preguntó Emma. Le miró los brazos desnudos, y por un instante fue como si no supiese qué cara poner. Luego volvió a mirarlo a los ojos—. Oh —murmuró.

Nikolas se envaró. Siempre llevaba las mangas abrochadas hasta la muñeca, y le extrañó haber olvidado esconder los brazos delante de Emma. Pero éstos no suponían ninguna sorpresa para ella. Ya se los había visto antes, cuando era pequeña.

Nikolas exhaló muy lentamente y se obligó a aflojar los músculos.

—Me parece que hoy estás un poquito irritable —dijo con deliberada despreocupación—. ¿Te he ofendido en algo, prima?

Emma comprendió que él prefería no hablar del tema, y se dispuso a salir del edificio. Para alivio de Nikolas, no mencionó sus cicatrices.

—No sé a qué será debido, pero últimamente la mera presencia de un hombre me resulta molesta —replicó en un tono muy seco.

—¿Porque lord Milbank te abandonó?

—No me abandonó, lo obligaron a alejarse de mí y... —Emma se volvió tan abruptamente que un poco de agua se derramó por el borde del cubo—. ¿Cómo lo has sabido? Oh, Dios, ¿es que se habla de eso en Londres? ¿Ha llegado a oídos de las comadres?

—Corren ciertos rumores.

—¡Maldita sea! —Emma estaba ruborizada—. Me da igual lo que pueda decir nadie. Que murmuren todo lo que quieran. —Encorvó los hombros, a la defensiva—. Adam no tuvo la culpa, ¿sabes? Mi padre se comportó como un Gengis Khan de los tiempos modernos. Adam no tuvo más alternativa que dejarme y seguir con su vida.

—Milbank era demasiado débil para ti.

—No hables de lo que no sabes.

—Si te quería, hubiese debido luchar por ti.

—Adam es demasiado civilizado para hacer según qué cosas —respondió ella.

—¿Civilizado? —repitió Nikolas mientras le sostenía la mirada—. ¿Ésa es la clase de hombre que quieres?

Una chispa de diversión involuntaria brilló súbitamente en los ojos de Emma. Bajó la cabeza y se miró la camisa y los pantalones manchados de tierra.

—Bueno, sí. Yo soy tan terriblemente incivilizada que necesito tener a alguien que me sirva de contrapeso. ¿No estás de acuerdo?

—No —dijo él suavemente—. Tú necesitas a alguien que te permita ser todo lo incivilizada que quieras.

Emma negó con la cabeza sin dejar de sonreír.

—Eso sí que sería digno de verse. —Llevó a Nikolas al edificio de al lado, donde un zorro de color rojizo correteaba de un lado a otro dentro de un corral. El animal era esbelto y estaba lleno de salud, pero se desplazaba a saltos. Nikolas enarcó las cejas en cuanto vio que le faltaba una de las patas delanteras.

—Le puse de nombre *Listo* —dijo Emma—, por lo rápido y ágil que es.

—No lo bastante para conservar todas sus patas, evidentemente.

Unos cuantos saltitos llevaron al zorro al plato del agua que Emma había llenado hasta el borde. Tras unos lametones, volvió toda su atención hacia Emma, para observarla con sus oscuros ojos mientras ella se sacaba un huevo de las profundidades del bolsillo.

—Tengo un regalo para ti, *Listo* —dijo Emma con voz seductora. Peló el huevo duro y lo sostuvo entre los barrotes del corral. El zorro, que ya se había puesto a temblar de impaciencia, enseguida fue hacia él—. Quedó atrapado en una trampa. —Con la habilidad fruto de una larga práctica, Emma soltó el huevo en el preciso instante en que el zorro se hacía con él. *Listo* liquidó la exquisitez en un par de mordiscos empapados de saliva—. Estaba medio muerto por la pérdida de sangre y la exposición a la intemperie. Había empezado a roerse la pata para escapar. Si yo no hubiera encontrado a *Listo* cuando lo hice, probablemente ahora adornaría el manguito o la capa de alguna gran dama...

—Por favor —dijo Nikolas educadamente—, guárdate tus discursos para ese club al que perteneces: «amigos de los animales», o como quiera que se llame.

—La Real Sociedad para el Trato Humanitario a los Animales.

—Sí, a eso me refiero.

Emma lo sorprendió mirándolo por encima del hombro con una sonrisa en los labios. Ninguna otra mujer en la tierra tenía una sonrisa semejante, tan delicada e irresistible como un rayo de sol.

—Si quieres visitar mi colección de animales, Nikki, tendrás que escuchar mis discursos.

Nikolas no pudo evitar sentir un escalofrío al oírse llamar por el diminutivo ruso de su nombre. Sólo unos cuantos amigos de su infancia habían llegado a llamarlo así. Sonaba un poco raro en labios de Emma, pronunciado con su preciso acento de inglesa. Nikolas sintió una súbita necesidad de escapar de su sonrisa carente de toda malicia, de la claridad infantil de sus ojos. Pero no se movió del sitio, resuelto a terminar lo que había empezado y a atraerla pacientemente hacia la trampa que tenía preparada.

—No veo para qué te tomas la molestia de soltar discursos —se oyó decir a sí mismo—, si luego no encuentras sustitutos para los productos que los animales te suministran, como la carne para tu mesa, por ejemplo.

—Soy vegetariana. —Enseguida vio que su primo no estaba familiarizado con la palabra, y procedió a explicarse—. Eso quiere decir que no como carne. —Rió al ver la cara que puso él—. Pareces sorprendido. ¿Es que en Rusia no hay vegetarianos?

—Los rusos tienen tres requisitos para su dieta: carne para que los huesos se hagan fuertes y la sangre roja, pan oscuro para llenar el estómago y vodka para impartir alegría a la vida. Dale a un ruso un plato lleno de hierbajos verdes, y se los dará de comer a la vaca.

Emma no pareció muy impresionada.

—Pues lo que es a mí dame hierbajos verdes.

—Me parece que llevas un poco demasiado lejos tus opiniones, *dushenka*. —Nikolas la miró con creciente diversión—. ¿Cuándo decidiste dejar de comer carne?

—Creo que tenía trece años, o quizá ya fuese un poquito mayor. Una noche estaba cenando y escuchaba mientras todo el mundo hablaba a mi alrededor. Cuando bajé los ojos hacia el faisán asado que tenía delante, sentí como si estuviera cortando a pedacitos un pequeño cadáver... Vi todas esas costillitas, el músculo, la grasa y la piel... —Torció el gesto al recordarlo—. Pedí que me excusaran, subí a mi habitación y pasé horas vomitando.

Nikolas sonrió.

—Eras una niña bastante rara.

—Eso decía la gente. —Emma hizo un gesto para indicarle que la acompañara, y avanzaron hasta una pequeña puerta que conducía a un edificio anexo. Mientras andaban, Emma lo miró de soslayo—. ¿Cuál era esa palabra rusa con que me has llamado?

—*Dushenka*.

—¿Qué significa?

—Puede que algún día te lo cuente.

Su respuesta hizo que las cejas de Emma volvieran a unirse.

—Se lo preguntaré a mi madrastra esta noche.

—No te lo aconsejo.

—¿Por qué? ¿Es alguna palabra fea? ¿Un insulto?

Antes de que él pudiera replicar, ya estaban dentro del otro edificio. Un intenso olor a felino se infiltró en las fosas nasales de Nikolas, pese a todo el aire fresco y la luz que circulaban a través de las rejas y las ventanas provistas de barrotes. El olor quedó olvidado en cuanto vio al enorme animal que iba lentamente hacia Emma hasta que una hilera de barrotes de hierro le cortó el paso. El magnífico ejemplar de tigre tenía el pelaje de un naranja rojizo surcado por finas franjas negras. Nikolas nunca había visto un ejemplar tan grande, y ciertamente nunca había tenido uno tan cerca.

—Me lo trajiste cuando era un gatito, ¿recuerdas?

—Por supuesto —dijo Nikolas en voz baja. Era el único regalo que le había hecho nunca a Emma, cuando ella tenía doce años. Encontró al cachorro de tigre enfermo en una tienducha llena de animales exóticos, y lo había comprado para ella. No había vuelto a ver al animal desde entonces.

Emma se puso en cuclillas cerca de los barrotes, y empezó a hacer ruiditos cariñosos, como si le hablara a un bebé.

—*Manchú*, éste es el príncipe Nikolas. —El gran felino se sentó en el suelo cerca de ella, con los ojos medio entornados en una somnolienta expresión de placer. Una abertura practicada en la pared permitía que *Manchú* pudiera acceder a un recinto exterior donde podía tomar el sol. Ahora tenía las patas y el vientre mojados porque había pasado un rato metido en el tanque de agua—. ¿Verdad que es hermoso? —preguntó Emma con orgullo maternal—. Fíjate en el tamaño de esas patas. ¿Sabías que los tigres han matado a más seres humanos que ningún otro felino? Son maravillosamente impredecibles.

—Maravilloso —asintió Nikolas secamente. Luego contuvo la respiración cuando vio que Emma metía la mano entre los barrotes de la jaula y le rascaba el cuello al tigre.

—En Asia, y *Manchú* viene de allí, el tigre es un símbolo de la reencarnación. —La mirada de Emma fue de *Manchú* a Nikolas—. Os parecéis, de hecho. Quizá fuisteis un tigre en otra vida, alteza.

—No metas la mano ahí dentro. —Nikolas no había levantado la voz, pero ahora contenía una nota de advertencia que hizo que tanto Emma como el tigre lo miraran interrogativamente.

Emma metió el brazo un poco más adentro y acarició el cuello del tigre con renovado vigor.

—Recuerda que no tiene garras —dijo—. Se las sacó su primer propietario, de modo que *Manchú* nunca podrá subsistir por sí solo. Nunca conocerá la libertad. ¡Pobre gatito! —Miró a *Manchú* con cariñosa compasión. Un ronroneo lleno de afecto empezó a resonar desde el pecho del tigre, que la miraba con el amor de un cachorro hacia su madre. Nikolas se mantuvo en una tensión visible hasta que Emma sacó el brazo de la jaula.

—No hay por qué preocuparse —le dijo ella—. *Manchú* me considera una amiga.

—O una merienda. —Nikolas alzó el cubo lleno de trozos de carne—. Supongo que esto es para él.

El tigre alzó la cabeza y contempló el cubo con un súbito interés. Emma se levantó del suelo, tomó el cubo de manos de Nikolas y lo sacudió con habilidad para esparcir la carne ensangrentada dentro de la jaula.

—Que aproveche, *Manchú*. —El tigre respondió con un gruñido de satisfacción y se puso a engullir la comida—. Qué horror. —Emma hizo una mueca y se echó a reír—. Estoy rodeada de carnívoros. —Se limpió las palmas en los pantalones y sonrió a Nikolas—. ¿Qué se siente al tener las manos sucias, alteza? Una experiencia completamente nueva para vos, imagino.

Nikolas fue hacia ella lentamente.

—Me parece que estás echándome el anzuelo, Emma.

Extendió el brazo para tomar su esbelta muñeca, e hizo que girara la mano para observarla desde todos los ángulos, lentamente.

La sonrisa de los labios de Emma se transformó en una mueca de vergüenza. Sabía que tenía las manos enrojecidas y llenas de callosidades. Sus dedos eran largos y gráciles, pero se había limado las uñas a conciencia, hasta dejarlas reducidas a diminutas medias lunas. Pequeñas cicatrices blancas, de arañazos o de mordiscos, le cubrían la piel desde las puntas de los dedos hasta la muñeca. Después de las mujeres impecablemente arregladas a las que estaba acostumbrado Nikolas, tenía que parecerle un auténtico horror.

—No es la clase de mano que uno espera encontrar en una dama, ¿verdad? —preguntó Emma.

Él repasó con el pulgar el fino trazado de venas azules.

—Es la mano de una mujer.

Emma, nerviosa, intentó apartarla.

—¿Qué es lo que quieres de mí? ¿Por qué estás aquí?

Él le sujetó la mano con más fuerza.

—Me encanta estar contigo.

—Eso es imposible.

—¿Por qué? Eres inteligente, entretenida... y muy hermosa.

—¡Bastardo arrogante! —exclamó ella, furiosa de pronto—. ¡No te burles de mí!

—¿Realmente te tienes en tan mal concepto? No me estoy burlando. —Le tomó la otra muñeca, sin hacer caso de sus muecas de indignación—. Mi pelirroja —murmuró—. En ruso antiguo, usábamos la misma palabra para «rojo» que para «hermoso».

Emma intentó liberar sus manos aprisionadas.

—¿Qué haces? —preguntó.

—Dije que algún día te besaría. Yo siempre cumplo mis promesas.

Emma hizo un desesperado esfuerzo por escapar a la presa implacable con que él la dominaba.

—Si no me quitas las manos de encima ahora mismo, te pondré los dos ojos morados. ¡Por si no te has dado cuenta, soy tan alta como tú!

Nikolas la empujó sin ninguna dificultad hacia una pared cercana. Los tablones resonaron suavemente cuando los hombros de Emma chocaron con ellos.

—Te gano por unos centímetros. —Se inclinó sobre ella y le apretó los brazos contra los costados—. Y sólo pesas la mitad que yo.

—¡Se lo diré a mi padre! —Las pocas veces que Emma había usado esas palabras en el pasado, siempre habían producido un efecto mágico. Todo el mundo temía a su padre.

—¿De verdad? —Una chispa de diversión brilló en los ojos de Nikolas—. Eso debería ser interesante.

Emma volvió la cara, consciente de que había cometido un error. En lugar de reaccionar con desprecio, de reírse de él, de decirle que dejara de hacer el ridículo, había perdido los estribos, y ésa era precisamente la manera infalible de mantener vivo su interés.

Nikolas le soltó las manos, se inclinó sobre ella y usó el peso de su cuerpo para dejarla atrapada contra la pared. Luego se envolvió la mano con su trenza, y tiró de ella lo bastante fuerte para que Emma tuviese que echar la cabeza hacia atrás. La boca de Nikolas quedó suspendida sobre la suya. Emma pudo sentir cómo el calor de su aliento le recorría los labios en una rítmica caricia, y empezó a temblar. Cuando habló, fue con una voz extrañamente gutural que no parecía pertenecerle.

—No sé qué quieres, pero hazlo de una vez. Tengo que hacer.

Un instante después sintió la boca de Nikolas sobre la suya, en una acometida que terminó tan deprisa como había empezado. Él levantó la cabeza y la miró con esos ojos de pestañas doradas. El áspero beso produjo un hormigueo en los labios de Emma. Se los lamió, y descubrió en ellos la tenue dulzura del té con azúcar.

—Déjame —murmuró con voz entrecortada.

Los bordes de los anchos pómulos de él parecían más afilados que de costumbre. Su rostro se había vuelto exótico, casi oriental en su austera calma.

—Todavía no he terminado.

Emma intentó apartarse, pero Nikolas la rodeó con los brazos, y aunque se debatió frenéticamente la energía del cuerpo de Nikolas pudo más que ella. Él volvió a inclinar la cabeza, y la besó con una fuerza que hizo que el resto de los hombres quedaran completamente borrados de su memoria. A partir de aquel momento Emma nunca podría volver a recordar la dulzura de su primer beso a tientas con un muchacho de aldea, ni los tiernos abrazos que había compartido con Adam Milbank. Nikolas se llevó todo aquello, para marcarla con el fuego de una pasión brutal que no dejaba espacio para nada más. Todo cambió con una rapidez que la dejó mareada. Nikolas ya no era la figura oscuramente seductora que flotaba muy lejos de ella, suspendida en los confines de su existencia. De pronto era real, y su proximidad la obligaba a reconocerlo de un modo que Emma nunca se había atrevido a concebir antes.

Nikolas recorrió con sus grandes manos la espalda de Emma, resiguiendo la curva de su columna vertebral hasta llegar al nacimiento de sus caderas. Debajo de la camisa y los pantalones, sólo llevaba una camisola y unos finos calzones de lino: no había corsé, ni encajes, ni corpiño; ni una sola capa protectora que disfrazase la forma de su cuerpo. Emma sabía que Nikolas sentía la suavidad de sus pechos, la curva natural de su cintura. La vergüenza y la sensación colisionaron dentro de su ser, y un súbito mareo la obligó a apoyarse en él. Emma luchó por no rodearlo con los brazos, por apretarlo contra ella, para tenerlo aún más cerca y enredar los dedos en sus hermosos cabellos. Un doloroso anhelo le estremecía la carne en contacto con el cuerpo de Nikolas: los pechos, las piernas, el vientre... Quería que él la tocara por todas partes... Dios, quería...

Entonces sintió que los labios de Nikolas se apartaban de su boca, y no pudo reprimir un gemido de frustración. Sus manos asían y soltaban los pliegues de la camisa de él, sin rumbo. Nikolas murmuró algo en ruso, y Emma sintió cómo su aliento le atravesaba el pelo para rozarle el cuero cabelludo. Sus manos se relajaron gradualmente sobre los hombros de él. Abrió los ojos, y por encima de los hombros de Nikolas vio que *Manchú* los observaba con ojos amarillos, sin parpadear, mientras movía la cola en un lento vaivén. Se apresuró a apartar las manos de Nikolas y se recompuso nerviosamente la camisa y el cinturón.

Nikolas dio un paso atrás y la miró con expresión impasible.

—Si alguna vez necesitas algo —dijo con voz suave—, puedes acudir a mí. Quiero ser tu amigo, Emma.

—Pensaba... Pensaba que ya tenías suficientes amigos...

—No como tú.

—Los amigos no besan así.

Él usó el pulgar para alisarle las cejas sedosas.

—No seas niña, Emma.

—¿Qué provecho sacaríamos nosotros de la amistad? —replicó ella en el tono más altivo de que fue capaz, dolida por su observación.

Sintió el tacto de sus dedos bajo la barbilla, y se puso rígida. Los labios de Nikolas casi rozaron los suyos cuando respondió:

—Puede que lo descubramos con el tiempo, *ruyshka.*

Luego la soltó. Emma se quedó inmóvil, con los ojos entreabiertos, y permaneció apoyada en la pared hasta que él se hubo ido.

Durante el resto de la semana, Emma sólo pudo pensar en la visita de Nikolas y en las posibles razones de su comportamiento. No entendía qué podía querer su primo. Se resistía a creer que Nikolas pretendiera tener una pequeña aventura con ella, la excéntrica hija de un duque inglés, cuando en Londres había tantas mujeres hermosas que sólo deseaban poder compartir su cama con él. Y no era tan estúpida como para creer que Nikolas realmente pudiese desear su amistad, puesto que podía contar con la compañía de innumerables aristócratas, intelectuales, artistas y políticos, todos dispuestos a acudir corriendo en cuanto él chasqueara los dedos. Nikolas nunca andaba falto de compañía, fuera de la clase que fuera.

Justo cuando había decidido que el episodio tenía que haber sido una mera diversión temporal, Nikolas volvió a visitarla. Emma estaba en su habitación, y leía una novela sentada junto a la ventana mientras disfrutaba del sol matinal que entraba a raudales. Entonces un sonido de pasos hizo que su perro, *Sansón*, un mestizo con una buena dosis de pastor alemán, levantara la cabeza con una mirada expectante.

Tasia apareció en el umbral y llamó suavemente a la jamba con los nudillos.

—Emma —dijo en una voz muy extraña—. Nikolas está abajo.

El libro tembló en las manos de Emma. Miró a Tasia sin poder ocultar su sorpresa.

—Ha preguntado si te apetecería ir a cabalgar con él —continuó Tasia.

Emma se sentía tan confusa que le vinieron ganas de levantarse y echar a correr por la habitación. Pero en lugar de eso volvió el rostro hacia la ventana. Su mirada se perdió en la lejanía.

—No sé —dijo, y se estremeció sólo de pensar en que estaría a solas con Nikolas. ¿Qué le diría él? ¿Qué quería? ¿Volvería a tratar de besarla?

—Creo que Luke no lo aprobaría —dijo Tasia tímidamente.

Emma torció el gesto.

—¡Pues claro que no lo aprobaría! Papá quiere que esté sola, que nunca vea a nadie. Me da igual que me castigue cuando vuelva de su reunión en Londres, porque pienso hacer lo que me plazca. Dile a Nikolas que bajaré dentro de cinco minutos.

—No estás siendo justa con tu padre.

—¿Acaso ha sido justo él conmigo? —Emma se levantó del asiento. Fue a su armario, abrió el cajón de arriba de todo y empezó a buscar unos guantes de montar.

—Necesitas una carabina para que te acompañe.

—¿Por qué? —preguntó Emma desdeñosamente—. Nikolas y yo somos primos, ¿no?

—En realidad, no. Aunque supongo que se podría decir que tenéis un parentesco extremadamente lejano por matrimonio.

—Bueno, dudo que salir a cabalgar con él vaya a suscitar ningún escándalo. Nadie en su sano juicio creería que Nikolas Angelovski ha decidido interesarse por las solteronas de pelo color zanahoria.

—Tú no eres una solterona.

—Tampoco se puede decir que sea la sensación de Londres, ¿no te parece? —replicó Emma, de espaldas a su madrastra mientras seguía rebuscando en el armario.

Tasia suspiró suavemente.

—Emma, ¿cuándo dejarás de estar tan enfadada con tu familia?

—Cuando dejéis de interferir en todos los aspectos de mi vida, quizá. Me siento tan enjaulada como los pobres animales de mi colección. —Mantuvo la espalda resueltamente dirigida hacia Tasia hasta que oyó un ruido de pasos que se retiraban. Miró con expresión desafiante a *Sansón*, que la observaba con su peluda cara fruncida en una mueca de consternación y la lengua colgando por un lado de la boca—. No me mires así —masculló—. Se ha puesto de parte de papá, como siempre. —*Sansón* no dejaba de mirarla con las orejas tiesas por la curiosidad. De pronto se tumbó boca arriba y extendió las patas en una invitación a que le rascara la barriga.

La ira rebelde de Emma se disipó y fue hacia él con una risita.

—Ay, qué chucho más tonto. —Se puso en cuclillas junto a *Sansón* y pasó las cortas uñas por su áspero pelaje mientras el perrazo soltaba gañidos de placer y se retorcía alegremente—. Oh, *Sansón* —murmuró con un profundo suspiro—. ¿Cuántos miles de secretos te habré contado ya? Eres mi mejor amigo. —Le acarició las largas orejas mientras continuaba hablando con expresión melancólica—. Me pregunto por qué no consigo tomarme las cosas con calma, como hace Tasia. Ella siempre sabe controlar sus emociones, mientras que las mías se me escapan de las manos a cada instante. Phoebe Cotterly tenía razón: me encuentro más a gusto en un granero que en un salón de baile. Gracias a Dios, cuando estoy con mis animales no tengo que portarme bien y parecer inteligente o sofisticada. Lo único que he de hacer es quereros, y vosotros me devolvéis con creces el cariño que os doy. ¿No es así, *Sansón*? —Sonrió con tristeza mientras el perro le empujaba la mano con su húmedo hocico—. El amor que me tenía Adam quizá se habría desvanecido con el paso del tiempo. Creo que nunca podré llegar a ser una buena esposa. No basta con el amor. Una mujer tiene que ser obediente y fiel, y hermosa, y estar dispuesta a ayudar a su marido... en lugar de ser indómita, fea y...

Emma bajó la vista y arrugó la nariz al ver su combinación habitual de pantalones, botas y camisa blanca. Prefería montar a horcajadas, vestida con ropa de hombre. Resultaba mucho más cómodo, por no mencionar que así no costaba tanto controlar al caballo. Pero por alguna razón que se le escapaba, no quería comparecer ante Nikolas Angelovski llevando pantalones.

Volvió a su armario, abrió una puerta de relucientes paneles de madera y fue apartando las capas de prendas hasta que encontró su traje de equitación. La chaqueta elegantemente cortada y la falda de amplio vuelo habían sido teñidas con un añil a juego con sus ojos. Emma hurgó más adentro del armario y encontró un velo azul pálido que llevar con su sombrero de seda negra.

Se dio la vuelta y sonrió a *Sansón*, que permanecía atento a todos sus movimientos.

—El príncipe Nikolas me espera. ¿Qué te parece, *Sansón*? ¿Crees que debería sorprenderlo yendo vestida como una dama?

Si Nikolas se sintió sorprendido o complacido por el aspecto de Emma, no lo dejó traslucir. Esperaba en la gran sala, medio sentado con despreocupada elegancia en el borde de una mesa octagonal de piedra. Una de sus manos sostenía una fusta que hacía sonar suavemente contra los pantalones y las botas impecablemente lustradas. El sol que entraba por los ventanales convertía sus cabellos en una aureola dorada. Una chispa insolente brilló en sus ojos cuando la vio bajar por la escalinata, como si compartieran un secreto. Y así era, así lo recordó Emma con súbita incomodidad. De alguna manera, Nikolas sabía que ella no le había contado a nadie que la había besado.

En un primer momento había considerado la posibilidad de hacerlo, naturalmente. Pero le pareció que no tendría ningún sentido. Y cuando pensó en cuál sería la reacción de su padre, la reprimenda que intentaría administrarle a Nikolas... No, hubiese sido demasiado humillante.

Él sonrió mientras la veía acercarse.

—Me alegro de que hayas accedido a verme, prima.

—Me aburría —dijo ella secamente—. Pensé que tú podrías proporcionarme alguna diversión.

—Me considero afortunado de que no tuvieras ninguna oferta mejor. —Su tono era jovial, casi alegre.

Emma lo estudió en silencio, y enseguida vio que lo complacía la perspectiva de salir a cabalgar con ella. De hecho, Nikolas parecía ufano. Emma entornó los ojos y lo miró con desconfianza.

—¿Qué pretendes, Nikki?

—Hacer que pases un rato agradable —respondió, al tiempo que le ofrecía el brazo.

Emma ignoró la cortesía.

—No necesito que me escolten hasta mis propios establos —dijo empezando a caminar hacia la salida de la casa—. Y si te atreves a ponerme un dedo encima, te dejaré inválido.

Nikolas sonrió y apresuró el paso para alcanzar a Emma.

—Gracias por la advertencia, prima.

La montura que escogió Emma, un zaino brioso y flexible, no tenía nada que envidiar al semental negro que había traído Nikolas. Cabalgaron en un equilibrio perfecto en cuanto el corcel negro consintió en domeñar su brusco temperamento. Emma no encontró ningún defecto en la manera de montar de Nikolas. Era paciente con el animal, y usaba la cantidad justa de disciplina para mantenerlo controlado. Pero, eso sí, percibió la lucha de voluntades que mantenían caballo y jinete. Casi todos los hombres montaban así, como si uno tuviera que ser superior y el otro inferior. Emma, en cambio, trataba a sus caballos de igual a igual. Como se comunicaba con ellos, como trabajaba con ellos, siempre se mostraban mucho más receptivos a sus órdenes.

Se alejaron de la colina sobre la que se alzaba Southgate Hall, y bajaron hacia los alrededores de la población. El día era soleado y cálido, y una agradable brisa flotaba en el aire. Después de cruzar un arroyuelo, atravesaron el robledo que circundaba Southgate y galoparon a través de una gran pradera. La montura de Nikolas no tardó en dejar atrás al zaino de Emma, y ella le hizo aflojar el paso mientras admitía la derrota con una carcajada.

—¡Ya verías lo que es una auténtica competición si no montara a la mujeriega! —gritó.

Nikolas detuvo a su corcel y volvió la cabeza hacia ella para sonreírle.

—Nunca había visto montar así a una mujer, Emelia. Es como ver volar una golondrina.

—¿Es ésa la versión rusa de mi nombre?

Él asintió con la cabeza.

—Mi abuela se llamaba Emelia. Te va muy bien. —Hizo que su corcel describiera un círculo alrededor de ella—. ¿Andamos un rato?

—Muy bien. —Emma desmontó ágilmente, antes de que él pudiera ofrecerse a ayudarla.

Nikolas se dejó resbalar de la silla, al tiempo que chasqueaba la lengua contra los dientes, como si riñera a una niña obstinada.

—Eres demasiado independiente, *ruyshka*. ¿Acaso es un crimen aceptar el brazo de un hombre de vez en cuando? ¿Por qué no consentir la ayuda que se te ofrece cuando vas a desmontar, o cuando te dispones a subir una escalera?

—No necesito ayuda. No quiero depender de nadie.

—¿Por qué no?

—Porque podría acostumbrarme.

—¿Tan terrible sería?

Ella se encogió de hombros, con impaciencia.

—Me las arreglo mejor yo sola. Siempre lo he hecho.

Dejaron sus monturas pastando bajo las ramas de un viejo roble, y atravesaron otra gran pradera. En la hierba resonaba el zumbido de las abejas que recogían el polen de una alfombra de flores silvestres. Emma miraba a Nikolas una y otra vez, impresionada por el modo en que caminaba junto a ella, con toda la gracia de un felino al acecho. Nunca había conocido a un hombre tan impredecible. Cuando lo había conocido había causado profundas disensiones en su familia. Todos lo detestaban. Pero a lo largo de los años siguientes, Nikolas había sabido infiltrarse gradualmente en sus vidas. Aunque no lo recibieran en el hogar de los Stokehurst con los brazos abiertos, al menos habían llegado a tolerar sus visitas.

—Nunca se me había ocurrido pensar que podríamos pasear a solas, como ahora —comentó Emma.

—¿Por qué no?

—Para empezar, a mi padre no le gustas, mi familia no confía en ti, y todas las personas a las que conozco dicen que eres un hombre peligroso.

—No soy peligroso —dijo él, y la sombra de una sonrisa aleteó por un instante en sus labios.

—A juzgar por las historias que cuentan sobre ti, lo eres. Un canalla, un sinvergüenza, un seductor de mujeres casadas... Algunos incluso dicen que has asesinado a sangre fría.

Nikolas estuvo callado un buen rato. Finalmente, la réplica llegó entre el tenue rumor de sus pasos amortiguados por la hierba.

—Todas esas cosas son ciertas. Incluso la última. Tuve que irme de Rusia porque había matado a un hombre. Pero no fue a sangre fría.

Emma, que se había quedado mirándolo entre aturdida y perpleja, dio un pequeño traspié. La expresión de Nikolas no revelaba nada y el espesor dorado de sus pestañas le velaba los ojos. ¿Qué podía impulsarlo a admitirlo ante ella? Sintió que el corazón le palpitaba. Nikolas siguió adelante, y Emma fue tras él con paso vacilante. Llegaron a un sendero de carros bordeado por una valla de madera.

Nikolas se detuvo en el centro del sendero, con todos los músculos en tensión. Contarle a Emma lo que había hecho era un riesgo calculado, puesto que ella lo hubiese averiguado de todos modos. Siempre era preferible que lo supiera de sus labios. El sudor le cubrió la frente de improviso, y él la secó con el extremo de la manga, en un gesto rígidamente controlado.

—¿Te gustaría saber cómo fue?

—Supongo que sí —dijo ella con cierta timidez. Pero él percibía la intensa curiosidad que había tras esa fachada.

—El hombre al que maté se llamaba Samuel Shurikovski. —Nikolas hizo una pausa y tragó saliva. Cinco interrogadores imperiales y dos semanas de tortura no habían sido capaces de arrancarle esas palabras. Quizá fuera efecto de su imaginación, pero de pronto sus cicatrices parecieron arder con un intenso escozor. Continuó con dificultad, al tiempo que se rascaba distraídamente las muñecas—. Shurikovski era el gobernador de San Petersburgo y el consejero favorito del zar. Él y mi hermano, Mijaíl, eran amantes. Cuando Mijaíl decidió dar por terminada la relación, Shurikovski enloqueció de rabia... y lo mató a puñaladas.

—Oh —dijo Emma, boquiabierta de asombro mientras intentaba asimilar que el hermano de Nikolas no sólo había tenido a un hombre por amante, sino que luego había sido asesinado por él. Era una revelación pasmosa, y todavía lo era más por la forma de hacerlo, así, como de pasada. El sexo, los asesinatos... Ésos eran temas que nunca se mencionaban en su presencia, salvo cuando Tasia quería darle alguna lección maternal de moralidad.

—Mijaíl era todo lo que yo tenía —dijo Nikolas—. Yo era el único al que le preocupaba lo que pudiera ser de él. Era responsable de mi hermano, ¿comprendes? Cuando lo asesinaron, yo... —Se quedó callado y sacudió la cabeza. Los rayos de sol fluyeron en un torrente de chispas sobre sus cabellos—. Sólo podía pensar en encontrar a su asesino. Eso fue lo único que me mantuvo con vida, lo que impidió que dejara de comer y de respirar...

Nikolas olvidó poco a poco que estaba hablando. Los

recuerdos volvieron a su memoria en un confuso tropel. Sus ojos estaban abiertos, pero no veían nada.

—Primero pensé que había sido Tasia. Como supongo que recordarás, la seguí a Inglaterra en un esfuerzo por hacerle pagar lo que había hecho. Pero entonces descubrí que Shurikovski había sido el único responsable de la muerte de mi hermano, y supe que nunca se haría justicia a menos que fueran mis manos las que la impartieran.

—¿Por qué no dejaste que se encargaran las autoridades?

—En Rusia la política tiene prioridad sobre todo lo demás. Shurikovski era el compañero-favorito del zar. Yo sabía que nunca lo llevarían a juicio por haber asesinado a Mijaíl. Era demasiado influyente.

—Así que te tomaste la venganza con tus propias manos —dijo Emma con voz neutra.

—Tuve cuidado de no dejar ninguna evidencia, pero aun así enseguida sospecharon de mí. Y fui arrestado. —De pronto fue como si las palabras se le hubieran quedado atrapadas en la garganta. ¡Había tanto que no podía contarle...! Hechos que nunca podría expresar, pesadillas que aún sentía hervir dentro de él... Con un esfuerzo, volvió a asumir su máscara de calma habitual—. El gobierno intentó arrancarme una confesión, y si no era de asesinato, al menos que fuera de traición. Como me negué a hablar, fui exiliado.

Nikolas guardó silencio y se concentró en el duro suelo que ahora pisaban. Una brisa se filtró a través de los mechones mojados de sudor que se le habían pegado a la frente. Que lo exiliaran de Rusia había sido peor que la tortura o incluso que la muerte, porque significaba verse separado de la fuente de la vida. Hasta los criminales más odiados pasaban a ser compadecidos cuando se los enviaba lejos de su amado país. *Neshchastnye*, los llamaban entonces: «infortunados». Rusia era la gran madre, y sus hijos encontraban sustento en sus gélidos vientos, sus oscuros bosques y los inmensos brazos hechos de tierra y nieve con que los acunaba. Una parte del espíritu de Nikolas se había marchitado cuando tuvo que dejar San Petersburgo sin perspectiva alguna de poder volver a pisar su tierra. A veces soñaba que aún estaba allí, y despertaba con el corazón oprimido por un insoportable anhelo.

—¿Por qué me lo has contado? —preguntó Emma, y oírla puso fin a las oscuras cavilaciones de Nikolas—. Tú nunca haces nada sin una razón. ¿Por qué querías que lo supiera?

Nikolas la miró, y sonrió sardónicamente al verla tan seria.

—¿Acaso no es propio de los amigos hacerse confidencias?

—¿Cómo sabes que no se lo contaré a nadie?

—Tendré que confiar en ti, *dushenka.*

Emma lo miró fijamente.

—¿Sientes haber matado a Shurikovski?

Nikolas sacudió la cabeza.

—No creo en las lamentaciones. Lamentarse no cambia el pasado.

—Eres un amoral —dijo Emma, con sus ojos azules clavados en los de él—. Deberías darme miedo. Pero no te temo.

—¡Qué valiente que eres! —se burló Nikolas, divertido por su baladronada.

—Hasta pienso que... si yo hubiera estado en tu lugar, quizás habría hecho lo mismo.

Antes de que Nikolas pudiera replicar, sintió que ella le tocaba la muñeca. Se detuvo, y sólo entonces comprendió que no había dejado de frotarse las cicatrices del pecho inconscientemente mientras hablaban. Sintió que la mano se le ponía rígida bajo los esbeltos dedos de Emma. No había ningún rastro de compasión en el rostro de ella. Lo miraba con una extraña aceptación, como a una criatura salvaje a la que no se podía recriminar, puesto que había seguido los dictados de su naturaleza.

—Entonces ¿no me culpas por el asesinato? —preguntó con aspereza.

—No me corresponde juzgarte. Pero entiendo por qué lo hiciste. —Su mano desnuda permaneció posada sobre la suya—. Guardaré tus secretos, Nikki.

Nikolas no se movió. Tensó los músculos para mantener a raya un súbito estremecimiento de emoción. No tenía ni idea de por qué el contacto de la mano de Emma, sus palabras, ejercían tal poder sobre él. Sólo sabía que quería besarla, abrazarla tan fuerte que la oyese chillar de dolor. Quería acostarla en el suelo, allí mismo, y soltarle la melena pelirroja para tomarla en el campo, como si de una campesina se tratara. Pero lo que hizo fue dar un paso atrás y apartar la mano de las suyas.

—Te creo, Emelia —dijo, en un tono que no podía ser más cortés y agradable.

Ella le dirigió una sonrisa cautelosa y reanudó la marcha, sin que pareciese importarle que sus faldas rozaran los terrones de tierra y las rodadas que los carros habían dejado en el sendero. Nikolas, con las manos en los bolsillos, echó a andar a su lado. Emma no había reaccionado como él esperaba que lo hiciese. Había aceptado su historia con excesiva facilidad. Su familia la había mantenido demasiado resguardada, y habían permitido que viviera su vida como si fuese algo salido de una novela. «Pobrecita mía —pensó mientras la contemplaba a través de la pantalla ambarina de sus pestañas—. ¿Por qué tienes que hacer que me resulte tan fácil aprovecharme de ti?»

—¿Puedo volver a verte mañana? —preguntó.

Emma titubeó, y se apretó el labio inferior con los dientes antes de responder.

—No —dijo finalmente—. Pasaré el resto de la semana en Londres.

—¿Tienes algún compromiso?

—De hecho, voy a asistir a una reunión de la RSTHA. Me han pedido que diga unas palabras sobre las nuevas leyes de protección de los animales que acaban de promulgar.

—¿Tu familia te acompañará?

Emma tensó la mandíbula.

—No. No sienten ningún interés por mis cruzadas, y aunque les interesaran, yo no querría que estuviesen presentes.

—Ah —murmuró él—. Así que todavía no has hecho las paces con tu padre.

Emma sacudió la cabeza.

—Mi padre hizo que el gran amor de mi vida tuviera que irse del país. Si alguien te hiciera eso, dudo que te apresuraras a perdonárselo.

—Tal vez no. Pero yo no necesito a nadie, mientras que tú... Tú has perdido a tu gran amor y a tu familia al mismo tiempo. —Nikolas la miró a la espera de alguna reacción, pero Emma ocultaba muy bien sus emociones. Murmuró un comentario más, sabiendo que ahora podía hablar con la seguridad de que sus palabras darían en el blanco—. No es fácil estar solo, ¿verdad? El vacío, el silencio, la soledad no deseada... Pueden hacer que hasta un palacio se convierta en una prisión.

Emma lo interrogó con los ojos azules muy abiertos. Como había dejado de mirar dónde ponía los pies, volvió a tropezar, esta vez con el borde de una rodada muy profunda. Nikolas se apresuró a extender las manos hacia ella para proporcionarle un punto de apoyo y evitar que perdiera el equilibrio. Antes de que ella pudiera protestar, le tomó la mano y se la pasó por la curva del codo. Luego sonrió, afable, sin apartar la mirada del rostro ruborizado de Emma.

—Acepta la ayuda cuando se te ofrece, prima. Sólo es un brazo en el que apoyarse temporalmente.

La Real Sociedad para el Trato Humanitario a los Animales celebraba su reunión general anual en Londres, en una sala de conferencias próxima al Covent Garden. El pequeño edificio situado en una calle de subastadores, libreros y editores que antes alojaba un viejo hotel había sido reconvertido. Cuando paseó la mirada por la sala, iluminada por la luz que dejaban entrar los postigos entornados de las ventanas, Emma se sintió como en familia entre los doscientos asistentes. La mayoría eran hombres de mediana edad, algunos delgados y muy tiesos en sus sillas de caoba, otros tan orondos que desbordaban los pequeños asientos cuadrados. Había también unas cuantas mujeres, y las más jóvenes doblaban su edad.

Emma sabía que no todos tenían la misma motivación para estar allí. Aunque algunos compartían su apasionada preocupación por el bienestar de los animales, otros habían acudido meramente porque se trataba de una cuestión política que empezaba a hacerse popular. Pero eso daba igual, con tal de que todos trabajaran juntos en pro de una causa importante.

Entonces sintió una mirada posada en ella, y miró a la derecha. Un hombre joven, de cara delgada y vivaces ojos oscuros, estaba sentado a unos cuantos asientos de distancia. Mientras intercambiaban una discreta sonrisa, Emma intentó acordarse de cómo se llamaba. Señor Henry Dowling, o quizá fuese Harry. Ya habían hablado en un par de ocasiones anteriormente. Si no la engañaba la memoria, el señor Dowling trabajaba en una editorial, pero lo que realmente le interesaba eran los perros de la raza collie. Había llegado a ser uno de los principales criadores de Inglaterra. Sus facciones encantadoramente pronunciadas le recordaron a *Listo*, su zorro. La sonrisa de Emma se hizo más grande por un segundo antes de que apartase la mirada. Pero ella era consciente de que la seguía observando, y un leve rubor empezó a arder en el inicio de sus mejillas.

La reunión siguió su curso con la intervención de varios oradores. Había un continuo rumor de papeles conforme los miembros tomaban notas o preparaban los discursos que iban a pronunciar. Las sillas de madera crujían cuando sus ocupantes cruzaban las piernas o se acomodaban. De vez en cuando se producían interrupciones: los miembros pedían alguna información adicional, o solicitaban determinadas aclaraciones. Tras el cuarto ponente, le llegó el turno a Emma. Lord Crowles, el presidente de la Sociedad, pidió un informe sobre el manual para las leyes de la protección de animales, y Emma sintió que se le secaba la boca.

La sala pareció quedar sumida en un completo silencio.

Emma fue hacia el estrado, con los brazos rígidamente cruzados sobre un grueso fajo de papeles, como si fuera a usarlo de escudo. La excitación y los nervios ya habían hecho mella en su estómago, pero se sobrepuso y contempló las hileras de caras que tenía delante. Sujetando con fuerza los papeles empezó a hablar, y la sorprendió lo firme y clara que sonaba su voz.

—Caballeros, he traído las propuestas de revisión para el manual de la protección de animales. El nuevo texto incorpora todas las sugerencias hechas por los distinguidos expertos de la Sociedad. Si se considera que es aceptable, lo llevaremos a la imprenta y los ejemplares serán distribuidos por todo el país.

Un anciano caballero sentado en una de las primeras filas habló:

—¿Tendría lady Stokehurst la amabilidad de describirnos la naturaleza de las revisiones?

Emma le dirigió una inclinación de cabeza, y sintió que la tensión en su cuerpo disminuía.

—Por supuesto, señor. El manual proporciona una explicación más detallada de cuáles son los procedimientos a seguir para denunciar el maltrato a los animales. En todos los casos, siempre es preciso reunir ciertas pruebas para que la denuncia sea aceptada. El gran público conoce cómo se maltrata a los animales en las calles: todos hemos visto golpear a los caballos con látigos, palas o garrotes, y cómo sufre el ganado camino del mercado, o perros callejeros y gatos sin dueño a los que se somete a terribles tormentos. Muchas personas deploran las crueldades que deben presenciar, pero no saben qué pueden hacer para ponerles fin. El manual contiene una serie de criterios que permiten saber cuándo se ha infringido la ley, y los procedimientos a seguir para denunciar a los infractores ante las autoridades correspondientes.

Para sorpresa de Emma, el señor Dowling hizo una pregunta.

—Lady Stokehurst, ¿qué hay de la experimentación científica? ¿Menciona el manual la práctica de la vivisección?

Emma, con expresión apesadumbrada, negó con la cabeza.

—Las comunidades médica y científica insisten en que necesitan llevar a cabo vivisecciones, es decir, disecciones en animales vivos, para poder ampliar sus conocimientos. Pero no pueden probar que se consiga nada con eso, salvo causar una muerte cruel y dolorosa a miles de animales. Me habría gustado mencionar esta cuestión en el manual, pero todavía carecemos de unos criterios básicos al respecto. No podemos saber qué prácticas científicas son necesarias y cuáles son meros experimentos en el arte de la tortura. Los miembros de la Sociedad podrían considerar apropiado que se nombrara un comité para estudiar la situación...

Emma hubiese continuado, pero algo atrajo su mirada hacia el fondo de la sala, un familiar destello dorado, una silueta masculina. Era Nikolas Angelovski. Incluso a aquella distancia, el tono ambarino de sus ojos y sus cabellos era inconfundible. Se sentía confusa. Apenas se enteró de la amable respuesta de lord Crowles a la sugerencia que acababa de hacerles, después de lo cual se presentó una moción que enseguida fue secundada. Sin saber muy bien cómo, Emma logró apartar la mirada de Nikolas. Le entregó el manuscrito a la secretaria de la Sociedad, que esperaba junto al estrado. Los hombres de su fila se levantaron educadamente para facilitarle el acceso a su asiento.

La reunión se prolongó durante una hora más. Emma mantuvo los ojos clavados en el respaldo de la silla que tenía delante, incapaz de concentrarse. Se las arregló para resistir la tentación de mirar a Nikolas. Él estaba allí porque quería algo de ella. Era la única explicación que se le ocurría para esa deliberada persecución. La inquietud y la ira se enmarañaron dentro de su mente. Pero... ¿podía ser que también sintiera un tenue destello de placer? Nikolas era un hombre apuesto y poderoso. Muchas mujeres harían cualquier cosa con tal de atraer su atención sólo por unos instantes... Y ahora él estaba allí, esperándola.

Cuando las observaciones finales de lord Crowles indicaron que se daba por concluida la reunión, los asistentes se levantaron para irse. Mientras iba hacia el final de la fila, Emma se encontró acompañada por el señor Dowling. La jovialidad brillaba en el fondo de sus ojos oscuros.

—Lady Stokehurst, voy a sugerirle a lord Crowles que su nombre figure en el manual como reconocimiento a la espléndida labor que ha llevado a cabo.

—¡Oh, no! —se apresuró a decir Emma—. Gracias, pero tampoco es que haya hecho tanto. Y no quiero ninguna clase de reconocimiento. Sólo quiero que se ayude a los animales.

—Si se me permite decirlo, es usted tan modesta como atractiva, lady Stokehurst.

Confusa y complacida, Emma bajó la mirada.

El señor Dowling volvió a hablar, esta vez en una nota más vacilante.

—Lady Stokehurst, me preguntaba si querría...

—¡Prima! —Un suave acento ruso se abrió paso a través de la conversación—. Qué sorpresa tan agradable encontrarte aquí. Pero pareces haber perdido a tu carabina. Debes permitir que me asegure de que llegas a casa sin ningún contratiempo.

Emma levantó la cabeza y miró con expresión de enfado a Nikolas: él sabía muy bien que a menudo se saltaba la norma de etiqueta que imponía ir acompañada de una carabina en todo momento. Era una de las ventajas de ser una excéntrica. De pronto, comprendió que tenía que hacer las presentaciones, y se cruzó de brazos para acabar cuanto antes con esas formalidades.

—Príncipe Nikolas Angelovski, permitidme presentaros al señor Dowling.

Hubo un breve apretón de manos y luego Nikolas le volvió la espalda a Dowling, una descortesía indicadora de que daba por finalizado el encuentro.

—Emelia.

El señor Dowling no se movió del sitio, y su mirada se encontró con la de Emma. Ella sonrió a modo de disculpa.

—Que pase un buen día, lady Stokehurst —dijo él—. Mis

respetos a usted y a su... familia. —Miró con incertidumbre a Nikolas, claramente inseguro de si el ruso encajaba en esa categoría. En un momento había desaparecido.

Emma se volvió hacia Nikolas y lo fulminó con la mirada.

—¿Qué haces aquí?

—Me preocupan los malos tratos de que se hace objeto a los animales —dijo él con parsimonia.

—Oh, seguro. Era una reunión a puerta cerrada. ¿Cómo te las has arreglado para entrar?

—Me he hecho socio.

—Pero eso no es cosa de un día: tienes que rellenar impresos y pasar por varias entrevistas, y luego un comité vota... —Se calló—. Has pagado para que te dejaran entrar.

—Yo diría que he hecho un donativo —la corrigió él.

Emma soltó una carcajada de exasperación.

—¿Existe algo que tu dinero no pueda conseguir? ¿Y ahora qué quieres?

—Tengo intención de acompañarte hasta tu casa, prima.

—Gracias, pero tengo un carruaje esperando delante de la puerta.

—Me he tomado la libertad de despedirlo.

—Eres un presuntuoso —dijo ella sin demasiada convicción, al tiempo que ponía la mano en la curva del brazo que le ofrecía él—. ¿Siempre te sales con la tuya?

—Casi siempre. —Nikolas la llevó fuera del edificio, sin prestar ninguna atención a las miradas de curiosidad que los siguieron—. Me gusta asistir a tus discursos, Emelia. Admiro a las mujeres que no intentan ocultar su inteligencia.

—¿Por eso me has seguido a Londres? ¿Por lo mucho que me admiras?

Él sonrió ante su franqueza.

—Estoy dispuesto a admitir que empiezo a sentir un cierto interés por ti. ¿Condenarías a un hombre por ello?

—Condenarlo, no. Pero me parece sospechoso, y más tratándose de ti. Al final es como si no fueras más que una gran masa de motivos ocultos, Nikki.

Él rió con deleite. La llevó hacia el bordillo, donde los esperaba un espléndido carruaje lacado tirado por cuatro lustrosos orlovs negros, los mejores caballos de carruaje del mundo. Dos lacayos con librea negra estaban al cargo del vehículo.

Emma precedió a Nikolas al interior del carruaje y se acomodó en el asiento tapizado de un terciopelo borgoña tan oscuro que parecía negro. Relucientes paneles de maderas preciosas decoraban el interior. Las ventanas estaban enmarcadas en oro y cristal, y las lámparas lucían adornos de piedras semipreciosas. La fortuna de su familia era considerable. Pero Emma nunca había penetrado en un vehículo tan lujoso. Nikolas se sentó frente a ella, y el carruaje se apartó del bordillo para deslizarse como por arte de magia sobre los duros pavimentos de las calles de Londres.

Deslumbrada por todo aquel lujo, Emma no pudo evitar pensar en la clase de vida que habría llevado Nikolas en Rusia y en todo lo que se había visto obligado a dejar atrás.

—Nikki —dijo de pronto—, ¿nunca ves a nadie de tu familia? ¿Han venido a visitarte alguna vez?

Él no mostró ninguna reacción, pero aun así Emma percibió que la pregunta lo había dejado perplejo.

—No, y tampoco espero que lo hagan. Todos los vínculos quedaron cortados cuando dejé mi país.

—Pero no los lazos de sangre. Tienes hermanas, ¿verdad? Recuerdo haberle oído decir a Tasia que tenías cuatro o cinco...

—Cinco —dijo él secamente.

—¿No las echas de menos? ¿No te gustaría verlas?

—No, no las echo de menos. Apenas nos conocíamos. Mijaíl y yo crecimos lejos de nuestras hermanas.

—¿Por qué?

—Porque mi padre así lo quiso. —Una sombra de amarga diversión cruzó por sus facciones—. Éramos un poco como los animales de tu colección, todos enjaulados y a su merced.

—¿No te caía bien?

—Mi padre era un bastardo desalmado. Cuando murió hace diez años nadie lloró su pérdida.

—¿Qué me dices de tu madre? —preguntó Emma tímidamente.

Nikolas sacudió la cabeza y sonrió.

—Prefiero no hablar de mi familia.

—Entiendo —murmuró ella.

Nikolas siguió mirándola con una expresión divertida.

—No, no lo entiendes. Los Angelovski son mala gente, y cada generación es peor que la anterior. Al principio formábamos parte de la realeza de Kiev, pero luego unimos nuestra estirpe a ciertas familias campesinas muy poco recomendables, y finalmente añadimos a la mezcla un guerrero mongol que encontraba de lo más normal beber sangre de las venas de su caballo para refrescarse después de un largo viaje. A partir de ahí todo ha sido ir cuesta abajo, y yo soy un buen ejemplo.

—¿Intentas asustarme?

—Sólo te prevengo que no deberías hacerte ninguna clase de ilusiones acerca de mí, Emma. Un árbol corrupto no puede dar buenos frutos. Harías bien en recordarlo.

Ella rió, y una chispa de diversión bailó en el azul de sus ojos.

—Suenas como Tasia cuando cita la Biblia. No te tenía por un hombre religioso.

—La religión está presente en la vida de todos los rusos. Es algo inevitable.

—¿Vas a la iglesia alguna vez?

—No he vuelto a ir desde que era un muchacho. Mi hermano y yo creíamos que los ángeles vivían en lo alto de las cúpulas de las iglesias, donde recogían nuestras plegarias y las mandaban al cielo.

—¿Y allí las escuchaban?

—No, nunca —dijo él secamente, y se encogió de hombros—. Pero tenemos muchísimo aguante... Ése es el don que Dios otorgó a los rusos.

El carruaje pasó ante un mercado callejero lleno de puestos de frutas y verduras, pescado y artículos de segunda mano. La ruidosa multitud que se agolpaba en las calles hizo que la procesión de caballos y vehículos tuviera que ir más despacio. Entonces hubo un estrépito repentino, una extraña mezcla de voces que chillaban y gritos de animales.

Cuando el carruaje se detuvo, Emma se inclinó hacia delante y miró por la ventana llena de curiosidad.

—Ahí fuera pasa algo —dijo—. Una pelea, quizá.

Nikolas abrió la puerta del carruaje y saltó al suelo ágilmente. Después de haberle dicho al conductor que esperase allí, se adentró en el gentío. Emma esperó un par de minutos, que dedicó a escuchar el altercado. Quizá dos vehículos habían chocado, o un carro le había pasado por encima a alguien en la calle. Una punzada de angustia le atravesó el corazón cuando oyó los relinchos angustiados de un caballo... O tal vez fuera un burro. Era fácil reconocer el dolor y el miedo en aquellos patéticos sonidos. Emma decidió que no podía aguantarlo ni un segundo más. Saltó del carruaje, en el preciso instante en que Nikolas venía hacia ella con expresión sombría.

—¿Qué ocurre? —le preguntó ella nerviosa.

—No es nada. Vuelve a entrar; pasaremos dentro de unos minutos.

Emma clavó la mirada en sus ojos vacíos de toda emoción, y luego pasó junto a él en una rápida carrera.

—¡Emma, vuelve...!

Como si no lo hubiera oído, Emma echó a correr entre el gentío.

3

En el centro de un cruce muy concurrido un carro sobrecargado de ladrillos se había detenido y bloqueaba el tráfico. Un viejo burro, de lomo hundido y con las costillas marcadas, tiraba del carro para superar una pequeña elevación. El amo, un hombrecillo fornido y con unos brazos que parecían jamones, le pegaba con los eslabones de una cadena. El pobre animal sangraba y parecía paralizado por el terror, con los ojos girándole frenéticamente en las órbitas.

En el manual que Emma acababa de mostrar a la RSTHA, constaba la lista de procedimientos a seguir en esos casos. Ahora ella tenía que anotar los nombres del culpable y los testigos, consignar las circunstancias en las que se había cometido el delito, añadir descripciones de las heridas... Pero los rebuznos angustiados del burro bastaron para que Emma se olvidara de protocolos legales. Un torrente de furiosa energía brotaba de su cuerpo mientras se abría paso a codazos y empujones.

—¡Pare! ¡Pare ahora mismo, o lo mataré!

La sorprendente aparición de aquella pelirroja enfurecida hizo que la concentración de curiosos se abriera para dejarla pasar. El hombrecillo de grueso cuello hizo una pausa en sus golpes y alzó la mirada hacia ella.

—¡Métete en tus asuntos, zorra!

Emma hizo como que no lo había oído y fue hacia el aterrorizado animal. Se detuvo junto a él y le acarició la cabeza hasta que el burro le puso el hocico en la cintura, como un niño que busca refugio. Exclamaciones de asombro y ternura brotaron del gentío.

Pero el amo del burro no parecía nada impresionado.

—Mucho cuidado con tocar mi burro —mascullò, al tiempo que levantaba el brazo de forma amenazadora—. O sube eso, o lo mato a palos.

—¡Haré que lo arresten por esto! —gritó Emma, abrazando el cuello del tembloroso animal—. ¡El carro es demasiado pesado, maldito estúpido!

—¡Largo de aquí! —La cadena hendió el aire con un silbido para estrellarse contra el suelo muy cerca de los pies de Emma—. Vete, o te abriré la cabeza con esto.

Emma tensó los brazos alrededor del cuello del burro en un gesto reflejo. Bastaba con mirar el rostro encendido del hombre para darse cuenta de que estaba fuera de sí, y sus amenazas debían ser tomadas muy en serio. Pero ya no podía echarse atrás, porque nunca se perdonaría que aquella bestia humana matara al pobre burro de una paliza.

—Señor... —empezó a decir en un tono que intentaba ser conciliador, pero el hombrecillo se puso a gritarle obscenidades y alzó la cadena para golpearla.

De pronto todo ocurrió demasiado deprisa para que Emma pudiera entenderlo. Nikolas apareció ante ella para hacerle de escudo mientras la cadena venía hacia ellos en un vertiginoso trallazo. Emma lo sintió encogerse cuando los eslabones metálicos chocaron contra su cuerpo, y lo oyó exhalar un siseo ahogado. Luego la apartó con un brusco empujón.

Para Nikolas, el impacto de la cadena sobre su espalda causó una explosión interior que nunca habría creído posible. Toda conciencia del presente se desintegró de golpe; ya sólo existía el pasado, que se precipitaba sobre él y le impedía pensar en nada que no fuese la furia y la sed de sangre. Revivió la agonía de ser torturado por los funcionarios del zar, volvió a sentir cómo los nudos del látigo le desgarraban la espalda... «¿Confesaréis ahora, alteza?» De pronto, se vio con las manos rígidamente cerradas alrededor del cuello del hombrecillo. No apartó la mirada de aquellos ojos de un azul desvaído en los que la rabia iba dejando paso al terror. No podía dejar de mirarlo, y una negra niebla asesina se alzó a su alrededor.

—No —gimoteó el hombrecillo asustado, sus gordas manos sobre las tensas muñecas de Nikolas.

Nikolas clavó los dedos en su cuello y lo obligó a callar. La sed de muerte rezumaba de sus poros como sudor. Sólo un sonido llegó hasta él: una voz femenina, resuelta y llena de calma, que lo apartó del abismo.

—¡Nikki! ¡Nikki, suéltalo!

Nikolas parpadeó y se estremeció. Finalmente miró en la dirección de la voz, y vio los ojos oscuros y azules de Emma muy cerca de él, sosteniéndole la mirada.

—Suéltalo —repitió Emma. El éxtasis de la violencia empezó a disiparse. Nikolas acató con reticencia aquella orden tranquila, y por fin apartó las manos del cuello del hombrecillo.

El amo del burro, tan asustado que apenas podía tenerse en pie, echó a correr entre el gentío. Logró gritar unas cuantas advertencias entrecortadas mientras se llevaba las manos al cuello, que ya empezaba a mostrar morados.

—¡Es el diablo en persona! ¡Mirad sus ojos! ¡Ya veréis! ¡El diablo en persona, sí...!

El grupo de curiosos se dispersó, pero algunos seguían quejándose de que tenían cortado el paso. Unos cuantos voluntarios organizaron un grupo para llevar el carro lleno de ladrillos hasta uno de los lados de la calle.

Nikolas sentía los dedos tan rígidos que le costaba moverlos. Empezó a flexionarlos para disipar la tensión acumulada en las muñecas, y apenas si se enteró de que Emma había ido a supervisar la operación de desenganchar al burro. Con pleno dominio de la situación, ordenaba a uno de los lacayos que atara al flaco animal a la trasera del carruaje lacado.

—Lo llevaremos a la casa de mi familia —dijo en respuesta a la expresión interrogante del lacayo—. Creo que podrá llegar hasta allí con tal de que el carruaje no vaya demasiado deprisa.

Lo único que quería Nikolas era salir de allí. La confusión de la escena no era nada comparada con su caos interior. Necesitaba estar en algún lugar tranquilo para pensar, para recuperar la compostura. Volvió la cabeza para lanzarle una mirada imperiosa a Emma, y mantuvo los ojos clavados en su espalda hasta que ella se dio cuenta. Emma enseguida entendió su mensaje silencioso, y obedeció sin perder un instante. Parecía estar muy serena mientras iba hacia el carruaje. Nikolas entró en el vehículo y se sentó frente a ella. Para su sorpresa, vio que estaba muy pálida y mantenía los dedos rígidamente entrelazados en un nudo de tensión.

—Veo abusos como éste a cada momento —le dijo sin intentar ocultar su agitación—. Nunca me acostumbraré a ellos. ¿Por qué la gente tiene que ser tan cruel?

Nikolas no dijo nada, y se limitó a correr las cortinas para evitar la vista del gentío que llenaba las calles. Emma lo miró a través del interior oscurecido del carruaje mientras por fin empezaban a moverse.

—Esa cadena tuvo que hacerte mucho daño cuando te alcanzó —dijo tímidamente—. ¿Te encuentras bien?

Nikolas asintió en silencio, todavía consumido por viejos y oscuros recuerdos. ¿Cómo podía haber perdido el control con tanta facilidad? Él nunca se dejaba arrastrar por sus emociones, ésa era una debilidad que no podía permitirse.

Emma volvió a hablar mientras se pasaba los dedos todavía agarrotados por la tensión para peinarse los rizos desprendidos de las horquillas.

—Gracias por acudir a rescatarme. Parece que vuelvo a estar en deuda contigo.

—Esta vez no —dijo Nikolas, ya lo bastante calmado para poder centrar su atención en ella. Emma mantenía la mirada apartada de él, pero le pareció que se encontraba bastante alterada—. ¿Quieres un pañuelo? —preguntó abruptamente. Emma negó con la cabeza, pero Nikolas buscó uno en su chaqueta y se lo ofreció.

—No estoy llorando —dijo ella—. Nunca lo hago. El llorar no arregla nada, y nunca hace que me sienta mejor. —Tomó el cuadrado de lino blanco y se sonó ruidosamente, al tiempo que le lanzaba una mirada desafiante.

Nikolas sintió que se le aceleraba el pulso. Otras mujeres usaban las lágrimas con propósitos de seducción o simpatía, y sin embargo nunca lo habían conmovido. Sólo Emma, al negar su debilidad y retarlo a decir una palabra al respecto, podía afectarlo así.

Se encontró inclinándose hacia Emma para tomarla en sus brazos, sin considerar su movimiento de reticencia. Después de una breve resistencia inicial, la sintió relajarse hasta quedar apoyada en él, los senos apretados contra su costado y su pecho. Emma no llevaba perfume en el pelo, pero su olor era tan fresco y puro como si acabara de salir de un paseo por las praderas, entre matas de hinojo, como si se hubiera revolcado en el musgo de los bosques. Nikolas lo inhaló profundamente y se sintió suspendido al borde de la violencia, y todos sus planes cuidadosamente calculados parecían a punto de desmoronarse bajo la abrumadora presión del deseo. Sin saber muy bien cómo, logró que sus manos siguieran posadas sobre la espalda de Emma en un contacto completamente impersonal, pese a su desesperada necesidad de tocarla.

—Mi terca e impetuosa jovencita —susurró en ruso, sabiendo que ella no lo entendía—. Hace miles de noches que te espero. He fingido que otras mujeres eran mi *ruyshka*... Les he hecho el amor, y siempre imaginaba que eras tú la que estaba en mis brazos. No tardarás en saber que tú y yo estamos hechos el uno para el otro. Pronto vendrás a mí.

Emma sacudió la cabeza y lo miró, confusa por aquel idioma extranjero.

—¿Qué has dicho?

Nikolas no podía apartar la mirada del oscuro resplandor de los ojos de Emma. Anhelaba sentir su piel bajo los labios, besar las pequitas doradas que había en sus mejillas, las curvas hechas de fuego de sus pestañas. Intentó no perder el control, que amenazaba con escurrírsele como granos de arena entre los dedos. Tuvo que recurrir a todas sus reservas de voluntad para mantener a raya los sentimientos encontrados que se agitaban en su interior y hablar con voz impasible, como si todo aquello le pareciese muy divertido.

—He dicho que no hay ninguna necesidad de llorar, *ruyshka*. No tienes que ser tan emocional.

—No lo puedo evitar —gruñó ella—. Siempre he sido así... Nunca sé encontrar el lugar que me corresponde, nunca soy capaz de ir al paso que marca el mundo. Ojalá pudiera ser como el resto de la gente. Mi única esperanza era casarme con lord Milbank.

Nikolas sonrió y le alisó los cabellos.

—En cuanto te vea convertirte en algo semejante al resto de la gente me iré de Inglaterra para no volver. Tú no has nacido para ir al paso que te marque el mundo. Y si piensas que habrías conocido la felicidad con lord Milbank, estás pero que muy equivocada. Conozco a los de su calaña. Los hay en todas partes. Son tan comunes como los ratones.

—No pienso escuchar cómo insultas a Adam...

—¿Permitiste que Adam Milbank llegara a percibir esa faceta tuya? ¿Te atreviste a discutir con él alguna vez? *Nyet*, adoptaste una fachada de dulzura para agradarle, porque a ti te gustaba su apariencia y su resbaladizo encanto. Pensaste que no te querría si llegaba a descubrir lo inteligente que eres, lo valiente y arrojada que puedes llegar a ser. Tenías razón. Adam Milbank no es lo bastante hombre para valorar esas cualidades.

—Bueno, sin duda el arrojo es una cualidad maravillosa en una mujer —musitó Emma mientras se apartaba de él—. Me pregunto por qué Adam no era de esa opinión.

—En Rusia serías la mujer más deseable de todo el país.

—No estoy en Rusia, gracias a Dios. Y deja de intentar halagarme, ya sabes que no me gusta.

Nikolas le recogió la mandíbula entre las palmas y alzó el rostro ruborizado de Emma para estudiarlo. Podía sentir la suavidad de su piel bajo las puntas de los dedos.

—La mujer más deseable —repitió, mientras clavaba los ojos en los suyos sin permitirle apartar la mirada.

Sintió el estremecimiento que recorría el cuerpo de Emma. Sí, ella también tenía que haber percibido esa fuerza ineluctable que los arrastraba a encontrarse. Era su destino. Nikolas era demasiado ruso para no creer en él. Todo seguiría el curso inexorable marcado por el destino. A un ruso le bastaba con tener paciencia y saber aguantar. Dios, sí, él ya había demostrado sobradamente que podía hacerlo.

Una de las ruedas del carruaje encontró un bache, y la sacudida hizo temblar el vehículo. Nikolas se apartó de Emma y volvió a recostarse en su asiento. No desvió la mirada del rostro de Emma, pero ella mantenía los ojos fijos en sus manos cruzadas. No volvieron a cruzar palabra hasta que llegaron a la villa que los Stokehurst tenían junto al Támesis. Entonces Emma rompió el silencio con voz titubeante.

—Te agradezco mucho la ayuda que me has prestado hoy, Nikolas. Pero... preferiría que no insistieras en verme. No creo que debamos ser amigos, porque no entiendo en qué puede beneficiarnos.

Quizás esperara que él se mostrase en desacuerdo, incluso que discutieran. Pero Nikolas se encogió de hombros y le dirigió una sonrisa oblicua.

—Como quieras.

Emma huyó de la presencia de Nikolas con un suspiro de alivio. Ayudada por el cochero y el mozo de cuadra, alojó al burro en los establos que se hallaban en la parte posterior de la villa y le curó las heridas, con lo que descubrió que estaba muy desnutrido y tenía las pezuñas infectadas. Seguramente nunca llegaría a recuperarse del todo. Emma lo dejó al cuidado del mozo de cuadra y entró en la villa.

El hogar de los Stokehurst era una elegante mansión de estilo italiano, llena de suelos y columnas de mármol con elegantes chimeneas de azulejos y unas cuantas fuentes que borboteaban en el interior. A Emma siempre le había gustado aquella villa, aunque careciese de la atmósfera acogedoramente doméstica de Southgate Hall.

Como se sentía algo alterada, decidió darse un baño en una enorme bañera de porcelana, en un cuarto de baño de baldosas pintadas a mano. Resiguió distraídamente los diminutos pájaros exóticos con la punta mojada de un dedo, y se puso a pensar en Nikolas.

Sus encuentros con él cada vez eran más extraños e incomprensibles. Emma nunca había experimentado tal conflicto de emociones acerca de una persona. Nikolas era encantador, atractivo... y aterrador. Había escuchado lo que se decía sobre sus aventuras, una multitud de cortas y discretas relaciones con mujeres de la alta sociedad. Ésa era la clase de mujeres que le gustaban a Nikolas: criaturas frías y elegantes, hartas de sus matrimonios faltos de vida. ¿Por qué había decidido perder el tiempo con ella? ¿Cuáles podían ser sus motivos?

Bueno, eso ya se había acabado. Nikolas había salido de su vida, de un modo tan irrevocable como lo había hecho Adam Milbank. Emma levantó una larga pierna enjabonada y la contempló con ojos críticos. Si fuese menuda y frágil, ¿se habría quedado Adam a su lado? Emma bajó la pierna con un chapoteo y suspiró. Si fuese lo bastante hermosa, Adam no habría permitido que nada llegase a interponerse en su camino. Ni su padre ni el dinero podrían haber impedido que fuese suya.

—¡Ah, si fuera como Tasia...! —dijo en voz alta.

Pequeña y delicada, Tasia tenía una belleza exquisita que fascinaba a los hombres. Emma reprimió una punzada de envidia y se echó agua caliente sobre el cuello y los hombros.

Ahora que había perdido a Adam, se convertiría en una solterona llena de arrugas y nunca sabría lo que era estar con un hombre, entregarse a él en un arrebato de pasión y quedarse dormida en sus brazos. Podía buscarse un amante, pero esa idea la llenó de melancolía. Qué sola se sentiría compartiendo la cama con un hombre al que no amaba, en un mero intercambio físico, sin la participación de las emociones, de las almas...

—¿Señorita Emma? —Una voz interrumpió el curso de sus pensamientos. Emma miró hacia la puerta, donde su doncella, Katie, aguardaba con una pila de toallas recién calentadas y un albornoz de lino blanco—. ¿Todavía no ha terminado de bañarse, señorita?

—Supongo que sí. —Emma se puso en pie, tomó una toalla y se envolvió con ella mientras salía de la bañera.

Katie le secó los hombros con otra toalla y la ayudó a ponerse el albornoz.

—¿Quiere que baje y le diga a la cocinera qué le gustaría cenar, señorita Emma?

—No tengo mucho apetito.

—¡Oh, pero tiene usted que comer algo, señorita!

Emma sonrió y asintió de mala gana.

—Está bien, tomaré té y tostadas en mi habitación. Y me gustaría leer algo. Tráeme un ejemplar del *Times*.

—Sí, señorita.

Emma entró descalza en la *suite* de habitaciones que ocupaba y fue a su tocador. Se sacó las horquillas, se destrenzó el pelo y se dio un buen masaje con las puntas de los dedos en el cuero cabelludo. Luego pasó metódicamente el cepillo por su larga melena rizada, deshaciendo los enredos hasta que se le cansó el brazo. Después de haber guardado el cepillo en uno de los intrincados compartimientos del tocador, contempló su reflejo en el espejo de marco dorado.

Una cara de lo más corriente, pensó. Piel pálida y pecosa, nariz recta, barbilla pronunciada. Lo único que le gustaba de ella era el azul de los ojos, idénticos a los de su padre salvo por el hecho de que sus pestañas eran de un castaño rojizo en vez de negras.

Nikolas Angelovski le había dicho que era deseable. La había llamado hermosa. ¿Le había dicho Adam cosas semejantes alguna vez? No, al menos que ella recordase. Con el ceño fruncido, Emma fue hacia la cama y se hizo un ovillo sobre la colcha con el cuerpo pegado a la cabecera azul. Apoyó la espalda en una almohada de brocado, y se quedó absorta en sus pensamientos hasta que llegó Katie con el té.

—Aquí tiene, señorita Emma... Té, tostadas y el *Times*.

—Gracias, Katie.

Katie la miró con una afable preocupación.

—¿Va todo bien, señorita? Esta noche la veo un poco alterada.

—No me pasa nada. He tenido un día muy largo. —Emma tomó una tostada untada con mantequilla, se las arregló para esbozar una de sus habituales sonrisas de diablillo y luego le dio un gran mordisco a la tostada. Aparentemente más tranquilo, la doncella se fue de la habitación.

Emma tomó la diminuta tetera de porcelana, vertió su contenido en una taza adornada con un motivo floreado y le echó una generosa cucharada de azúcar. Bebió un sorbo, y paladeó el intenso sabor del té. Luego abrió el periódico, echó una rápida ojeada a las largas columnas de letra impresa y se concentró en las noticias de interés.

Su atención se vio atraída por algo que había al final de una página interior, un anuncio casi escondido entre un mar de líneas y letras. Emma lo miró con una leve sorpresa. Entonces las palabras se abrieron paso a través de su cerebro, y la tinta pareció ennegrecerse y crecer ante sus ojos como una mancha de sangre que se esparce. Un gemido entrecortado se le escapó de los labios. La taza de té tembló en su mano, hasta que gotitas de líquido caliente le abrasaron los dedos y la muñeca. Sin saber muy bien cómo, Emma se las arregló para poner la taza en su sitio, y luego la colocó en el centro del platillo con una concentración que no tenía nada de natural. Volvió a mirar el periódico... ¡No, no podía ser verdad! Era alguna horrible broma, una mentira. «Durante sus recientes viajes por el extranjero, el vizconde Adam Milbank se ha comprometido con la señorita Charlotte Brixton, conocida como "la princesa del metal esmaltado" en Estados Unidos.»

—No puede ser, Adam —susurró Emma—. Sólo han pasado unas semanas. No puedes haberme olvidado tan deprisa... Tú nunca me traicionarías de esa manera.

Pero las palabras impresas flotaban ante sus ojos, y el dolor no paraba de crecer dentro de su pecho. Necesitaba ayuda. Necesitaba estar con alguien, oír alguna voz racional que le impidiera enloquecer. Emma nunca había sentido tanto dolor. No podría soportarlo sola. Lágrimas cegadoras cayeron de sus ojos. Se levantó de la cama, intentó secarse con manos temblorosas el rostro mojado, y buscó sus pantalones y su camisa. Cuando estuvo vestida, cogió una capa con capucha y salió de su habitación.

Katie pasó junto a ella en la escalinata y se detuvo para mirarla con asombro.

—Señorita Emma, ¿qué le...?

—Voy a salir —dijo Emma con un hilo de voz, la cara escondida en el capuchón de la capa—. No sé cuándo volveré. Y como se te ocurra decirle a alguien que me he ido, haré que te despidan.

—Sí, señorita —dijo Katie, mirándola con los ojos dilatados por el asombro.

Emma se pasó la manga por la nariz mojada y parpadeó para hacer caer las lágrimas que habían vuelto a acudir a sus ojos.

—Todo se arreglará, Katie —musitó—. No se lo digas a nadie, ¿de acuerdo?

La doncella asintió con cautela.

Emma salió de la villa y dio un rodeo para asegurarse de que nadie pudiera verla mientras iba a los establos. Ensilló un caballo ella misma, y recibió abruptamente al mozo de cuadra que acudió con ojos de sueño para ayudarla.

—Ya lo haré yo. Vuelve a tu cuarto.

—¿Va a salir a salvar otro bicho, señorita Emma? —preguntó el mozo con descaro.

Emma no se dio por enterada y luchó con la cincha de la silla hasta que logró apretarla. Tenía las manos torpes, algo que no era normal en ella.

—Vete —le dijo al mozo de cuadra, que la observaba con un súbito recelo.

—¿Puedo hacer algo, señorita?

—No. Haz el favor de irte —dijo ella de manera hosca. El mozo obedeció de mala gana, y la miró varias veces por encima del hombro mientras salía del establo.

Emma montó, atravesó el patio de los establos y salió a la calle. Sentía como si su vida pendiera de un hilo, y sabía que tenía que hacer algo. No se había parado a pensar adónde iría, pero parecía que esa decisión ya existía, alguien la había tomado por ella. Puso al galope su montura y cabalgó en dirección oeste, hacia la finca del príncipe Angelovski, sin que el húmedo calor del verano constribuyera a secar las lágrimas que fluían de sus ojos.

Cuando llegó a la mansión, con sus imponentes columnas de mármol blanco y su magnífica fachada de diseño clásico, subió la escalinata semicircular y llamó a la puerta con el puño. Un viejo mayordomo de pelo blanco, cejas muy negras y anchas facciones eslavas respondió a su llamada. Emma no se acordaba de su nombre, aunque ya lo había visto en varias ocasiones.

—Mande a alguien para que se ocupe de mi caballo —dijo Emma—. Y dígale al príncipe Nikolas que tiene visita.

—Señor, tendrá que volver mañana —replicó el mayordomo con un marcado acento ruso—. Aceptaré su tarjeta, si lo desea.

—¡No soy un señor! —gritó Emma con desesperación. Se quitó la capucha, y una cascada de brillantes rizos rojos le cayó hasta la cintura—. Quiero ver a mi primo. Dígale... —Se calló y sacudió la cabeza con un gemido ahogado—. Olvídelo. No debería estar aquí. Ya no sé lo que me hago.

—¡Lady Stokehurst! —dijo el mayordomo, con una expresión mucho más afable—. Entre. Preguntaré si el príncipe Nikolas está disponible para hablar con usted.

—No, me parece que no...

—*Pozhalusto!* —insistió él, al tiempo que le hacía gestos para que entrara—. Por favor, señora.

Emma obedeció y esperó tensamente en el vestíbulo de entrada sin apartar los ojos del motivo de marquetería del suelo. Aún no había transcurrido un minuto cuando oyó la voz de Nikolas.

—¡Emma! —Dos relucientes zapatos negros entraron en su campo de visión. Nikolas le puso los dedos debajo de la barbilla y le levantó la cara. La miró a los ojos, y pasó el pulgar por su mejilla manchada de lágrimas. Todo él irradiaba calma y sosiego, y su sola presencia bastó para tranquilizar un poco a Emma—. Ven conmigo, *dushenka*. —Le tomó la mano y se la puso en el hueco del brazo.

Emma dio un paso atrás y lo miró nerviosamente.

—¿Hay alguien contigo? No se me ocurrió preguntar si...

—No hay nadie conmigo. —Le murmuró unas cuantas rápidas frases en ruso al mayordomo, quien asintió con energía.

Emma se agarró con gratitud al fuerte brazo de Nikolas mientras la llevaba al piso de arriba. El pánico había empezado a disiparse, y ahora ya no le costaba tanto respirar. Con su sereno dominio de sí mismo y su distanciamiento mundano, Nikolas sabría evitar que se viniera abajo.

Fueron al ala oeste de la mansión, donde estaba ubicada la *suite* privada de Nikolas. Emma parpadeó con sorpresa cuando llegaron a una habitación que nunca había visto antes. La habían decorado en colores muy vivos, con un techo de cristal azul y molduras de bronce. El resplandor de una lámpara de cristal de roca llenaba el aire con una serena claridad.

Nikolas cerró la puerta tachonada de amatistas, y el mundo exterior quedó alejado. Luego la miró, sus rasgos un poco irreales en su austera belleza bajo aquella suave claridad. El cuello de la camisa color marfil que llevaba estaba desabrochado, revelando la cicatriz que serpenteaba a través de su piel.

—Cuéntame qué ha pasado —dijo.

Emma se sacó del bolsillo de los pantalones un papel hecho una bola y se lo tendió sin decir nada. Nikolas lo tomó, sus ojos dorados fijos en el rostro demudado de Emma. Alisó el papel encima de una mesa cercana y leyó el anuncio de compromiso, sin que su rostro mostrara ninguna expresión. Sus pestañas proyectaban largas sombras sobre sus mejillas.

—Ah —musitó.

—No pareces muy sorprendido —musitó Emma—. Supongo que nadie lo está, aparte de mí. Pensaba que... Que Adam estaba enamorado de mí. Pero sólo fingía. Y yo soy tan idiota que me creí sus mentiras.

—Tú no eres ninguna idiota, Emma —dijo Nikolas con suavidad—. Milbank sí que se ha portado como un idiota.

—Oh, Dios. —Se llevó las manos a la cara—. No sabía que se pudiese sufrir tanto.

—Siéntate. —Nikolas la llevó hacia un sofá tapizado en cuero ámbar. Emma se acurrucó en un extremo, con sus largas piernas recogidas, y los cabellos le cayeron sobre la cara cuando inclinó la cabeza. Oyó un tintineo y el ruidito de un líquido al ser escanciado. Nikolas fue hacia ella en silencio y le ofreció un vasito de cristal. Emma bebió un sorbo. El líquido, con sabor a limón y muy frío, bajó por su garganta como una suave caricia que dejaba un sendero de fuego y hielo a su paso.

—¿Qué es? —preguntó Emma, un poco sin resuello.

—Vodka con limón.

—Nunca había tomado vodka. —Bebió un largo trago, cerró los ojos al sentir la fría quemadura que el líquido dejaba en su garganta, y volvió a beber. Después tosió y le alargó el vasito para que se lo volviera a llenar.

Divertido, Nikolas le sirvió más vodka y luego se llenó un vasito.

—Bébelo despacio. Es mucho más fuerte que el vino al que estás acostumbrada.

—¿Las mujeres rusas beben vodka?

—En Rusia todo el mundo bebe vodka. Sabe aún mejor cuando lo acompañas con caviar y pan untado de mantequilla. ¿Quieres que mande traer un poco?

Emma se estremeció sólo de pensarlo.

—No, no podría comer nada.

Nikolas se sentó a su lado, le ofreció un paño de lino y

no apartó los ojos de ella mientras se secaba el rostro mojado por las lágrimas.

—Es como si no pudiese parar de llorar —dijo Emma con un hilo de voz—. Creo que tengo el corazón roto.

—No. —Él le apartó un rizo de la frente, con tanta suavidad que fue como si la hubiera rozado el ala de una mariposa—. A tu corazón no le pasa nada. Sólo es orgullo herido, Emelia.

Ella dio un respingo y lo miró con indignación.

—¡Debería haber sabido que te mostrarías así de paternalista!

—Tú no quieres a Milbank —replicó él.

—¡Claro que lo quería! Siempre lo querré.

—Ah, ¿sí? ¿Y qué hizo él para ganarse ese gran amor? ¿Qué te dio? Algunas sonrisas, unos cuantos halagos, un beso robado aquí y allá. Eso no era amor. Era sólo seducción, y ni siquiera se esmeró demasiado. Cuando seas una mujer más experimentada, podrás reconocer la diferencia.

—Era amor —insistió ella antes de vaciar su vaso. Tosió y tuvo que secarse los ojos, que le habían empezado a arder—. Tú no entiendes de esas cosas porque eres demasiado cínico.

Nikolas rió mientras le quitaba el vaso de entre los dedos y lo dejaba en una mesita auxiliar.

—Sí, soy un cínico —admitió—. Pero eso no cambia el hecho de que Adam Milbank no se merece a una mujer como tú. Y si te empeñas en entregarle tu corazón a un canalla, al menos deberías elegir a uno que pudiera ofrecerte lujos, libertad... y placer en el lecho. Esa clase de hombre te sería mucho más útil que Milbank.

De haber estado sobria, Emma se habría sentido mucho más ofendida por la franqueza de Nikolas. Un caballero jamás hubiese empleado semejantes palabras ante una joven a la que respetara. Pero el alcohol le había envuelto el cerebro en una fría neblina blanca, y solamente era capaz de repetirse una y otra vez que Adam había sido su única posibilidad, su única esperanza.

—Y qué, ¿ya has pensado en alguien? —preguntó amargamente.

Él le apretó los hombros con las manos, y luego, en una suave caricia, las bajó hacia los costados de sus pechos. Emma se puso rígida y sintió que se le hacía un nudo en la garganta. Lo miró sin parpadear, la luz de la lámpara de cristal suspendida sobre su piel salpicada de pecas. Las emociones desfilaron rápidamente a través de su rostro —confusión, ira, negativa—, y un súbito temblor le estremeció los labios cuando él le puso la mano en la mejilla y le resiguió delicadamente el labio inferior con el pulgar.

—No he venido aquí para eso —dijo Emma con un susurro entrecortado.

—¿Por qué estás aquí, entonces? —preguntó él en voz baja.

—No lo sé. Quería... un poco de consuelo. Quería sentirme mejor.

—Has hecho bien en venir a verme, *ruyshka*.

Emma fue a levantarse del sofá, pero Nikolas la detuvo, una mano firme como el acero sobre su hombro y la otra en la espalda.

—Nikki... —dijo ella, y en su voz había tanto desafío como súplica.

Él se inclinó hacia delante para besarla suavemente, y luego habló con la boca muy cerca de la suya.

—Puedo ofrecerte más que lo que tiene tu familia, más de lo que nunca podría llegar a darte Adam. Puedo ayudarte, cuidar de ti... Puedo darte un placer que nunca has sentido antes.

—Tengo que irme —dijo ella desesperadamente. El vodka lo había vuelto todo borroso, y su mente se ahogaba en una súbita marea de emociones.

—Quédate conmigo, Emma. Haré sólo lo que tú quieras que haga. Sólo lo que tú elijas. —Le rozó los labios con la punta de la lengua en un delicado aleteo, y luego mordisqueó la suave piel del labio inferior. Tomó posesión de su boca con besos cada vez más profundos, y que cesaban sólo cuando repasaba con los labios las cejas, las sienes, los ojos, las mejillas. Emma sintió que la mano hundida en su melena apartaba los rizos para desnudarle el cuello.

La sensación era tan nueva para ella que la hizo estremecer. La boca de Nikolas se movió suavemente sobre su cuello, en una caricia que excitaba la sensibilidad, como si la piel se llenara de un súbito calor nacido en lo más profundo de su cuerpo. Emma subió los brazos gradualmente hasta unirlos tras el cuello Nikolas. Nunca había sido tan consciente de la presencia un hombre, de aquel cuerpo duro bajo aquella camisa blanca como la nieve, de esos músculos llenos de una fuerza irresistible. Sabía que no debía estar allí con él, ni sentir las caricias de sus labios, de sus manos... Pero parecía el acto perfecto de rebelión contra su padre, contra su enamorado infiel, contra todas las personas que alguna vez la habían llamado excéntrica o se habían reído de ella porque nunca la sacaban a bailar. ¿Por qué no dejar que Nikolas le hiciera el amor? Su virginidad le pertenecía únicamente a ella y podía entregársela a quien quisiera. Ahora ya daba igual, porque acababa de perder al hombre de su vida. Tal vez fuera un pecado, pero el placer parecía innegable.

Alzó las manos hacia los hermosos cabellos de Nikolas para enredar los dedos en aquellos mechones que eran como seda cruda. Él aspiró aire con un jadeo ahogado al sentir su titubeante caricia y la apretó contra su pecho, al tiempo que se inclinaba hacia delante. Quedaron acostados sobre el sofá, y Emma se apretó contra él, impaciente por sentir la fricción y el peso masculino de su cuerpo. Los besos de Nikolas se volvieron más largos y profundos, y pasaron de preguntar a exigir.

Emma no protestó cuando él le desabrochó la camisa de hombre que se había puesto. La prenda se separó, y Nikolas deslizó la mano dentro de ella con los dedos extendidos para reseguir la suave lisura de su estómago. Ni en sueños hubiese podido imaginar Emma que un hombre fuese capaz de tocar con tan reverente ternura. Sintió cómo le cubría un seno con la mano, y aquel nuevo calor que envolvía su delicada redondez hizo que el pezón se le contrajese con un intenso y delicioso anhelo. Abrió los ojos y vio que él tenía la mirada clavada en su rostro.

La falta de emoción que había en las profundidades doradas de sus ojos la dejó anonadada. Alertas como los de un tigre, parecían completamente serenos. Incluso ahora, en aquella intimidad, el corazón y el alma de Nikolas seguían guardados bajo llave. Emma sintió una súbita necesidad de llegar hasta él, de hacerlo vulnerable de alguna manera. Empezó a desabrocharle la camisa con dedos temblorosos y apartó el lino blanco de sus hombros, siempre con mucho cuidado. Le recorrió el torso con la mirada, muy despacio para que sus ojos no pasaran por alto ni una sola de las cicatrices y las señales dejadas por las quemaduras.

Aunque ya sabía lo que debía esperar, pues había visto esas cicatrices cuando era una niña, Emma no pudo evitar volver a asombrarse ante el legado de las torturas padecidas en Rusia. Antes de eso su cuerpo tenía que haber sido magnífico, una obra de arte de músculos soberbiamente esculpidos y reluciente piel dorada. ¡Qué fuerte tenía que ser para haber sobrevivido a semejante dolor! Nikolas permanecía inmóvil bajo su mirada, en una tranquila espera donde no había ni el menor rastro de autocompasión o vergüenza ante la reacción de ella. Emma deseó conocer alguna forma de explicarle que lo entendía y le daba muchísima pena que le hubiesen hecho aquello, pero no había palabras. Lo que hizo fue inclinarse hacia delante con deliberada lentitud, y poner los labios sobre la cicatriz de su garganta.

Nikolas apretó los puños mientras los labios de Emma se apretaban contra su piel y sus cabellos fluían sobre él en una cortina de fuego. Sus cicatrices habían llenado de repugnancia a algunas mujeres en tanto que otras se habían sentido excitadas por ellas, pero ninguna había reaccionado con semejante gesto de tierna aceptación. Los músculos se le pusieron tensos. Quería apartar a Emma, y al mismo tiempo quería estrecharla entre sus brazos. Nunca le había tenido miedo a nada, y ni siquiera el dolor o la misma muerte le inspiraban temor, pero aquella delicada proximidad le dio a conocer el terror.

—No, no te atrevas —le susurró con voz enronquecida—. No te atrevas a ser buena conmigo.

Emma lo miró, sus ojos como humo azul.

—No estoy siendo buena. —Volvió a inclinar la cabeza sobre su cuello, y siguió el sendero de la cicatriz hasta llegar a su clavícula.

Nikolas se apartó de ella en un movimiento incontenible, y se quedó de pie junto al sofá.

Por un segundo Emma pensó que iba a salir de la habitación, pero entonces Nikolas le tendió la mano. Ella lo miró sin atreverse a aceptarla.

—No tengas miedo —murmuró él.

Como si fuese una observadora exterior, Emma se vio extender la mano hacia él para entrelazar los dedos con los suyos.

Nikolas la llevó a su dormitorio, lleno de muebles de reluciente madera oscura con finas molduras por único adorno. En las paredes no había cuadros, sólo sencillos paneles de caoba y un icono en el que un hombre, siluetеado contra un enorme sol anaranjado, guiaba un carro tirado por rojos corceles. Lino blanco y seda color crema cubrían la gran cama. Una leve brisa entraba por las mallas metálicas que protegían las ventanas.

Nikolas la condujo hacia la cama a través de la luz de la luna y de las sombras. Emma se sentó en el borde del colchón y dejó que le quitara los zapatos y las medias. Nikolas sabía que estaba asustada. Podía sentirlo en la rigidez de sus músculos, oírlo en el ritmo desigual de su respiración. Emma no hizo ningún sonido mientras él terminaba de desvestirla. Finalmente, todo su pálido cuerpo quedó revelado en su esbelta belleza.

—Nikki, yo... Necesito más vodka —logró decir en un susurro tembloroso mientras se reclinaba sobre el lecho.

Él sonrió levemente.

—Ya has tomado suficiente —dijo mientras se desnudaba. Emma cerró los ojos cuando lo vio reunirse con ella en la cama, y pegó sus rígidos miembros a los suyos. Nikolas le pasó la mano por la espalda, y se la acarició suavemente con la esperanza de que el calor de su palma consiguiera que dejara de temblar.

—No hay por qué tener miedo. Te mostraré lo deseable que eres. Dijiste que querías sentirte mejor.

—Me siento mejor con la ropa puesta —dijo ella con un hilo de voz, y Nikolas se echó a reír.

—Ven, rodéame con los brazos —dijo.

—Nunca he hecho esto antes.

—Sí, ya lo sé. Tendré cuidado, *ruyshka*. —La besó en el hombro, y Emma sintió cómo su boca se abría contra su piel. Respondió tímidamente de la misma manera, de modo que la lengua de Emma dejó un húmedo rastro de sensaciones a lo largo de su cuello.

Nikolas se moría de necesidad de estar dentro de ella, de aquel cuerpo esbelto y firme, de pechos más generosos de lo que él había esperado. La piel vibraba, caliente, como si toda ella ardiese con un exceso de vida. «No existe deleite igual al de poseer a un alma joven que aún no ha extendido sus alas...» Ahora, por primera vez en su vida, Nikolas entendió aquella frase de Lermontov, porque quería ahogarse en la inocencia de Emma, devorarla como si fuese una rara exquisitez.

Bajó las manos por su cuerpo para sentir los huecos de detrás de sus rodillas, la frágil estructura de sus tobillos, la forma alada de sus clavículas. Emma perdió algo de miedo y le pasó los brazos alrededor de la cintura, las puntas de los dedos en las pequeñas hondonadas de su espalda. Nikolas esparció cálidos besos sobre sus pechos y le tomó las puntas de los pezones con la boca para chuparlos, mordisquearlos suavemente y hacerla jadear de anhelo. Sólo entonces tocó los suaves rizos de color canela que surgían entre sus muslos, para acariciárselos delicadamente. Emma era virginal y estaba cerrada, pero una delatora humedad hizo que todo el cuerpo de Nikolas palpitara de anticipación.

Las caricias indagatorias de sus dedos trajeron más calor

y más humedad. Nikolas introdujo delicadamente el dedo medio en ella y acarició la suave y resbaladiza superficie interior. Emma gimoteó y se quedó inmóvil debajo de él, con las piernas súbitamente rígidas.

—¿Duele? —susurró Nikolas.

Ella se apresuró a negar con la cabeza, demasiado perpleja y aturdida para poder encontrar palabras.

Nikolas besó sus labios separados y luego se echó hacia atrás para ver cómo Emma se dejaba arrastrar por la tensión que crecía rápidamente dentro de ella y se le entregaba al fin, incapaz de ofrecer ninguna resistencia. Arqueó el cuerpo contra su mano, en una muda invitación, y volvió la cabeza al tiempo que cerraba los ojos para dejar que el clímax se adueñara de ella. Nikolas la llevó hábilmente hasta la cumbre del placer, y saboreó el involuntario abrazo de los muslos de Emma alrededor de su mano.

Cuando el último y delicioso espasmo se hubo disipado, le tomó el rostro entre las manos.

—Aún eres virgen, Emma. ¿Quieres que pare?

—No —dijo ella con voz trémula—. Sigue.

Nikolas ya había sabido cuál sería su respuesta, pero aun así se sintió aliviado. Levantó el cuerpo sobre ella, y puso las rodillas entre las suyas para mantenerlas lo más separadas posible. Era la primera vez que hacía el amor con una virgen, y no tardó en descubrir que iba a ser un poco más difícil de lo que esperaba. El sexo de Emma, pequeño y ahora un poco hinchado, se oponía resueltamente a que lo invadieran. Nikolas empujó más fuerte, y finalmente consiguió atravesar el apretado anillo de resistencia. El grito de dolor que se le escapó a Emma quedó ahogado contra su cuello. De pronto fue más fácil deslizarse, y Nikolas la sintió rendirse ante su lenta invasión.

El calor de su sexo lo rodeó y Nikolas enterró el rostro en el cuello de Emma, abrumado por el deleite de sentirse dentro de ella.

—Emelia —murmuró con voz enronquecida—. Siempre he querido esto..., siempre te he deseado...

Ella le tomó la cabeza entre las manos y atrajo su boca. Nikolas perdió el control, y la besó profundamente al tiempo que empezaba a mover la mitad inferior de su cuerpo en un lento y rítmico vaivén. Emma lo rodeó con los brazos y las piernas, y sentir cómo lo apretaba contra ella lo hizo sucumbir al torrente de sensación. Se estremeció y gimió, y fue como si los sentidos se le deshicieran de pronto y todo quedara consumido en una súbita hoguera de placer. Emma lo apretaba contra su cuerpo, y las palmas de sus manos resbalaban sobre la espalda sudorosa de él. Nikolas se hizo a un lado, y apoyó la mejilla en sus cabellos mientras ambos intentaban recuperar el aliento.

Emma no supo cuánto rato había dormido. Despertó con la mano sobre el hombro de Nikolas, con las puntas de los dedos extendidas sobre el pequeño promontorio de la cicatriz. Se sentía débil e indefensa, y sin embargo también sentía una extraña paz. Intentó entender lo que había ocurrido, eso de haberse ido a la cama con un hombre, con Nikolas. Aunque casi esperaba que un rayo la fulminara, o que ocurriera algún otro desastre, no sucedió nada. Emma pensó que tamaña falta de vergüenza sólo podía deberse a que carecía de escrúpulos, a que era una mujer sin principios.

En algún momento, mientras dormía, Nikolas tenía que haberle subido la sábana hasta los hombros. Emma se la apretó contra los pechos y se volvió hacia él. Un caos de pensamientos encontrados corría por su mente. Tenía que encontrar su ropa, tenía que regresar a la villa... Pero, por encima de todo, tenía que asegurarse de que Nikolas no iba a contarle a nadie lo que había sucedido aquella noche. El secreto era necesario por el bien de ambos.

—Nikki... —murmuró, sin tener muy claro lo que diría a continuación.

Él le puso un dedo en los labios.

—Quiero que consideres algo, *ruyshka*. No te exijo una respuesta esta misma noche. Necesitas tiempo para pensar en lo que quieres. Por ahora, limítate a escucharme.

—Está bien —dijo ella con cautela.

—Ahora no tienes a nadie, ¿verdad? Nadie con quien esperes poder casarte, quiero decir.

La pregunta le arrancó una carcajada llena de amargura.

—No, y nunca lo habrá.

—Entonces ¿tu plan es vivir con tu padre y Tasia durante el resto de tu vida?

—No tengo mucha elección.

—¿No? —Nikolas usó el pulgar para borrar la expresión de perplejidad que había aparecido en la frente de Emma—. ¿Por qué no te casas conmigo, Emma?

Ella lo miró como si no estuviera segura de haberlo oído bien.

—¿Qué?

—Casarte conmigo te abriría todas las puertas. Tendrías diez veces más riqueza e influencia que ahora. Yo contribuiría generosamente a todas tus causas y obras benéficas. Podrías dedicar todo tu ocio a los animales, si quisieras. Te ofrezco una vida sin reglas, sin límites. Tendrías lo que quisieras con sólo chasquear los dedos. Piénsatelo, Emma.

Emma sintió que el corazón empezaba a palpitarle violentamente. Miró a Nikolas con ojos llenos de asombro. Se había quedado tan perpleja que ni siquiera podía mover los labios, y por unos instantes fue incapaz de hablar.

—¿Por qué yo? —logró preguntar finalmente—. Podrías tener a quien quisieras.

—Me recuerdas a las mujeres que conocí en Rusia: apasionada, llena de brío, libre de artificios... Respeto tu honestidad. Te encuentro muy hermosa. ¿Por qué no ibas a ser tú?

—¿Cuándo se te ha ocurrido esa idea tan descabellada?

Nikolas tomó uno de sus largos rizos y se envolvió el dedo con él.

—Cuando tú tenías trece años —dijo como si tal cosa.

—Dios mío.

—Nunca había visto a una niña con tanta fuerza de voluntad. Eras magnífica. Y luego he contemplado cómo madurabas, y la jovencita obstinada se ha convertido en una mujer preciosa. Eres la única persona que nunca me ha aburrido. Quiero que seas mi esposa.

Emma sacudió la cabeza, entre asombrada e incrédula.

—¿Una esposa de verdad?

—En todos los aspectos —asintió él mientras la miraba a los ojos.

—¿Y si me niego a casarme contigo? ¿Intentarás castigarme? ¿Amenazarás con contarle a alguien lo que...? —Señaló con una mano temblorosa las sábanas arrugadas alrededor de ellos—. ¿Lo que hemos hecho esta noche?

Eso pareció divertirlo.

—¿Tan mala opinión tienes de mí?

—Sí —se apresuró a decir ella, con lo que consiguió hacerlo reír—. Pero incluso si quisiera casarme contigo, no podría hacerlo. Mi padre nunca lo permitiría.

—De tu padre me encargo yo —replicó Nikolas—. La decisión es sólo tuya. Si accedes a casarte conmigo, te casarás.

La expresión de Emma se tornó escéptica.

—Nunca he conocido a nadie que pudiera hacerle frente a mi padre.

—¿Lo considerarás, entonces?

—Lo consideraré, pero no creo que...

Él la hizo callar con los labios.

—Más tarde —murmuró—. Dame tu respuesta más tarde.

—Pero...

Nikolas dejó caer una lluvia de besos sobre su rostro y su cuello, sin hacer caso de sus débiles protestas. Emma se estremeció y guardó silencio mientras él le hacía el amor con una asombrosa delicadeza. Puso las manos sobre aquella espalda suave como el terciopelo y sintió fluir los músculos y los tendones mientras él se movía sobre ella. Durante un rato pareció como si ya no se perteneciera únicamente a sí misma. Su cuerpo estaba allí para que Nikolas lo poseyera y les diese placer a ambos, y sabía cuidar de él con una ternura llena de paciencia que siempre acababa por arrancar una respuesta a cada una de sus terminaciones nerviosas. Nada hubiese podido prepararla para la sensación de otra piel desnuda contra la suya. Ya no había más pensamientos, preocupaciones o remordimientos de conciencia, sólo las exquisitas sensaciones de ser acunada y acariciada, hasta que la pasión se apoderaba de ella con una serie de oleadas que parecían no concluir nunca.

Cuando ambos hubieron quedado saciados, Nikolas se acostó boca abajo y durmió, con el rostro medio enterrado en la almohada. Sólo una ceja que brillaba débilmente y un creciente de gruesas pestañas quedaban a la vista. Emma extendió la mano hacia su cabeza para alisar los mechones que se le curvaban sobre la nuca, con mucho cuidado de no perturbar su sueño.

¡Pobre de la mujer que se enamorase de él, como tenía que haber hecho más de una! Un hombre como Nikolas podía romperte el corazón sin que te dieras cuenta. No sólo era hermoso e inalcanzable, sino que además estaba lleno de misterio y se encontraba tremendamente solo. Llena de confusión, Emma apoyó la cabeza en los brazos. ¡Maldito Adam! La había abandonado, y la había arrastrado a aquella situación inimaginable. Pero Adam se había ido, y Nikolas Angelovski quería que fuese suya. ¿Realmente sería tan terrible vivir como su esposa? Las personas se casaban sin amor a cada momento.

Intentó imaginar qué clase de relación tendrían. Sabía que Nikolas la deseaba, pero no era la clase de hombre que pudiera llegar a amar.

—No tienes madera de marido —susurró —. Pero después de todo yo tampoco soy lo que se entiende por una esposa perfecta.

Lo vio mover los dedos cuando algún sueño agitó su mente, y una expresión de casi imperceptible disgusto apareció entre sus cejas doradas. Emma cayó en la cuenta de que Nikolas nunca le había parecido completamente humano hasta aquel instante. Aunque le recordaba más a una de sus criaturas exóticas: inofensiva si la admirabas desde lejos, muy peligrosa si te encontrabas lo bastante cerca como para que pudiese tocarte. Pero Nikolas Angelovski sólo era un hombre. No era invulnerable. Estaba solo, al igual que lo estaba ella.

De pronto la elección pareció mucho más fácil.

Emma le puso la mano en la mejilla y acarició suavemente la aspereza de su barba nocturna hasta que lo sintió moverse.

—Nikolas —murmuró—. Tengo que volver a casa, ahora, mientras aún está oscuro.

Él se incorporó sobre los antebrazos y sacudió la cabeza para despejarse.

—Te acompañaré en mi carruaje.

—No, puedo montar...

—No es prudente que vayas sola. Te acompañaré.

Emma reflexionó unos instantes, y luego asintió.

—No necesito tiempo para pensar en tu proposición, Nikki. Puedo darte una respuesta ahora. Aceptaré tu oferta.

Nikolas no mostró sorpresa, ni siquiera felicidad, pero Emma percibió su satisfacción cuando vio que le tomaba la mano y depositaba un beso sobre sus dedos.

—Sabía que lo harías —dijo, en un tono tan lleno de calma que Emma casi se echó a reír.

—Me parece que será mejor que sea yo la que se lo comunique a mi familia. El primer impulso de mi padre podría ser matarte.

Pensar en cómo reaccionaría hizo que se estremeciera de aprensión. Se pondría furioso. Luke Stokehurst removería cielo y tierra para impedir que se casara con Nikolas. Incluso podía llegar a desheredarla.

—Ya he tenido que vérmelas con tu padre antes —replicó Nikolas, con una sombra de ironía en la voz—. No habrá ningún problema.

Emma parpadeó y guardó silencio. Ahora sólo podía pensar en una cosa: cuando estuviera casada con Nikolas, nadie intentaría decirle lo que tenía que hacer.

4

Emma despertó en su cama a la mañana siguiente, perpleja y con la mente todavía enturbiada por el sueño. El sol entraba a raudales por los cortinajes separados, y aquella claridad que se hacía un poco más intensa con cada instante que pasaba no tardó en hacer que le entrara dolor de cabeza. Sentía el cuerpo dolorido en sitios desacostumbrados. La confusión duró un segundo más, y entonces el recuerdo volvió a su memoria.

—Dios... —susurró, y se le aceleró el pulso. Se sentía aturdida, estaba un poco mareada y tenía miedo. No podía haber hecho aquellas cosas tan íntimas con Nikolas. Tenía que haber sido un sueño.

Pero recordaba demasiados detalles: su desesperada huida a la casa de Nikolas, la forma en que él le había hecho el amor, su propuesta de matrimonio...

Y ella le había dicho que sí. Emma tragó saliva y cerró los ojos. ¿Hablaba en serio Nikolas al pedirle que se casara con él? ¿Había sido una locura por su parte aceptar la propuesta? Llena de miedo, Emma empezó a pensar en cómo podía hacer que todo aquello desapareciera. Le diría a Nikolas que estaba tan borracha que no sabía lo que se hacía, que había hablado sin pensar. Si no le quedaba más remedio, le suplicaría que guardara en secreto lo sucedido anoche. ¿Qué podía haberla llevado a hacer algo tan irresponsable? Había perdido su inocencia, y le había dado a Nikolas Angelovski el poder de arruinarle la vida.

—¡Oh, no! —musitó con un súbito acceso de náuseas—. Oh...

—¿Señorita Emma? —Una discreta llamada a la puerta, y Katie asomó la cabeza. Su cara era un auténtico poema de perplejidad, y miró a Emma como si su señora fuese una desconocida.

—¿Qué hora es? —preguntó Emma mientras se frotaba los ojos todavía enturbiados por el sueño.

—Son las ocho, señorita.

Emma se puso boca abajo en la cama.

—Quiero dormir un poco más.

—Sí, señorita, pero... Su alteza el príncipe Nikolas espera en el piso de abajo. Llegó hace un cuarto de hora, y me dijo que subiera a despertarla.

Emma se incorporó con un jadeo ahogado. Su cuerpo protestó ante lo repentino del movimiento, y una nueva punzada de aquel extraño dolor con el que no estaba familiarizada la obligó a juntar los muslos.

—Dile que se vaya... No, no, espera. Dile que lo veré. Que me espere en la sala de estar.

Katie asintió y salió de la habitación mientras Emma se apresuraba a levantarse de la cama. La mano le tembló cuando echó agua en una jofaina de porcelana. Se lavó a conciencia hasta que la piel le quedó sonrosada de tanto frotarla, y se puso ropa interior limpia. Se pasó un cepillo por el pelo, con una mueca ante cada nueva punzada de dolor que sentía en la cabeza, y se lo recogió en una gruesa trenza. La doncella volvió a entrar para ayudarla a ponerse una falda azul pálido y una delicada blusa blanca con un lazo color zafiro en el cuello. Emma contempló su reflejo sonrojado en el espejo y se puso bien un rizo rebelde.

¿Venía Nikolas con la intención de retirar su propuesta de matrimonio? Emma apretó los labios en una mueca de orgullo ofendido sólo de pensarlo. No sabía qué podía querer decirle él, pero se aseguraría de estar a su altura. Se mostraría fría y segura de sí misma, y si le hacía cualquier observación burlona o intentaba amenazarla, Emma reiría desdeñosamente.

Salió de su habitación con paso decidido y bien erguida para bajar a la sala de estar, donde la esperaba Nikolas. Titubeó por un instante antes de cruzar el umbral y volverse hacia la doncella, que la había acompañado hasta allí.

—Puedes dejarnos solos, Katie.

La doncella abrió la boca para protestar, pero luego asintió con expresión resignada ante la mirada de determinación que le lanzó Emma.

Emma respiró hondo, cerró la puerta y se volvió hacia Nikolas. Él se levantó de su asiento y la miró fijamente. Estaba tan guapo y distante como siempre, y los ojos le brillaban como dos topacios. Emma había bajado con la intención de hablar primero, pero no pudo decir palabra. Que su nuevo encuentro con Nikolas tuviera lugar en aquel tranquilo ambiente doméstico después de compartir su cama la noche anterior le ponía las cosas aún más difíciles. Emma se quedó inmóvil, en silencio y un poco acalorada, mientras sentía cómo se le aceleraba el pulso.

Nikolas fue hacia ella y le tomó la fría mano para alojarla en la calidez de la suya.

—¿Has cambiado de parecer? —preguntó en voz baja.

—Pensé que... Que quizá tú lo hubieras hecho —farfulló Emma.

—Imposible —replicó él con un brillo de diversión en los ojos—. ¡Te he esperado durante tanto tiempo...!

Ella sacudió la cabeza, cada vez más confusa.

—¿Cómo puede ser cierto eso? Podría creérmelo si fuese hermosa, o tuviera algún talento especial. Pero sólo soy...

Nikolas le puso la mano detrás del cuello y la atrajo hacia sí. Su beso fue profundo y estuvo lleno de ternura, y le recordó a Emma la vertiginosa pasión de la noche anterior. Pasado un largo instante, él levantó la cabeza y clavó la mirada en sus perplejos ojos azules.

—Quiero que seas mía. Nunca dejaré de quererlo, incluso si decides rechazar mi propuesta. —Su mano bajó por la espalda de Emma y se detuvo en la parte inferior de su columna vertebral—. Piensa un poco, Emma. La gente decide casarse por muchas razones. Amor, soledad, conveniencia, necesidad... A veces, como en nuestro caso, amistad. No es una razón tan mala, ¿verdad?

Las palabras de Nikolas fueron una inesperada fuente de alivio dentro de ella. El impulso de aceptar la ayuda que le ofrecía, de apoyarse en él, era irresistible.

—No —dijo con voz entrecortada—. Quiero decir que sí, que me casaré contigo. No cambiaré de parecer.

—Bien. —Volvió a besarla, y esta vez la apretó contra su cuerpo para que pudiera percibir hasta qué punto la deseaba. Emma le rodeó el cuello con los brazos, y sus labios se separaron bajo la presión de los suyos. Nunca se había sentido tan abrumada por un hombre, no sólo por su atractivo físico, sino por la pura fuerza de su personalidad. Y sin embargo, no le tenía miedo. Quería hacer frente al reto que le ofrecía él, llegar a conocer a Nikolas y dominarlo con la misma falta de esfuerzo con que él la dominaba a ella. Comprendió que no le importaría en lo más mínimo que él la llevara en aquel mismo instante al piso de arriba y se metiera en la cama con ella, y eso la dejó extrañamente conmocionada.

Nikolas echó la cabeza hacia atrás y sonrió ligeramente, como si pudiera leerle los pensamientos.

—¿Vamos a Southgate Hall y se lo comunicamos a tu familia?

—No te darán su bendición —le advirtió Emma.

Él rió, y puso los dedos sobre el lazo azul que adornaba el cuello de su blusa.

—No tengo intención de pedírsela, *ruyshka*.

Hablaron muy poco mientras el carruaje los llevaba a la casa de campo de los Stokehurst. Emma estaba absorta en sus propios pensamientos, en tanto que Nikolas se sentía un triunfador. De vez en cuando dirigía una mirada de soslayo al perfil lleno de determinación de Emma mientras ella miraba por la ventana. El sol daba una luminosa claridad a su piel y hacía que sus pecas brillaran como polvo de oro sobre su rostro. Pensó en la sensación de tener su pelo en las manos, aquellos rizos tan suaves y llenos de vida. Emma le había dado más placer del que nunca hubiera creído posible, y eso sin contar con que gracias a ella por fin había podido percibir algo de paz en su vida.

Reprimió una oscura sonrisa mientras imaginaba cuál sería la reacción de Luke Stokehurst ante la noticia de su inminente boda. Él y Stokehurst nunca se habían caído bien, no sólo personalmente, sino también desde el aspecto cultural. El padre de Emma desconfiaba abiertamente del misticismo fatalista tan presente en el alma rusa, y consideraba que fuera de la civilización occidental sólo había barbarie. Stokehurst quería muchísimo a su esposa, pero ese amor no se extendía al país en el que había nacido Tasia, un país que Nikolas representaba en sus peores aspectos. Y ahora la hija de Stokehurst iba a casarse con un ruso. Nikolas sonrió con placer malévolo.

—No estoy segura de que me guste la expresión que veo en tu cara —comentó Emma—. Es la de un gato con un ratón bajo de la pata.

Él le sostuvo la mirada y sonrió abiertamente.

—¿Quién es el ratón? Tú no, ciertamente.

—A medida que vamos acercándonos a mi padre va creciendo en mí esa sensación.

Nikolas entornó los ojos con sagacidad.

—No estarás asustada, ¿verdad?

Emma se encogió de hombros con una mueca de incomodidad.

—No, pero... No va a ser fácil.

—Claro que lo será. No va a haber ninguna batalla, si eso es lo que temes.

Emma rió de manera desdeñosa.

—¿Cómo puedes decir eso, conociendo a mi familia?

—Ten un poco de fe. Soy un hombre muy persuasivo —dijo él, y luego la miró con un brillo taimado en los ojos mientras añadía—: A estas alturas ya deberías saberlo.

Emma se enfadó y lo fulminó con la mirada, pero él se limitó a sonreír.

Finalmente llegaron a la propiedad de los Stokehurst. Un lacayo los ayudó a bajar del carruaje, en tanto que otro se apresuraba a avisar al mayordomo de su llegada. Emma aceptó el brazo que le ofrecía Nikolas, y le apretó la manga con los dedos mientras subían los escalones de la puerta principal.

El mayordomo fue a su encuentro y Emma le dirigió una tensa sonrisa. El rostro de Seymour estaba tan inexpresivo como de costumbre, pero a Emma le pareció detectar una chispa de curiosidad en sus ojos.

—Seymour, ¿dónde están papá y Tasia?

—Creo que están en la biblioteca, señorita.

—¿Tienen alguna visita?

—No, señorita Emma...

Las palabras desfilaron en un confuso tropel a través de la mente de Emma mientras ella y Nikolas atravesaban la gran sala e iban hacia la biblioteca. ¿Cómo contarle a su familia lo que había decidido hacer? ¿Cuál sería la mejor manera de defenderse ante los argumentos que le opondrían? «Esto es lo que quiero», se dijo tercamente. Además, ahora ya era demasiado tarde para echarse atrás.

Sentado a su escritorio, su padre leía en voz alta un pasaje de una carta. Tasia estaba sentada cerca con una labor de punto en el regazo. Ambos alzaron la mirada ante la inesperada entrada de Emma, con una leve sorpresa en sus rostros. Bastaba con verlos para darse cuenta de que hacían muy buena pareja: ambos eran atractivos y de pelo oscuro, y en ese mismo momento se hizo también evidente lo unidos que estaban, pues intercambiaron una mirada que transmitió a cada uno los pensamientos del otro. «Esto es lo que yo hubiese podido disfrutar con Adam —pensó Emma, y sintió que la ira volvía a crecer en su interior—. La culpa de esto es tuya, papá. Ahora me casaré con un hombre al que no quiero, porque tú decidiste que no podía estar con mi verdadero amor.»

—¡Emma! —dijo Tasia con una sonrisa de desconcierto mientras dejaba a un lado su labor de punto—. ¿Cómo es que has vuelto de Londres antes de lo que dijiste? ¿Qué...? —Entonces vio a Nikolas, y fue como si se quedara sin palabras.

A Emma le pareció que todo se detenía durante una hora, aunque la inmovilidad sólo duró unos segundos. Los ojos azul grisáceos de Tasia parecieron atravesarlos con la mirada mientras los observaba. Emma notó que su madrastra, con su increíble percepción, entendía que algún cambio portentoso había tenido lugar.

—Papá y *belle-mère* —dijo con un hilo de voz—, tenemos algo que deciros.

El rostro de Luke se volvió tan duro como el granito. Movió la cabeza en una negativa apenas perceptible, como si ya de entrada no aceptara lo que ella tenía intención de decir.

—Nikolas y yo queremos... —continuó Emma, y se calló cuando sintió que él le rozaba el codo con la mano.

—Permíteme —murmuró. Clavó la mirada en Luke, y lo observó sin pestañear—. En el curso de los últimos días la amistad que había entre Emma y yo ha crecido hasta convertirse en algo muy... significativo. Le he dicho a su hija que deseo hacerla mi esposa, y ella ha tenido la gentileza de aceptarme como...

—No. —La palabra sonó categórica y terminante. Luke ni siquiera se dignó mirar a Emma, y siguió con los ojos fijos en Nikolas. Su rostro había palidecido bajo el bronceado habitual. Estaba claro que su reacción había salido directamente del corazón, antes de que el pensamiento consciente hubiese llegado a darse por enterado—. No sé qué demonios está pasando aquí, y no quiero saberlo. Salga de mi casa mientras yo me ocupo de mi hija.

Emma siempre había tenido mucho temperamento, y aquello fue demasiado para ella.

—¡Eso es lo que tú te crees, papá! Soy una mujer adulta, y haré lo que quiera... ¡Y si Nikolas se va, yo me iré con él! Esta vez no te saldrás con la tuya...

—Emelia —la interrumpió Nikolas dulcemente mientras la tomaba por los hombros para volverla hacia él—. No hay ninguna necesidad de pelearse. ¿Por qué no te vas con Tasia y le explicas cómo están las cosas? Tu padre y yo necesitamos estar a solas unos minutos.

—¿Qué debería decirle? —susurró Emma, las mejillas teñidas de rojo.

Nikolas sonrió levemente.

—Lo que tú quieras, *dushka*.

Emma asintió y miró a su madrastra. Tasia tenía el rostro vacío de toda expresión salvo por la fina arruga de preocupación que le había aparecido en la frente. Precedió a Emma fuera de la habitación con majestuosos andares de reina, y Emma fue tras su menuda silueta con pasos mucho menos resueltos.

La conducta de Stokehurst cambió apenas se hubieron ido las mujeres, y la conmoción fue reemplazada por la furia.

—¿Por qué mi hija? —ladró—. Sucio bastardo ruso... ¡Debería haberte cortado el cuello hace años, cuando empezaste a husmear alrededor de mi casa y de mi familia! —exclamó mientras agitaba el gancho plateado que remataba su brazo, en un gesto que lo hizo relucir con destellos letales. La mayoría de los hombres se habrían quedado aterrados ante la visión de Lucas Stokehurst hecho una furia. Hasta Nikolas se sintió un poco afectado, y su petulancia se redujo en unos cuantos grados—. No permitiré que te la lleves —gruñó Stokehurst.

Nikolas no se dejó amilanar.

—Me temo que no tiene elección. Si se niega a permitirlo, perderá a Emma para siempre. Ella nunca se lo perdonará. Puede creerme cuando le digo que el matrimonio se celebrará, con o sin su consentimiento. Y ya puestos, también puede darnos su bendición.

—¿Mi bendición? —repitió Stokehurst, y se echó a reír.

—No tema por Emma —continuó Nikolas—. Le juro que nunca le levantaré la mano. Tendrá más dinero del que nunca podrá llegar a gastar. Nunca interferiré en sus obras benéficas, sus causas sociales o su colección de animales. Y dispondrá de libertad. Eso, como usted sabe, es lo que más necesita.

—Lo que necesita es un marido que la quiera. Tú no puedes ofrecerle nada que sustituya a eso.

—Pues claro que puedo —dijo Nikolas sin perder la calma—. Pregúnteselo a Emma. Ella le dirá qué es lo que quiere.

—Has sabido escoger el momento ideal. Esperaste pacientemente hasta que se te presentó la oportunidad de infiltrarte en la vida de mi hija, cuando Emma era más vulnerable y se sentía herida... —Stokehurst hizo una pausa, y su rabia pareció redoblarse cuando se le ocurrió pensar en algo que no se le había pasado por la cabeza hasta aquel momento—. ¿Te has atrevido a tocarla? ¡Por Dios que te mato!

Nikolas mantuvo el rostro inexpresivo.

—Emma acudió a mí porque era muy desgraciada. La vida que usted le ha proporcionado en Southgate ya no le basta. Emma es una mujer, no una jovencita. Es hora de que se case.

—No contigo —fue la réplica gutural.

—No accederá a casarse con nadie más.

Un músculo se estremeció violentamente en la mandíbula de Stokehurst.

—Encontraré alguna forma de poner fin a esto.

—Cuanto más se empeñe en evitarlo, más deprisa se le escurrirá ella de entre los dedos.

Nikolas no le quitó los ojos de encima durante el silencio lleno de consternación que siguió a sus palabras, porque sabía que Stokehurst acababa de recibir el golpe más terrible de toda su existencia. Se lo veía tan afectado que por un instante no pudo evitar mirarlo con algo parecido a la simpatía. Pero la vida estaba llena de injusticias, y Nikolas también había tenido ocasión de experimentarlas en carne propia.

—Como le he dicho hace unos momentos, no tiene usted elección —añadió tranquilamente.

—¿Por qué haces esto? —preguntó Stokehurst—. ¿Pretendes usar a Emma como baza en alguna clase de trato dentro de un tiempo? ¿Quieres casarte con ella como venganza por algo que he hecho?

Nikolas rió y extendió las manos hacia él en un gesto de franqueza.

—Hago esto por una razón muy simple. Quiero que sea mi esposa. *Da, svedáneya*, Stokehurst. Tenga la bondad de informar a su hija de que vendré a verla dentro de unos días. —Salió de la habitación sin decir palabra, seguro de que iba a salirse con la suya.

Emma estaba sentada con Tasia en una salita cercana donde ambas ocupaban sillas de madera dorada tapizadas con damasco rosa. Su madrastra había mantenido la calma hasta el momento, pero Emma notaba que estaba preocupadísima. Lamentaba causarle tanta inquietud, pero era inevitable. Se casaría con Nikolas, y con el paso del tiempo Tasia comprendería que había sido lo mejor que podía hacer.

—... estoy segura de que Nikolas ha de parecerte una figura muy romántica —estaba diciendo Tasia—. Tiene mucha experiencia con las mujeres. Las hace sentirse tan deseables que deciden confiar en él a sabiendas de que cometen un error al hacerlo. Pero nadie debería confiar en él, Emma. Nikolas es un hombre peligroso. No sabes la de cosas horribles que ha hecho, lo que es capaz de...

—No me lo cuentes —la cortó Emma—. Tampoco serviría de nada. Es demasiado tarde para cambiar lo que ya ha sido hecho.

—Lo que ya ha sido... —Tasia palideció—. Oh, Emma —murmuró—, no habrás dejado que él... No habrás...

Emma bajó la vista.

—Eso carece de importancia. —No alzó la mirada, ni siquiera cuando oyó que Tasia tragaba aire con un jadeo ahogado—. Lo cierto es que quiero casarme con Nikolas. Quiero tener una vida propia. No sé qué es lo voy a tener con él, pero siempre será más de lo que tengo ahora.

—No estés tan segura. Se te ha acostumbrado a vivir con personas que te quieren, y eso no es algo que debas dar por sentado. Tienes razón al decir que no importa si te acostaste con él. Nunca se lo contaremos a nadie. Ahora lo importante es protegerte, llevarte lejos de...

—No iré a ninguna parte...

—Déjame hablar —dijo Tasia, con una sequedad tan poco habitual en ella que Emma se calló—. Nikolas no es como los hombres que has conocido hasta ahora. Te traicionará de cien maneras distintas sin ni siquiera pararse a pensarlo. Todo lo que hace va destinado a darse placer, a satisfacer sus propias necesidades. —Tasia le tomó la mano y se la apretó—. No lo expulsaron de Rusia porque hubiera cometido traición, Emma. Nikolas mató a un hombre a sangre fría, y cuando los funcionarios del gobierno lo interrogaron y lo sometieron a tales torturas que estuvo a las puertas de la muerte, creo que perdió el resto de alma que aún le quedaba. Nadie puede ayudarlo. Algo se ha roto en su interior, y nunca podrá ser reparado.

Emma se encogió de hombros, incómoda.

—Ya sé que mató a un hombre. Me da igual lo que haya hecho en el pasado. Voy a casarme con él.

Las lágrimas brillaron en los ojos de Tasia.

—¡No sigas adelante con esto, por favor! ¡No eches por la borda todas tus posibilidades de ser feliz ahora que aún eres tan joven, cuando tienes tanto que dar...!

Emma apartó la mano.

—No quiero hablar más del tema. Ya he tomado mi decisión.

Los pálidos ojos de Tasia la observaban con tal intensidad que Emma casi se encogió bajo el brillo de su mirada.

—Haces esto para castigar a Luke, ¿verdad? Quieres hacerle pagar muy caro el que te mantuviera separada de Adam. Pero al final te harás más daño a ti misma que a ninguna otra persona.

Emma apretó la mandíbula.

—Papá se equivocó con Adam.

—¿Y qué si se equivocó? Oh, Emma, tienes tanto que aprender sobre el perdón... Sólo los jóvenes pueden permitirse estar convencidos de que la razón está de su parte y sentirse tan traicionados cuando sus padres se equivocan en algo. ¿Qué más da que tu padre se equivocara acerca de Adam? ¿Puedes asegurarme que tú nunca le has hecho daño o has sido injusta con él?

—Nunca le he negado el derecho a estar con alguien a quien amaba. Nunca le he arrebatado a la única persona que lo hubiese hecho realmente feliz.

—Eso es exactamente lo que harás cuando desaparezcas de su vida. Si no sabes lo necesaria que eres para su felicidad, entonces es que no entiendes a tu padre.

—Papá sólo te necesita a ti, Tasia. Eso todo el mundo lo sabe.

Su madrastra la miró con horror.

—¡Sabes que eso no es verdad! Emma, ¿qué te ha sucedido? —Ante el terco silencio de Emma, Tasia sacudió la cabeza y suspiró profundamente—. Ya volveremos a hablar más tarde, cuando ambas hayamos tenido ocasión de pensar.

—No cambiaré de parecer —dijo Emma desafiante mientras la veía salir por la puerta.

Tasia volvió a la biblioteca y vio que Nikolas se había ido. De pie ante la ventana, su marido contemplaba el radiante día de verano. Luke enseguida percibió la presencia de su esposa, y habló con voz desprovista de emoción.

—Me dijo que no podría evitar que se casaran sin perderla. Tenía razón, claro. Si no doy mi permiso, se escaparán.

—¿Y si la mandas lejos durante un tiempo? —sugirió Tasia—. Podría alojarse con tu hermana en Escocia. O tu madre podría llevarla a hacer un viaje por el extranjero...

—Nikolas la seguirá a cualquier parte. La única forma de impedir que se casen es matarlo, o tener encerrada a mi hija en una habitación durante el resto de su vida.

—Seguiré hablando con Emma. Encontraré la manera de hacer que entienda la clase de hombre que es Nikolas.

—Puedes intentarlo —dijo él con voz átona—. No creo que sirva de nada.

—Luke... —Fue hacia él y trató de abrazarlo por la cintura, pero él se puso tenso.

—Necesito estar solo —dijo sin volverse—. Necesito pensar. —Sacudió la cabeza y dejó escapar un gemido de angustia—. Dios mío, cómo le he fallado a la madre de Emma. Todas las cosas que Mary habría querido para su hija..., y he permitido que llegáramos a esto.

—No le has fallado a nadie. Has sido el padre más generoso del mundo, y siempre la has querido muchísimo. Esto no es culpa tuya. —Tasia acarició la rígida línea de su espalda—. Emma nació con tanto espíritu... Es terca y se enfada enseguida por cualquier cosa, pero tiene muy buen corazón y aprende de sus errores.

Luke se volvió hacia ella, y Tasia vio brillar las lágrimas en sus ojos azules.

—De éste no —dijo con voz ronca—. Éste le arruinará la vida... Y no puedo hacer nada para evitarlo.

Después de haber regresado a su finca, Nikolas dedicó la tarde a leer los últimos informes sobre sus inversiones financieras, y luego se dispuso a pasar la velada en compañía de una botella de vodka bien frío. Se puso un batín de seda gris y se acomodó en el sofá de cuero color ámbar de su *suite* privada, donde empezó a pasar las páginas de un volumen de escritos de Lermontov.

Hubo una llamada vacilante a la puerta, y la voz ahogada de su sirviente Karl.

—Alteza, tenéis una visita de la residencia de los Stokehurst.

—¿Es lady Emma? —preguntó Nikolas, un poco sorprendido ante la noticia.

Karl asomó la cabeza por el borde de la puerta, su rostro típicamente ruso fruncido en una mueca de perplejidad.

—No, alteza. Es su madrastra, la duquesa.

La sorpresa se convirtió en asombro, y Nikolas alzó las cejas inquisitivamente. Tasia no le había hecho ninguna visita privada desde que había estado enfermo siete años atrás, cuando sus cuidados le devolvieron la salud después de que hubiera estado a las puertas de la muerte.

—Esto debería ser interesante —dijo—. Tráemela.

No apartó la mirada de la puerta hasta que vio aparecer a Tasia. Su rostro era tan pálido y frágil como la porcelana. Con su serena compostura de siempre, ni un solo mechón de su reluciente cabellera negra estaba fuera del sitio que le correspondía. El vestido color lavanda que llevaba hacía juego con el azul plateado de sus ojos. Había tenido exactamente el mismo aspecto a los dieciocho años, con una indefinible cualidad ultraterrena que nunca había dejado de intrigar a Nikolas.

—Llevas el color del luto —dijo con una sombra de burla en la voz, mientras se levantaba del sofá al verla entrar en la habitación—. Pero lo que deberíamos hacer es celebrarlo, prima Tasia. —Señaló la colación que había junto a él—. ¿Vodka? *Zakuski*?

Tasia negó con la cabeza al ver aquel pequeño tentempié que tanto significaba para los rusos: rebanadas de pan untadas con mantequilla sobre las que se había puesto caviar; pequeños pasteles de carne adornados con un poco de nata agria; sardinas; pepinillos; todo ello elegantemente servido en una bandeja de plata.

—Al menos siéntate —dijo Nikolas.

Tasia no se movió del sitio.

—Estás en deuda conmigo —dijo suavemente—. Tú mismo lo admitiste hace años. Dijiste que la deuda nunca podría ser saldada, y que los hijos de tus hijos aún tendrían que cargar con ella. Creías que yo había matado a tu hermano; y de todas las personas que pedían que se me ejecutara, tú eras el que gritaba más fuerte. Cuando huí de Rusia, me seguiste hasta Inglaterra, me raptaste y me llevaste de vuelta a San Petersburgo. Querías que yo muriese, para pagar por un crimen que no cometí.

—Estaba equivocado —dijo Nikolas con impaciencia—. Descubrí mi error, e hice todo lo que pude por rectificarlo.

—Y luego —continuó Tasia sin ninguna inflexión—, cuando te exiliaron y llegaste a Inglaterra medio muerto, te cuidé hasta que te recuperaste. Podrías haber muerto sin mi ayuda.

—Sí, habría muerto —admitió de mala gana.

—Nunca te he pedido nada a cambio... Hasta ahora.

—¿Qué es lo que pides, prima? —murmuró Nikolas, aunque ya lo sabía.

—No te cases con Emma. Vete de Inglaterra para siempre, y no vuelvas a ver a mi hijastra.

—¿Y cómo llevará ella el haber sido abandonada por dos hombres en tan poco tiempo?

—Emma es joven. Es mucho más fuerte de lo que crees. Se recuperará y volverá a ser la de siempre.

Nikolas frunció los labios en una sonrisita burlona.

—No digas tonterías. Que yo la deje sería un golpe terrible para ella, y puedes estar segura de que nunca volvería a confiar en un hombre. Os odiaría, a ti y a ese fariseo inglés con el que te has casado. ¿Es eso lo que quieres?

Tasia perdió la compostura, y un rubor de rabia se extendió por su rostro.

—¡Cualquier cosa será mejor para Emma que dejar que tú la vayas destruyendo poco a poco, hasta que no quede nada de ella!

—Emma estará mejor conmigo que con ninguno de los hombres que podría aspirar a conseguir.

—Oh, un marido magnífico —convino Tasia ácidamente—, el hombre que hasta ahora no ha hecho sino manipularla y seducirla. Estoy impaciente por ver cuál será el próximo paso. Puede que tus intenciones sean buenas, Nikolas, e incluso puede que hayas llegado a convencerte a ti mismo de que sabrás ser un marido adecuado para Emma, pero al final le harás daño. Porque no puedes cambiar tu naturaleza. El pasado que te ha dado forma estuvo tan lleno de penas y sufrimientos que te dejó lisiado para siempre. No tuviste la culpa, pero eso no cambia nada. Eres lo que eres. Entiendo por qué quieres tener a Emma. Ella lleva en su interior toda la bondad, la inocencia y la compasión que tú nunca has sido capaz de sentir. Quieres que te pertenezca, y mantenerla a tu lado junto con todos los otros objetos hermosos que has acumulado con los años. Pero ahora te pido que hagas honor a la deuda que contrajiste conmigo. Tienes que dejar en paz a Emma.

La mirada de Tasia era tan intensa y penetrante que Nikolas se vio obligado a apartar la vista. No podía negar que lo que le pedía su prima era justo. Él siempre había pagado sus deudas cuando llegaba el momento. Era una cuestión de honor, de amor propio. Pero renunciar a Emma... Eso no. Habría podido acceder a cualquier otra petición, pero no a ésa.

El frágil silencio se rompió cuando dijo, en un murmullo:

—No puedo.

Tasia sonrió fríamente, como si Nikolas acabara de confirmar sus peores sospechas acerca de él.

—Bastardo egoísta... —murmuró, y salió de la habitación.

A Emma la sorprendió las pocas discusiones que llegó a tener con su familia acerca de su compromiso con Nikolas Angelovski. Cierto que hubo varios intentos de «hacerla entrar en razón», a los que Emma hizo frente con un pétreo silencio. Ceder aunque sólo fuese un milímetro hubiese representado invitarlos a no dejar de insistir hasta que consiguieran obligarla a hacer lo que ellos querían. Su terquedad parecía estar surtiendo efecto. Su padre y Tasia parecían haber entendido que no estaba dispuesta a renunciar a ese matrimonio. En su fuero interno Emma creía que ya tendrían ocasión de hacer las paces más adelante, una vez que su vida con Nikolas estuviese organizada. Comprobarían entonces que era feliz y que no le faltaba de nada, y comprenderían lo infundadas que habían sido todas sus objeciones al matrimonio.

La boda tendría lugar en el plazo de seis semanas, y ya estaba en boca de todos debido a lo extremadamente precipitado de la fecha elegida. Emma encontraba muy graciosas las reacciones de los demás, en particular los celos y la perplejidad de todas las mujeres que venían a visitarlos. No se molestaban en ocultar su asombro ante el hecho de que Emma hubiera logrado cazar al príncipe Nikolas Angelovski, uno de los partidos más deseables de Europa.

—Pero, querida mía, ¿cómo se las arregló usted? —preguntó una de aquellas inquisitivas visitantes, lady Seaford, una matrona de la alta sociedad cuya hija estaba prometida con un mero conde—. El príncipe nunca se dignó mirar a mi Alexandra por más de un segundo, y eso que era la joven más atractiva de la temporada. ¿Se interesó por usted a causa del parentesco que tiene con su madrastra? ¿Fue eso?

Emma sonrió oblicuamente.

—En una ocasión me dijo que le recuerdo a las mujeres de su país.

Lady Seaford le lanzó una mirada especulativa por encima del borde de su taza de té.

—No tenía ni idea de que las rusas fueran tan, ejem, altas. Entonces supongo que mi querida Alexandra nunca tuvo ninguna posibilidad, con lo delicada y menudita que es ella.

Tasia intercedió entonces, al ver que Emma apretaba los labios ante la observación.

—Las rusas son famosas por su espíritu y su fuerte carácter, lady Seaford —dijo sin alterarse mientras la miraba fijamente—. El príncipe Nikolas seguramente se dio cuenta de que Emma poseía dichas cualidades en mayor medida que su querida Alexandra.

—¡Vaya! —Lady Seaford frunció los labios y se sumió en un silencio ofendido.

Tasia había puesto fin a una situación que empezaba a resultar bastante incómoda, y Emma se lo agradeció con una sonrisa. En privado su madrastra siempre le dejaba muy claro que estaba en contra de aquel matrimonio, pero en público nunca había dejado de apoyar incondicionalmente a Emma. Incluso la había llevado a su modista favorita para que le hiciese el traje de novia. De seda color marfil, combinaría un cuello muy alto con delicados y antiguos encajes. Emma y Tasia también habían planeado todos los detalles de la ceremonia, que se celebraría en la capilla de Southgate Hall, y de la recepción, en el salón de baile blanco y oro.

Emma pasaba muchos de sus días con un arquitecto y un jardinero paisajista contratados por Nikolas. Habían diseñado una serie de cercados y edificios a construir en la finca de su futuro esposo que servirían para acoger la colección de animales de Emma. Incluso Tasia admitía a regañadientes que Nikolas parecía estar muy pendiente de las necesidades de Emma. Iba a hacer que redecorasen su *suite* para adaptarla a los gustos de su futura esposa, y le había enviado un muestrario de colores para que lo examinara. Emma había elegido un gélido color azul pálido para las paredes, y brocado en tonos zafiro para los cortinajes y las colgaduras de la cama.

Cuando no podía visitarla, Nikolas siempre le enviaba flores y regalos, desde una lata de pastas de té hasta una exquisita cajita de oro adornada con el sello de los Angelovski. Un día le trajo una gargantilla con veinte diamantes, uno por cada año que tenía Emma. Aunque Tasia frunció el ceño ante lo poco apropiado del regalo, no le sugirió a su hijastra que lo devolviera.

Emma estaba atónita ante lo atento que se mostraba Nikolas. Sus maneras no podían ser más respetuosas cuando se encontraba sentado a la distancia apropiada de ella en la sala de estar, o cuando la veía ocuparse de los animales de su colección. Le hablaba casi como lo haría un hermano mayor, amistosamente y con pequeñas bromas. Pero la forma en que la miraba a veces, sus ojos dorados encendidos por el interés sexual mientras seguía cada uno de sus movimientos, la ponía un poco nerviosa, porque nunca estaba segura de lo que podía llegar a hacer. En la superficie reinaba la civilización, pero debajo se encontraba un hombre apasionado e impredecible. Emma aún no se acababa de creer que Nikolas quisiera que fuese suya, pero una parte de su ser entendía la atracción que experimentaba, porque era la misma que ella sentía. No lo amaba, pero estaba fascinada por él, con una intensidad que nunca había sentido por ningún otro hombre.

La mañana de la boda, Emma estaba tensa y aterrorizada. Su padre le proporcionó involuntariamente el ímpetu final que la llevó a dar el paso definitivo. Luke fue a su habitación después de que la hubieran engalanado con todo el atuendo nupcial. Emma se apartó del espejo, ante el que estaba concentrada en alisar los rizos rebeldes que habían brotado alrededor de su rostro, y le sonrió tímidamente.

Alta y esbelta en su traje de color marfil, llevaba el pelo adornado con rosas blancas y recogido en un rodete. Una mano sostenía la diminuta Biblia de su madre, junto con un pañuelo de encaje que le había prestado Tasia. Un collar de tres hebras de perlas —un regalo de Nikolas llegado aquella misma mañana— había sido abrochado alrededor de su garganta. Su padre pareció tragar saliva, como si se le hubiera hecho un nudo en la garganta.

—Estás muy hermosa, Emma.

—Gracias —dijo ella, su voz casi inaudible.

—Ojalá Mary pudiera verte.

Emma parpadeó con consternación y se preguntó si su madre habría aprobado el compromiso. Mary había muerto cuando ella aún era demasiado pequeña para que ahora pudiese tener recuerdos claros. Sólo guardaba vagas impresiones de calidez, una voz musical, una melena tan roja como la suya. Papá siempre había dicho que ella y Mary se querían muchísimo. A su madre quizá no le hubiese gustado que se casara con Nikolas.

—Emma —dijo su padre en voz baja—, si alguna vez te arrepientes..., si llega un momento en el que decides que esto fue un error..., siempre puedes volver. Te recibiré con los brazos abiertos.

—Esperas que lamente esto, ¿verdad? —preguntó ella.

Él no dijo nada, pero la forma en que apartó la mirada fue suficiente respuesta.

—Mi matrimonio irá a las mil maravillas —dijo Emma fríamente—. No será como el que tú tienes con Tasia, pero me resultará completamente satisfactorio.

—Eso espero.

—¿De veras? —le preguntó ella con dulzura—. No estoy tan segura de eso, papá. —Se irguió orgullosa y decidió que nada le impediría casarse con Nikolas Angelovski. Pero más tarde, cuando fueron juntos por el pasillo, Emma sentía lágrimas no derramadas en sus ojos.

Atrapada en su propio incómodo silencio, apenas recordaría nada de la boda, salvo el hecho de que fue muy corta y careció de alegría. Nikolas estaba muy guapo, pero su expresión entre seria y solemne le hizo comprender que para él la boda sólo era un deber a cumplir. Para Emma hubo muy poca sensación de espiritualidad en la ceremonia, salvo por la lectura de un pasaje del libro de Ruth: «... allá donde vayas, iré yo también. Y donde tú te alojes, yo me alojaré también. Tu gente será mi gente, y tu Dios será mi Dios...». Las eternas palabras del amor, del compromiso, parecieron traer consigo el eco de una pesada puerta que se cierra de golpe.

Sólo después, en la jovialidad un tanto forzada de la recepción, Emma empezó por fin a respirar tranquila. Hubo muchos brindis, y mucho baile, y un banquete de bodas con platos rusos e ingleses. El pastel era una gran torre ornamentada con flores, pájaros y querubines esculpidos en azúcar glaseado. Finalmente, cuando ya empezaba a anochecer, los recién casados pudieron correr bajo una lluvia de arroz y felicitaciones hacia el carruaje que los esperaba.

En cuanto estuvieron dentro del carruaje, Emma rió, nerviosa y sacudió la cabeza para quitarse los granos de arroz que se le habían pegado. Nikolas se pasó los dedos por el pelo, en un vano intento de librarse del arroz atrapado entre los mechones dorados.

—Me parece que vamos a ser fértiles —dijo Emma, y Nikolas rió ante aquel comentario tan poco propio de una púdica doncella.

—Nunca lo he dudado, *ruyshka*.

La expresión de él la hizo sonrojar, y se apresuró a bajar la cabeza.

—¿Cuántos hijos querrás? —preguntó, un poco avergonzada.

—Todos los que Dios tenga a bien enviarnos.

Emma acarició el anillo que le había dado Nikolas, un ostentoso rubí rojo sangre rodeado de diamantes.

—Gracias por regalármelo —dijo—. Es precioso.

—¿Te gusta? Pusiste una cara bastante rara cuando lo viste por primera vez en la ceremonia.

—Estaba sorprendida —dijo ella con toda sinceridad—. Nunca he tenido una joya tan grande.

Nikolas sonrió.

—Tendrás otras mucho más grandes que ésta —dijo mientras le tomaba la mano y empezaba a acariciarle los dedos—. Tus manos están hechas para llevar joyas.

—Sí, las necesito para que tapen los mordiscos que me dan los animales —dijo ella, al tiempo que apartaba la mano.

Nikolas se inclinó sobre sus pies y se los puso en el regazo, con lo que Emma se vio obligada a extender sus largas piernas a través de las suyas.

—Oh, Nikki —protestó con una mueca mientras él le quitaba las zapatillas de satén—. ¿Qué haces?

—Asegurarme de que estés lo más cómoda posible hasta que lleguemos a la finca —dijo él, y luego se puso a darle masaje en los pies y los tobillos cubiertos de seda sin hacer caso de sus protestas.

—No quiero estar cómoda. Yo... —Él empezó a frotarle suavemente los doloridos arcos de los pies, y Emma hizo una mueca antes de apoyar la espalda en los cojines de terciopelo para sentir que toda ella empezaba a relajarse—. Tengo los pies demasiado grandes —murmuró.

—Son encantadores —dijo Nikolas, al tiempo que le apretaba la planta del pie derecho contra la unión de sus muslos. Emma dio un respingo cuando sintió la dura longitud de su excitación contra la planta del pie, pero por algún motivo fue incapaz de apartarlo.

El delicioso interludio terminó cuando entraron en la finca Angelovski para ir hacia la mansión y Nikolas volvió a calzarle las zapatillas de satén. Emma contempló con asombro aquella residencia palaciega que había pasado a ser su nuevo hogar. El enorme salón de baile circular, con sus interminables hileras de columnas y espejos, las espaciosas estancias adornadas con incrustaciones de oro y piedras preciosas, las incontables *suites*, galerías y habitaciones con paneles de cristal en las paredes... todo aquello era suyo, para recorrerlo a su antojo.

—Princesa Emma —dijo Nikolas, como si le leyera la mente—. ¿Tardarás mucho en acostumbrarte al título?

—Puede que nunca me acostumbre —respondió Emma con una mueca.

El carruaje se detuvo ante la escalinata que llevaba a la puerta. Nikolas ayudó a Emma a bajar del carruaje. Hubo un repentino ajetreo de sirvientes: lacayos que corrían a abrir la puerta de la mansión, el mayordomo que esperaba para darles la bienvenida, las doncellas reunidas en el vestíbulo.

Nikolas la llevó hacia el umbral y señaló con un gesto al mayordomo que aguardaba.

—Ya conoces a Staníslav, claro, de tus otras visitas.

Emma enrojeció al acordarse de la última vez, cuando había pasado la noche con Nikolas.

El rostro del mayordomo permaneció tranquilo e impasible.

—Alteza —dijo con un ligero acento—, el servicio os desea toda la felicidad. Esperamos serviros a vuestra entera satisfacción.

—Gracias, Staníslov, ejem, Stanlisl... —Emma le pidió disculpas con la mirada—. Practicaré tu nombre hasta que pueda decirlo como es debido.

Antes de que el mayordomo pudiera replicar, Nikolas la tomó en brazos y la levantó recogiéndole las piernas hasta la altura de su pecho. Emma dio un grito de sorpresa.

—¿Qué haces?

—Pasar el umbral contigo en brazos —replicó Nikolas—. Es una tradición inglesa, ¿verdad?

—¡Sólo cuando el novio es más alto que la novia! No lo hagas..., ¡peso demasiado! Bájame, por favor...

—Como no te estés quieta, te dejo caer.

Emma, a la que todo aquello le parecía muy embarazoso, no paró de gemir mientras Nikolas entraba en la casa con ella en brazos y atravesaba el vestíbulo, pasando por delante de la servidumbre. Hubo unos cuantos murmullos y risitas mientras los lacayos y las doncellas veían cómo su señor iba hacia la escalinata que llevaba a las *suites* del piso de arriba.

—¿No me vas a presentar? —preguntó Emma, con una última mirada al grupo reunido en el vestíbulo.

—Mañana. Esta noche quiero estar a solas contigo.

—Puedo hacer el resto del camino a pie. Te harás daño en la espalda.

—Esto no es nada —se burló él—. Me he echado a los hombros ciervos que pesaban el doble que tú.

—¡Gracias por el cumplido! —resopló Emma, tan mortificada que no volvió a abrir la boca hasta que Nikolas entró en la nueva *suite* que había hecho decorar para ella y la bajó al suelo en el centro del dormitorio—. ¡Vaya! —murmuró entonces mientras giraba lentamente.

—Si no te gusta, haremos que la cambien.

—¿Cambiarla? —repitió ella, aturdida—. De ninguna manera.

La *suite* disponía de habitaciones separadas para recibir las visitas, cambiarse de ropa, bañarse y dormir, y Emma nunca había visto algo tan hermoso. Con sus hileras de columnas de cristal y los tonos azules de las paredes, era digna de un rey. Obras de arte de valor incalculable puestas en gruesos marcos plateados adornaban las paredes. Una gran estufa rusa recubierta de losetas rosadas ocupaba una de las esquinas. La cama era inmensa, con una gran colcha de seda bordada en tonos azul oscuro y muchas almohadas adornadas con borlas.

Emma abrió la puerta de un armario de caoba, y vio que estaba vacío salvo por unos cuantos artículos de su ajuar que había mandado enviar hacía unos días.

—¿Dónde está tu ropa? —preguntó, muy sorprendida.

—Mi *suite* queda al otro extremo del ala.

—¿No vamos a compartir habitación?

Nikolas negó con la cabeza, y Emma se sonrojó al darse cuenta de que no hubiera debido preguntárselo. Su padre y Tasia siempre compartían una cama, y empezaban y terminaban cada día el uno en los brazos del otro. En su ingenuidad, Emma había dado por supuesto que Nikolas desearía la misma clase de arreglo. Pero si se quedaba en su propia *suite* separada, se perderían todas las pequeñas intimidades que hacían que un marido y su esposa se sintieran a gusto el uno con el otro. Pero aparentemente Nikolas no quería semejante familiaridad. Quizá fuese mejor así, o quizás algún día cambiaría de parecer.

Emma fue hacia una mesa de caoba en la que había una colección de figuritas talladas. Una sonrisa apareció en su rostro cuando tomó una, un cisne de coral blanco con el pico hecho de oro y dos zafiros por ojos. Había una rana de malaquita, un león de oro, un elefante de marfil y un lobo de amatista con las patas hechas de oro, así como un oso, un pez y varios pájaros, también hechos con piedras y metales preciosos. Emma se entretuvo un buen rato con la más impresionante de las figuritas, un tigre de ámbar con diamantes amarillos por ojos y colmillos hechos con aljófares.

—Esta colección perteneció a mi tatarabuela Emelia. Pensé que quizá te gustaría poseerla.

Emma se volvió para mirarlo. Le brillaban los ojos.

—Gracias.

Nikolas señaló el tigre en la mano de Emma.

—Decían que esta pieza era su favorita.

Emma fue cautelosamente hacia él y le besó suavemente la mejilla.

—Gracias —volvió a decir—. Eres muy bueno conmigo, Nikki.

Nikolas la miró en silencio, mientras su mejilla parecía arder allí donde ella la había tocado con los labios. Entonces le sobrevino una sensación extraña, y se quedó muy quieto. La expresión en los ojos azules de Emma, el sonido de su voz, la forma en que sus dedos sostenían la figurita de ámbar... Era como si todo aquello ya hubiese ocurrido antes. El corazón empezó a latirle pesadamente. El aire pareció calentarse a su alrededor mientras una imagen cristalizaba en su mente.

Ella tomó el tigre y lo examinó desde todos los ángulos.

—Mira, Nikki. ¿Verdad que es precioso?

—Sí, es muy bonito —asintió él, la mirada fija en su rostro encendido. Luego la apartó el tiempo suficiente para decirle al joyero—: Nos las llevaremos todas.

Ella rió con gran alegría y lo rodeó con los brazos.

—¡Eres tan bueno conmigo...! —le dijo al oído—. Harás que te quiera demasiado.

Él pasó los labios por su suave mejilla.

—Nunca se quiere demasiado...

—¿Qué pasa? —preguntó Emma.

La visión se esfumó. Nikolas sacudió la cabeza y rió secamente.

—Nada. Una sensación extraña. —Dio un paso atrás sin apartar la mirada de ella. Ahora las palpitaciones eran tan fuertes que casi le dolía el pecho. Nikolas se pasó la mano por la frente, y descubrió que estaba cubierta de sudor. Era una sensación similar a la de zambullirse en un río de aguas muy frías después de sudar hasta el agotamiento en una casa de baños rusa.

—¿Te encuentras bien? —insistió Emma.

—Llama a la doncella para que te ayude con el vestido —dijo él bruscamente al tiempo que se volvía para dirigirse hacia la puerta—. Estaré de vuelta dentro de un rato.

Emma lo miró sin entender nada. Dejó el tigre en su sitio con mucho cuidado, y le acarició el lomo con la punta del dedo. El ámbar brillaba como si tuviera vida propia.

Nikolas la había mirado de un modo tan extraño... La expresión en su rostro, el fugaz destello de algo parecido al miedo, su mirada perdida en la lejanía, como si contemplara una visión ultraterrena... ¿Dónde había visto ella esa expresión antes?

—Tasia —murmuró.

Su madrastra siempre se ponía así cuando tenía alguna de sus premoniciones. Los rusos eran un pueblo supersticioso, le había explicado Tasia en una ocasión. Sus vidas estaban llenas de misterio y fantasía, y creían en las señales y los presagios. ¿Qué le había pasado por la mente a Nikolas? ¿Qué visión había tenido?

Un poco inquieta, Emma tiró del cordón que haría acudir a la doncella, y enseguida apareció una mujer muy menuda. Tendría la edad de Emma, quizás un par de años más, con inteligentes ojos grises y una gran melena castaña apretadamente recogida. Apenas se le notaba el acento, y se identificó como Rashel Fiodórovna.

—Me gusta tu nombre, Rashel —observó Emma mientras la doncella empezaba a abrir el complicado sistema de ganchitos y botones en la espalda de su vestido—. ¿Es la versión rusa de Rachel?

—Sí, alteza. Mi madre puso nombres bíblicos a todos sus hijos. Tengo dos hermanos, Matfei y Adamka, y una hermana, Marinka.

—Matthew, Adam, y... ¿Mary? —adivinó Emma.

—Miriam —corrigió la doncella, mientras la ayudaba a salir del vestido que había quedado en un montón sobre el suelo. Luego recogió hábilmente todos aquellos metros de seda y los llevó a una silla cercana.

—¿Tus hermanos y tu hermana aún están en Rusia? —preguntó Emma, conteniendo la respiración mientras Rashel le desabrochaba el corsé.

—No, alteza. Todos están aquí, y trabajan para el príncipe Nikolas. Vinimos con él después de que..., de que... —La doncella se calló mientras buscaba alguna manera de expresarse con tacto.

—Después de que lo exiliaran —dijo Emma sin rodeos.

Rashel asintió, y las comisuras de sus labios se elevaron en una sonrisa.

—Me alegro de que seais tan clara, alteza. A los rusos nos gusta ir directos al grano. ¿Os quito las horquillas?

—Sí, por favor. —Emma se sentó al tocador, vestida únicamente con su ropa interior de lino. La doncella quitó con mucho cuidado las rosas blancas de sus rojos rizos y empezó a destrenzarle la melena, usando un cepillo de mango de plata para alisar una sección antes de pasar a la siguiente—. ¿Quisisteis venir a Inglaterra con Nikolas? —preguntó Emma—. ¿O no tuvisteis otro remedio?

—Oh, sí, mi familia quería venir. Pertenecemos a los Angelovski, ¿sabéis? No por ley, claro está, puesto que ya hacía quince años que el zar Alejandro había liberado a los siervos. Pero mi familia, los Sidarov, lleva más de cuatrocientos años sirviendo a los Angelovski. Nos pareció que debíamos seguir al príncipe Nikolas allá a donde decidiera ir.

—Estoy segura de que él aprecia mucho vuestra fidelidad —dijo Emma, aunque sospechaba que Nikolas, con toda su arrogancia, probablemente la daba por descontada.

Rashel se encogió de hombros alegremente.

—Siempre estaremos con él, si Dios quiere. El príncipe Nikolas es un buen amo.

—Me alegra saberlo —musitó Emma.

La doncella hizo una pausa en el cepillado y suspiró pensativamente.

—A veces echo de menos Rusia. El príncipe Nikolas nunca parece echarla de menos, pero yo creo que tiene que sentir añoranza. ¡Con la vida que se daba él allí! Era todavía más rico que el zar. Veintisiete palacios, y tierras por todas partes. Una vez le regaló a su hermano pequeño, el príncipe Mijaíl, una montaña por su cumpleaños.

—¿Una montaña?

—Sí, una muy hermosa que hay en Crimea. —Rashel se concentró en un nudo, y lo cepilló con mucho cuidado hasta que desapareció—. No os podéis imaginar la vida que llevábamos en Rusia, alteza. A veces me entran tantas ganas de volver a verla que me pongo triste. Pero los rusos tenemos un dicho: «Da igual dónde vivas, con tal de que no pases hambre.»

—Una gran verdad —dijo Emma, y rió—. Me alegro de que estés aquí, Rashel.

Una vez que la melena cubrió los hombros de Emma como una manta de rizos en ebullición, Rashel la ayudó a ponerse un camisón de lino delicadamente bordado, con una bata a juego.

—Parecéis rusa, alteza.

Emma se lo tomó como un cumplido, y sonrió agradecida.

—Pues me temo que soy cien por cien inglesa.

—Los rusos tienen el corazón muy grande, y ríen a menudo. Creo que lleváis una rusa dentro.

Emma se disponía a replicar cuando el estómago le gruñó tan fuerte que se sonrojó y rió, avergonzada.

—Hoy apenas he comido —dijo con la mano encima del estómago vacío—. Estaba tan nerviosa..., la boda...

—¿Queréis que os suba un poco de sopa y *zakuski*?

—¿*Zakuski*? —repitió Emma, sin saber cómo tenía que pronunciar aquella palabra que no había oído nunca.

—Bocados variados. Ya veréis cómo os gustan, alteza. Os traeré unos cuantos para que los probéis.

La doncella se fue, y Emma deambuló por la *suite*. Sacudió la cabeza con asombro al descubrir un cuarto de baño completamente recubierto de mármol blanco. Cuatro grifos de oro en forma de delfines se curvaban sobre el borde de porcelana de la bañera.

Se preguntó si su madrastra habría vivido rodeada de aquella clase de lujos durante sus días de infancia en Rusia. Había tanto en el pasado de Tasia que seguía oculto y desconocido... Emma empezó a ser consciente por primera vez de hasta qué punto Tasia había suprimido todo lo que tenía de rusa, dejando su lengua y sus costumbres abandonadas al partir de Rusia. ¡Qué distinta era aquella cultura y qué difícil tenía que haber resultado adaptarse, como habían hecho Nikolas y Tasia!

Una suave llamada a la puerta del dormitorio la alertó del regreso de Rashel. La doncella traía consigo una gran bandeja con un fragante surtido de platos: pequeños pasteles rellenos de setas y carne picada, trocitos de salchicha y rodajas de salmón ahumado, y también una pequeña sopera con sopa de col a la pimienta. Emma siguió con entusiasmo a Rashel hasta la antesala de la *suite*, y tomó asiento en un pequeño sofá. La doncella puso la comida en una mesa cercana, señaló unas cuantas exquisiteces que pensaba podían ser del agrado de Emma y la dejó a solas.

La comida era deliciosa, y una gran parte de ella había sido condimentada con pimientos, ajo y nuez moscada. Emma probó un poco de todo, y lo hizo bajar con sorbos de un tinto excelente. Hallarse rodeada de tanta suntuosidad hacía que se sintiera como una niña mimada a la que se le consienten todos los caprichos.

—Me parece que podría acostumbrarme a esto —murmuró mientras se recostaba en los mullidos cojines de terciopelo que cubrían el sofá.

—Ciertamente espero que lo harás, *ruyshka* —dijo la voz de Nikolas desde la entrada. Llevaba un batín de seda de un dorado castaño, algo más oscuro que su pelo. Iba descalzo y con las piernas al aire, y al verlo así Emma se preguntó con súbito terror si llevaría algo debajo del batín.

Intentó camuflar su nerviosismo con una radiante sonrisa, y levantó su copa en un brindis dirigido a él.

—¿Quieres tomar algo conmigo, Nikolas?

—Con la condición de que no vuelvas a sonreírme así.

—¿Por qué no? —preguntó ella con un poco de aprensión mientras lo veía acercarse.

—Porque me entran mareos —susurró al tiempo que le rodeaba la nuca con la mano.

Emma cerró los ojos y sintió sobre los labios la delicada presión de su boca. Cuando Nikolas puso fin al beso y se sentó a su lado, Emma extendió torpemente la mano hacia una de las exquisiteces de la bandeja y se la ofreció, en un intento de interpretar el papel de una buena anfitriona.

—¿Te apetece un *pirozhi*?

—*Pirozhki* —dijo él, corrigiéndola antes de dar un bocado a la tarta rellena que ella tenía en la mano.

Verlo hacer aquello la sorprendió tanto que se le escapó la risa.

—Eres el primer hombre que come de mi mano. —Esperó hasta que él hubo tragado, y le ofreció otro bocado. Nikolas sonrió y se hizo con lo que quedaba de tarta, mordisqueándole suavemente la punta del dedo con los dientes.

Nerviosa pero intrigada, Emma titubeó por un segundo antes de ofrecerle el vino. Nikolas bebió de la copa adornada con pequeñas gemas que Emma le sostenía ante los labios, y sus ojos permanecieron fijos en ella por encima del borde que relucía con suaves destellos. Luego le quitó la copa de la mano, la dejó a un lado y se mojó la punta del dedo en aquel vino de aroma afrutado. Emma lo miraba, incapaz de moverse. Tampoco pudo moverse cuando Nikolas le tocó el labio inferior con la yema y dejó en él una gotita color rubí. Inclinándose hacia delante, lamió el líquido para luego posar delicadamente la boca sobre los labios de Emma, para besarla y lamerla en incursiones cada vez más profundas... hasta que Emma sintió un temblor y necesitó tocarlo. Sus manos resbalaron sobre la seda color ámbar del batín cruzado sobre el pecho. Nikolas la rodeó con los brazos, y la apretó con firmeza.

Emma se entregó al placer y la excitación mientras los labios de Nikolas se desplazaban sobre ella. Hacía ya seis semanas que él la había besado así, y ya no se acordaba de lo delicioso que era. Consumida por la necesidad, Emma sólo quería que Nikolas la tomara y volviera a colmarla, que le permitiera volver a sentir la magia que él le había hecho conocer.

Nikolas le tomó la mano para conducirla hacia abajo, entre sus cuerpos. Obediente, Emma buscó bajo el batín hasta que sus dedos se cerraron alrededor de aquella dureza tersa y sedosa. Soltó un gemido y empujó contra él con todo su cuerpo, luchando por tenerlo aún más cerca.

Nikolas sumergió el rostro en la melena pelirroja y enredó con fuerza los dedos en aquel cabello reluciente, sintiendo la suavidad de sus rizos en la frente y en las mejillas. No sabía por qué experimentaba aquellas sensaciones tan intensas cuando estaba con ella. Había conocido a tantas mujeres... Pero ninguna lo había afectado del modo en que lo hacía Emma.

Le agarró la muñeca y tiró suavemente de ella para hacerla levantar del sofá. Emma se puso en pie y apretó su rostro sonrojado contra el suyo.

—Nikki —susurró—, ¿visitarás mi cama esta noche?

—¿Es una invitación?

Emma dejó de repartir besos por su rostro.

—¿Te gustaría tenerla por escrito?

—No será necesario. —Le apartó la bata de los hombros y se la bajó por los brazos hasta que la prenda cayó al suelo. Luego le puso la mano en el cuello y la bajó muy despacio. Podía sentir la calidez, las esbeltas formas de aquel cuerpo bajo el delgado lino del camisón—. Emelia..., esposa mía... —Una vez más le faltaron las palabras, y volvió a sellar su boca en los labios de Emma.

Se desplazaron al dormitorio, donde Nikolas se quitó el batín y se sentó desnudo en la cama. Separó las rodillas y la atrajo hasta el borde del lecho. Emma se detuvo ante él y apoyó las manos en sus hombros mientras Nikolas le subía el camisón hasta las caderas. Sus cálidas palmas resiguieron el delicado perfil de los muslos, y deslizó los dedos sobre sus nalgas. Luego puso la boca sobre la curva de uno de sus senos para chupárselo a través de la delicada tela del camisón, y sintió cómo la pequeña punta del pezón se erguía bajo su lengua. Emma gimió, le rodeó la cabeza con las manos y se apoyó en él mientras le guiaba la boca hacia su otro seno, para volver a gemir cuando Nikolas mordisqueó la suave cima hasta que la sintió erguirse también.

Con Emma al borde del frenesí, Nikolas la acostó sobre la cama y le quitó el camisón. Ella le puso las manos en la espalda, encontró el dibujo que formaban las cicatrices y las resiguió con suavidad, como si con sus dedos quisiera cerrar todas las antiguas heridas. Mientras, Nikolas le recorría con la boca el cuello, los pechos y el vientre, con una lengua incansable que hurgaba en todos los lugares secretos del cuerpo tembloroso y tenso de Emma.

La boca de Nikolas se posó por fin en el pequeño matorral de rizos color canela, y los sintió estremecerse suavemente bajo su aliento. Emma gimoteó con una mezcla de deleite y sorpresa, sin saber si debía permitir aquello, pero sin desear que cesara. Sus manos encontraron la cabeza de Nikolas, y hundió los dedos entre sus mechones. El mundo quedó reducido al rápido vaivén del movimiento que sentía entre los muslos, a aquella boca tan hábil y experta que la excitaba y jugaba con ella. Emma se arqueaba sobre él en torpes y ardientes impulsos, tan excitada que cada bocanada de aire que lograba aspirar se convertía en un gemido.

Nikolas alzó la cabeza y se levantó para apretarse contra ella. Después le separó los muslos para entrar, pero ella se estremeció ante aquella opresión impetuosa.

—Con cuidado —imploró en un susurro.

Nikolas hizo más lentos sus movimientos, y empujó suavemente, hasta que sintió que ella se relajaba. Entonces empezaron a moverse al unísono, primero despacio y luego cada vez más deprisa, conforme el anhelo crecía en su interior. Emma echó la cabeza hacia atrás y Nikolas le besó el cuello y el hombro, sin dejar de susurrar frases guturales en ruso.

Con sus largos cuerpos entrelazados con las extremidades empeñadas en acercarlos aún más, en una sucesión de músculos que se apretaban y se flexionaban, perseguían una culminación que parecía fuera de su alcance, hasta que la atraparon al unísono, en el mismo momento sobrecogedor, en una deliciosa convulsión de sensaciones. Nikolas empujó con firmeza y permaneció rígidamente enterrado dentro de ella, mientras Emma se estremecía en un doloroso alivio. Cuando las palpitaciones que hacían vibrar la sangre en sus venas empezaron a calmarse, Nikolas se volvió y clavó la mirada en el techo. Emma se acurrucó contra él, apoyando la cabeza en aquel pecho sudoroso y cruzando la pierna y el brazo sobre aquel cuerpo extendido, como una gata que quisiera adormilarse.

Nikolas le puso una mano en el pelo y se lo acarició suavemente, mientras sus ojos permanecían abiertos en la oscuridad. Una extraña mezcla de emociones se agitó en su interior y, presa de una súbita desesperación, quiso estrecharla entre sus brazos y, sin embargo, apartarla de un empujón al mismo tiempo. El peso del cuerpo inmóvil de su esposa, el suspiro de satisfacción que ella había exhalado al acomodarse sobre él... Una punzada de dolor le atravesó el pecho. No podía permitirse bajar la guardia, no podía aceptar el afecto sin condiciones que ella le ofrecía. Si se permitía ser vulnerable, aunque sólo fuese por un instante, las compuertas se abrirían y todo lo que tanto se había esforzado por soportar y olvidar caería sobre él, ahogándolo irremisiblemente.

Se apartó de Emma y se levantó de la cama para buscar a tientas el batín caído sobre el suelo.

—¿Nikolas? —murmuró ella con voz adormilada.

Él hizo como si no la hubiera oído y se puso el batín. Salió de la habitación sin decir palabra y fue a su oscura y vacía *suite* al otro extremo del ala.

Emma se incorporó en la cama y se apartó los rizos de la cara. ¿Por qué se había ido tan de repente? ¿Qué podía haber hecho mal ella? Se mordió el labio para no echarse a llorar. No era una niña, era una mujer casada, y no podía permitirse el lujo de las lágrimas.

—Tú elegiste esto —se dijo con amargura—. Ahora tienes que cargar con las consecuencias.

Pasó un buen rato antes de que volviera a apoyar la cabeza en la almohada, y todavía más antes de que se quedara dormida, el cuerpo hecho un ovillo en el centro de la gran cama.

SEGUNDA PARTE

A quién le importa que este corazón cerrado
con llave guarde imágenes jamás olvidadas...

PUSHKIN

5

Nikolas vio interrumpida su reunión por unos gritos junto a la ventana de la biblioteca. Saltó como un resorte del asiento que ocupaba tras el escritorio, mientras el señor Meadows y el señor Bailey, los dos corredores de fincas con los que estaba departiendo, se quedaban sentados con expresiones de perplejidad en el rostro. Nikolas llegó a la ventana en tres zancadas, miró el paisaje mojado por las lluvias de octubre y se quedó inmóvil

—¿Ocurre algo, alteza? —preguntó Meadows con inquietud—. ¿Alguien se ha hecho daño?

Nikolas negó con la cabeza.

—Es mi esposa —murmuró—. Ha salido al jardín para hacer su sesión de ejercicio de cada día. —Contempló con una leve sonrisa cómo Emma, ataviada con pantalones, botas y una blusa blanca, irrumpía en el césped impoluto en compañía de su perrazo de raza indeterminada, *Sansón*. Cualquiera que no la conociese habría sentido el impulso de sugerir que ingresaran a la princesa en algún sanatorio mental. Emma perseguía a *Sansón* a través de los arriates de flores y los bordes de los parterres, con su roja melena como un estandarte al viento. En un abrir y cerrar de ojos, dio media vuelta para echar a correr en dirección opuesta y *Sansón*, con su falta de garbo habitual, la persiguió a su vez.

En el mes que llevaban casados, los aparceros y la servidumbre se habían acostumbrado a que Emma fuese tan desinhibida, y hasta encontraban normal que se paseara por la propiedad vestida con ropa masculina. Verla ir por la casa de la mano de una vieja chimpancé había pasado a ser un acontecimiento cotidiano. Que ella y su perro se pusieran a jugar en el césped era una insignificancia comparado con todo lo demás.

Nikolas nunca hablaba de las excentricidades de su esposa, por la sencilla razón de que disfrutaba enormemente con ellas, sobre todo cuando escandalizaban a otras personas. Adoraba la mente ágil y nada convencional de Emma, su sinceridad, su falta de pretensiones. Su esposa poseía la energía ilimitada de una niña pequeña, y solía trabajar hasta el agotamiento para luego descargar la tensión acumulada mediante frenéticas galopadas o largas carreras por la finca en pos de *Sansón*.

La compañía de Emma siempre era un deleite para Nikolas... Excepto cuando de pronto se volvía inesperadamente callada y tierna, cuando quería acurrucarse junto a él para apoyar la rizada cabeza en su hombro. Entonces Nikolas se veía obligado a apartarse de ella, antes de sentirse consumido por un pánico irracional. Emma no tenía ni idea de la amenaza que su presencia suponía para él en esos instantes, la promesa de destrucción que provocaba con cada sonrisa. Nikolas no podía amarla, y no la amaría. Pero tampoco podía ignorar la necesidad que tenía de ella, y por eso su relación con Emma era un complicado equilibrio entre la atracción y la repulsión.

Se disponía a apartarse de la ventana cuando *Sansón* consiguió alcanzar a Emma y saltó sobre su esbelta espalda. Emma cayó de bruces bajo el impacto de las gruesas patas del perrazo, y se quedó inmóvil, tendida en el suelo.

La visión galvanizó a Nikolas con un súbito torrente de energía. Sin decir palabra a los dos perplejos corredores de fincas, echó a correr y abrió de par en par las puertas vidrieras de la biblioteca para saltar sobre los parterres.

—¡Emma! —gritó mientras corría hacia la figura inmóvil de su esposa. Se arrodilló junto a ella, tan asustado que apenas notó cómo las rodillas se le hundían en la blanda hierba.

Emma hacía unos ruiditos como si le faltase el aire. Nikolas la puso boca arriba, lívido al comprobar que su esposa tenía dificultad en respirar.

—Emelia... —murmuró mientras se inclinaba sobre ella para desabrocharle los tres primeros botones de la blusa.

—Estoy... bien —jadeó Emma—. Me he quedado... sin... respiración... —Trató de incorporarse, pero Nikolas la obligó a volver a acostarse.

—No te muevas. Relájate. ¿Notas dolor en algún sitio? ¿Te sientes mareada?

Emma negó con la cabeza mientras él la palpaba para comprobar si había sangre o señales de algún hueso roto.

—No —jadeó ella, al tiempo que trataba de apartarle las manos.

Nikolas frunció el ceño cuando vio venir a *Sansón*. El perro soltó unos cuantos gañidos de disculpa y le olisqueó el pelo a Emma. Nikolas lo apartó impacientemente. *Sansón* retrocedió, se tumbó en el suelo y empezó a gimotear ansiosamente.

—¿Alteza? —preguntó el mayordomo desde unos metros de distancia. Evidentemente los sirvientes habían sido alertados del percance—. ¿Mando llamar a un médico?

—Todavía no —replicó Nikolas, sin apartar la mirada del pálido rostro de Emma—. Ya veremos cómo se encuentra después de descansar unos minutos. Entra en casa, Stanislav.

—Muy bien, señor.

Para sorpresa de Nikolas, Emma empezó a reír mientras recuperaba el aliento.

—Estábamos jugando —dijo sin dejar de dar boqueadas—. Me he caído..., de narices, eso es todo.

—Sí, ya lo he visto. —Nikolas la incorporó con mucho cuidado, se la puso en el regazo con los hombros apoyados contra su pecho, y empezó a alisarle los rizos que le habían caído sobre la cara. No dijo nada, y escuchó en silencio cómo poco a poco la respiración de su esposa se volvía más lenta y regular. Le acarició con el dedo la mejilla, que había pasado de la blancura a un rosado intenso. Buscó con la punta del dedo algunas de sus pecas doradas, y las acarició una por una con un roce casi impalpable. Entonces se le ocurrió pensar que otras personas podían estar viendo el espectáculo, pero por alguna razón se veía incapaz de apartarse de Emma—. ¿Te sientes con fuerzas para sentarte? —se oyó preguntar.

—Por favor.

Nikolas la ayudó a incorporarse, con mucho cuidado y sin apartar el brazo de su espalda.

—¿Te encuentras bien?

—Sí —susurró ella, sus ojos azules todavía un poco velados por la confusión. Estaban tan cerca que sus alientos se confundían.

Nikolas había pensado reñirla, exigirle que tuviera un poco más de cuidado, pero lo único que pudo hacer fue clavar la mirada en sus labios; tan suaves, tan delicadamente curvados...

—¿Nikki? —murmuró ella mientras le ponía la mano en el pecho, donde se oía el resonar de su pulso súbitamente acelerado.

Él murmuró algo y la besó, incapaz de resistir por más tiempo la oscura pasión que lo embargaba. Emma se sometió sin ningún sonido, flexible y débil en sus brazos, y Nikolas sintió la caricia de esas manos subiendo lentamente hacia su nuca, y los dedos que delicadamente se deslizaron entre los mechones de su espesa cabellera.

La respuesta de Nikolas no pudo ser más rápida, y una súbita oleada de deseo hizo que sintiera la presión de la sangre luchando contra sus pantalones. Quería tumbarla en el suelo y embestirla, allí mismo, sin perder un instante, para que aquellas caderas se hincaran en la fragancia de la tierra. Quería conducirla al clímax, que en su delirio le arrancase la ropa de la espalda, loca por tocarle la piel. El deseo y la emoción amenazaban con estallar dentro de él cuando, con un tremendo esfuerzo de voluntad, retrocedió y la apartó de su regazo.

Emma se quedó sentada sobre los talones y lo miró con asombro.

—Me parece que ya has hecho bastantes chiquilladas por hoy —le dijo Nikolas en el tono más seco de que fue capaz—. Tengo mucho trabajo. Y si se te ocurre pasar la tarde con ese chucho lleno de pulgas, te aconsejo que luego te des un baño. Lo que es ahora, te advierto que compartís el mismo notable olor.

Emma se sintió muy herida en su orgullo.

—¡Admito que a veces *Sansón* puede oler un poco, pero no tiene pulgas!

Nikolas miró al perro, de lo más concentrado en rascarse con la pata trasera. Finalmente, el príncipe se levantó con un bufido sardónico y se fue.

Emma se inclinó sobre *Sansón* para darle unas palmaditas en el áspero pelaje de la cabeza, y siguió con la mirada a su marido mientras éste se alejaba.

—A ese hombre no hay quien lo aguante —le informó al perro, que seguía rascándose—. No le hagas caso. No nos importa lo que piense.

Sacudió la cabeza mientras se preguntaba qué mosca le habría picado a Nikolas. Tan pronto la besaba apasionadamente como se apartaba de ella para mirarla como si lo quemase. Después de tres meses de matrimonio, Nikolas seguía siendo un misterio para ella. Rara vez explicaba sus acciones o sus decisiones, y era aún más raro que revelase sus sentimientos. Pero a pesar de sentirse exasperada, Emma sentía una auténtica fascinación por su esposo.

Nikolas podía ser diabólicamente entretenido y era capaz de provocar risa, asombro y a veces horror con las historias que contaba acerca de su vida y de las personas a las que había conocido. La escuchaba pacientemente cuando ella le leía la carta que recibía ocasionalmente de Tasia o la respuesta que se disponía a remitirle, e incluso sabía consolarla cuando se sentía deprimida por la difícil relación que mantenía con su familia. Pero también podía ser insensible e insoportablemente frío, sin ninguna razón aparente. Emma atribuía muchos de esos bruscos cambios de humor a la excesiva afición de su esposo por la bebida. Nikolas tenía el ritual nocturno de tomar varias copas de vino con la cena, y media botella de vodka después. Sin embargo, nunca lo había visto borracho. El alcohol hacía que bajara la voz como si recelase de todos, y lo volvía tremendamente perceptivo.

La mayoría de la alta sociedad lo consideraba uno de los suyos, un aristócrata ocioso más que sólo estaba interesado en las distracciones, y pensaban que si jugaba a hacer negocios era meramente para divertirse. Emma no tardó en descubrir que la imagen que tenían de su esposo estaba muy alejada de la realidad. Nunca había conocido a un hombre que se mantuviese tan ocupado, ni siquiera su padre. Nikolas dedicaba mucha atención a su fortuna, y no dejaba de hacer nuevas inversiones, ni de embarcarse en operaciones financieras tan complejas que a Emma casi le daban miedo cuando las veía puestas por escrito.

El interminable proceso de recibir invitados no suponía ninguna carga para ella, puesto que apenas tenía que hacer planes. La rutina había quedado establecida hacía años, y la servidumbre era asombrosamente eficiente a la hora de ocuparse del mantenimiento de la casa, de preparar y servir comidas, de atender las necesidades de cada invitado... Tal como había prometido Nikolas, Emma podía dedicar la mayor parte de su tiempo a cuidar de sus animales y trabajar en pro de sus causas.

Un continuo cortejo de visitantes acudía a la finca de los Angelovski, que más parecía un hotel que un hogar. Durante la cena la mesa se llenaba constantemente de invitados extranjeros, muchos de los cuales procedían de Europa y Estados Unidos, y no era raro que entre ellos hubiera algunos representantes de las casas principescas de Rusia. Después de la cena los hombres sólo hablaban de negocios, porcentajes y beneficios, acciones, inversiones e impuestos. A veces Emma ocupaba un asiento en la periferia de las complicadas discusiones y escuchaba sin abrir la boca. La divertía ver el respeto con que todos trataban a su marido, la forma en que aquellos hombres querían hacer amistad con él y lo temían al mismo tiempo; y no podía evitar simpatizar un poco con su dilema.

Nikolas podía ser seductor en un momento dado e increíblemente cáustico al siguiente. Reservaba sus peores crueldades para aquellos que intentaban halagarlo y les decía con una sonrisa mortífera que él sólo pensaba en sí mismo, y que quien pensara de otro modo era un imbécil. Parecía como si no quisiese tener amigos, pero irónicamente eso tenía el efecto contrario sobre la gente, que ansiaba su cercanía.

Por su parte, Emma había aprendido a mantener a raya cualquier impulso de mostrarse afectuosa. Nikolas parecía disgustarse cuando ella lo besaba en un momento de distracción. Era un gran amante, pero nunca mostraba la menor inclinación a tenerla abrazada después de que hubieran hecho el amor. Una de las noches en que él fue a visitarla, cuando Emma tuvo el atrevimiento de ponerle la mano en el brazo y mantenerla allí unos instantes, Nikolas se fue de la cama con un bufido de furia. El contacto y las caricias sólo eran aceptables cuando venían de él, e incluso entonces nunca duraban mucho tiempo. Emma había llegado a aceptar la distancia que su esposo interponía entre ambos, e incluso había logrado convencerse a sí misma de que era mejor así. Prefería mantenerse lo más lejos posible del amor, y de todas las penas y anhelos que traía consigo.

La quietud del aire viciado de la estancia se vio perturbada cuando Emma y las hermanas Sidarova, Rashel y Marinka, sacaron a rastras un enorme baúl del rincón en el que había estado confinado. Después de descubrir que en el último piso de la mansión había cinco trasteros cerrados, Emma le preguntó a Nikolas qué contenían.

—Viejas posesiones familiares que traje del palacio de San Petersburgo —replicó él con un encogimiento de hombros—. Platos, tallas, ornamentos: nada demasiado notable. Échales una mirada si quieres.

A Emma enseguida le entró la curiosidad. Pidió la llave de los trasteros a la gobernanta de la casa, la señora Evstafieva, una mujerona de expresión jovial que se encargaba con una notable eficacia de todas las cuestiones domésticas.

—Llevaos con vos a las hermanas Sidarova para que os echen una mano —le sugirió—. Si queréis que traigan abajo algo para limpiarlo, ellas se encargarán de hacerlo. Son unas chicas estupendas, y tienen mucha fuerza.

A Emma le había gustado la sugerencia. Rashel y Marinka eran notablemente parecidas. Ambas tenían el pelo castaño, la sonrisa fácil y un temperamento alegremente pragmático. Provistas de las herramientas que habían tomado prestadas de la cochera donde se guardaban los carruajes, las tres entraron en uno de los trasteros e hicieron saltar muchos cierres y un gran número de pequeñas bisagras doradas a fin de poder abrir los baúles y las cajas. Para gran deleite de Emma, descubrieron unas cuantas reliquias del pasado de los Angelovski: una piel de oso adornada con trencillas de oro, un juego de tocador hecho en plata que habría pertenecido a alguna gran dama, una cajita de madera tallada repleta de velos bordados a mano.

—¡Qué hermosos son! —exclamó Emma mientras desplegaba con mucho cuidado una de las delicadas piezas de seda—. Me pregunto para qué los usarían.

Las hermanas Sidarova prorrumpieron en exclamaciones de admiración y se pusieron a examinar el contenido de la caja.

—Sirven para que una mujer se cubra el pelo con ellos, alteza —dijo Rashel. Rebuscó más allá de los velos y sacó de la caja un aro de oro que había sido doblado hacia un lado para formar una delicada punta de la que colgaba un rubí en forma de lágrima—. ¿Queréis que os enseñe cómo se lleva? —preguntó.

Emma asintió, y se quedó sentada en el suelo mientras Rashel se ponía en pie para cubrirle la cabeza con el velo incrustado de perlas. Luego le puso la diadema de tal forma que el rubí quedó apoyado en el centro de la frente de Emma.

—Las mujeres casadas tienen que llevar todo el pelo cubierto, para ocultarlo a los ojos de los desconocidos —explicó Rashel, y dio un paso atrás para contemplarla con satisfacción. Le dio a Emma el espejo de mano del juego de tocador—. Pero las casaderas se ponen el velo de tal manera que la parte de arriba de la cabeza les queda al descubierto.

Emma tuvo que entornar los ojos para poder entrever su borroso reflejo en el espejo empañado.

—Me siento de lo más exótica —dijo con una carcajada, y se tocó el rubí que le adornaba la frente.

—Os queda muy bien —comentó Rashel.

—¡A ver qué más podemos encontrar! —Emma se quitó la diadema y el velo y se puso a hurgar en el baúl. Había hermosos chales hechos a mano y grandes encajes cuadrados, antiguos peines de hueso, zapatos de seda descoloridos por el paso del tiempo y bolsitos con piedras preciosas incrustadas—. Mirad esto —dijo al tiempo que alzaba un bolsito rosa. Un carácter cirílico bastante parecido a la letra E había sido bordado en la seda.

Rashel examinó el bolsito.

—Quizá fuera de la esposa del príncipe Nikolái I. Se llamaba Emelia.

—¿De veras? Nikolas la mencionó en una ocasión. Era una tatarabuela lejana suya, ¿no?

Rashel asintió.

—*Da*, Emelia era una campesina de una aldea próxima a San Petersburgo. ¿Os gustaría oír la historia de Nikolái y Emelia?

—Por supuesto —dijo Emma mientras cruzaba las piernas para estar más cómoda. Ya había notado que a los sirvientes rusos les encantaba contar historias, y que aprovechaban cualquier excusa para hacerlo. Siempre empezaban de la misma manera: «Una vez, hace muchísimo tiempo...» O si no, decían: «Una vez, en un pasado muy lejano...» Emma miró a Rashel con ojos expectantes y esperó a que empezara a hablar.

La doncella se había puesto tan contenta que le brillaban los ojos.

—Una vez, hace mucho tiempo, vivía en Rusia un príncipe llamado Nikolái. No había boyardo más valiente que él, y era tan guapo que hasta el sol palidecía de envidia al verlo. Pero el amor nunca había llamado a su puerta. Con los años, el corazón se le volvió tan frío y duro como una piedra.

»Cuando le llegó el momento de contraer matrimonio, el príncipe Nikolái ordenó que le trajesen a todas las jóvenes casaderas de Moskva y sus alrededores. Quinientas hermosas doncellas comparecieron ante él con la esperanza de ser la elegida. Nikolái se desplazó entre ellas y despidió a una joven tras otra, dándole una moneda de oro a cada una.

»Ya desesperaba de encontrar a una doncella de su agrado cuando vio a Emelia, una hermosa campesina. El sol le acariciaba la cabeza con sus rayos, y sus rizos brillaban como las plumas rojas y doradas de un pájaro de fuego. Cuanto más miraba el príncipe Nikolái aquella magnífica claridad, más calor sentía en su corazón, hasta que esa piedra se fundió. "Ésta es mi prometida", dijo Nikolái y la tomó en brazos, y se la llevó a su palacio. El resto de las decepcionadas doncellas fue despedido, y se las mandó de vuelta con sus familias. El príncipe Nikolái y Emelia se casaron, para gran regocijo de todos. Compartieron un gran amor, y concibieron un hijo... Pero a partir de aquí la historia se vuelve trágica.

—¿Por qué? —preguntó Emma, muerta de curiosidad—. ¿Qué pasó?

—Poco después de que se hubieran casado, el príncipe Nikolái cayó en desgracia ante el zar, y muchos boyardos celosos aprovecharon la ocasión para ponerse en su contra. Lo metieron en la cárcel, donde enfermó y murió. La princesa Emelia casi murió de pena. Fue a un convento para esconderse de sus enemigos, y allí dio a luz en secreto al hijo de Nikolái. El niño creció hasta ser tan noble y apuesto como lo había sido su padre, y se convirtió en uno de los hombres más poderosos de Rusia: fue uno de los consortes de la emperatriz Isabel.

—¿Es una historia verídica? —preguntó Emma, escéptica.

—Oh, sí, alteza.

Emma contempló el bolsito bordado que tenía en el regazo y acarició las cuentas relucientes. Aquella historia tan triste la había dejado muy conmovida, pero en vez de admitirlo, buscó refugio en el desdén.

—Sólo un antepasado de los Angelovski sería capaz de comportarse con semejante arrogancia. Hacer que todas las campesinas de los alrededores comparecieran ante él para escoger a su esposa... ¡Yo le habría escupido a la cara!

—Quizá —dijo Rashel con un intenso brillo taimado en los ojos—. Pero dicen que el príncipe Nikolái era muy apuesto. A veces eso compensa un poco la arrogancia, ¿no?

—Me da igual lo apuesto que fuese. Me parece propio de bárbaros.

—Era la tradición familiar. No olvidéis que eran otros tiempos. Ahora, naturalmente, los rusos han adoptado las costumbres occidentales, y esas cosas ya no se hacen.

—Gracias a Dios hemos progresado un poco —dijo Emma. Se inclinó sobre el baúl y sacó de él un marco envuelto en tela. Ayudada por las hermanas Sidarova, desenvolvió el marco y puso al descubierto un viejo paisaje al óleo, lleno de grietas y oscurecido por décadas de mugre. El cuadro, una evidente obra de aficionado, no le pareció nada interesante—. ¿Por qué se les ocurriría guardarlo? —preguntó, al tiempo que arrugaba la nariz—. ¿Tendrá algún valor, aparte del puramente sentimental?

Rashel y Marinka se pusieron detrás de ella para mirar el cuadro. Era una típica escena de caza rusa en la que unos perros borzoi perseguían un lobo a través de oscuros campos. Al fondo del paisaje se alzaba una magnífica casa de campo, suspendida en el horizonte contra un cielo color lavanda.

—¡Mirad! —dijo Marinka, señalando una esquina del cuadro en la que el paso de los años había erosionado los pigmentos—. Hay algo debajo.

Emma se inclinó sobre el lienzo, y rascó con la uña allí donde estaba más agrietado. Una gran escama se desprendió del cuadro para revelar un poco de pigmento color carne y una pincelada rojiza.

—Me parece que tienes razón —observó—. Alguien pintó ese paisaje encima de otro cuadro. Me pregunto qué podrá ser.

Añadió el cuadro a la pila de cosas que había que llevar abajo, y siguió rebuscando entre los objetos acumulados en el trastero. Dos horas después, Emma estaba cubierta de polvo y sudor. Sonrió a las Sidarova, que parecían tan cansadas como ella.

—¿Lo dejamos por hoy? —preguntó, y las hermanas asintieron inmediatamente. Emma se llevó consigo algunos de sus descubrimientos mientras bajaba a su suite.

Acababa de dejar el cuadro en el sofá de terciopelo de su recibidor, cuando oyó que llamaban a la puerta y la voz de Nikolas.

—Vengo a ver si ya estás arreglada para la cena. Esta noche tendremos con nosotros a un grupo de fabricantes americanos, y deberías... —Nikolas se calló al verla tan llena de polvo y con la ropa arrugada. Una sombra de disgusto cruzó por sus facciones, pero luego no pudo contener la risa—. Has estado rebuscando en los trasteros, ¿no?

—¡Son una auténtica cueva del tesoro!

—Ve a lavarte ahora mismo y vístete para la cena —dijo él, con una mirada dubitativa al montón de «tesoros» que había encontrado Emma—. Los americanos...

—Mira este cuadro —insistió Emma, haciéndole gestos para que se acercara al sofá—. ¿Te resulta familiar? ¿Significa algo para ti?

—Nada en absoluto.

—¿Ves esa esquina en la que se han desprendido los pigmentos? Creo que hay otro cuadro oculto debajo de éste.

—Podría ser —dijo él sin demasiado interés—. Y volviendo a lo de la cena...

—¿Podríamos preguntarle a alguien si vale la pena restaurarlo? Puede que debajo de ese paisaje haya un cuadro maravilloso que sólo espera ser descubierto.

—Si te hace ilusión, ya encontraremos a alguien para que se ocupe del cuadro. Aunque dudo que haya nada digno de verse. Emma, tienes que asearte inmediatamente y bajar al comedor.

—¿Qué puedo decirle yo a un grupo de fabricantes?

—Limítate a estar sentada y sonríe sin abrir la boca. —Nikolas le lanzó una mirada significativa—. Y nada de observaciones sobre cadáveres de animalitos cuando traigan el faisán.

Una sonrisa iluminó el rostro de Emma.

—¿O de lo contrario? —Fue al tocador y se puso el antiguo velo ruso y la diadema, colocándolo todo exactamente como le había mostrado Rashel. Luego, mirando por encima del hombro con una sonrisa maliciosa, dijo—: Si ofendo a todos tus invitados americanos, ¿me pegarás? Exactamente ¿cómo castiga un príncipe ruso a su esposa?

Se calló en cuanto vio el cambio que acababa de producirse en el rostro de Nikolas. Se había puesto blanco, y los ojos con que la miraba eran dos oscuros pozos de horror.

—¿Qué ocurre? —preguntó Emma.

Nikolas no respondió. No había palabras para describir la sensación de verse catapultado hacia otro lugar. Algo había tomado posesión de él por una fracción de segundo, como si acabara de cruzar una puerta que llevaba de un tiempo a otro. Había tenido una visión de Emma con los ojos llenos de lágrimas, el rostro enrojecido y el pelo suelto y enredado...

—Castígame, por favor —le rogó ella.

—No seas tonta —se oyó decir con voz ronca. La rodeó con sus brazos en un intento de calmarla, y le acarició la espalda que no dejaba de temblar—. ¿Cómo se te ha podido ocurrir que yo sería capaz de dejarte marcada? Oh, no creas que no me tienta la idea, mi inteligente mujercita. Pero aunque me decidiera a intentarlo, nunca podría levantarte la mano.

—¿Porque soy tu esposa? —preguntó ella, sin dejar de estremecerse.

—Porque eres mía. Eres la única mujer a la que he deseado nunca, y me da igual que probablemente vayas a ser mi perdición...

Nikolas sacudió la cabeza violentamente para disipar esa imagen. No entendía de dónde podía provenir aquel sentimiento tan dulce, penetrante, doloroso, que le desgarraba la garganta. Vio que Emma esperaba que él dijera algo y le devolvió la mirada, perplejo y súbitamente lleno de ira.

—Nikki... —insistió ella.

Pero Nikolas ya se había vuelto, huyendo del recibidor con el pánico de un enfermo de claustrofobia, como si tuviese que estar lo más lejos posible de su perpleja esposa.

Emma dio la bienvenida a los invitados americanos con una jovialidad que estaba muy lejos de sentir. Llevaba uno de sus vestidos favoritos, en seda amarilla y marfil, con un escote cuadrado para revelar la curva de sus senos. Largos flecos adornaban la doble falda y las mangas que le llegaban hasta los codos. Se había recogido el pelo en lo alto de la cabeza, con dos largos rizos sueltos sobre la espalda. El efecto era tan elegante como atractivo, y le daba esa inyección de seguridad en sí misma que tanta falta le hacía.

El extraño episodio en la *suite* de Emma había sumido a Nikolas en uno de sus estados de ánimo impredecibles. La trataba con indiferencia, pero la sombra de desdén que percibía en su actitud la llenaba de furia. No podía evitar que de cuando en cuando a él le dieran «ataques» —por llamarlos de alguna manera—, y ciertamente no era ella la que los causaba. Nikolas bebía demasiado, o quizá trabajaba en exceso. Decidió que iría a ver a Tasia, y hablaría del problema con ella. Su madrastra siempre decía que los rusos tenían una naturaleza muy mística y misteriosa. Tal vez podría arrojar alguna luz sobre la situación. Emma se habría conformado con que Nikolas la ayudara a entender lo que estaba ocurriendo, pero sabía que no sería prudente interrogarlo al respecto.

Los diez invitados estaban sentados a la larga mesa cubierta con un mantel de lino, con Emma y Nikolas en las cabeceras. Como de costumbre, el servicio se hizo *à la russe*, con lacayos que traían platos calientes de la cocina y ofrecían una porción a cada invitado. Emma se volvió hacia la izquierda y sonrió al caballero sentado junto a ella, el señor Oliver Brixton. A sus treinta y pocos años no se podía decir que fuera apuesto —tenía la cara regordeta, los rasgos poco agraciados y ya le empezaba a clarear el pelo—, pero se lo veía tan afable y seguro de sí mismo que resultaba atractivo.

—¿Es su primer viaje a Inglaterra, señor Brixton? —preguntó Emma.

—Sí, el primero —admitió él con su acento neoyorquino—. Nunca había salido al extranjero. Primero estuve en Francia y en Italia, y ahora le ha tocado el turno a Inglaterra. Los ingleses no son tan estirados como me temía.

—¿Quiénes son más estirados, los ingleses o los neoyorquinos?

—Los neoyorquinos, para mi sorpresa. Creo que eso se debe a que al vivir en un país tan joven los americanos nos sentimos obligados a demostrar que somos alguien. La alta sociedad neoyorquina siempre intenta mostrarse lo más pomposa posible, con la esperanza de que así nadie se dará cuenta de que aún estamos muy verdes.

Emma se quedó inmóvil con la cuchara a medio camino de los labios y lo escrutó con la mirada, divertida por su respuesta.

—Lo que no es su caso, me parece.

Brixton sonrió mientras paladeaba la sopa acompañada con hierbas y trufas.

—Me alegro de que penséis así, alteza, habida cuenta de que haré muchas más visitas a Inglaterra.

—¿Por razones de negocios, señor Brixton?

—Sí, pero además querré visitar a mi hermana Charlotte. Está comprometida con un inglés, un tipo encantador al que conocimos casualmente en Francia hace unos meses.

Emma dejó la cuchara y lo miró. La cabeza empezó a darle vueltas, perdida en especulaciones intranquilizadoras. Brixton, Brixton... ¿Dónde había oído ese nombre antes? ¡No, no podía ser...!

Desde su sitio, al otro extremo de la mesa, Nikolas detectó que algo ocurría al verle la expresión. Dejó de ocuparse momentáneamente de la mujer sentada a su derecha para concentrarse en Emma.

Brixton, que había malinterpretado la reacción de Emma atribuyéndola a la curiosidad, procedió a explicarse.

—Dentro de una semana, mi hermana se casará con lord Adam Milbank. ¿Lo conocéis, alteza?

Emma asintió, incapaz de decir palabra. Nikolas respondió por ella, y lo que dijo interrumpió las conversaciones insustanciales del resto de los comensales.

—La princesa lo conoce, ciertamente. Antes de que nos casáramos, ella tenía puestos los ojos en Milbank, pero éste se mostró demasiado esquivo... Y la princesa tuvo que conformarse conmigo.

La mirada de Emma voló hacia la de Nikolas. Una sombra de maliciosa diversión brillaba en el ámbar de sus ojos. ¿Había planeado él todo aquello? ¿Se había acordado de que la mujer con la que estaba prometido Adam se apellidaba Brixton? Confusa e indignada, intentó disimular sus emociones cogiendo la cuchara de plata con dedos que habían empezado a temblar.

La preciosidad sentada a la derecha de Nikolas intercedió.

—¡Alteza, yo difícilmente llamaría a eso «conformarse»! —dijo con voz melosa y una evidente intención de flirtear en sus oscuros ojos—. Un hombre tan rico y atractivo como vos sería la primera elección de cualquier mujer sensata.

—Sí, mi única elección —dijo Emma con venenosa dulzura.

Nikolas fue el único que entendió la indirecta. Correspondió a ella con una sonrisa burlona, y alzó su copa en un brindis dirigido a Emma.

—Digamos que tanto lord Milbank como yo hemos sido bendecidos por la fortuna, él porque la señorita Brixton le ha concedido su mano y yo porque conquisté a la hermosa Emelia.

Durante los minutos siguientes Emma comió mecánicamente y escuchó la charla de Brixton. Afortunadamente, a su invitado parecía bastarle con que ella asintiera y sonriese de vez en cuando.

Conocer a Brixton aquella noche había sido como una bofetada en la cara. Con toda la actividad de su nueva vida, Emma había logrado no pensar en Adam demasiado a menudo. Pero ver a aquel hombre había bastado para que todo volviese a hacerse real, para recordarle que realmente existía una mujer a la que Adam iba a tomar por esposa, dentro de una semana... Una semana... Emma intentó no pensar en ello, porque sabía que las lágrimas acudirían a sus ojos en cuanto lo hiciera. «Dios, quiero ser yo...» Cada vez que miraba a Nikolas, descubría que él no apartaba los ojos de ella y lo veía analizar fríamente su sonrojo, cada aleteo de sus pestañas, cada matiz de su expresión. ¿Qué quería de ella? ¿Qué esperaba ver en su rostro?

—Sois la dama inglesa más encantadora que he conocido —dijo Brixton—. Tan abierta y cordial... Es un cambio muy agradable.

Emma se obligó a volver a centrar la atención en él.

—Admito que los ingleses tienen una bien merecida reputación de ser reservados.

—¿Por qué vos no lo sois, entonces?

—No lo sé —respondió Emma con una sonrisa—. Será que soy un poco rara, supongo.

Brixton la miró con una abierta admiración.

—Tal vez, alteza. Pero de la forma más deliciosa posible.

Emma se ruborizó y miró a través de la mesa. Nikolas la observaba con el rostro impasible y los labios fruncidos en una sonrisa burlona, como si Emma fuese una niña traviesa a la que acababa de pillar en falta.

Aunque la relación entre Emma y Nikolas no pasaba de ser lo que se dice «afectuosa», siempre se las arreglaban para mantener la jovialidad ante los invitados. Pero aquella noche eso no iba a ser posible. Emma tenía una clara conciencia de los tensos silencios que se sucedían entre ambos. Nikolas se mostraba más hiriente que nunca, y no dejaba de lanzarle miradas distantes. Emma se moría de ganas de gritarle que ella no había hecho nada para merecer semejante trato. ¿Habría adivinado él lo mucho que la había afectado la presencia de Oliver Brixton aquella noche? ¿Lo irritaba que aún sintiera algo por Adam? ¿Estaba celoso? No, Nikolas nunca había dejado traslucir que ella le importara de ese modo. Tenía que ser que se sentía herido en su orgullo.

Emma se pasó sufriendo el resto de la velada, y sintió un gran alivio cuando los invitados se despidieron después de la medianoche. Sin una palabra a Nikolas, corrió a su *suite* y cerró de un portazo. Tanto esfuerzo en sonreír, comer y dar un poco de conversación la había dejado exhausta. Mientras intentaba calmarse un poco, llamó a Rashel para que la ayudara a desvestirse, y fue de un lado a otro nerviosamente hasta que llegó la doncella. Rashel pareció percibir la furia de su señora, porque le desabrochó el vestido y le abrió el corsé con una silenciosa eficiencia.

—Lo demás puedo hacerlo yo —dijo Emma con voz cortante mientras la despedía con un ademán—. Gracias, Rashel. *Spokoynoy nochi.*

—Buenas noches, alteza —replicó la doncella en un tono igual de seco antes de salir de la *suite*.

Emma se puso un camisón de lino bordado, limitó su arreglo nocturno a quitarse las horquillas y pasarse los dedos por el pelo, y se acostó. Tendida en la oscuridad con la sábana subida hasta los pechos, intentó recordar con detalle el rostro de Oliver Brixton. ¿Se parecería Charlotte Brixton a su hermano? ¿Tendría las mismas mejillas, el mismo pelo fino de un castaño claro? «Espero que su fortuna sea lo bastante grande para satisfacerte, Adam —pensó sombríamente—, si era eso lo que querías realmente.» Se acordó de la última vez que se habían visto, en el baile que dio Nikolas, de sus cálidos ojos castaños, de aquella sonrisa juvenil, de la presión de sus labios, de aquella voz que le decía que la adoraba... Una lágrima se le escurrió entre las pestañas, y enterró el rostro en la almohada.

Casi se había quedado dormida, con el cuerpo finalmente relajado, cuando hubo un movimiento en la oscuridad. Emma había empezado a darse la vuelta con un murmullo somnoliento cuando un cuerpo que pesaba mucho saltó sobre el suyo. En un primer momento de confusión, Emma creyó estar soñando y que la atacaba *Manchú*, su tigre. Un instante después sintió el aliento de un hombre en la oreja, y se quedó atónita al comprender que era su esposo.

—¿Nikolas?

Él usó su peso para dejarla atrapada contra el colchón. Aunque iba vestido, la dilatada fuerza de su sangre sobre las nalgas de Emma dejaba muy claro que estaba tremendamente excitado. Emma dio un respingo de sorpresa, y se debatió para liberarse mientras sentía el aliento impregnado de licor de Nikolas en sus fosas nasales.

—Para mí eres una posesión, ¿entiendes? —le oyó decir desdeñosamente—. Hasta la última parte de tu cuerpo me pertenece. Supe lo que querías en cuanto te vi flirtear y sonreír esta noche mientras Brixton miraba dentro de tu escote. Querías ponerme celoso, mi astuta mujercita, pero no ha funcionado. Nunca conseguirás darme celos.

Emma se recuperó lo bastante de su asombro para hincarle el codo en las costillas.

—No me toques, sucio borracho —chilló.

Nikolas hizo que se pusiera boca arriba para colocarse entre los muslos. Respiraba pesadamente, a causa de la rabia o de la pasión, o por alguna volátil mezcla de ambas.

—Quieres atarme el alma con un montón de nudos —masculló—. Pero no me harás sentir nada que yo no quiera sentir. Nunca te querré.

—¿Quién te ha pedido que me quieras? —replicó Emma con vehemencia. Luego se quedó inmóvil, y en un peculiar destello de comprensión supo que Nikolas estaba asustado, que libraba un combate desesperado con sus propios sentimientos. Levantó la mano hacia aquella figura envuelta en sombras, y sus dedos encontraron los mechones que le caían sobre la sien—. Nikki...

Él retrocedió con un sonido lleno de furia.

—¡No me llames así!

—¡Cobarde! —dijo ella, la acusación suave pero clara—. ¿Por qué te aterra tanto tenerme cerca?

Cuando él se le sentó a horcajadas encima de las caderas, Emma lo sintió temblar con una ira que le tensaba los músculos y parecía estremecerse en sus huesos. Nikolas dejó escapar un gemido derrotado y se inclinó sobre ella. Le buscó los labios con los suyos, anhelante y lleno de pasión, y le desgarró el camisón con las manos para encontrar debajo su cuerpo dispuesto a acogerlo. Emma se apresuró a ayudarlo y también tiró de su ropa, arrancándole la camisa blanca, bajándole los pantalones con una premura que hizo saltar los botones...

Cuando la ropa dejó de ser un obstáculo, Nikolas apretó su piel desnuda contra la suya. Recorrió con la boca la deliciosa suavidad de su garganta, la chupó, la lamió en un lento descenso hacia los pechos. Emma separó los muslos con un gemido de placer y deslizó la mano entre sus cuepos para guiarlo. Lo encontró hechido y tenso por el deseo, y la colmó hasta que Emma se sintió estremecer de éxtasis. Empujó hacia arriba con las caderas para tenerlo lo más dentro posible, y dejó escapar una exclamación ahogada cuando él le dio la vuelta en un inesperado movimiento. De pronto se encontró encima de él, montada a horcajadas y sintiendo que entre sus muslos contenía la excitación de todo aquel cuerpo.

Nikolas la hizo bajar hacia su pecho y la estrechó entre sus brazos mientras empujaba directamente sobre su centro. Emma le buscó la oreja con los labios y tomó el suave lóbulo entre los dientes, con una delicada presión que lo hizo gemir de deseo. Apretada contra su largo cuerpo lleno de cicatrices, sintió cómo las oleadas de excitación se hacían cada vez más profundas, hasta llegar a un clímax abrasador que la hizo sollozar y retorcerse de deleite. Nikolas se convulsionó casi inmediatamente con el mismo placer, y Emma lo oyó sisear, con los dientes apretados en un prolongado suspiro. Empujó una última vez, con un gemido indefenso, y se quedó inmóvil, muy dentro de ella.

Emma sabía que no le gustaba que lo tocaran durante mucho rato, y ya había empezado a apartarse cuando Nikolas le agarró las caderas en un movimiento reflejo y la apretó contra su pecho. Permanecieron inmóviles en esa postura durante unos minutos, recuperando el aliento y relajándose poco a poco mientras el sudor se secaba sobre la espalda de Emma. Una nueva sensación se adueñó de ella, un sentimiento de calma y quietud que nunca había conocido antes. El pulso de Nikolas latía lentamente bajo su oreja mientras sus manos le reseguían delicadamente las curvas de sus caderas y la suave piel de sus nalgas. Su aliento le acariciaba el pelo en la sien, y sintió que le rozaba la mejilla con los labios. Era el gesto más tierno que había tenido nunca con ella. Emma no tardó en quedarse dormida. Estaba tan cansada... demasiado cansada para que pudiese hacer algo más que protestar con un tenue murmullo cuando sintió que él la dejaba durante la noche.

Lo primero que vio Emma al despertar fue la almohada vacía junto a la suya. Se quedó inmóvil entre el amasijo de sábanas y experimentó una extraña sensación de regocijo, casi de júbilo. La noche anterior había sido distinta de todas las visitas anteriores de Nikolas. ¡Se había mostrado tan intenso, tan salvaje...! Y ese momento de intimidad que habían compartido después... Sí, había sido como si de pronto cruzaran un límite que Nikolas nunca había tenido intención de atravesar.

El recuerdo la hizo enrojecer con una súbita excitación que no podía explicar, ni siquiera a sí misma. ¿Qué le diría Nikolas ahora?

Emma se dio un baño muy largo, se echó unas gotas de perfume en las muñecas y en el cuello y luego se recogió el pelo sobre la nuca con una cinta de color melocotón. Ayudada por Rashel, se puso una blusa blanca con volantes y una falda del mismo color que la cinta. La falda tenía un bolsillo lateral, adornado con una roseta de seda. Complacida con su nueva apariencia, Emma bajó a desayunar cuando el reloj daba las nueve.

Se puso muy contenta al ver que Nikolas estaba sentado a la mesa del desayuno, oculto tras la pantalla de un periódico. No se molestó en levantarse del asiento y ni siquiera la miró: se limitó a pasar con meticuloso cuidado una página.

—Buenos días —dijo Emma alegremente.

El periódico descendió unos centímetros para revelar el rostro inexpresivo de su marido. Aún tenía el pelo un poco mojado de habérselo lavado, y el afeitado hacía relucir su piel dorada. Emma se preguntó si, como ella, Nikolas habría dedicado una atención especial a su apariencia aquella mañana.

—No es frecuente que desayunemos al mismo tiempo —comentó mientras se sentaba a su lado—. Normalmente a esta hora estoy fuera con los animales.

—¿Por qué hoy no?

—Bueno..., no hay nada de lo que no puedan encargarse los sirvientes. Sólo tareas rutinarias. —Que ella recordara, era la primera vez que quería dedicar una mañana a algo que no fuese cuidar de sus animales. Entonces se le ocurrió pensar que Nikolas quizá la invitaría a pasar el día con él, y sintió que se le aceleraba el pulso. Podían cabalgar un rato, o salir a caminar juntos, acercarse a un mercado, ir de compras...—. ¿Qué tienes planeado hacer hoy, Nikki?

—He de ir a Londres por asuntos de negocios.

—Podría acompañarte —dijo ella como si tal cosa.

—¿Para qué?

—Para que estuviéramos juntos.

Nikolas dejó el periódico. Sus cejas se elevaron sardónicamente.

—¿Por qué demonios íbamos a querer hacer eso?

—Es que pensaba... —comenzó a decir Emma, y se calló.

Nikolas leyó la decepción en su cara y se puso sarcástico.

—Espero que no irás a fingir que entre nosotros existe algo más que una mera amistad. No juguemos a ese juego, Emma. ¿Para qué complicar las cosas? Ni siquiera tú puedes ser lo bastante ingenua para hacerte ilusiones románticas acerca de mí.

—¡Eres la última persona acerca de la que se me ocurriría hacerme ilusiones!

—Menos mal. Nada de fantasías románticas, Emma. Te aseguro que no existe forma más rápida de aburrir a un hombre.

—Bueno, sentiría muchísimo que te aburrieras —dijo ella, en un tono que esperó sonase tan frío y despectivo como el suyo.

El cruce de réplicas cada vez más acerbas amenazaba con degenerar en una discusión cuando Stanislav vino a la puerta de la sala del desayuno. Aunque su voz y su aspecto eran los de siempre, había una cierta tensión en los rasgos del mayordomo, una pequeña línea entre sus cejas, que alertó tanto a Emma como a Nikolas.

—Alteza —dijo Stanislav sin alterarse—, hay visitantes en la entrada principal. Una granjera y un niño pequeño. La mujer solicita veros.

—Dile que vaya a ver al corredor de fincas si tiene alguna queja —fue la seca réplica de Nikolas.

—Señor, quizás... —El mayordomo hizo una pausa—. Quizá queráis oír lo que tiene que decir esa mujer.

Viniendo de un mayordomo, la sugerencia era increíblemente atrevida. Sólo unas circunstancias verdaderamente insólitas podían haberla motivado. Los dos hombres se miraron en silencio unos instantes. Luego Nikolas se levantó sin decir palabra y salió de la sala, rozando al mayordomo al pasar. Emma lo siguió, incapaz de resistir la curiosidad. Fueron a la entrada principal de la mansión, y bajaron por la escalinata para ir hacia las dos pequeñas figuras que esperaban fuera.

La granjera llevaba ropas sencillas y un chal deshilachado que en algún momento habría sido azul, pero al que el paso de los años había deteriorado hasta volverlo de un deprimente tono grisáceo. Su rostro hubiese podido ser bonito si no fuera por la expresión preocupada y las líneas que el sol y el cansancio le habían dejado alrededor de los ojos. El niño que la acompañaba, muy delgado y de unos cinco o seis años de edad, vestía unos pantalones cortos decentes pero muy gastados y una chaquetita de pana cuyas mangas le quedaban demasiado cortas. Dos gruesas cejas tan negras como su pelo volvían aún más hosca la expresión de su rostro cetrino.

La mujer habló primero, revelando unos dientes amarillos y bastante torcidos.

—Éste es Jacob —dijo—. Su mamá murió hace una semana, de fiebres. Sus últimas palabras fueron que alguien os lo trajera. Nadie de la aldea quiere tenerlo en su casa. Yo fui la única que se molestó en cuidar de él. —Extendió la mano con una mirada expectante, deseosa de que se la recompensara por todo el trabajo que se había tomado.

Nikolas la miró con el rostro inexpresivo. Luego le hizo una seña al mayordomo, quien le entregó unas monedas a la mujer. Ésta se embolsó su recompensa y se alejó por el sendero sin decirle una sola palabra al niño, sin ni siquiera una mirada.

—¿Qué está pasando aquí? —preguntó Emma con asombro—. ¿Quién es este niño, Nikolas?

—No es asunto de tu incumbencia. Entra en casa. —Nikolas se volvió hacia Stanislav—. Encuentra a alguien que cuide de él —musitó—. Sólo por unos días, hasta que yo haya podido hacer los arreglos necesarios.

Emma miró al niño, que esperaba con una paciencia muy poco natural sin levantar los ojos del suelo. Fue hacia él como podría haberse aproximado a un animal muy tímido, y se sentó sobre los talones delante del pequeño para que sus ojos quedaran a la misma altura.

—Hola, Jacob —dijo con afabilidad. El niño la miró y

no dijo nada—. Porque te llamas Jacob, ¿verdad? —continuó Emma—. ¿O prefieres que te llamen Jake?

El niño tenía los colores de un icono ruso, oscuridad y oro antiguo, y unas pestañas muy oscuras que proyectaban su sombra sobre el ámbar de unos ojos llenos de melancolía. Emma nunca había visto unos ojos así antes, salvo en..., salvo en...

Emma se incorporó sin saber muy bien cómo y miró a Nikolas con incredulidad. Le temblaban las rodillas. Se humedeció los labios y habló con voz ronca:

—Es hijo tuyo.

6

Su hijo, su hijo... Nikolas no se movió del sitio cuando Stanislav llevó al niño a la cocina para que le dieran de comer. Era vagamente consciente de que Emma no paraba de hacerle preguntas, pero la ignoró como hubiese hecho con una mosca molesta. En cuanto el niño se hubo perdido de vista, Nikolas volvió a entrar en la casa con andares de sonámbulo. Fue a la biblioteca, apoyó las manos en el armarito de caoba donde se guardaba el licor y contempló su reflejo distorsionado en la bandeja de plata que había dentro.

Estaba convencido de que nunca tendría que ver al niño. Había momentos en los que incluso conseguía llegar a olvidarse de su existencia. Que se lo pusieran delante, sin avisar, lo había afectado profundamente. Y para colmo, ver parecido entre el niño y su hermano muerto... Oh, Dios, Mijaíl había tenido exactamente el mismo aspecto a esa edad: el pelo negro que se resistía a dejarse peinar, la expresión hosca y aquella irresistible belleza, los luminosos ojos dorados. Nikolas buscó a tientas un vaso y la licorera de coñac.

Se acordó de las incontables veces que había encontrado a Mijaíl acurrucado en un rincón o dentro de un armario, llorando y cubierto de sangre después de que su padre hubiera vuelto a maltratarlo. Nikolas vació el vaso de un trago y lo volvió a llenar. La culpabilidad y la rabia de aquellos años de infancia seguían estando presentes, aunque rara vez se permitía pensar en esa época.

¿Por qué había sometido su padre con todas esas espantosas violencias a Mijaíl? «¡Encontraré alguna forma de detenerte! —había gritado Nikolas mientras se abalanzaba sobre su padre empuñando un cuchillito después de uno de aquellos episodios—. ¡Te mataré!» Pero su padre se había echado a reír, y le retorció el brazo hasta que se le fracturó la muñeca y el cuchillito cayó al suelo. Luego lo había vuelto a golpear despiadadamente. Y esos malos tratos a Mijaíl se habían prolongado.

Eso le había arruinado la vida completamente, convirtiendo a Misha en un adulto amargado y vacío por dentro que murió mucho antes de lo debido. También le había arruinado la vida a Nikolas. Tanto sus padres como su hermano estaban muertos, pero los recuerdos aún vivían y le habían corrompido el alma irreparablemente. Nikolas nunca conocería el amor, la pena, el arrepentimiento o el miedo. Nunca sería débil. Nunca permitiría que nadie llegase a tener el poder de hacerle daño.

—Nikolas —dijo Emma con exasperación detrás de él.

Arrancado de sus cavilaciones, Nikolas respondió sin volverse.

—Esto no tiene nada que ver contigo.

—Sólo quiero saber quién era la madre de Jacob, y por qué nunca has mencionado que tuvieras un hijo. ¡Me parece que no es demasiado pedir!

Nikolas se dio la vuelta y miró a su esposa. Emma estaba indignada y confusa. Unos cuantos rizos pelirrojos se le escaparon de la cinta, y se los apartó de la cara con un gesto lleno de impaciencia.

Nikolas suspiró y respondió de manera cortante:

—Hace seis años tuve una pequeña aventura con una mujer que trabajaba en una de las lecherías de mis propiedades. Un mes después de que la relación hubiera terminado, la mujer vino a verme para comunicarme que estaba embarazada. Desde entonces, le he dado dinero a intervalos regulares para que ni a ella ni al niño les faltara de nada. Nunca lo mencioné porque no tiene nada que ver contigo, ni con nuestro matrimonio.

Emma frunció el ceño con amargura.

—Dar un poco de dinero... Ésa es tu solución para todo, ¿verdad?

—¿Qué hubiese tenido que hacer? ¿Casarme con ella? Sally era una lechera muy hermosa con un sano apetito por los hombres. No fui el primero que se acostó con ella, y hubo otros después de mí.

—¿Así que decidiste que tu hijo nunca sabría quién era su padre? ¿Que sería un aparcero más, no se lo educaría como es debido y viviría en un cuchitril con el techo de paja? ¿Es que no sientes ninguna clase de responsabilidad hacia él?

—He pagado lo que costaba mantenerlo desde que nació. Naturalmente, continuaré haciéndolo. Y ahórrame los discursos sobre la moralidad y la responsabilidad. La mayoría de los nobles terratenientes de Inglaterra tienen hijos ilegítimos. Estoy seguro de que tu padre tendrá unos cuantos bastardos repartidos aquí y allá...

—¡Nunca! Mi padre cuida de los suyos, y ciertamente nunca se ha aprovechado de las lecheras. —Emma frunció el labio—. ¿Jacob es tu único hijo ilegítimo, o hay más?

—Es el único. —Una fuerte jaqueca había empezado a palpitar en las sienes de Nikolas, y las punzadas de dolor no tardaron en llenarle de arrugas la frente—. Ahora, si has terminado con tu arrebato de legítima indignación, ten la bondad de dejarme a solas para que pueda ocuparme del asunto.

—¿Qué vas a hacer?

—Mandaré al chico lejos de aquí en cuanto encuentre una familia apropiada que pueda hacerse cargo de él. No te preocupes, que pronto dejará de molestarte con su presencia.

—Querrás decir que es a ti al que no molestará —replicó Emma, y salió de la biblioteca con rápidas zancadas—. ¡Cínico! ¡Monstruo! No tienes corazón —murmuró entre dientes.

Se resistía a creer que Nikolas fuera capaz de hacer lo que acababa de decirle. ¿Qué clase de monstruo tenía que ser para no sentir nada por su propio hijo? La falda empezó a arrastrarse por la tierra en cuanto salió de la casa. Le daba igual no ir vestida apropiadamente para una visita al recinto de sus animales. Le daba igual estropearse la ropa. Necesitaba estar cerca de sus animales.

Entró en uno de los edificios encalados y frescos, se dirigió al recinto de *Manchú* y se sentó en el suelo, junto a los barrotes. El tigre, que tenía medio cuerpo metido en el estanque, se desperezó lánguidamente, como un enorme gato doméstico, en cuanto la vio.

—Hola —dijo Emma mientras apoyaba la cabeza en uno de los barrotes. Cerró los ojos e intentó no echarse a llorar—. Tasia tenía razón, *Manchú*. Nunca lo admitiré ante nadie, pero a ti te lo puedo decir: Nikolas sólo piensa en sí mismo. Y lo peor de todo es que nunca me ha mentido. Nunca ha fingido ser otra cosa que el bastardo sin sentimientos que es.

Manchú fue hacia ella y la miró con la cabeza ligeramente ladeada, como si considerase la situación.

—¿Qué puedo hacer? —preguntó Emma—. No debería quedarme cruzada de brazos sólo porque Nikolas quiera librarse de Jacob. Un pobre niño que se ha quedado sin hogar, sin madre... Pero no me siento capaz de hacerle de madre, y no podría mirarlo sin acordarme de que es el hijo de Nikolas. ¡Qué injusta es la vida, *Manchú*! Claro que si Jacob fuera un animal, lo acogería sin pensármelo dos veces... Así que lo menos que podría hacer por un niño es acogerlo, ¿verdad? Tú y yo somos unos inadaptados, *Manchú*, y Jacob también lo es. Supongo que siento algo parecido a una obligación hacia él, por mucho que Nikolas no la sienta.

Cuando Emma volvió a entrar en la casa reinaba el silencio, salvo por las tristes notas de una canción rusa que silbaba un lacayo mientras llevaba al comedor unos recipientes de plata a los que se les acababa de sacar brillo.

—Vasili —dijo Emma, y el lacayo se volvió, sobresaltado.

—Sí, alteza.

—¿Dónde está el niño?

—Me parece que está en la cocina, alteza.

Emma fue por el pasillo que llevaba a la cocina, un recinto que incluía un cuarto para fregar los utensilios, una habitación de amasar, varias despensas, un comedor para la servidumbre y la cocina propiamente dicha, un espacio enorme con una gran mesa rectangular de madera para preparar los alimentos en el centro. En ese momento, unas cuantas ayudantas de cocina trabajaban en el cuarto de fregar, donde lavaban platos y sacaban brillo a las ollas, mientras otras ayudantas hacían pasteles y galletas.

Emma sintió una punzada de compasión cuando vio al pequeño sentado a la mesa, con las piernecitas colgando del borde de la silla. No parecía haber probado el plato lleno de estofado de cordero que tenía delante. Jacob balanceaba un pie y contemplaba en silencio aquel plato que se iba enfriando.

La inesperada entrada de Emma hizo que la cocinera y las ayudantas la miraran, confusas.

—Alteza —exclamó la cocinera—, ¿qué deseais?

—Nada, gracias —dijo Emma en tono agradable—. Seguid con vuestro trabajo, por favor. —Fue hacia la mesa, apoyó la cadera en el canto y sonrió al ver que el niño recorría con la mirada sus ropas manchadas de tierra—. ¿No tienes apetito? —preguntó afablemente—. Seguro que el estofado es como los que a ti te gustan, ¿verdad? ¿Por qué no pruebas uno de esos panecillos, Jacob? Están muy blanditos.

Dos solemnes ojos dorados se clavaron en los suyos. Jacob tomó un panecillo y lo apretó tan fuerte que los deditos se le hundieron en el pan.

—Tiene que dar mucho miedo eso de ir a un sitio nuevo en el que no conoces a nadie. —Emma contempló con aprobación cómo el niño le daba un mordisco al panecillo, y luego volvía a morderlo. Parecía bien alimentado. Tenía buen color, y los dientes eran firmes y blancos. «Qué niño más hermoso», pensó Emma mientras se fijaba en la curvatura exótica de sus cejas y en las pestañas suavemente ovaladas.

El niño habló por primera vez, con un marcado acento del campo.

—No quiere ser mi papá.

Emma intentó pensar en alguna mentira, alguna historia inventada que lo consolase, pero finalmente decidió que la verdad siempre era mejor.

—No, parece que no —dijo con dulzura—. Pero yo me aseguraré de que cuiden de ti, Jacob. Y me gustaría que fuésemos amigos. Me llamo Emma.

El niño no dijo nada. Emma lo miró con una creciente simpatía mientras Jacob sacaba trocitos de miga, hacía bolitas con ellos y se las tragaba.

—¿Te gustan los animales, Jake? Tengo un refugio donde cuido de los que son viejos o están enfermos. Hay caballos, una chimpancé, un lobo, un zorro; incluso un tigre. ¿Te gustaría venir conmigo y echarles una mirada?

—Sí. —Jacob dejó el panecillo que había vaciado de su miga, bajó de la silla y alzó la mirada hacia ella—. Eres alta —observó, y Emma se echó a reír.

—Se me olvidó dejar de crecer —replicó al tiempo que le guiñaba el ojo. Pero Jacob no sonrió ni le devolvió el guiño, y se limitó a mirarla cautelosamente. Qué niño tan triste, tan lleno de desconfianza y aislamiento. Tan parecido a su padre...

Jacob era un niño extraño, espabilado pero carente de instrucción, lleno de emociones inexpresadas. No parecía buscar la compañía, aunque toleraba la presencia de Emma más que la de ninguna otra persona. Después de muchos esfuerzos, Emma consiguió convencerlo de que la acompañara en uno de sus paseos con *Sansón*, pero Jacob parecía no acabar de entender el concepto del juego y la diversión, y apenas participó. Nunca mencionaba a su madre, ni la aldea en la que había crecido, y Emma decidió que sería mejor no hacerle hablar del pasado.

Conforme pasaban los días, se desarrolló una pauta. Emma sabía que en cuanto Jacob abría los ojos en su cama del cuarto de los niños, se vestía y acudía a la puerta de su *suite*, donde esperaba pacientemente a que apareciese. Luego desayunaba con ella en el comedor, la ayudaba con los trabajos del refugio, y por la tarde se sometía a los esfuerzos de Emma por enseñarle a montar. El niño la seguía como una sombra, aunque no estaba claro si realmente le gustaba estar con ella o si no veía ninguna otra opción. Los sirvientes no sabían cómo tratarlo, y Nikolas, por su parte, se obstinaba en ignorarlo.

—¿No podrías hablarle, al menos? —preguntó Emma una noche mientras cenaban, en una de las raras ocasiones en que ella y Nikolas estaban solos—. Pronto hará dos semanas que llegó. ¿Vas a seguir fingiendo que Jacob no existe?

—Dentro de unos días le habré encontrado una nueva situación. Si te divierte entretenerlo hasta entonces, adelante.

—¿Qué clase de situación?

—Una familia que esté dispuesta a acogerlo a cambio de una anualidad que se les pagará hasta que el niño haya alcanzado la mayoría de edad.

Emma dejó el cuchillo y el tenedor y miró a su marido ansiosamente.

—Pero Jake sabrá que si la familia quiere tenerlo consigo es sólo por el dinero. Los otros niños no lo aceptarán, se reirán de él...

—Sobrevivirá.

Emma apretó las mandíbulas.

—Puede que yo no quiera que Jake se vaya.

—¿Qué te gustaría hacer con el niño? ¿Tenerlo aquí para exhibirlo como prueba de los pecados que cometí en el pasado?

—¡Yo nunca usaría a un niño de esa manera! —dijo Emma en un arranque de furia.

—Cierto. No tendrás ocasión de hacerlo, porque se irá.

Emma estaba a punto de perder los estribos, pero logró contenerse. Cogió el tenedor y removió distraídamente el *soufflé* de col que había en su plato.

—Actúas como si Jake no tuviera nada que ver contigo —dijo sin levantar la voz—. Pero es de tu propia sangre, y tienes que sentir algo por él. Por eso has decidido mandarlo lejos, ¿verdad? Te niegas a quererlo, a que te merezca alguna consideración. ¡Si supieras lo limitada que es la vida que llevas, hasta qué punto has conseguido privarte de todo lo que nos hace ser humanos...! Vives en un constante temor, e intentas protegerte con la burla, el sarcasmo y la frialdad.

Un frío destello de ira llameó en los ojos de Nikolas.

—¿Y de qué, si eres tan amable de decírmelo, se supone que estoy asustado?

—No te atreves a querer a alguien. Y te aterra que alguien pueda quererte. Pero la falta de sentimientos no nos hace más fuertes, Nikki. Todo lo contrario.

Emma percibió el estremecimiento que recorría el cuerpo de Nikolas, producto de unos nervios que estaban tan tensos como la cuerda de un arco de caza.

Nikolas apartó su asiento de la mesa.

—Ya he tenido suficiente por hoy —musitó.

—¡Si entregas a Jacob, iré en su busca! ¡Se merece algo mejor! Es un niño inocente al que le han robado lo que le pertenecía por derecho de nacimiento. ¡Y si ésa es la idea que tienes de lo que significa ser padre, espero no tener nunca hijos tuyos!

—Quédatelo, entonces —la invitó Nikolas con una sonrisa burlona—. Hubiese debido esperármelo, sabiendo lo mucho que te gusta adoptar animalitos vagabundos y desvalidos. Pero eso sí, asegúrate de que esté bien lejos de mí. —Salió del comedor mientras Emma lo miraba muda de furia.

La batalla centrada en Jacob se vio interrumpida al día siguiente por la llegada del señor Robert Soames, un pintor de mediana edad que se había ganado rápidamente una considerable reputación gracias a sus milagrosas restauraciones de obras de arte dañadas por los malos tratos y el paso del tiempo. A Emma le cayó bien nada más verlo. Afable y nada pagado de sí mismo, Soames carecía de las pretensiones que Emma esperaba de quienes pertenecían al mundo del arte. Su pálido y delgado rostro era agradable, aun sin tener nada de particular, salvo unos penetrantes ojos azules. El deteriorado paisaje pareció captar la atención de Soames, y aceptó con aparente entusiasmo el trabajo de poner al descubierto la pintura que ocultaba.

—Puede que resulte no ser nada del otro mundo —le dijo a Emma con un pragmático encogimiento de hombros—. O puede que sea algo verdaderamente especial. Sospecho que dentro de un par de semanas ya nos habremos hecho una idea de lo que se oculta bajo el paisaje, alteza.

Los sirvientes prepararon una de las habitaciones de los invitados, y el señor Soames se trajo unas cuantas pertenencias personales para poder usarlas mientras durase la labor. Emma y Jacob iban a visitarlo cada día para vislumbrar el cuadro que empezaba a aparecer. Nunca se quedaban mucho rato, porque incluso con las ventanas abiertas, costaba respirar aquel aire viciado por los acres vapores de los disolventes que empleaba Soames.

—El truco está en quitar las primeras capas sin alterar las que hay debajo —les explicó Soames mientras trabajaba sobre el lienzo con unos pinceles muy finos—. Claro que no puedes evitar perder una pequeña porción del original, aunque sólo sea una minúscula fracción de alguna de las capas de pintura. He de ir con mucho cuidado para no robarle al retrato la textura que pretendía obtener el artista.

—¿Es un retrato? —preguntó Emma.

—Oh, sin duda. ¿Veis esta esquina? Está claro que es una sección de la mano de un caballero.

—Espero que sea algún antepasado de mi marido —dijo Emma, y le acarició el hombro a Jacob cuando el pequeño se acercó a inspeccionar la pintura—. Uno de tus parientes, Jake. ¿A que sería interesante?

El niño respondió con un gruñido evasivo. O bien no entendía lo que significaba descender de un Angelovski, o bien le daba igual.

—Sí que lo sería —dijo Emma con firmeza en respuesta a su propia pregunta. Acercándose a una ventana, se sentó en la repisa—. Francamente, Jake, uno de estos días me dejarás sorda de tanto hablar. Deberías intentar no darle tanto a la lengua.

Su broma incorporó un minúsculo esbozo de sonrisa a los labios de Jacob, que respondió con su bronco acento campesino.

—No puedo decir nada si tú no paras de hablar.

Emma se echó a reír, balanceando una pierna.

—Es de muy mala educación decirle a una dama que habla demasiado, Jacob.

—Las damas no llevan pantalones —contraatacó él, con una mirada dirigida a la camisa blanca de hombre, los pantalones oscuros y los relucientes zapatos negros que llevaba Emma.

—Pero yo soy una princesa, y las princesas pueden vestir como les dé la gana. ¿No es así, señor Soames?

El artista levantó la vista de su trabajo y celebró con una sonrisa el que Emma hubiera conseguido que el niño tomase parte en la conversación.

—Me parece que sí, alteza —dijo sin apartar la mirada de Emma, que había prescindido de toda formalidad y acababa de cruzar sus largas piernas. El sol que entraba por la ventana hacía que sus pecas parecieran relucir con destellos dorados. Con su deslumbrante sonrisa y los rizos pelirrojos recogidos detrás de la nuca, era una figura magnéticamente atractiva—. Princesa Emma... —titubeó Soames—, si me permitís hacer una observación de naturaleza personal...

—Claro que sí. Puede que contribuya a animarme la mañana.

—Sois una mujer extraordinariamente atractiva, alteza. Me sentiría muy honrado si me permitierais pintaros algún día. Exactamente tal como estáis ahora.

Emma se echó a reír sólo de pensarlo.

—¿Y qué título le pondríais al cuadro? ¿«La loca»? ¿«La excéntrica», quizá?

—Soy sincero, alteza. Tenéis esa clase de rara belleza que todos los pintores anhelan llegar a capturar en sus lienzos.

Emma sonrió escépticamente.

—Podría enseñaros a un centenar de mujeres más hermosas, empezando por mi propia madrastra.

Soames sacudió la cabeza.

—Encontrar rostros y formas convencionales es fácil. Nunca me han interesado demasiado. Pero vos... —Se calló cuando una sombra pareció en el umbral. Era Nikolas.

—Estoy completamente de acuerdo —dijo, pues parecía que había oído las últimas observaciones—. Me gustaría que alguien capaz de apreciar su belleza pintase un retrato de la princesa. El encargo será suyo si puede mostrarme algunos ejemplos satisfactorios de su trabajo como retratista.

—Me complacerá... —empezó a decir el señor Soames.

—No quiero que pinten mi retrato —dijo Emma frunciendo el ceño.

—Pues yo sí quiero que lo pinten —dijo Nikolas. Entonces se le ocurrió mirar al niño, que se había quedado de pie junto a Emma, y la sonrisa se le borró de los labios. Se dio la vuelta abruptamente y se acercó al cuadro—. He venido a ver sus progresos, Soames.

—El proceso ya no será tan lento ahora que he encontrado el procedimiento más efectivo para disolver las capas superiores —explicó Soames—. Lo único que he puesto al descubierto por ahora es parte de la mano izquierda de un hombre.

—Ya veo. —Nikolas se inclinó sobre el fragmento del retrato, súbitamente fascinado por lo que veía. Sintió en su mano izquierda un extraño hormigueo. Flexionó los dedos y se cruzó de brazos. Se sentía un poco mareado, y tuvo que apartar la mirada—. Ya hablaremos del retrato de mi esposa más adelante —le murmuró a Soames—. Por ahora, no permita que lo distraigan de su trabajo.

—Oh, no me... —Soames no llegó a completar la frase

porque Nikolas salió de la habitación. El artista le lanzó una mirada interrogativa a Emma, quien respondió con una sonrisa sardónica.

—Mi marido es un encanto de hombre, ¿verdad?

Pero se fue de la habitación antes de que Soames pudiera replicar, con el niño trotando tras ella.

Fue a la noche siguiente cuando Nikolas finalmente se vio obligado a dirigirle la palabra a su hijo. Solo en su *suite*, tomaba sorbos de vodka helado de una manera lenta y contemplativa, con la esperanza de que el próximo vaso apaciguaría la nerviosa inquietud que sentía agitarse dentro de él. Todo iba mal. Era como si el mundo se hubiera vuelto loco, y por primera vez en su vida Nikolas se sentía incapaz de reaccionar con celeridad suficiente para adaptarse a las circunstancias que no paraban de cambiar a su alrededor. Llevaba semanas sin visitar la cama de Emma, y el deseo empezaba a roerle las entrañas. Quería tocarla, besar su piel y apretar sus suaves rizos rojos entre los dedos, sentir cómo su esbelto cuerpo se estremecía de pasión mientras entraba en ella. Pero no quería que Emma supiese hasta qué punto la necesitaba y anhelaba, porque entonces podía ser que encontrara alguna forma de usar ese conocimiento contra él.

Lo enfurecía que Emma hubiese sabido utilizar con tanta habilidad el descubrimiento de que él tenía un hijo ilegítimo, primero al interpretar el papel de esposa traicionada y luego cuando había decidido que Jacob se quedara. En realidad ella no tenía el poder de retenerlo allí, naturalmente. Nikolas habría podido enviarlo lejos al día siguiente mismo, si hubiese querido. Pero lo peor de todo era que casi agradecía que Emma estuviera tan decidida a quedarse con él. Nikolas se sorprendía a veces mirándolo, presa de un súbito anhelo de hablar con él, y al mismo tiempo atormentado por lo mucho que Jacob se parecía a Mijaíl.

Un sonido interrumpió el curso de sus pensamientos. Nikolas dejó su vaso de vodka y escuchó. Sí, alguien lloraba.

—¡Misha! —susurró con horror, y por un instante el instinto se impuso a la razón. No era su hermano, pero aquel llanto..., el llanto de un niño pequeño...

Nikolas se levantó y salió de la habitación dando traspiés, presa de un miedo angustioso que no había vuelto a sentir desde pequeño. Siguió el sonido de los sollozos a lo largo del pasillo, dobló la esquina y vio una figurita acurrucada junto a la puerta de la *suite* de Emma.

—Jacob —dijo con dificultad, con ese nombre como un cuerpo extraño en su boca.

El niño levantó la vista, sobresaltado, con el rostro surcado de lágrimas y lleno de desconsuelo. El brillo de aquellos ojos dorados penetró muy dentro de Nikolas, deteniéndose en un lugar lleno de un dolor que escapaba a toda descripción.

—¿Qué pasa? —le preguntó Nikolas—. ¿Te has hecho daño?

Jacob negó con la cabeza y se apretó contra el marco de la puerta, los pies escondidos debajo del camisón.

—¿Qué quieres? ¿Tienes hambre? ¿Sed?

Entonces la puerta se abrió para revelar a Emma con su camisón blanco y su bata, los ojos todavía enturbiados por el sueño. Primero vio a Nikolas, y una pregunta cobró forma en sus labios. Luego bajó la vista hacia la figurita desconsolada que había a sus pies.

—¿Jake? —Se sentó en el suelo para ofrecerle el regazo, y luego le lanzó una mirada acusadora a Nikolas—. ¿Qué le has hecho?

—Nada —gruñó Nikolas. Miró, los pies clavados al suelo, cómo Emma rodeaba al niño con sus largos brazos.

—¿Qué pasa, Jake? —preguntó Emma—. Cuéntame por qué estás tan triste.

Jacob estaba tan alterado que apenas podía hablar. Le temblaba la boca, y ríos de lágrimas manaban de sus ojos.

—¡Quiero a mi mamá! —Le echó los brazos al cuello, y enterró las manecitas en su pelo.

—Claro que sí, cariño —murmuró ella mientras lo abrazaba—. Claro que sí. —Se lo puso en el regazo y lo meció suavemente, sin importarle que tuviera toda la cara mojada y le cayesen los mocos.

Ver a una mujer —especialmente una de la clase social a la que pertenecía Emma— consolando a un niño constituía un espectáculo insólito para Nikolas. Su madre siempre había confiado el cuidado de sus hijos a las sirvientas y los preceptores, porque no quería tener que hacerse responsable de su educación. Nikolas nunca había tenido ocasión de compartir los momentos privados de otras familias, salvo por las ocasionales visitas a la casa de los Stokehurst. El descubrimiento de que Emma podía mostrarse tan maternal era algo completamente inesperado para Nikolas, y lo llenó de anhelo e ira. Si hubiera habido alguien como ella para dar la cara por él y Mijaíl... Emma jamás permitiría que nadie maltratara a un niño pequeño. Sí, ella habría consolado y protegido a Misha.

Nikolas reprimió el impulso de arrodillarse a su lado y rodear con los brazos a su esposa y al niño que lloraba, para así pasar a formar parte de la escena. La frialdad de su aislamiento lo hizo estremecer. Entonces Emma levantó la vista hacia él para mirarlo como si fuese un desconocido. No necesitó hablar para que Nikolas supiera lo que estaba pensando. «No puedes hacer nada por nosotros... No te queremos aquí.»

Se fue sin decir palabra, en dirección al vestíbulo. Pero se detuvo tras la primera esquina y apoyó la espalda en la pared, sin dejar de temblar bajo el peso de los recuerdos que lo consumían. Pensó en aquella noche en Rusia, cuando había tenido que dejar la cama de su amante para que le dieran el mensaje acerca de Misha. «Han asesinado a vuestro hermano, alteza. Le clavaron un cuchillo en la garganta...» Y luego la larga búsqueda de justicia, que culminó cuando por fin pudo vengarse del conde Shurikovski. «No, no pienses en eso...» Pero los recuerdos volvieron a su mente en un fogonazo abrasador y se vio ir hacia Shurikovski, que yacía borracho en una cama deshecha. En el dormitorio flotaba un olor peculiar, a licor y sudor seco, y el miedo y la sed de sangre habían hecho que el corazón le latiese tan fuerte que no pudo oír nada, ni siquiera el grito que se le escapó a Shurikovski cuando vio el rostro de su asesino.

Con la espalda todavía apoyada en la pared, Nikolas se dejó resbalar lentamente hasta quedar sentado en el suelo. Se preguntó qué había pensado durante su arresto, los interrogatorios, las horas de tortura y dolor. No recordaba gran cosa de aquellos momentos. Le hicieron preguntas sobre las relaciones que había tenido Misha, particularmente la mantenida con Shurikovksi. A Nikolas nunca le había importado que su hermano se acostara con hombres. Después de todas las horribles experiencias de su infancia, Misha tenía derecho a disfrutar del placer allá donde pudiese encontrarlo.

Se subió las mangas y contempló las cicatrices de sus muñecas, donde las ataduras habían desgarrado las capas de piel y los músculos. Los interrogadores del gobierno se enfadaron muchísimo cuando Nikolas no había respondido sus preguntas sobre las preferencias sexuales de Misha. «A lo mejor piensas que no hay nada de malo en que a uno le gusten los chicos —dijeron—. Será que padeces la misma enfermedad. ¿Tú también corres detrás de los hombres, sucio pervertido?»

Nikolas, incapaz de hablar por el temblor de los labios, se había limitado a negar con la cabeza. Sentía el cuerpo helado por la conmoción y la pérdida de sangre. No, él nunca había deseado a los hombres, siempre había adorado la gracia y la suavidad de las mujeres, el consuelo de sus pechos, la capacidad perceptiva de la mente femenina. Prefería las mujeres maduras, porque no eran tan dadas a exigir, entendían las complicaciones y las realidades de la vida, y se mostraban mucho más apasionadas.

Pero nunca se le había pasado por la cabeza casarse con ninguna, hasta Emma. Nikolas había esperado siete años para hacerla suya, sin dudar ni por un instante de que un día le pertenecería. La deseaba de una manera que él definía no como amor, sino como una necesidad básica; como el respirar, el comer o el dormir. El problema era que ahora Emma se había convertido en una debilidad. Tenía que arrancarla de cuajo de su vida, si no quería perderse completamente.

Nikolas se levantó del suelo, fue hacia la escalera y bajó por fin al vestíbulo. Allí se dirigió a Stanislav y otro lacayo que esperaba.

—Que traigan un carruaje.

Saldría a jugar y beber, y a encontrar una mujer. Cualquiera serviría, con tal de que no fuese Emma.

Después de consolar como pudo a Jacob, Emma lo llevó sobre su espalda hasta la cama del cuarto de los niños, en el tercer piso. Lo tapó con la suave sábana de lino, se arrodilló junto a la cama y le puso bien el remolino que siempre se le hacía en el pelo.

—Sé lo terrible que es perder a tu mamá —murmuró—. Yo perdí a la mía cuando era aún más pequeña que tú. A veces lloraba porque la echaba de menos, y ni siquiera me acordaba de ella.

Jake se frotó los ojos con el puño.

—Quiero que vuelva —dijo con voz llorosa—. No me gusta esto.

Emma suspiró.

—A veces a mí tampoco me gusta, Jake. Pero Nikolas es tu padre, y ahora tu casa es ésta.

—Me escaparé.

—¿Y *Sansón* y yo no volveremos a verte? Eso me pondría muy triste, Jake.

El niño no dijo nada. Hundió la cabeza en la almohada, los párpados temblorosos por el agotamiento.

—Se me ha ocurrido una idea —continuó Emma—. ¿Qué te parece si mañana llenamos una cesta con cosas ricas para comer y nos escapamos un ratito? Buscaremos un estanque, pondremos los pies en remojo y cazaremos ranas.

—A las damas no les gustan las ranas —dijo Jacob con voz adormilada.

—A mí sí. Y también me gustan los bichos, los gusanos, los ratones..., todo menos las serpientes.

—A mí me gustan las serpientes.

Emma sonrió y se inclinó sobre él para besarle el pelo. Jacob olía a limpio después del vigoroso enjabonado en el que ella había insistido aquella mañana. Nunca había sentido esa actitud tan protectora hacia un niño, ni siquiera con sus propios hermanos. Pero ellos habían crecido en una familia que los quería, mientras que aquel crío no tenía a nadie en el mundo, aparte de un padre indiferente.

—Buenas noches, Jake —susurró—. Todo irá bien. Siempre cuidaré de ti.

—Buenas noches, Emma —murmuró Jacob, y se quedó dormido.

Emma bajó la luz de la lámpara y salió del cuarto sin hacer ruido. Se encaminó hacia la *suite* de Nikolas. Llena de una nueva energía, decidió que ya era hora de que le planteara el tema del niño. Le dejaría claro que Jake iba a quedarse, y que esperaba de él que mantuviera alguna clase de comunicación con el niño. No era justo que Jacob tuviera que padecer por el pasado de sus progenitores. Jacob era un Angelovski. Tenía derecho a disfrutar de todo lo que eso conllevaba. Una educación, una herencia, un cierto conocimiento de su patrimonio... Eran cosas que Jacob necesitaba y merecía, y Nikolas no tenía ningún derecho a negárselas.

Descubrir que Nikolas no estaba en su *suite* la llenó de disgusto. Después de haber recorrido toda el ala sin dar con él, bajó al primer piso y le preguntó a Stanislav si había visto a Nikolas.

El rostro del mayordomo permaneció inexpresivo.

—El príncipe ha salido, alteza.

—Comprendo. —Emma se volvió para ocultar la confusión y la pena que sentía. Ya era muy tarde, y la única razón por la que Nikolas podía haber salido de casa a una hora semejante era que quería visitar la cama de otra mujer. Incluso con sus pequeñas discusiones y distancias, él nunca le había sido infiel antes. De pronto le entraron ganas de llorar.

Si pudiera ir tras él, y decirle..., ¿decirle qué? Si Nikolas deseaba a otra, si quería encontrar placer en el cuerpo de otra mujer, no había forma de que Emma pudiera detenerlo. Evidentemente se había cansado de ella. No había logrado satisfacerlo. El príncipe estaba harto de visitar la cama de su esposa—. Maldito seas, Nikolas —susurró—. Terminaré odiándome tanto como tú te odias.

Subió a su habitación y fue de un lado a otro durante horas, hasta que la servidumbre se hubo retirado a descansar y la mansión quedó oscura y llena de sombras. Emma empezaba a darse cuenta de que casarse con Nikolas había sido un trágico error. Su matrimonio nunca podría estar mejor de lo que estaba ahora. De hecho, podía darse por seguro que iría a peor. Las infidelidades de Nikolas la humillarían y habría más discusiones, más amargura, hasta que Emma encontrara alguna forma de llegar a ser tan dura y estar tan desprovista de emociones como él. Su familia tenía razón acerca de Nikolas, pero su orgullo le había impedido admitirlo. Ojalá hubiese tenido una persona amiga a la que confiarse, alguien a quien poder recurrir...

Emma fue a la escalinata, se sentó en los primeros escalones y se rodeó las rodillas con las manos, dispuesta a esperar allí hasta que su marido volviera a casa. Le bastaría con verle la cara para saber si le había sido infiel.

El día había empezado a despuntar cuando los sonidos de las ruedas de un carruaje y el tintineo de sus arneses sacaron a Emma del duermevela en el que se había sumido. Se puso recta, con una mueca de dolor cuando sus músculos agarrotados protestaron. Parpadeó unas cuantas veces para acabar de despejarse y clavó la mirada en la entrada principal. Un nudo de aprensión le oprimía la garganta.

Nikolas entró en la casa, despeinado y pálido, con su esplendor dorado apagado por la oscuridad. Una mezcla de olores a licor, perfume y sexo llegó hasta Emma a través del par de metros que los separaban. Así que lo había hecho, pensó, y se encogió ante la súbita punzada de dolor que sintió en el pecho.

Nikolas no la vio hasta que ya acometía la escalera. Se detuvo, y una sombra de hosco desafío cruzó por sus facciones.

—¿Qué quieres?

—De ti nada —dijo Emma, sin poder evitar que le temblara la voz por el disgusto y la indignación que sentía—. Nada en absoluto. Intentaré ser lo más sofisticada posible, Nikolas. No hace falta que me recuerdes que este tipo de cosas suceden continuamente en los matrimonios de las altas esferas. ¡Pero más vale que te vayas acostumbrando a visitar la cama de otras mujeres, porque nevará en el infierno antes de que vuelva a acogerte en la mía!

—Haré lo que me venga en gana contigo —se burló Nikolas mientras iba hacia ella con expresión amenazadora—. Eres mi esposa. Me perteneces en cuerpo y alma. En cuanto chasquee los dedos, te abrirás de piernas para mí donde y cuando quiera.

Una intensa rabia la invadió. Avanzó el puño cerrado apuntando hacia aquel odioso rostro sin afeitar. La fuerza del impacto le sacudió el brazo hasta el codo. El puñetazo sorprendió tanto a Nikolas que retrocedió dando traspiés. Emma lo miró con idéntico asombro, y se preguntó si ahora él le devolvería el golpe. Esperó, sin moverse del sitio y con los ojos clavados en él mientras se frotaba la muñeca dolorida.

Nikolas no dijo nada. Ambos respiraron pesadamente mientras se miraban, hasta que Nikolas se llevó la mano a la mandíbula y soltó una carcajada que sonó como un bufido. Emma no movió un músculo cuando su esposo pasó junto a ella y fue escaleras arriba, en dirección a sus aposentos. Cuando los últimos ecos de los pasos de Nikolas se hubieron apagado, Emma se dejó caer sobre el escalón y apoyó la cabeza en las rodillas. Nunca se había sentido tan atrapada, tan perdida.

Durante toda la semana siguiente, Emma y Nikolas no volvieron a dirigirse la palabra salvo por un seco saludo cuando se cruzaban. Emma apenas podía comer o dormir. Sentía como si viviera en un campamento enemigo, con todo aquel echar llave a la puerta durante la noche y apresurarse por los pasillos durante el día para evitar encontrarse con Nikolas. Se percató de que había empezado a tener mal aspecto incluso antes de que el señor Soames se atreviera a preguntarle tímidamente si se encontraba bien. Nikolas, en cambio, tenía muy buena cara y parecía descansar bien, lo que hizo que Emma comprendiese con renovada ira que se sentía muy a gusto con la situación. Su marido había colocado deliberadamente una cuña entre ambos, y no tenía ninguna intención de quitarla.

Emma intentaba ignorar las continuas idas y venidas en carruaje de su marido, y se decía que daba igual que tuviera aventuras o no. Nikolas no sólo había roto los juramentos matrimoniales, sino que hasta parecía desear que ni siquiera hubiese una apariencia de amistad entre ellos. Todo había ido bien hasta que llegó Jacob. ¿Por qué le costaba tanto tolerar la presencia del niño? ¿Por qué hasta el mirarlo parecía herirlo en lo más hondo?

Irónicamente, mientras su matrimonio con Nikolas se deterioraba, su relación con Jake se fortalecía a cada día que pasaba. El niño por fin había empezado a confiar en ella. Emma estaba resuelta a no traicionar esa confianza, y se mantuvo firme en ese propósito incluso cuando Jacob empezó a hacer las inevitables preguntas acerca de Nikolas. ¿Por qué no le hablaba su padre? ¿Por qué siempre estaba callado y ceñudo?

—Tu padre es un hombre excepcional —le explicó Emma, intentando encontrar el equilibrio justo entre la compasión y el no faltar a la verdad—. Ha tenido una vida muy difícil. ¿Te has fijado en todas esas extrañas marcas que tiene en los brazos, o en las de su pecho, quizá? Son cicatrices de una experiencia terrible que tuvo en el pasado, cuando padeció muchísimo dolor. Tienes que intentar acordarte de eso, sobre todo cuando él se muestra frío o te parece que es injusto contigo. Tu padre no puede evitar ser como es. Todos somos un producto de nuestras experiencias. Es como los animales de mi refugio. Algunos te gruñen e intentan atacarte porque les han hecho daño antes, porque tienen miedo.

—¿Mi padre tiene miedo? —preguntó Jacob solemnemente, sin apartar los ojos del rostro de Emma.

—Sí —murmuró ella—. Me parece que sí.

—¿Cambiará alguna vez?

—No lo sé.

Fueron juntos al refugio de los animales para inspeccionar el cercado de alambre de la chimpancé. *Cleo* había logrado separar el alambre de las maderas hasta hacer un hueco lo bastante grande como para escapar por él.

—Eres una niña muy mala —la riñó Emma mientras inspeccionaba los daños en el espacioso recinto rodeado de alambre. *Cleo* la observaba con significativa despreocupación, pero evitando su mirada. Pasados unos instantes, la chimpancé tomó una naranja y empezó a pelarla minuciosamente. Emma intercambió una rápida sonrisa con Jake.

—Hay que ver lo lista que es. Habrá encontrado un extremo suelto, y no ha parado hasta que ha conseguido hacer este hueco. Tendremos que arreglar esto, Jake. Las herramientas que necesitamos... —Hizo una pausa cuando le sobrevino una sensación, extraña y nada agradable, y luego intentó continuar—. Probablemente estarán en la cochera de los carruajes...

—Emma —dijo una voz masculina desde la puerta.

Emma se quedó inmóvil. Mantuvo la cara vuelta hacia el cercado de alambre. *Cleo* miró al recién llegado, frunció los labios y empezó a mandarle húmedos besos.

Finalmente, Emma se sintió lo bastante recuperada para encararse con el intruso.

—Lord Milbank —dijo fríamente mientras se daba la vuelta.

Adam tenía el mismo aspecto de siempre, salvo que ahora llevaba el pelo tan largo que le caía sobre los hombros en sedosas oleadas castañas. Estaba muy guapo con sus pantalones oscuros y a rayas, un chaleco gris y un chaqué de lana. Se había puesto muy serio, y la escrutaba con la mirada.

—Estás más hermosa que nunca, Em.

Emma bajó los ojos hacia su mano izquierda. El anillo de boda en su dedo anular hizo que sintiera un chorro de agua helada a la cara.

—¿Cómo has sabido que me encontrarías aquí? Los sirvientes no deberían haber permitido...

—No lo hicieron. Le dije al cochero que detuviera el carruaje antes de llegar a la propiedad, y vine a pie por el sendero. Sabía que estarías con tus animales. Esperé un rato para asegurarme de que no hubiese nadie mirando, y luego entré por las puertas exteriores, atravesé los jardines...

—Esas puertas deberían haber estado cerradas.

—No lo estaban. —Se encogió de hombros—. Enseguida supe dónde tenías tu reserva particular de animales. Un conjunto de edificios realmente impresionante. —Ante el pétreo silencio de Emma, Adam volvió la mirada hacia el niño que esperaba junto a ella—. ¿Y a quién tenemos aquí? ¿Tu hermanito William...? ¿O es Zachary?

—Ninguno de los dos. Es Jacob, mi hijastro.

—Tu hijastro...

Emma vio cómo la sorpresa, la pena y finalmente algo parecido a la compasión cruzaban por las facciones de Adam. La compasión fue lo que más la afectó, y su orgullo enseguida se dio por ofendido. Antes moriría que permitir que nadie, sobre todo Adam, se compadeciese de ella.

—Felicidades por tu matrimonio —dijo en el tono suavemente burlón que había aprendido de Nikolas—. Hace poco tuve la suerte de conocer a tu cuñado. Te describió como un tipo encantador. El pobre no sabía de la misa la mitad.

Adam, que hasta ese momento se había limitado a recibir su afecto, pareció asombrarse.

—¡Emma, no pareces la misma!

—He cambiado mucho en los últimos meses, gracias a ti y a mi esposo.

—¿Emma? —dijo Jake, visiblemente afectado por aquel tono tan cortante—. Emma, ¿qué pasa?

—No pasa nada —murmuró ella con voz más suave, pues había comprobado que el niño la miraba con expresión preocupada—. Lord Adam es un viejo conocido mío, Jake. ¿Por qué no vuelves a casa y le pides a la cocinera que te dé unos cuantos dulces?

—No quiero dulces...

—Haz lo que te he dicho, Jake —replicó Emma firmemente con una sonrisa alentadora—. Anda, vete.

El niño obedeció, arrastrando los pies y mirando por encima del hombro mientras se iba. *Cleo* se sentó en la esquina de su recinto y se concentró en la delicada labor de separar la naranja en gajos.

—Tenía que verte —dijo Adam —. Tenía que asegurarme de que entendías lo que ocurrió realmente hace todos estos meses.

—Lo entiendo perfectamente. No quiero oír tu explicación. Ahora estoy casada, y tú también lo estás. Lo que tengas que decirme carece de importancia.

—La verdad tiene mucha importancia —insistió Adam, con una intensidad que Emma no recordaba en él. Antes, siempre había sido ella la que se tomaba las cosas a la tremenda, mientras que Adam callaba e intentaba escurrir el bulto—. No me iré de aquí hasta que me hayas escuchado, Em. Los demás pueden creer lo que quieran, pero yo te amaba. No me di cuenta de lo mucho que te amaba hasta que te perdí. Eres una mujer tan especial... Eres tan condenadamente fácil de amar...

—Fácil de dejar, querrás decir.

Él ignoró su sarcasmo.

—Me amenazaron para que te dejara. Yo nunca quise hacerlo, pero no tuve el valor de plantarle cara. Lo lamentaré cada día durante el resto de mi vida.

—¿Que te amenzaron? ¿Quién?, ¿mi padre?

—No. Tu esposo. Vino a verme la mañana después del baile.

—¿Y qué te dijo? —preguntó Emma en voz muy baja.

—Nikolas me dijo que no debía volver a verte, que de lo

contrario convertiría mi vida en un infierno. Dijo que haría bien casándome con otra, porque yo ya no tenía ningún derecho en lo que a ti concernía. Me dio a entender que si seguía cortejándote, alguien lo pagaría muy caro. Me asusté, Emma. Temí por los dos. Puedes odiarme por haber sido un cobarde, pero al menos tienes que saber que te amo.

Emma sintió que se ponía blanca. La historia de Adam encajaba con todo lo que ya sabía acerca de su manipulador y mentiroso marido. Pensó en cómo la había consolado Nikolas después de que Adam la hubiera abandonado, la forma en que supo aprovechar la pena y la humillación que sentía para seducirla la noche en que Emma descubrió que Adam se había comprometido con otra mujer. Nikolas había calculado cuidadosamente cada paso. Primero había detruido su amor por Adam, y luego se había dedicado a minar metódicamente la existencia de Emma para conseguir lo que quería, animándola para que culpara a su padre de todo lo sucedido.

—Vete, por favor —dijo con voz ronca.

—Emma, di que me crees...

—Te creo. Pero eso no cambia nada. Es demasiado tarde para ambos.

—No tiene por qué serlo. Todavía podemos salvar algo de lo que tuvimos en el pasado.

Emma lo miró incrédulamente. ¿Qué quedaba por salvar? ¿Qué podía querer Adam de ella ahora?

—¿Estás sugiriendo que tengamos una aventura?

La palabra pareció sobresaltarlo, y Emma comprendió que no esperaba oírselo proclamar en voz alta.

—Tan directa como siempre —murmuró él, con un brillo de diversión en sus ojos castaños—. Es una de las cosas que más adoro de ti. Lo que intento decir es que quiero formar parte de tu vida. Te echo de menos, Emma.

Emma cerró los ojos, y se acordó de lo considerado y cariñoso que había sido Adam. Ella también lo echaba de menos. Si pudiera correr a sus brazos, dejar que él la besara y la consolase... Pero había perdido esa libertad. El que su marido le hubiera sido infiel no significaba que ella pudiese renunciar a sus propios principios. El adulterio no tenía excusa. Emma sabía que se odiaría a sí misma si llegaba a dar ese paso.

—Creo que no hay nada que pueda ofrecerte —murmuró.

—Me daré por satisfecho con un trocito de tu corazón. Eres mi verdadero amor, Em. Lo serás hasta el día en que me muera. Eso nadie puede cambiarlo, ni siquiera Nikolas Angelovski. —Su expresión se endureció, como Emma nunca lo había visto hacer antes—. ¡Dios mío, alguien debería hacerle un favor al mundo y quitarlo de en medio, antes de que arruine más vidas inocentes!

Nikolas oyó que llamaban a la puerta de la biblioteca y apartó la mirada de su escritorio con un gruñido de impaciencia. Llevaba toda la mañana con dolor de cabeza, y le costaba mucho trabajar. Los números y los garabatos de tinta parecían bailar ante sus ojos. «¡Maldita resaca!», pensó, y decidió que a partir de entonces tomaría menos vodka después de cenar.

—¿Qué pasa? —preguntó.

Robert Soames asomó la cabeza por el hueco de la puerta. Parecía extrañamente excitado.

—Príncipe Nikolas, vengo a deciros que ya he puesto al descubierto casi todo el cuadro. Habrá que darle los últimos toques, claro está, pero tenemos una excelente impresión del retrato original.

—Ya le echaré una mirada más tarde.

—Alteza, ¿permitiríais que os lo bajara para que lo inspeccionarais inmediatamente? Creo que quedaréis asombrado.

Nikolas frunció las cejas sardónicamente.

—Bien, de acuerdo.

El pintor se fue con tanta prisa que la puerta se quedó abierta. Nikolas torció el gesto y volvió a inclinarse sobre su trabajo, pero las líneas de la contabilidad le parecieron incomprensibles. Oyó una especie de chasquido, y volvió a alzar la mirada hacia la puerta.

El niño, Jacob, estaba de pie allí con una tarta azucarada en las manos. Las migas se esparcían sobre las alfombras del suelo con cada cuidadoso mordisquito.

—¿Qué quieres? —masculló Nikolas.

Jacob no respondió, y siguió mirándolo con una intensa curiosidad en la que no había ningún rastro de miedo.

—¿Dónde está Emma? Normalmente a esta hora del día estás con ella.

Entonces Jacob habló, con el tosco acento campesino que nunca dejaba de sorprender a Nikolas cuando lo oía de labios de un niño cuyas facciones no podían ser más rusas.

—Está con sus animales. Un hombre ha venido a verla.

Nikolas tuvo la sensación de que el niño se lo había dicho deliberadamente, con la esperanza de que él saliera de la mansión y echara al desconocido.

—¿En qué parte del refugio? —preguntó en el tono más mesurado de que fue capaz—. ¿Está con el tigre?

—No..., con *Cleo*.

Nikolas se levantó y salió de la biblioteca por las puertas vidrieras que daban a los jardines. Llevaba atravesada la mitad del primer recinto cuando vio salir a Emma de los establos. El estruendo metálico de las puertas de entrada a la finca lo alertó de que alguien se encontraba en el camino de acceso. Después de unos instantes de vacilación en los que no supo si seguir al visitante o interrogar a Emma acerca del incidente, Nikolas optó por lo segundo. Fue hacia su esposa con rápidas zancadas.

—¿Quién era ése? —inquirió.

—Un antiguo amigo. Lord Milbank, de hecho. —Emma no se había detenido. Nikolas la agarró del brazo cuando pasó a su lado, y Emma le apartó la mano—. ¡No me toques!

—¿Qué quería?

—Nada.

Cegado por los celos, Nikolas la siguió al interior de la casa.

—Quiero hablar contigo —dijo, al tiempo que le tiraba de la muñeca para obligarla a entrar en la biblioteca.

—No insultes mi inteligencia con todo este teatro barato —dijo Emma con desdén—. No te importo nada, y te da igual lo que pueda hacer o dejar de hacer.

—Dime por qué ha venido.

Emma lo miró fijamente, y Nikolas vio brillar el odio en sus ojos azules.

—Adam me ha contado lo que hiciste. La forma en que lo amenazaste para que se mantuviera alejado de mí. Nos separaste, y luego recurriste a toda clase de manipulaciones para casarte conmigo.

—Milbank no tenía por qué abandonarte. Podía elegir.

—Adam te tenía miedo. Y no lo culpo. ¡Eres un egoísta, y el mundo estaría mucho mejor sin ti! —dijo en un susurro lleno de virulencia—. Te desprecio por lo que me has hecho, Nikolas. Me has arruinado la vida.

Nikolas había aprendido a ser insensible, pero no pudo evitar dar un paso atrás ante la expresión que vio en el rostro de su esposa. Era cierto, comprendió con abatimiento. Emma lo odiaba. Y todo había sido obra suya... Había tenido que alejarla de él, porque era la única manera de salvarse a sí mismo, pero aun así la prueba de su éxito no lo complacía en lo más mínimo. Nunca se había sentido tan fuera de sí. El corazón le latía con fuerza, y en sus oídos oía un zumbido estridente, cada vez más insoportable. Nikolas se frotó las sienes en un intento de aliviar el dolor. No más discusiones por ahora; ya se las vería con su esposa más tarde. «Vete», intentó decir, pero la palabra le salió de los labios en una confusa mezcla de idiomas. No podía pensar con claridad, y todo le daba vueltas.

—¿Qué pasa? —preguntó Emma secamente.

Pero Nikolas estaba tan confuso que sólo pudo sacudir la cabeza.

En el silencio cargado de tensión que sobrevino a continuación, el señor Soames entró en la biblioteca con el lienzo sobre el que había estado trabajando.

—Alteza —comenzó, sin ser consciente de la escena que acababa de interrumpir con su llegada, y sonriendo al comprobar que Emma también se hallaba presente—. Princesa Emma, he puesto al descubierto el retrato. Tenéis que verlo. Es verdaderamente notable. —Puso el cuadro sobre el escritorio de Nikolas, lo apoyó en un par de libros y retrocedió—. ¿Lo veis?

Nikolas miró el retrato, que mostraba a un hombre de treinta y pocos años, de pelo castaño dorado, ojos del color del ámbar... Pómulos muy marcados... Una boca imperiosa, y la mandíbula como tallada a cincel...

«¡Dios mío...!» Era como mirarse en un espejo. El hombre del retrato era su doble exacto. «Tiene mi cara, mis ojos...»

Una terrible punzada de dolor le atravesó la cabeza. Nikolas intentó apartar la mirada del retrato, pero no pudo.

Fue vagamente consciente de la exclamación de sorpresa de Emma.

—¡Eres tú! —la oyó decir, y la última palabra resonó en su cerebro como un eco lejano: «tú, tú, tú...»

Nikolas hizo un desesperado intento por escapar, pero su cuerpo se negó a obedecerlo. Trastabilló y cayó al suelo. El cuadro parecía tirar de él, un imán para su alma que le arrebataba la vida del cuerpo. La oscuridad lo atraía hacia su seno mientras los colores, las sensaciones, el tiempo mismo, pasaban junto a él para desaparecer dentro del torbellino que se elevaba hacia el techo.

Presa del pánico, pensó que moría, y sintió una inmensa tristeza. Qué vida tan vacía había llevado, sin nadie para llorar su pérdida. De pronto quiso tener cerca a Emma: necesitaba sentir cómo lo rodeaba con sus brazos delgados y fuertes, su calidez... Pero no había nada... Sólo el tormento de sus propios pensamientos al extinguirse.

TERCERA PARTE

El júbilo me aceleraba los pulsos,
y en mi corazón se desplegó una vez más
el sentimiento de inspiración y respeto sobrecogido,
la vida, las lágrimas, el amor de lo que fue antaño.

PUSHKIN

7

Noviembre de 1707, Moscú

Alguien hablaba en ruso.

—Alteza, tenemos que partir. ¿Alteza...?

El desconocido era muy terco. Nikolas despertó poco a poco, y gimió al sentir que le palpitaban las sienes. La boca le sabía a vino agrio. Parpadeó y descubrió que estaba sentado a una mesa recubierta de baldosas, con la cabeza y los brazos apoyados en la dura superficie.

—Os habéis pasado la noche bebiendo —lo riñó aquella voz masculina—. No hay tiempo para afeitaros, ni siquiera para cambiaros de ropa antes de la elección de vuestra prometida. Haced el favor de despertar, príncipe Nikolái.

—¿De qué me hablas? —farfulló Nikolas, perplejo y embotado. Un olor familiar flotaba en el aire, no el de la lana almidonada de su residencia inglesa, sino uno a madera de alerce y velas de cera, con la acidez un poco cítrica de los arándanos. Le recordaba tan vívidamente a su casa que volvió a cerrar los ojos y respiró hondo. Los recuerdos de lo ocurrido le vinieron gradualmente a la memoria: la discusión con su esposa, el retrato...

—Emma... —dijo. Levantó la cabeza con esfuerzo y se frotó los ojos irritados—. ¿Dónde está mi esposa? ¿Dónde...?

Las palabras murieron en sus labios cuando vio que se hallaba en una habitación desconocida. Un hombre joven, su esbelta silueta elegantemente ataviada con ropas antiguas, aguardaba cerca. Sus oscuros ojos, del mismo tono chocolate que su pelo, echaban chispas de impaciencia.

—Os conseguiremos una esposa tan pronto como espabiléis de una vez y elijáis a vuestra prometida, alteza.

Nikolas apoyó la cabeza en las manos y miró al desconocido por entre las rendijas de sus párpados.

—¿Quién eres?

El hombre suspiró.

—¡Por lo visto habéis bebido aún más de lo que me temía! Cuando un hombre olvida el nombre de su ayuda de cámara favorito se puede decir sin temor a equivocarse que está como una cuba. Sabéis de sobra que soy Fiodor Vasilievich Sidarov. —Extendió la mano hacia el brazo de Nikolas para ayudarlo a levantarse de la silla.

Nikolas se la quitó de encima con un suave gruñido.

—No me toques.

—Sólo intento ayudaros, príncipe Nikolái.

—Entonces dime dónde estoy, y qué pasó después... —Nikolas dejó de hablar cuando bajó la vista hacia su ropa. Vestía un jubón de terciopelo, pantalones estrechos y una camisa blanca de holgadas mangas, prendas todas ellas que parecían tan ridículamente anticuadas como las del ayuda de cámara. Enrojeció de rabia, y pensó que alguien le estaba gastando una broma. Cuando miró en derredor, sin embargo, sus emociones se disolvieron en una oleada de puro asombro.

La habitación era una reproducción exacta de una en la residencia privada que los Angelovski tenían en Moscú. El suelo de parqué, con su intrincada trama de marquetería para que pareciese una alfombra persa, el mobiliario finamente burilado, con cada línea recubierta de oro, los paneles tallados en las paredes; cosas que él había conocido durante su infancia. Después del exilio, todo eso había quedado olvidado en Rusia.

Nikolas se incorporó sobre piernas que temblaban.

—¿Qué ocurre aquí? —susurró—. ¿Dónde estoy?

Sidarov empezaba a parecer alarmado.

—Príncipe Nikolái, ¿os encontráis bien? Tal vez deberíais comer algo..., ¿un poco de pan? ¿Pescado? ¿Carne ahumada...?

Nikolas pasó junto a él con súbita urgencia, y se detuvo en el umbral con un respingo de sorpresa. Después recorrió los pasillos y las habitaciones como un animal preso en una trampa, sudoroso y desorientado. Sentía que el corazón se le iba a salir del pecho. Todo estaba allí: los muebles, las tallas de madera... Todo lo que nunca podía haber imaginado que volvería a ver. Unos cuantos sirvientes extrañamente vestidos lo miraron confusamente en cuanto lo vieron aparecer, pero ninguno de ellos se atrevió a dirigirle la palabra.

—¿Príncipe Nikolái? —oyó que decía nervioso el ayuda de cámara detrás de él.

Nikolas no se detuvo hasta que llegó a la puerta principal y la abrió de par en par. Una ráfaga de aire helado le golpeó el rostro y atravesó las delgadas mangas de su camisa. Salvo por un estremecimiento de sorpresa, Nikolas se quedó absolutamente inmóvil.

Todo Moscú se extendía ante él, en una reluciente alfombra de blanco y oro.

La propiedad de los Angelovski ocupaba la cima de una colina cerca de los arrabales de la ciudad, y se elevaba sobre un mar de relucientes cúpulas de iglesia coronadas por cruces doradas. Casas de madera y piedra, sus tejados pintados con motivos en tonos verdes, azules y rojos, se alzaban entre las iglesias. El humo de millares de esfufas y hogares subía en espirales por el aire, y su olor se confundía con la mordedura de la nieve que Nikolas ya empezaba a sentir en sus fosas nasales. Contempló con expresión aturdida los copos que descendían lentamente, como plumón, hacia la tierra helada. La capa de nieve que cubría la ciudad centelleaba en millones de fragmentos cristalinos.

Las rodillas le temblaban de tal manera que se vio obligado a sentarse en el escalón recubierto de hielo.

—¿Estoy muerto? —preguntó, y no se dio cuenta de que había hablado en voz alta hasta que Sidarov le respondió sarcásticamente detrás de él.

—No, aunque diríase que os falta muy poco para estarlo. Y si os quedáis sentado ahí sin el abrigo, seguro que cogeréis una buena pulmonía. —El ayuda de cámara le tocó con suavidad el hombro con la mano—. Príncipe Nikolái, tenéis que entrar. Me nombrasteis ayuda de cámara para que os llevara la casa y me ocupara de vuestros asuntos personales. No sería merecedor del sueldo que me pagáis si permitiera que cayéseis enfermo. Venid, el carruaje no tardará en estar listo... y podréis ir a la elección de vuestra prometida, tal como queríais.

Nikolas se levantó del escalón y volvió a mirar la ciudad. Quería echarse a llorar de miedo y alegría, y besar el duro suelo. Rusia, su amado país..., y sin embargo aquel Moscú era mucho más joven e inhóspito que el que él había conocido. El oscuro bosque que circundaba la ciudad aún no había sido talado y roturado. Las calles resonaban con un clamor de carros, animales, buhoneros, santones y mendigos. No había casas o carruajes de diseño moderno. Las aldeas que vislumbraba a lo lejos eran minúsculas y quedaban aisladas las unas de las otras, a diferencia de los grandes núcleos de población que él recordaba.

Quizá sólo fuera un sueño. Quizá terminaría pronto. ¿Cómo había llegado allí? ¿Qué había sido de Emma y Jacob? Inerme y lleno de incertidumbre, Nikolas siguió a Sidarov al interior de la casa. El ayuda de cámara le trajo un abrigo, del mismo terciopelo azul oscuro que el jubón.

—Permitid que os ayude a ponéroslo, alteza. —Nikolas enseguida quedó envuelto en el calor de la gruesa prenda, con su larga hilera de botones recubiertos de tela que empezaba en el pecho para terminar a medio muslo. Sidarov retrocedió para contemplarlo críticamente y gruñó con satisfacción—. No tiene comparación con vuestro esplendor habitual, pero dudo que la futura prometida vaya a sentirse decepcionada al veros.

—¿La prometida de quién?

Sidarov rió, como si Nikolas acabara de decir algo gracioso.

—La vuestra, príncipe Nikolái. Aquella a la que escojáis para que sea vuestra compañera.

—Ya estoy casado.

El ayuda de cámara rió más fuerte.

—Me alegro de que hayáis recuperado el sentido del humor, alteza.

Nikolas no sonrió.

—No voy a elegir ninguna prometida —dijo, al tiempo que apretaba los labios.

Sidarov enrojeció y se puso un poco nervioso.

—Pero, príncipe Nikolái... ¡vos mismo dijisteis que ya iba siendo hora de que os casárais! Mandasteis enviados a todos los pueblos de los alrededores de Moscú para que reunieran hermosas doncellas casaderas. Ahora todas han venido, y os aguardan. Sus familias las han traído de Suzdal, Vladimir..., ¡algunas vienen de lugares tan lejanos como Kiev y Ucrania! ¿Me estáis diciendo que ni siquiera queréis verlas? —Clavó la mirada en el pálido rostro de Nikolái y chasqueó la lengua desaprobadoramente—. Es el vino quien habla por vos, y os hace decir disparates. Su alteza debería hacer como todos los rusos, que necesitan un día para embriagarse, un día para disfrutar de la borrachera y otro más para recuperarse de ella.

—No estoy disfrutando de ella —musitó Nikolas, con la ferviente esperanza de que realmente estuviese borracho. Completa, irremediablemente borracho. Cuando recuperase la sobriedad quizá descubriría que todo lo que lo rodeaba había desaparecido, pero hasta que eso ocurriera no parecía haber gran cosa que pudiese hacer acerca de la situación.

—Vamos, alteza —intentó convencerlo el ayuda de cámara—, tenemos que acudir a la elección de la prometida. Al menos hacedles el favor de recorrer la hilera. ¿Quién sabe? Puede que veáis a una hermosa joven y experimentéis lo que los campesinos llaman un flechazo.

Nikolas intentó atusarse el pelo con las manos. No quería tomar parte en aquella ridícula farsa. Bastantes problemas tenía ya con la esposa a la que se había unido en matrimonio. Pero decidió que le seguiría la corriente al sueño hasta que llegase a su fin.

—Terminemos de una vez con esto —dijo de manera hosca—. Iré, pero no elegiré a ninguna de las doncellas.

—Oh, por eso no os preocupéis —lo tranquilizó Sidarov—. Bastará con que vayáis a echarles una mirada. Es lo menos que podéis hacer por ellas, después de toda la distancia que han recorrido.

Un pequeño tropel de sirvientes apareció para acompañar a Nikolas hasta el carruaje, y se encargó de guiarlo por los resbaladizos escalones. Dispusieron eficientemente un montón de pieles alrededor de sus piernas y encima de su regazo, colocaron piedras calientes junto a sus pies, y le pusieron una copa de vino en la mano.

—No más vino... —comenzó a decir Sidarov mientras subía al carruaje.

Nikolas lo hizo callar con un gesto, y lo miró amenazadoramente por encima del borde de la copa adornada con piedras preciosas. Necesitaba echar un trago, y ya estaba harto de aquel pequeño sirviente entrometido. El vino caliente le dio nuevos ánimos, y el pánico empezó a disiparse.

Seis caballos negros tiraban del carruaje dorado, que había sido montado sobre unos patines de trineo para que pudiese deslizarse rápidamente sobre la alfombra de nieve. El escudo de los Angelovski estaba bordado en los cojines de terciopelo, y se repetía por el techo y las paredes en distintos montajes de joyas, cristales y oro.

—Soy un Angelovski —dijo Nikolas con timidez mientras ponía la mano sobre uno de los escudos.

—No cabe ninguna duda de que lo sois —coincidió en decir Sidarov con mucho sentimiento.

Nikolas miró al ayuda de cámara, que empezaba a resultarle vagamente familiar. Los Sidarov habían trabajado para su familia durante generaciones, incluso lo habían acompañado al exilio, pero Nikolas no recordaba a ningún Fiodor. Aunque... Sí, cuando era niño había habido un Sidarov, el más viejo de todos, que se llamaba Vitia Fiodorovich. ¿Sería este ayuda de cámara el padre de Vitia? ¿Su abuelo, tal vez?

«¿Entonces quién se supone que soy yo?» Nikolas acabó de apurar la copa para mantener a raya el frío que sentía crecer dentro de él. El sirviente lo había llamado Nikolái..., príncipe Nikolái..., pero ése era el nombre de su tatarabuelo...

El vehículo pasaba junto a las casas y los mercados del *posad*, la parte de la ciudad entre los muros de la fortaleza y los baluartes exteriores que rodeaban Moscú. Gente ataviada con largos abrigos, gruesas túnicas y sombreros de piel empezó a aparecer a los lados de la calle para prorrumpir en aclamaciones y saludar el paso del vehículo que se dirigía hacia su destino. Esa escena le recordó incómodamente a las multitudes de curiosos que habían acudido a verlo partir de San Petersburgo al iniciar su exilio.

—¿Adónde vamos? —preguntó muy tenso.

—¿No os acordáis? Vuestro amigo el príncipe Golorkov es el único que dispone de una residencia privada lo bastante grande para acomodar a todas las mujeres. Ha tenido la amabilidad de ofrecer su salón de baile y sus pabellones para la elección de la prometida.

—Muy amable por su parte —murmuró Nikolas sombríamente, la copa vacía bien agarrada en sus frías manos. Atravesaron la ciudad, construida en anillos como las capas de una cebolla, con el Kremlin en su centro. En algunos sectores se elevaban las casas de los nobles, y en otros se extendían pequeños huertos impecablemente cultivados. Por doquier, las cúpulas doradas de las iglesias se agrupaban como ramilletes de flores exóticas que hacían parecer aún más pequeñas las casitas de madera edificadas alrededor de ellas. Los caminos no habían sido pavimentados o modernizados, y los edificios estaban hechos de madera.

Como en un sueño, Nikolas oyó repicar las campanas cuando las iglesias ortodoxas anunciaron que iba a empezar la misa matinal. En ninguna otra ciudad del mundo sonaban las campanas tan a menudo, para llenar el aire con su alegre música. Si aquello era un sueño, nunca había tenido otro tan vívido y detallado.

Finalmente el carruaje-trineo se detuvo ante una gran casa con una fachada de esbeltas columnas de madera y un pabellón octogonal a cada lado. Una multitud aguardaba a ambos lados de la calle y en las puertas, y todos prorrumpieron en vítores cuando distinguieron a Nikolas a través de la ventana del carruaje. Él se apresuró a hundirse un poco más en el asiento cuando oyó las aclamaciones, y miró sombríamente a su alrededor.

—Tenéis que estar un poco nervioso —observó Sidarov—. No os preocupéis, alteza, enseguida terminará todo.

—Más vale.

Una sección de temblorosos lacayos con librea de brocado abrió la puerta del carruaje y escoltó a Nikolas hasta la casa. Sidarov los seguía de cerca, cargado con una caja de madera de cierres dorados. Su anfitrión, presumiblemente el príncipe Golorkov, esperaba en el gran vestíbulo de techo bajo. Golorkov era un anciano medio calvo con un delgado bigote gris que se curvó junto con sus labios cuando sonrió.

—Nikolái, amigo mío —dijo, un brillo de astucia en los ojos. Lo abrazó, y luego retrocedió para mirarlo—. Quedarás muy complacido con las mujeres que hay dentro, te lo aseguro. Nunca había visto semejante despliegue de hermosura. Cabellos finos como la seda, pechos como frutas selectas... No te costará nada encontrar a la chica apropiada. ¿Tomamos una copa antes, o vamos directamente al salón de baile?

—Nada de beber —intervino Sidarov rápidamente, sin hacer caso de la mirada furibunda que le lanzó Nikolas—. Estoy seguro de que el príncipe Nikolái querrá ver a las mujeres inmediatamente.

Golorkov se echó a reír.

—¿Y quién podría culparlo por ello? Sígueme, Nikolái, y te mostraré el camino que lleva al paraíso.

Los pasillos resonaban con un nervioso rumor de parloteos femeninos que crecieron de nivel conforme se aproximaban al salón de baile. Con una sonrisa taimada, Golorkov extendió la mano hacia un picaporte en forma de cabeza de león y abrió la puerta. Hubo un coro de exclamaciones ahogadas, y luego un silencio anticipatorio cayó sobre la estancia. Nikolas titubeó antes de entrar, hasta que Sidarov y Golorkov lo empujaron hacia dentro.

—Dios mío —musitó. En el salón de baile había al menos quinientas mujeres, tal vez más. De pie formando una línea irregular, lo miraban a la espera de su inspección. La mayoría de ellas llevaba batas y blusones rojos, el color favorito de todos los rusos. Cada joven se había recogido el pelo en la trenza tradicional de las doncellas, que luego habían adornado con una cinta o un pañuelo, o con una diadema hecha en hilo de oro o plata. Las más osadas suspiraron admirativamente cuando Nikolas fue hacia la hilera de aspirantes a prometidas.

Nikolas sintió que le ardía el cuello, y supo que se le habían subido los colores. Se volvió hacia Sidarov, que no se alejaba de él.

—No puedo... —comenzó a decir, y el ayuda de cámara le clavó el codo.

—Miradlas, alteza.

—¿Cómo, es que de pronto te ha entrado la timidez? —preguntó Golorkov con una risita burlona—. Esto no es nada propio de ti, Nikolái. ¿O será que aún no estás del todo decidido a casarte? Te prometo que no es tan terrible. Además, el apellido Angelovski tiene que ser perpetuado. Elige una esposa, amigo mío, y luego compartiremos una botella de vodka.

«Elige una esposa...», en el mismo tono que si le ofreciera una bandeja llena de *zakuski.* Nikolas tragó saliva y fue hacia el inicio de la hilera. Sentía los pies como si se los hubieran envuelto en plomo. Pasó ante una joven tras otra, tan nervioso que apenas era capaz de mirarlas a los ojos. Fue objeto de tímidas risitas, miradas sonrientes, susurros alentadores y, ocasionalmente, de una mueca aterrorizada por parte de alguna joven que estaba claro tenía tan pocas ganas de estar allí como el mismo Nikolas. Mientras recorría la hilera, las espaldas se ponían rectas para exhibir figuras muy bien dotadas, y manos de dedos muy finos tiraban nerviosamente de pañuelos y faldas. Para cada joven a la que Nikolas rechazaba y dejaba atrás, había una palabra de consuelo de Sidarov, así como una moneda de oro de la caja que llevaba.

Nikolas iba por la mitad de la hilera de aspirantes a prometidas cuando vislumbró a una joven pelirroja, más alta que las demás. Estaba varios puestos más abajo, y llamaba la atención por su extremada inmovilidad, mientras que las otras doncellas no paraban de removerse nerviosamente. Tenía la cara vuelta hacia el otro lado, pero la forma en que encorvaba los hombros para disimular lo alta que era...

Nikolas fue directamente hacia ella. Sidarov lo siguió con expresión consternada.

—Príncipe Nikolái —lo llamó—, os habéis saltado a algunas de estas preciosas muchachas...

En cuanto llegó a la joven, Nikolas la agarró por los brazos, clavó la mirada en sus perplejos ojos azules y la sacudió ligeramente. Una mezcla de furia y alivio corrió por sus venas.

—Emma —dijo, pasando automáticamente al idioma que había aprendido en el exilio—. ¿Qué está pasando? ¿Qué haces aquí?

Ella sacudió la cabeza con cara de perplejidad y respondió en un ruso impecable.

—Alteza..., no entiendo. Perdonadme si os he ofendido en algo.

Nikolas la soltó como si hubiese recibido una descarga eléctrica. Emma no hablaba ruso. Pero era la voz de Emma, su cara y su cuerpo, sus ojos. Se quedó callado, atónito, sin apartar la mirada de ella mientras el resto de las aspirantes a prometidas se preguntaban a qué podía deberse aquello.

Sidarov asumió la responsabilidad de dirigirse a la joven.

—Tú, la pelirroja —dijo sin inmutarse—. ¿Cómo te llamas?

—Emelia —replicó ella sin dejar de sostenerle la mirada a Nikolas.

—Quiero hablar contigo —dijo Nikolas en voz baja—. Ahora.

Antes de que nadie tuviese tiempo de reaccionar, se la llevó del salón de baile. Entre las aspirantes a prometidas reinaba la confusión, y la hilera se disolvió en un masa desorientada. El príncipe Golorkov prorrumpió en ruidosas risotadas.

—¡Nikolái! —gritó—. ¡Se supone que tienes que esperar hasta después de la ceremonia para eso!

Nikolas hizo como si no lo oyera y volvió a tirar de la muñeca de la joven. Ella lo siguió con cierta reticencia mientras Nikolas la llevaba hacia la primera habitación disponible y cerraba la puerta tras ellos. Sólo entonces se liberó, con un brusco giro de la muñeca para obligarlo a soltarla.

—¿Qué ha pasado? —le preguntó Nikolas—. Tú y yo discutíamos en la sala de estar, y entonces Soames entró con el maldito retrato, y todo se oscureció...

—Lo siento, no os entiendo —dijo la joven en ruso. Se frotó la muñeca enrojecida y lo miró de forma aprensiva, como preguntándose si estaría en sus cabales.

La fluida facilidad con la que ella hablaba su idioma enfureció a Nikolas.

—¡La última vez que te vi no sabías ni diez palabras en ruso!

La joven retrocedió.

—Me parece que nunca nos habíamos visto antes —susurró, y la alarma oscureció el intenso azul de sus ojos—. Por favor, alteza, dejad que me vaya...

—Espera. Espera. No me tengas miedo. —Nikolas volvió a agarrarla de las muñecas y acercó su cuerpo rígidamente inmóvil al suyo mientras intentaba pensar—. ¿Es que no me conoces, Emma?

—He oído hablar mucho de vos, príncipe Nikolái. Todo el mundo os respeta y os teme.

Nikolas le soltó una muñeca para agarrar la trenza de un

intenso color rojo que colgaba sobre la espalda de la joven.

—El mismo pelo —murmuró. Pasó los dedos por la pálida superficie aterciopelada de su mejilla—. La misma piel... Las mismas pecas... Los mismos ojos azules... —Sintió un inmenso placer al tenerla en sus brazos, tan hermosa, tan familiar... Sus labios, separados en una mueca de consternación, eran tan sensuales y tentadores como siempre. Nikolas se inclinó sobre ella y la besó. La joven dejó escapar una exclamación ahogada, sin responder al beso, pero sin rechazarlo tampoco. Nikolas concluyó rozándole suavemente los labios con su boca y levantó la cabeza—. El mismo sabor —dijo roncamente—. Tienes que ser tú. ¿No te acuerdas de mí?

Entonces llamaron a la puerta, y la voz preocupada de Sidarov llegó hasta ellos a través de los paneles de madera.

—¿Príncipe Nikolái? ¿Alteza...?

—¡Ahora no! —gruñó Nikolas, y esperó hasta oír un sonido de pasos que se alejaban. Volvió a centrar su atención en la joven y la estrechó entre sus brazos. Cerró los ojos e inhaló la fragancia de su piel—. No sé qué está pasando —dijo en el suave hueco justo debajo de su oreja—. Nada tiene sentido.

Emelia aprovechó aquel instante de distracción para soltarse. Retrocedió un par de metros, y luego lo miró con los ojos muy abiertos mientras se llevaba a la boca una mano temblorosa.

—Alteza... ¿Me habéis elegido? ¿Es por eso por lo que me habéis llevado con vos?

Nikolas guardó silencio e intentó entender lo que estaba ocurriendo.

Emelia pareció leer una respuesta en su expresión, porque asintió como si acabara de confirmarse una pregunta que llevaba mucho tiempo haciéndose.

—Pensaba que lo haríais —dijo con voz grave—. Ni yo misma lo entiendo, pero... sabía que si venía a Moscú, vos me elegiríais.

—¿Cómo lo supiste? —preguntó Nikolas con voz ronca.

—Fue una especie de sensación... Oí las cosas que decían acerca de vuestra alteza, y pensé... Pensé que yo podría ser una buena esposa para un hombre como vos.

Nikolas fue hacia ella, y la vio reaccionar con un pasito atrás. Se obligó a quedarse quieto, aunque ardía en deseos de volver a tenerla en sus brazos.

—¿Qué es lo que dicen acerca de mí?

—Que sois muy inteligente y muy moderno. También dicen que gozáis del favor del zar porque habéis estado en Occidente y entendéis a los extranjeros. Hasta os afeitáis la cara igual que ellos. —Emelia contempló con una abierta curiosidad la firme línea de su mandíbula—. En mi aldea todos los hombres llevan barba. —Fue lentamente hacia él y levantó la mano hacia su cara. Le acarició la barbilla un par de veces, con tanta delicadeza que las puntas de sus dedos apenas parecieron tocarla. Una tímida sonrisa flotaba en sus labios—. Es muy suave, como la piel de un niño pequeño.

Nikolas le tomó la mano y se puso la palma en la mejilla. Era cálida, real... Demasiado real para que aquello pudiera ser un sueño.

—Emma, mírame. Dime que nunca has estado conmigo antes. Dime que nunca nos hemos tocado, que nunca nos hemos besado. Dime que no me conoces.

—Yo... —Sacudió la cabeza como si le faltaran las palabras, pero su mirada permaneció fija en él.

Nikolas la soltó y recorrió la habitación en un gran círculo, con lo que la obligó a volver la cabeza para poder seguirlo con la mirada.

—Entonces, ¿quién eres? —preguntó en voz baja, furioso y vacío por dentro.

—Soy Emelia Vasilievna.

—¿Y tu familia?

—Mi padre murió. A mi tío y a mi hermano se los llevaron de la aldea y los enviaron a trabajar en la nueva ciudad a orillas del Neva. No podía vivir sola en la aldea, y no quería casarme con ninguno de los granjeros de allí.

—¿Por qué no?

—A la mayoría de los hombres de la aldea se los llevó el zar, para edificar San Petersburgo. Quedaron muy pocos, y ninguno quería casarse conmigo. —Enfrentada al silencio interrogativo de Nikolas, continuó hablando con voz vacilante —. Mi familia estaba mal vista a causa de las convicciones políticas de mi padre. Pero en realidad a mí me dio igual que ninguno de ellos me pidiera en matrimonio. Son o demasiado viejos o demasiado jóvenes, y ninguno de ellos está en condiciones de trabajar. Y todos son pobres. Yo quería más que eso.

—¿Querías más dinero?

—No —protestó ella—. Quería alguien con quien hablar. Quería aprender, saber cómo es el mundo más allá del bosque. —Bajó la cabeza y añadió, un poco avergonzada, pero decidida a ser honesta—: Claro que no me importaría ser rica. Creo que me gustaría probarlo.

Nikolas se echó a reír con sincera diversión. Era la clase de comentario que se podía esperar de Emma, un potente recordatorio de la encantadora sinceridad de su esposa.

—Bueno, una ambición que es capaz de expresarse con tanta franqueza debería ser recompensada.

—Alteza, ¿qué queréis decir? —preguntó ella, claramente perpleja.

Nikolas respiró hondo.

—Lo que quiero decir es que me casaré contigo. Seguiré adelante con esto durante un tiempo. Tarde o temprano terminará, si Dios quiere.

—¿El qué terminará?

—La pesadilla —musitó él—. La visión. Como quieras llamarlo. Todo parece tan real que empiezo a pensar que me he vuelto loco. Pero poco puedo hacer al respecto, ¿verdad? Te elijo a ti, Emma..., Emelia..., quienquiera que seas. Siempre te elegiré a ti, aunque puede que luego me maldigas por ello.

—No entiendo...

—Da igual. —Le tendió la mano—. Ven conmigo, eso es todo.

Ella titubeó y luego extendió la mano hacia él, y sus largos dedos se entrelazaron con los suyos.

Nikolas la llevó de regreso al salón de baile, donde Golorkov y Sidarov y todo el gentío femenino esperaban expectantes, y señaló con un aparatoso ademán a la mujer ruborizada que había a su lado.

—He aquí a mi prometida —dijo en una sardónica imitación de un novio complacido.

El príncipe Golorkov aplaudió.

—¡Una elección excelente, Nikolái! ¡Qué hembra tan magnífica! Seguro que te dará muchos hijos varones.

Nikolas se volvió hacia Sidarov y arqueó una ceja de forma interrogativa.

—¿Cuándo es la boda?

La pregunta hizo que Golorkov prorrumpiese en carcajadas.

—¡Cuánto humor!

Sidarov intentó disimular su preocupación con una leve sonrisa.

—Esta noche, naturalmente. En la mansión de los Angelovski. A menos que su alteza desee esperar...

—Que sea esta noche —dijo Nikolas abruptamente—. Ahora quiero volver a casa.

—Pero el vodka que íbamos a... —protestó Golorkov.

Nikolas intentó sonreír.

—Espero que no te importará que compartamos esa botella en alguna otra ocasión.

—Cuando tú quieras —replicó el anciano, que aún reía.

Nikolas fue llevado de vuelta a casa en su carruaje, con Emelia acomodada en el hueco que quedaba libre junto a él. Sidarov ocupaba el asiento de enfrente. Emelia apenas habló, salvo para negarse a compartir con Nikolas la piel que le cubría el regazo.

—No tengo frío —dijo.

Nikolas resopló con sarcasmo.

—¿Seguro? Entonces, ¿por qué se te ha puesto la cara azul y no paras de temblar? —Levantó el extremo de la piel y le indicó con un gesto que fuera a reunirse con él—. Tu ataque de modestia es innecesario. No voy a seducirte con mi ayuda de cámara sentado tan cerca; y en cualquier caso, dentro de unas horas estaremos casados. Siéntate a mi lado.

—No tengo frío —repitió ella con un primer castañeteo de dientes.

—Muy bien. Pero luego no me eches la culpa si mueres congelada antes de que lleguemos a casa.

—Corro menos peligro aquí fuera —replicó ella— que ahí debajo. —Señaló de manera elocuente la piel extendida sobre el regazo de Nikolas, y luego se dio la vuelta para indicar que daba por finalizada la discusión.

Sidarov contempló el intercambio de palabras de forma especulativa y con una sorprendente sombra de satisfacción en el rostro.

—Se diría que habéis sabido elegir bien, príncipe Nikolái —musitó—. Los hombres siempre deberían buscar una mujer que sepa lo que quiere.

Nikolas lo miró con amargura y no dijo nada.

En cuanto llegaron a la propiedad de los Angelovski, Nikolas se vio separado de Emelia por un tropel de sirvientes que se pusieron a hacer los preparativos para la ceremonia. Nikolas se recluyó en sus habitaciones y ordenó que le trajeran una botella de vodka y una bandeja de *zakuski*. El tentempié que había pedido llegó de inmediato, acompañado por la advertencia de Sidarov de que procurase no estar demasiado borracho antes de la boda.

Nikolas empezó a dar vueltas por el dormitorio con la botella de vodka en la mano. Podía oír sonidos procedentes de las habitaciones de abajo: pies que correteaban y voces que hablaban rápidamente, así como algún que otro estallido de risas excitadas. Su humor fue empeorando con cada minuto que pasaba.

Decidió investigar la estancia y empezó por examinar las colgaduras de la cama, hechas en magnífica seda bizantina bordada con perlas e hilo de oro. Una enorme A cirílica había sido bordada en el centro de la colcha de seda. El arcón de madera labrada que había en el rincón contenía un juego de pistolas con culata de oro y gatillo en forma de dragón, una pila de mantas de piel y un arco dorado, con una una aljaba de esmalte. Ninguno de esos objetos le resultó familiar.

Mientras cerraba el arcón y se llevaba la botella de vodka a los labios, el oro antiguo y los intensos tonos rojizos de un pequeño icono colgado en la pared atrajo su mirada. Nikolas miró el cuadro, y sintió que el vodka que acababa de tragar le hacía un nudo en la garganta. Había visto aquel icono antes, miles de veces, colgado en la pared de su cuarto cuando era pequeño. De adulto lo había trasladado a su dormitorio, y se lo había llevado consigo a Inglaterra.

—Dios mío —dijo, y dio un traspié mientras iba hacia el icono—. ¿Qué hace aquí? ¿Qué está pasando?

El pintor había representado al profeta Elías, rodeado por una nube color rubí mientras subía a los cielos en un carro de fuego tirado por caballos del color de las llamas. Nikolas siempre lo había tenido en mucho aprecio por lo vívido de sus colores y el intrincado juego de pinceladas. Nunca había visto otro igual.

Reconocer el icono, sólido e inconfundible, hizo que su otra vida, la auténtica, pareciera haberse esfumado para siempre.

—Yo no quería esto —dijo Nikolas en un susurro que resonó con la intensidad de un grito en el silencio de la habitación—. No pedí tenerlo. ¡No elegí acabar aquí! —Clavó la mirada en el rojo círculo de fuego, dio un paso atrás y lanzó la botella de vodka directamente contra él. La botella se rompió al chocar con el icono, y el impacto hizo que cayera de la pared.

Un sirviente llamó inmediatamente a la puerta y preguntó si iba todo bien. Nikolas respondió con un gruñido que no admitía réplica, y el sirviente se apresuró a retirarse. Nikolas se inclinó sobre el icono caído y contempló el profundo arañazo en el borde de la nube roja dejado por el impacto de la botella. ¿Seguiría allí ese arañazo dentro de cien años? ¿De ciento cincuenta, tal vez más?

¿Y si todo aquello era real? Quizás había muerto y había ido al infierno. El infierno quizá consistía en tener que ser testigo de la historia de su desdichada familia desde los ojos de su propio antepasado.

Entonces se le ocurrió algo en lo que no había reparado hasta entonces, y sintió como si las rodillas se le volviesen de goma. Fue hacia la cama y se sentó en ella pesadamente. Si realmente era el príncipe Nikolái, que se disponía a casarse con una campesina llamada Emelia, entonces la historia aún tenía que hacerse. El hijo que tendrían sería Alexei, y el hijo de Alexei sería Sergei, al que seguirían Sergei II y Dimitri.

—Y después —dijo Nikolas—, naceré yo. Y Mijaíl.

Si no tenía ningún hijo con Emelia, entonces el linaje de los Angelovski se extinguiría. Los malos tratos y el asesinato de Mijaíl no ocurrirían. Y la vida llena de pecados y penas que había llevado Nikolas nunca tendría lugar.

Un estremecimiento de horror le recorrió el cuerpo. Quizá se le había dado el poder de impedir que llegara a nacer.

Pese a la insistencia de Sidarov, Nikolas no se bañó antes de la boda, ni se afeitó, ni se cambió de ropa siquiera. Atrincherado en su habitación, bebió un trago de vodka tras otro en un esfuerzo por hacer desaparecer la pesadilla. Se sentía incapaz de acudir a la ceremonia. Él podía ser muchas cosas, pero no estaba dispuesto a ser un bígamo. No era Nikolái I, era Nikolas Dimitrievich Angelovski, y su lugar estaba en Londres, en el año 1877... con Emma Stokehurst.

La voz ahogada de Sidarov llegó hasta él a través de la puerta.

—Los invitados ya han llegado, príncipe Nikolái. La ceremonia empezará en cuanto vos digáis. No nos haréis esperar mucho rato, ¿verdad?

—No me voy a casar con nadie —dijo Nikolas desde el asiento en el que se había repantigado.

Hubo un largo silencio, y luego Sidarov volvió a hablar en un tono agitado.

—Muy bien, alteza. Pero tendréis que informar de ello a los invitados, y a la prometida, vos mismo. Me niego a hacerlo, aunque me echéis de vuestra casa y tenga que morir miserablemente helado de frío en las calles. No, os digo que no se lo comunicaré.

Nikolas se levantó, fue hacia la puerta dando traspiés y la abrió para encararse con el ayuda de cámara, que estaba pálido y parecía encontrarse muy alterado.

—No me importa decírselo —dijo con desdén al tiempo que lo fulminaba con la mirada—. Muéstrame dónde están.

Sidarov fruncía el ceño, callado como una tumba.

—Sí, alteza —murmuró finalmente.

El ayuda de cámara lo llevó hasta la gran sala del primer piso, tan repleta de iconos que apenas se podían ver las paredes. Al fondo de la sala una gran mesa estaba ocupada por un pastel de miel tan enorme que parecía una montaña, y por platos llenos de almendras, higos y otras exquisiteces, y copas de vino. Los invitados, elegantemente vestidos, entre los que figuraba el príncipe Golorkov, formaban corro alrededor de un sacerdote con túnica negra que sostenía una Biblia descomunal tras un altar improvisado. Todos sonrieron cuando apareció Nikolas. Él recorrió la sala con la mirada, y enseguida vio a Emelia de pie entre los invitados.

Nikolas sintió que se le caía el alma a los pies. Emelia llevaba un sarafán de brocado y seda color crema, y una chaqueta dorada cuyas mangas le quedaban demasiado cortas. Algún amable benefactor, quizá Golorkov y su esposa, la había vestido para la boda. Una diadema hecha con hilo de oro mantenía en su sitio el velo bordado de perlas que le habían puesto, y un minúsculo rubí de pasta relucía sobre su frente. Parecía estar muy tranquila, salvo por el ramo de flores secas envueltas en cintas de color rosa que sostenía. Las diminutas flores temblaban visiblemente, y algunos de sus frágiles pétalos ya estaban esparcidos por el suelo.

Aquella muestra de nerviosismo pudo más que Nikolas.

No podía rechazar a Emelia ahora, delante de aquellos invitados. No podía abandonarla. Emelia lo miraba con un tenue brillo de esperanza en sus ojos azules y el inicio de una sonrisa en los labios... De esa misma manera lo había mirado Emma Stokehurst en cierta ocasión.

Confuso y un poco mareado, Nikolas avanzó para ocupar su sitio junto a ella. Entre las palabras de aliento y las felicitaciones de los invitados, el príncipe Golorkov dio un paso adelante para entregarle un látigo ceremonial de plata, el símbolo de la autoridad de un marido para reconvenir y disciplinar a su esposa.

Nikolas sacudió la cabeza en cuanto lo vio.

Golorkov frunció el ceño.

—Pero, Nikolái...

—No —dijo Nikolas secamente, y le dio la espalda a Golorkov para volverse hacia Emelia. Clavó la mirada en sus perplejos ojos azules—. Nos casaremos al modo occidental. No llevaré un látigo.

Murmullos interrogativos corrieron entre los invitados, hasta que el sacerdote asintió con un aleteo de su larga barba.

—Se hará como ordene el príncipe.

El sacerdote dio inicio a la ceremonia. Nikolas y Emelia recibieron un pequeño icono cada uno para que lo sostuvieran, y también un trocito de pan negro. Los anillos de boda, pesadas piezas de oro que Nikolas reconoció vagamente de la antigua colección de los Angelovski, fueron bendecidos e intercambiados. Sin mirar a Emelia, Nikolas se concentró en la ceremonia y procuró mantener el brazo lo más firme posible cuando les ataron las muñecas con un paño de seda. Con gran dignidad, el sacerdote los condujo en un pequeño círculo alrededor del altar y luego les desató la ligadura de las muñecas. A una indicación suya, Emelia se dispuso a arrodillarse en el suelo. De acuerdo con la tradición, la novia tenía que apoyar la frente en el zapato del novio para mostrarle la debida sumisión.

Nikolas la agarró por los codos en cuanto vio que empezaba a arrodillarse y la obligó a erguirse antes de que sus rodillas hubieran llegado a tocar el suelo. Emelia se tambaleó con un gemido de sorpresa, y tuvo que apoyarse en él para no caer.

—La costumbre occidental es intercambiar un beso —dijo Nikolas, lo bastante alto para que todos pudieran oírlo—. Mi esposa no será mi esclava, sino mi compañera y mi igual.

Sus palabras fueron acogidas con algo de incomodidad y unas cuantas risas, ya que algunos invitados creyeron que bromeaba. Nikolas no sonrió, y se limitó a sostenerle la mirada a Emelia mientras aguardaba su réplica.

—Sí, Nikolái —dijo ella finalmente en un susurro ahogado. Luego cerró los ojos cuando él inclinó la cabeza sobre ella y la besó.

Los labios de Emelia, suaves e inocentes, se separaron bajo la presión imperiosa de los suyos. Nikolas le pasó las manos alrededor del cuello, y separó los dedos sobre su sedosa piel mientras la atraía hacia él hasta sentir el firme peso de sus senos en el pecho. Un sonido de placer le tembló en la garganta. Un súbito deseo de poseerla se adueñó de él, y sintió en la ingle, en sus nervios, en su misma alma, un súbito dolor provocado por la imperiosa necesidad de hacerla suya. Sin saber muy bien cómo, Nikolas logró soltarla. El sacerdote les dio una copa de madera roja, la *bratina*, para que bebieran de ella, y una vez que ambos se hubieron asegurado ese poco de buena suerte, los invitados aplaudieron la finalización de la ceremonia.

—¡Es hora de celebrarlo! —gritó alguien, y todos fueron como un solo hombre hacia el pastel de miel y las copas de vino.

Nikolas contempló a su nueva esposa, y sintió que el corazón le latía con fuerza mientras flexionaba los dedos y pensaba en todas las cosas que quería hacer con ella. Ardía de deseo. Le daba igual cómo se llamara ella, porque todos sus sentidos le decían que era Emma. Su cuerpo, su encanto y su presencia lo enardecían como habían hecho siempre.

Sidarov apareció junto a él y lo rozó discretamente con el codo.

—Alteza —musitó por un lado de la boca—, ya podéis llevar a vuestra prometida al piso de arriba. ¿Deseáis alguna cosa más?

Nikolas apartó la atención de Emelia el tiempo suficiente para responderle.

—Intimidad —dijo significativamente—. Si a alguien se le ocurre ir a mi habitación, lo mataré. ¿Ha quedado claro?

—Pero, príncipe Nikolái, según la tradición, los invitados tienen derecho a inspeccionar las sábanas en cuanto hayan transcurrido dos horas...

—No según la tradición occidental.

Sidarov asintió, con cara de circunstancias.

—No es fácil ser el sirviente de un hombre moderno. Sí, alteza, los mantendré alejados a todos.

Nikolas le ofreció el brazo a Emelia, y ella lo tomó de inmediato, con la cabeza inclinada para que el velo ocultara su intenso rubor. Un coro de alegres despedidas los siguió cuando salieron del salón. El nerviosismo con que ella le agarraba el brazo y el modo en que adaptaba sus pasos a los suyos llenaron a Nikolas de una ávida anticipación. Tenía que ser suya, y no permitiría que nada ni nadie se interpusiera en su camino. Ahora pasaría unas horas tan ensimismado en el placer que le iba a deparar poseerla que perdería el mundo de vista. La llevó a su dormitorio y cerró la puerta. Los sirvientes habían dejado jarras llenas de agua y vino, y gruesas velas amarillas que llenaban la habitación con una luz ambarina.

Emelia se detuvo y lo miró, con ojos muy abiertos y la respiración entrecortada. Nikolas le quitó la diadema delicadamente y apartó el velo bordado de perlas. Dejó las dos cosas en una mesita y regresó a su lado.

—Vuélvete —murmuró.

Ella obedeció, y Nikolas oyó su jadeo ahogado cuando sintió que tomaba la trenza que colgaba sobre su espalda. Deshizo los gruesos eslabones de pelo rojizo hasta que los brillantes rizos quedaron libres, y pasó los dedos por la masa así aflojada. Cada movimiento fue lento y delicado, aunque todo su ser anhelaba acostarla sobre la cama y poseerla sin más dilación. Le quitó la chaqueta dorada y la dejó caer al suelo. Luego volvió a atraerla hacia él hasta que Emelia tuvo que apoyar la espalda en su pecho, y le acarició las capas del sarafán para percibir los contornos de su cuerpo. Emelia gimió y apretó la espalda contra su cuerpo, y Nikolas le rodeó los pechos con las manos hasta que sintió endurecerse sus pezones bajo la suave caricia.

La confiada entrega con que ella le ofrecía su cuerpo lo llenó de asombro. Inclinó la cabeza sobre el hombro de Emelia y le acarició el cuello con la cara, mientras el corazón le palpitaba en un ritmo de furiosa necesidad. Recorrió con la mano la delicada línea de su vientre, en un lento descenso que acabó llevándola al tentador refugio escondido entre sus muslos. Emelia se estremeció, y se apoyó en él con un jadeo entrecortado mientras Nikolas le apretaba el suave montículo con la palma, hasta que el calor empezó a acumularse entre su mano y el cuerpo de Emelia.

Nikolas siempre había preferido hacer el amor en silencio, para que el acto fuese puramente físico en lugar de una experiencia de emoción compartida. Las palabras dichas en un momento semejante eran demasiado íntimas y reveladoras. Pero ahora sentía la necesidad de decirle algo, de aliviar la repentina tensión que la había hecho ponerse rígida.

—No voy a hacerte daño, *ruyshka*.

—No tengo miedo —replicó Emelia, al tiempo que se volvía hacia él—. Es sólo que... No nos conocemos.

«¿No? —quiso replicar él—. Te he tenido en mis brazos más veces de las que puedo contar. Te conozco, Emma. Cada centímetro de tu cuerpo, cada expresión en tu cara.» Sabía cómo tratarla, cómo hacerle sentir placer, vergüenza, ira; pero eso no quería decir que la conociera realmente. Los secretos del corazón y la mente de Emma, las cosas con las que soñaba y que esperaba llegar a tener, eran un misterio para él.

Miró a la mujer que tenía delante, y le acarició el rizo color canela que reposaba sobre su hombro.

—Tienes razón —dijo en voz baja—. No nos conocemos. Es un nuevo comienzo para ambos. Tendremos que confiar el uno en el otro, *kharashó*?

—Sí. —Emelia sonrió tímidamente al tiempo que extendía las manos hacia la chaqueta de él con un murmullo avergonzado. Nikolas la ayudó a quitarle la prenda, y se sacó la camisa de la cinturilla de los pantalones. Envalentonada, Emelia le desabrochó los diminutos botones adornados con piedras preciosas que cerraban las mangas. Cuando los botones estuvieron fuera de sus ojales, Nikolas se sacó la prenda por la cabeza y la dejó caer al suelo. Luego se armó de valor para permanecer inmóvil mientras Emelia paseaba la mirada por su pecho desnudo, y esperó su reacción ante las cicatrices.

Pero lo único que vio en el rostro de ella fue un destello de tímida curiosidad. Le acarició las clavículas y la dura curva musculosa que había debajo de ellas, con las puntas de sus dedos como delicadas motas de fuego.

—Sois muy hermoso —susurró.

Sorprendido por su sarcasmo, porque sabía que ni con toda la imaginación del mundo se podía llamar hermoso a un hombre tan cubierto de cicatrices, Nikolas miró aquel pecho del que Emelia parecía ser incapaz de apartar la mirada. Y se quedó atónito.

No había cicatrices, sólo piel intacta iluminada por la tenue claridad de las velas. Nikolas levantó sus manos temblorosas. Se miró las muñecas, ambas limpias, perfectas.

—¡Dios mío! —dijo con voz ronca, y sintió que le flaqueaban las piernas—. ¿Qué me está pasando?

Emelia retrocedió unos pasos y lo observó sin entender nada.

—¡Príncipe Nikolái! ¿Os encontráis bien?

—Vete —dijo él con un hilo de voz.

Emelia se puso blanca.

—¿Qué?

—Vete —repitió él como atontado—. Por favor. Busca otra habitación en la que dormir.

Emelia, boquiabierta, se limpió las lágrimas que ya habían empezado a brillar en sus ojos.

—¿Qué es lo que he hecho mal? ¿Os he disgustado en algo?

—No tiene nada que ver contigo. Lo siento, no... —Nikolas sacudió la cabeza, incapaz de seguir hablando. Le volvió la espalda y esperó hasta que la oyó salir del dormitorio. Sintió una terrible punzada de dolor en las sienes, como si alguien le clavara clavos en el cráneo—. ¡Dios! —murmuró.

Toda una plegaria de miedo y asombro estaba contenida en aquella única sílaba. Se buscó las cicatrices, y volvió a quedar perplejo, porque sus dedos sólo encontraron piel lisa. Las quemaduras y las marcas dejadas por los latigazos llevaban años siendo parte de él. Nikolas las miraba cada vez que necesitaba un recordatorio de lo diabólicamente crueles que podían llegar a ser las personas. ¿Cómo podían haber desaparecido? La prueba visible que le permitía ser el que era ya no estaba allí, y sin el rastro de esas experiencias terribles sentía como si le hubiesen arrebatado la identidad.

Nikolas fue hacia una silla cercana y se dejó caer en ella. Nunca se había sentido tan aislado. Todo lo que conocía se había perdido en la lejanía. No parecía haber forma de regresar a su vida anterior, y ni siquiera estaba seguro de desear hacerlo en el caso de que pudiera. Esa vida siempre había estado vacía, y Nikolas había destruido deliberadamente toda posibilidad de crear una relación con Emma Stokehurst. No había nada a lo que volver.

La razón regresó con una súbita sacudida. Acostarse con Emelia habría sido un tremendo error. Nikolas sabía que no podía arriesgarse a dejarla embarazada. No le pondría un dedo encima. El linaje de los Angelovski moriría con él, y el mundo sería un lugar mucho mejor.

Pero también pensó en Emma Stokehurst, que lo esperaba en el futuro, en lo que sería no casarse con ella y que nunca llegara a ser suya, y sintió que se le helaba la sangre en las venas.

Miró la jarra de vino, y pensó que siempre le quedaba el recurso de emborracharse. Pero eso no cambiaría nada. Como mucho le proporcionaría un respiro temporal, del que despertaría para encontrarse ante el mismo problema: ¿qué podía hacer?

Ya fuese porque sabía que Nikolas no se había acostado con Emelia o sólo lo sospechaba, Sidarov no hizo ningún comentario al respecto a la mañana siguiente, al entrar en la estancia. Su delgado rostro permaneció vacío de toda expresión, pero clavó de manera especulativa sus oscuros ojos castaños en el cuerpo desmadejado de Nikolas.

—Buenos días, alteza —observó—. Me he tomado la libertad de ordenar que os preparasen un baño, por si hoy queríais daros uno.

Nikolas asintió y siguió al ayuda de cámara hasta la casa de baños privada adosada a la residencia principal.

—Lleváis dos días sin cambiaros de ropa —observó Sidarov mientras recogía las prendas a medida que se las quitaba Nikolas—. Vuestro baño será una buena noticia para toda la servidumbre.

El comentario recordó a Nikolas que los rusos siempre prestaban mucha atención a la limpieza. Hasta los campesinos más humildes se lavaban a menudo. Era una de las pocas cosas en que los eslavos se hallaban más avanzados que los occidentales, sobre todo en aquella época. Los ingleses evitaban bañarse con excesiva frecuencia, porque creían que el hacerlo los volvía más vulnerables a la enfermedad.

La casa de baños de madera era espaciosa y estaba muy limpia, con ventanas de cristal en lo alto de las paredes para dejar entrar la luz exterior. Daba a una acogedora cámara llena de espaciosas chimeneas y elegantes muebles. Todas las puertas habían sido cerradas para que el baño se mantuviera caliente. El vapor se acumulaba en las ventanas, y corría por ellas en brillantes hilillos de condensación. Nikolas entró en el baño con un suspiro de satisfacción y se sentó para que el agua con hierbas le llegara hasta el pecho. El calor que se extendió por su cuerpo enseguida le relajó los músculos en tensión, y alivió una multitud de pequeños dolores. Cerró los ojos y apoyó la cabeza en el borde de la bañera de madera.

—¿Os dejo a solas un rato? —preguntó Sidarov.

—Sí —dijo Nikolas, sin abrir los ojos.

—Volveré con vuestros instrumentos para afeitar cuando el agua os haya ablandado un poco la barba.

Durante un rato no hubo otro sonido que el gotear del agua en las ventanas, y las olitas que Nikolas hacía con el pie. Nubecillas de vapor se elevaban de la estufa recubierta de cerámica. Mecido por las deliciosas sensaciones del baño caliente, Nikolas dejó vagar los pensamientos hasta que oyó el roce de una pisada en el suelo.

—¿Sidarov? —murmuró.

—No —respondió una voz femenina.

Nikolas abrió los ojos y vio venir a Emelia hacia la bañera a través de la niebla caliente impregnada de luz. Llevaba un sencillo vestido azul de campesina. Tenía los ojos rojos de haber llorado, y la mandíbula apretada en una determinación que Nikolas reconoció nada más verla. Se incorporó en la bañera y la miró con recelo, mientras se preguntaba si habría venido a hacerle algún reproche. Dios, tenía todo el derecho del mundo a hacérselos.

—He preguntado a Sidarov dónde estabais —dijo ella, y le tembló un poco la voz—. Necesitaba... hablar con vos, preguntaros...

—¿Preguntarme qué? —murmuró Nikolas, fascinado por aquella aparición ultraterrena que parecía flotar entre las nubes de vapor.

—Si lamentáis haberme elegido. —Emelia frunció el ceño y continuó atropelladamente—: Puede que yo no sea lo bastante guapa, o a lo mejor me encontráis un poco rara, ¡pero os prometo que seré muy buena esposa! Puedo aprender a ser como las mujeres occidentales...

—Emelia —la interrumpió él—, ven aquí. —Ella titubeó, pero finalmente hizo lo que le decía y apoyó la cadera en el borde de la bañera. Nikolas tomó sus esbeltos dedos en su mano mojada. Se obligó a sostenerle la mirada—. Siento mucho lo de anoche, Emelia. Cuando te eché del dormitorio de aquella manera... —Siempre le había costado muchísimo pedir disculpas, y ahora las palabras se negaban a acudir a sus labios—. No fue porque hubieras hecho nada que me disgustase —añadió con un esfuerzo.

Ella lo miró, no muy convencida, y le apretó los dedos.

—Espero que no lo digáis sólo para que me tranquilice. Pero...

—Nunca he deseado a otra mujer. Si ayer no hubieras estado en la mansión del príncipe Golorkov, no hubiese elegido a nadie.

Un leve rubor tiñó de rosa la pálida piel de Emelia.

—¿De verdad?

—Eres preciosa, Emelia. Te encuentro muy deseable.

—Entonces anoche, ¿por qué no...?

—Las cosas se me han... complicado mucho últimamente. —Nikolas torció el gesto ante su ineptitud—. No sé cómo explicártelo de manera que puedas entenderlo. Diablos, si ni yo mismo lo entiendo.

Emelia reflexionó unos instantes sin apartar la mirada de él.

—Lo único que quiero saber es... ¿queréis tenerme como esposa?

Nikolas estaba atrapado por sus intensos ojos azules.

—Sí —se oyó decir.

Ella asintió, visiblemente aliviada.

—Entonces me quedaré. Acataré vuestras decisiones. Cuando queráis que acuda a vuestro lecho, sólo tenéis que decírmelo.

Nikolas tragó saliva, le soltó los dedos y se concentró en echarse agua caliente a la cara. Tenerla en su cama para que aliviase la necesidad que le roía las entrañas no era un tema en el que pudiera permitirse pensar. Le estaba vedado hacerlo, si no quería dar el primer paso por el camino que desembocaba en su desastroso futuro.

—Sidarov no debería tardar en traerme mi navaja de afeitar —dijo con toda la cara mojada.

Emelia señaló tímidamente el plato de jabón de lavanda que había junto a la bañera.

—¿Queréis que os lave el pelo, príncipe Nikolái?

—No, ya lo haré yo.

—Me encantará hacerlo. Una esposa debería aprender a hacer esas cosas por su marido. —Fue a coger uno de los cubos de agua que habían dejado encima de la estufa y se lo trajo.

Nikolas titubeó. Quería decirle que se fuera, pero no sabía cómo hacerlo sin herir sus sentimientos. Emelia lo miró con expresión expectante, y Nikolas suspiró. ¿Por qué no dejar que lo ayudara a acabar de bañarse? ¿Qué mal podía haber en eso? Inclinó la cabeza, y dio un respingo al sentir el calor del agua cuando Emelia se la echó sobre la cabeza.

—Qué pelo más bonito —comentó ella mientras le apartaba los mechones empapados de la cara—. Como miel oscura, con tonos más claros en el nacimiento del pelo.

—No tiene nada de especial —murmuró Nikolas, sin poder apartar la mirada de ella. Emelia se subió las mangas hasta los codos y tomó una resbaladiza pastilla de jabón.

—Me alegro de que no seais vanidoso —dijo, y había una sonrisa en su voz—. Creo que muchos hombres lo serían si tuviesen vuestra apariencia. —Colocándose detrás de él, le enjabonó la cabeza y le pasó las manos por el pelo para hacer espuma—. Cerrad los ojos, por favor. No quiero que os escuezan por el jabón.

Nikolas apoyó la espalda en la bañera mientras Emelia le lavaba el pelo. Sus dedos fueron por la nuca y el cuero cabelludo de Nikolas, y le frotaron suavemente por detrás de las orejas. A él siempre le habían encantado sus manos, fuertes, esbeltas y llenas de gracia. De pronto la deseó tan intensamente que le faltó el aire. Si volvía la cabeza podía alcanzarle el pecho con la boca, mordisqueárselo y chuparle el pezón hasta que lo sintiera endurecerse contra su lengua. Entonces ella haría aquel sonido felino que él recordaba tan bien, y arquearía la espalda para ofrecérsele.

La imaginó desnuda en la bañera con él, su piel mojada, el pelo flotando en cintas escarlata alrededor de ellos. Nikolas la colmaría, y le haría el amor hasta que la fuerza de su pasión agitara ruidosamente el agua dentro de la bañera...

—Ya está bien —dijo con voz ronca.

—Sí, príncipe Nikolái.

Nikolas escuchó con los ojos cerrados mientras Emelia iba hacia la estufa. Volvió con otro cubo lleno de agua caliente para aclararle el pelo, y luego le dio un paño seco para que se secase la cara. Cuando abrió los ojos, Nikolas vio que ella no apartaba la mirada, un poco avergonzada pero inquisitiva, de su cuerpo sumergido. Un rubor de doncella le cubría las mejillas, y por un instante Nikolas temió no ser capaz de controlar sus impulsos.

—Gracias —logró decir—. Ahora busca a Sidarov, y dile que quiero que me afeite.

—Sí, pero antes, ¿queréis que...?

—Busca a Sidarov —repitió él secamente.

Emelia asintió obediente y se fue, y Nikolas exhaló un suspiro de cansancio. Se sumergió un poco más en el agua y ordenó a su cuerpo que se calmara.

—No sé si podré aguantar esto mucho tiempo más —musitó, y casi saltó de la bañera cuando una profunda carcajada resonó en el recinto de baños.

—¿Hablas solo, Nikolái?

Nikolas se volvió y miró al hombre desconocido. Controló su expresión, sin mostrar ninguna señal del asombro que sentía.

Un hombre que tendría alrededor de treinta y cinco años y medía sus buenos dos metros fue hacia la bañera, y lo contempló con una chispa de diversión en la mirada.

—Acabo de ver a tu nueva esposa —le informó el gigante—. Es muy hermosa, y está fuerte y sana, como mi Catalina. Has elegido bien, amigo mío.

El rostro del desconocido, incongruentemente pequeño y redondo para un hombre de su tamaño, le resultaba extrañamente familiar. El pelo castaño, fino y lacio, le llegaba hasta los hombros. Un diminuto bigote adornaba su labio superior, pero ningún principio de barba suavizaba las rígidas líneas de su mandíbula. Sus ojos color avellana chisporroteaban de energía, como animados por la misma incapacidad de estarse quieto que parecía impregnar todo su cuerpo. Vestía ropa occidental, pero hablaba el ruso con la grave cadencia musical de un eslavo de pura cepa.

—Me he traído conmigo a mi séquito para una corta visita —le explicó el hombre—. Necesitamos que nos sirvas una de tus magníficas cenas y nos proporciones el entretenimiento habitual. Menshikov ya ha hecho aquello por lo que lo enviamos a Polonia, y queremos que pase un buen rato. —El hombre le guiñó el ojo—. Estamos en deuda con mi Alexashka después de su victoria sobre los suecos en la batalla de Kalisz. ¡Ahora, sólo con que tú aceptaras una orden, enseguida ganaríamos la guerra!

—No tengo alma de militar —se las arregló para replicar Nikolas, mientras su cerebro trabajaba febrilmente. Menshikov... El compañero e íntimo amigo del zar Pedro...

Sí, el hombre que estaba de pie en la casa de baños con él era su majestad imperial, Pedro el Grande.

8

La oportuna llegada de Sidarov salvó a Nikolas de verse obligado a mantener una conversación hasta que pudo poner algo de orden en sus ideas. Sentado en la bañera, sentía que el corazón le palpitaba en el pecho mientras el sirviente lo afeitaba con mano de experto. Pedro, mientras tanto, deambulaba por la estancia embarcado en un enérgico monólogo dirigido a su audiencia cautiva.

Nikolas estaba fascinado y sobrecogido al mismo tiempo. Siempre había admirado los grandes logros del zar Pedro. Había leído en sus libros escolares cómo Pedro creó la poderosa armada rusa, condujo a la victoria al país en una guerra de veinte años con los suecos, y construyó la magnífica ciudad de San Petersburgo. Todo eso había requerido una mezcla de genio y salvaje fuerza de voluntad, y ambas cualidades eran evidentes en el hombre que tenía delante.

El zar habló largo y tendido sobre la guerra, lo demasiado seguro de sí mismo que estaba Carlos, el rey sueco, y el éxito de la nueva política rusa de «tierra quemada».

—Esos idiotas de suecos se empeñan en intentar avanzar a través de Polonia, pese a que no pueden suministrar comida a sus tropas —dijo Pedro con una sonrisa malévola—. No aguantarán mucho, los muy imbéciles. Tendrán que cortar por lo sano, o el invierno acabará con ellos.

—Carlos probablemente marchará en dirección noroeste —comentó Nikolas, intentando acordarse de la historia militar que había estudiado de niño—. Intentará flanquear nuestras defensas en Varsovia y avanzar hacia Lituania... —Su voz quedó ahogada unos instantes por la toalla limpia que Sidarov le aplicó a la cara.

—Nunca conseguirá atravesar todos esos pantanos y ríos —se mofó Pedro—. Y aunque lo hiciera, lo detendríamos en la ciudad fronteriza de Grodno.

Nikolas no había olvidado que Carlos consiguió atravesar Polonia y tomó Grodno en cuestión de horas, pero se encogió de hombros.

—Eso sólo Dios y el zar lo saben —dijo, citando un viejo proverbio ruso. Fingió no ver cómo Sidarov ponía los ojos en blanco ante aquella muestra de adulación por parte de su señor.

Una sonrisa flotó en los delgados labios de Pedro.

—Te he echado de menos, Nikolái. Te veré a menudo durante mi estancia en Moscú. ¡Llevo dos años alejado de la capital! Hay mucho que hacer, lo suficiente para retenerme aquí durante las fiestas navideñas. Por desgracia, Menshikov tendrá que regresar a Polonia para ponerse al frente de sus regimientos.

—Qué pena —replicó Nikolas mientras se levantaba de la bañera para ponerse la bata que le tendía Sidarov.

Pedro rió como si Nikolas acabara de contar un chiste.

—No te esfuerces en fingir que lo echarás de menos, Nikolái. Todo el mundo está al corriente de la animosidad que existe entre tú y Menshikov. Pero debes dejar a un lado tu odio, al menos por esta noche. Menshikov ha sabido servir a su país, y se merece un respeto por sus victorias en el campo de batalla.

Nikolas se mostró de acuerdo con un murmullo neutral, incómodo ante la experiencia completamente nueva para él de tener que levantar la vista hacia otro hombre. Su estatura era considerable, pero el zar era un auténtico gigante.

—Además —continuo Pedro—, no entiendo por qué nunca habéis congeniado. Tú y Menshikov tenéis mucho en común. Los dos sois inteligentes y ambiciosos, y estáis dispuestos a renunciar a las viejas costumbres para que Rusia pueda ponerse a la altura de Occidente. Admito que Alexashka carece de tu apostura y tu elegancia, pero tiene sus propios talentos.

—Sobre todo a la hora de adquirir riquezas —observó Nikolas como si tal cosa, acordándose de la reputación de codicia que se había ganado Alexandr Menshikov, y de cómo solía abusar de su poder para robarle el dinero al pueblo y el gobierno rusos. Oyó que Sidarov tragaba saliva ante el descaro de su señor.

El lado izquierdo del rostro de Pedro se estremeció, como disgustado por la observación, pero luego se echó a reír. Dirigió una mirada de advertencia a Nikolas.

—Mi Alexashka tiene sus defectos, pero me ha prestado un gran servicio. Y en cuanto a ti, mi inteligente amigo... ¿Cómo te han ido las cosas con los comerciantes de Moscú? ¿Has logrado convencerlos de que formen compañías mercantiles como hicieron los ingleses y los holandeses?

Nikolas titubeó mientras pensaba en cómo podía responder a la pregunta del zar sin revelar su completa ignorancia acerca del tema.

—Dudo que vayan a hacerlo voluntariamente —dijo, al tiempo que le sostenía la mirada—. La transición del mercado *posad* a la industria no será fácil.

Pedro gruñó con desaprobación, aunque no mostró ninguna sorpresa.

—Siempre es así con mi pueblo. Tienes que obligarlos a seguir el camino del progreso, porque nunca lo elegirán voluntariamente. Bueno, Nikolái, prepárate para recibir un nuevo nombramiento. Quiero que te encargues de regular las actividades comerciales y financieras de la ciudad. Aconsejarás al gobernador, quien parece no tener ni idea de cómo hacen las cosas en Occidente.

—Pero yo no... —empezó a protestar Nikolas, que no tenía ningún deseo de ocupar un cargo en el gobierno.

—Sí, ya sé que me estás muy agradecido —lo interrumpió el zar, dirigiéndose hacia la puerta de la casa de baños—. Ahora he de ir a inspeccionar las nuevas fortificaciones para ver qué tal van los trabajos. Regresaré al anochecer, para disfrutar de una de tus excelentes veladas de comida y entretenimientos. Me han contado que hiciste algunas reformas en tu teatro privado, y tengo muchas ganas de ver cómo ha quedado.

Cuando el hosco gigante se hubo marchado, Nikolas se sentó en el borde de la bañera y sacudió la cabeza con incredulidad.

—He perdido la razón —murmuró.

Sidarov le hizo señas para que fuera a vestirse a la habitación contigua.

—Después de que os haya ayudado con vuestra ropa, alteza, iré a hacer los arreglos necesarios para esta noche. No hay tiempo que perder. —Hizo una pausa y añadió delicadamente—: Deberíais intentar ser de lo más encantador cuando estéis con el zar, alteza. Seguro que Menshikov habrá tramado algo a vuestras espaldas, como tiene por costumbre. Es importante que no perdáis el favor del zar.

—Claro —replicó Nikolas, sombrío. Algunas cosas no cambiaban con el paso de los siglos, y el gobierno imperial era una de ellas. La vida de un hombre siempre estaba a merced de los caprichos del zar—. Se supone que he de lamer una de las botas del zar más deprisa de lo que Menshikov tarde en lamer la otra. Ser noble lleva aparejados ciertos privilegios.

Sidarov lo miró con cara de perplejidad, pero no dijo nada y fue a atender sus obligaciones.

La finca hervía de frenética actividad mientras los sirvientes preparaban unas cuantas habitaciones por si se diera el caso de que el zar y su séquito decidiesen quedarse a pasar la noche. La compañía teatral privada de la finca fue convocada para que se encargara de amenizar la velada con una farsa francesa, y la cocinera puso a trabajar a su personal en la preparación de un enorme banquete. Sidarov pasaba por las habitaciones como una exhalación para dar órdenes a todo el que se cruzara en su camino.

Abandonado a sus propios recursos, Nikolas se puso a investigar el estado de las propiedades actuales de los Angelovski. Lo sorprendió descubrir que la mayor parte del peculio familiar apenas estaba documentado. Un rápido examen de los pocos papeles y libros de cuentas que pudo encontrar le reveló que la fortuna familiar sólo ascendía a una fracción de lo que llegaría a ser en el futuro. Los ingresos de los Angelovski se limitaban a las rentas que les proporcionaban unas cuantas fincas privadas, y a un interés mínimo en una fábrica de porcelana imperial. Aparentemente, ganar dinero no era una de las prioridades del príncipe Nikolái.

—¿Nikolái? —oyó que decía Emelia desde la entrada de la biblioteca, y alzó la mirada para verla asomar la cabeza por detrás de la puerta.

—¿Qué pasa?

Emelia entró tímidamente en la biblioteca.

—Sidarov ha dicho que el zar cenará en nuestra mesa esta noche. ¿Tendré que estar presente?

—Sí —dijo Nikolas mientras cerraba uno de los libros de cuentas—. Las mujeres occidentales siempre comen en la misma mesa que sus maridos.

—Oh. —Emelia arrugó la frente en un gesto nervioso y tiró de las mangas de su vestido de campesina—. Lo..., lo único que tengo para ponerme es un sarafán.

—Estarás perfecta.

—No es moderno. No queda elegante.

—Mandaremos que te hagan unos cuantos vestidos. Mientras tanto, lleva el sarafán.

—Sí, Nikolái.

Él iba a volver la cabeza cuando se dio cuenta de que la piel del rostro de su esposa tenía un aspecto extrañamente pastoso.

—Ven aquí —dijo.

Emelia obedeció, despacio y como a regañadientes. Nikolas se levantó y le inspeccionó la cara. Una abundante aplicación de polvos cubría el delicado sonrosado natural de su piel, que ahora estaba mate como la tiza. Nikolas le pasó un dedo por la mejilla y dejó un sedoso sendero en la capa blanca que cubría el rostro de Emelia. Unos cuantos granitos de polvo se le quedaron pegados en los semicírculos de las pestañas.

—Me los dio la esposa del príncipe Golorkov —dijo Emelia—. Todas las damas de la corte usan estos polvos. Son para tapar mis manchas.

—¿Manchas? —repitió Nikolas, perplejo—. ¿Te refieres a esto? —Trazó otro sendero en lo alto de su mejilla, y su dedo puso al descubierto unas cuantas pecas doradas—. Me encantan tus pecas. No se te ocurra tapártelas.

Ella lo miró, no muy convencida.

—Mis pecas no le gustan a nadie. Ni siquiera a mí me gustan.

—Pues a mí sí —dijo Nikolas con una sonrisa mientras le pasaba un dedo por debajo de la barbilla.

—¿Puedo quedarme un rato y mirar cómo trabajas? —le preguntó Emelia de manera impulsiva—. Todos están muy ocupados, y yo no tengo nada que hacer.

Nikolas notó que su esposa compartía esa sensación como de estar atrapado que no había dejado de torturarlo toda la mañana.

—¿Te gustaría que fuéramos a dar una vuelta por la ciudad? Tenía pensado ir a Kitaigorod.

A Emelia se le iluminaron los ojos en cuanto le oyó mencionar el gran mercado del Kremlin, donde se encontraban los mejores comercios de la ciudad.

—¡Nunca he estado allí!

—Pues entonces corre a por tu capa —dijo él, divertido por su excitación—. Y lávate la cara.

Emelia se fue con una sonrisa entusiasmada en los labios, y Nikolas ordenó a los sirvientes que preparasen el carruaje. Cuando su esposa se reunió con él en la entrada principal, iba envuelta en una serie de gruesas capas de chales viejos. Nikolas extendió la mano para apartar el chal que le rodeaba el cuello.

—¿Es que no tienes ninguna capa, niña?

—No, pero estos chales abrigan mucho. Apenas noto el frío.

Nikolas frunció el ceño mientras examinaba aquella colección de prendas hechas jirones.

—Añadiremos una capa a la lista de las cosas que necesitas.

—Lo siento, Nikolái —dijo ella, muy compungida—. No tengo dote, no tengo ropa... He venido a ti sin nada.

—Yo no diría eso —replicó él con dulzura mientras clavaba la mirada en sus brillantes ojos azules. Sin querer, le rozó la suave piel del cuello con el dorso de los dedos. Aquel leve contacto bastó para que sintiese un hormigueo en los dedos, y por un momento fue dolorosamente consciente de la elegante esbeltez del cuerpo oculto bajo todas aquellas capas de tela. La pasión fluyó por sus venas en un torrente incontrolable. Quería llevarla al piso de arriba y quitarle la ropa para poder sentir su cuerpo desnudo contra el suyo. Pero por mucho que deseara hacerlo, no podía dejar que Emelia llegara a enamorarse de él. No podía correr el riesgo de dejarla embarazada, o de que el terrible futuro de la familia Angelovski volviera a hacerse realidad.

—Ven conmigo —murmuró, y la escoltó hasta el carruaje que esperaba fuera—. Vayamos a ver Moscú.

Emelia titubeó apenas un instante antes de acceder a compartir la manta de piel con él una vez dentro del carruaje. Juntos en un apretado ovillo, los pies templados por piedras calientes, atravesaron la ciudad en dirección al Kremlin. Nikolas se asombró ante todas las diferencias que vio en la antigua fortaleza. Aunque los familiares muros de ladrillo rojo estaban ahí, al igual que el conjunto de torres coronadas por cúpulas en forma de cebolla, el gran palacio del Kremlin aún no había sido construido. La campana del Zar, la mayor del mundo, aún no había sido fundida, ni siquiera diseñada. Enormes iconos colgaban sobre las puertas de los muros de ladrillo rojo, para implorar la gracia y la protección divinas.

—Es asombroso —observó Emelia al ver que él miraba

por la ventana del carruaje—. Cuando piensas en todo lo que ocurre ahí fuera... —Su expresión se endureció por un instante—. El zar y los funcionarios del gobierno pueden estar sentados a salvo detrás de esos muros, y pueden cambiarle la vida de un plumazo a todos los que viven fuera de ellos. Pedro quiere una guerra, y miles de hombres tienen que morir combatiendo bajo sus banderas. Pedro quiere una ciudad nueva a orillas del mar Báltico, y hombres como mi tío y mi hermano son reclutados a la fuerza para trabajar en ella. Han muerto tantos, haciendo la voluntad del zar... Mi tío y mis hermanos probablemente también morirán allí.

—No puedes estar segura de eso.

—San Petersburgo es un lugar muy peligroso. Hay accidentes, enfermedades, incluso animales salvajes. ¿Sabías que allí los lobos recorren las calles durante la noche? El zar hizo mal al obligar a mi familia a ir allí contra su voluntad. ¡Puede que sea un gran hombre y un sabio, pero a mí me parece que también es muy egoísta! —Emelia se calló y lo miró con recelo, no muy segura de cómo reaccionaría él ante su impulsivo discurso.

—Eso que acabas de decir se considera traición —murmuró Nikolas.

—Lo siento...

—No lo sientas. A mí puedes decirme lo que quieras, siempre que nadie más lo oiga. La gente es arrestada y ejecutada por el menor indicio de rebelión.

—Sí, lo sé. —Lo miró con curiosidad—. ¿No me castigarás por hablar contra el zar?

Nikolas pensó en todo el sufrimiento que él había tenido que padecer a manos del gobierno imperial, y soltó un bufido.

—Claro que no. Todos tenemos derecho a tener una opinión.

—Eres muy raro —dijo Emelia, y una sonrisa dubitativa acudió a sus labios—. Nunca le había oído decir algo así a un hombre.

El carruaje se detuvo en el mercado. Muchas miradas se

clavaron en ellos cuando bajaron del vehículo. Nikolas sujetó a Emelia del brazo para que no perdiese el equilibrio sobre el pavimento helado.

—Ten cuidado —murmuró sin soltarle el brazo—. Mira por dónde pisas, o caerás antes de que pueda sostenerte.

—Gracias —dijo ella con voz entrecortada, y rió mientras miraba el mercado—. ¡Oh, hay tanto que ver!...

Nikolas no apartó la mano de la espalda de Emelia mientras pasaban ante las hileras de comerciantes, compuestas por bancos y pequeños puestos callejeros que rebosaban mercancías. Los comerciantes pregonaban las excelencias de sus artículos, en una ruidosa competencia por atraer la atención de los posibles compradores. «¡Magníficas botas de cuero!» «¡Mantas de la mejor lana de oveja!» «¡Tengo iconos sagrados!» Los buhoneros deambulaban entre los puestos con bandejas llenas de comestibles colgadas del cuello: botellitas de licor de miel, *pirozhki* rellenos de arroz y col, pescaditos en salazón, y, ocasionalmente, exquisiteces como los limones o las manzanas. Clientes tanto ricos como pobres comían de las mismas bandejas, sin que pareciese incomodarlos tal promiscuidad.

Más allá de las hileras de puestos callejeros había establecimientos de mayor calidad que acogían a los orfebres, los ebanistas y los que vendían productos de mercería o ropa y accesorios para caballeros. Los talladores de piedras preciosas habían traído sus mercancías desde Ekaterinburgo: botones y amuletos minuciosamente recortados en esmeralda, malaquita o lapislázuli; cristales, topacios y amatistas convertidos en cuentas y joyas. Otros comercios ofrecían barrilitos de caviar y especias, o grandes pilas de toda clase de pieles de calidad, entre las que no faltaban las de tigre o de lobo. Aparte de una buena cantidad de tiendas de té chinas, sólo parecía haber un puñado de comercios propiedad de extranjeros, comparado con la multitud de ellos que poblarían la ciudad en el siglo XIX.

Nikolas se detuvo ante la tienda de una encajera, y llevó dentro a su esposa. Emelia prorrumpió en exclamaciones de deleite ante las mesas llenas de encajes de todas las calidades, algunos tan finos como telarañas. Nikolas escogió un chal de un encaje blanco tan intrincado que sólo podía haber sido tejido al ritmo de un centímetro por hora.

—¿Te gusta? —preguntó con indiferencia, y cuando vio que Emelia asentía con cara de perplejidad, le arrojó una moneda a la encajera, que esperaba cerca.

—¿Para mí? —exclamó Emelia, la cara iluminada por la excitación.

—Pues claro que es para ti. —Una sonrisa tiró suavemente de las comisuras de los labios de Nikolas. Le quitó de la cabeza el chal oscuro y extendió los delicados encajes sobre su pelo—. ¿Para qué otra persona iba yo a comprar esto?

La encajera, una menuda anciana con manos que parecían ramitas de un árbol lleno de nudos, aprobó con un movimiento de la cabeza.

—Un encaje precioso. Con ese pelo tan rojo que tenéis, parece nieve.

Emelia se llevó la mano al pelo y acarició el chal.

—Nunca había tenido nada tan hermoso —murmuró—. Hasta la ropa que llevé en la boda era prestada.

El chal fue cuidadosamente envuelto en papel para hacer un paquete. Después Nikolas llevó a Emelia a la tienda de un perfumista, repleta de inciensos, aceites y perfumes que impregnaban el aire con sus delicados aromas. Mientras Emelia investigaba el surtido de intrigantes botellitas y cajas de aromas, Nikolas fue a hablar con el anciano francés que aguardaba discretamente en el rincón.

—Monsieur, querría elegir un perfume para mi esposa.

Los oscuros ojos del perfumista brillaron de interés cuando miró a Emelia.

—Una mujer realmente magnífica. Algún día quizá me permitiréis mezclar un perfume especial para ella, alteza. Mientras tanto, tengo uno excelente ya preparado. Esencia de rosas, bergamota y un poco de menta. —Rebuscó en la trastienda hasta localizar un recipiente de color azul al que le quitó el tapón. Se lo ofreció a Emelia para que lo oliera—. Vuestra muñeca, madame.

Emelia extendió el brazo cautelosamente, y el perfumista depositó una gotita minúscula sobre su piel. Emelia se olió la muñeca y miró a Nikolas con una sonrisa de asombro.

—¡Huele como el prado en primavera!

—Os dije que era excelente —dijo el perfumista, orgulloso—. Creo perfumes para todas las mujeres de la corte.

Después de unos minutos de negociaciones, Nikolas compró el perfume y se lo dio a Emelia. Ella lo recibió con una expresión atemorizada.

—No esperaba que me compraras regalos —dijo, acunando el recipiente con cuidado en sus manos mientras seguía a Nikolas fuera de la tienda—. No he hecho nada para merecerlos.

—Ahora eres mi esposa. Puedes tener todo lo que desees.

—Lo que de verdad deseo... —empezó a decir ella, y se puso muy roja.

—¿Sí? —la animó Nikolas, un poco asustado por lo que pudiera decirle ella.

—Quiero... —volvió a intentar Emelia, pero se calló con una mueca de nerviosismo.

Nikolas se detuvo y le escrutó el rostro con la mirada. No estaba seguro de por qué le había comprado regalos, ni de por qué le había parecido necesario demostrarle hasta qué punto le gustaba su compañía. Era la única mujer en la Tierra a la que no podía tener. Lamentó amargamente que la vida no fuera para él tan simple como lo era para otros hombres. Nunca había sido capaz de reconciliar las mitades divididas de su ser, la parte que deseaba a aquella mujer y la parte que la temía.

—Bueno, deberíamos volver a la finca —dijo finalmente—. Pedro y su séquito no tardarán en llegar.

La ropa que le habían preparado a Nikolas incluía una chaqueta de terciopelo color ámbar con puños de brocado, unos pantalones de terciopelo ceñidos a las piernas y un chaleco de terciopelo adornado con piedras preciosas, prendas todas ellas a la última moda de la época. Nikolas las encontró horribles. El que quedasen tan apretadas, los intensos colores, la ostentación: todo eso iba en contra de sus gustos. Estaba acostumbrado a la elegante simplicidad del negro y el blanco para la noche, sin que la chaqueta y los pantalones apretaran en ningún sitio, con todo recién planchado. Ése era el estilo imperante en los tiempos de la reina Victoria. A principios del siglo XVIII, sin embargo, se suponía que un hombre de posibles tenía que vestir con toda la sutileza de un pavo real.

Sintiéndose ridículo en su elaborado atuendo, Nikolas fue a la habitación de Emelia. Encontró a su esposa sentada ante un tocador de caoba de diseño francés, donde contemplaba con perplejidad el frasco azul de perfume que él le había regalado aquella tarde. Emelia miró por encima del hombro al oírlo entrar, y sonrió con admiración.

—Qué ropa tan espléndida, Nikolái.

Él respondió con un gruñido evasivo y fue hacia el tocador. Emelia llevaba el sarafán rojo, con cintas del mismo color en la trenza. Se había puesto un frágil velo y lo había sujetado con la diadema de hilo dorado. Como era incapaz de mantener las manos apartadas de ella, Nikolas recurrió al pretexto de ponerle bien el diminuto rubí de bisutería que adornaba la diadema para que le quedara justo en el centro de la frente. Le resiguió la ceja con el pulgar, alisando suavemente el arco leonado. La esposa de un Angelovski no debería llevar piedras falsas, así que tendría que darle unas cuantas joyas.

Emelia sostenía el frasco azul y lo miraba como si no supiera qué hacer con él.

—Nunca he llevado perfume —dijo—. ¿Cómo debería ponérmelo?

—La mayoría de la gente comete el error de usar demasiado. Frótate una gotita en las muñecas y detrás de las orejas. —Nikolas quitó el tapón y le rozó la muñeca con la punta del aplicador de la botellita. Luego le dio un suave masaje con la yema del dedo en el punto que acababa de mojar, hasta que el intenso aroma de las flores del verano se elevó hacia él—. A algunas mujeres les gusta perfumar los lugares donde el pulso late más fuerte... El cuello, la parte de atrás de las rodillas...

Emelia rió, y luego se quedó muy quieta cuando él le tocó los delicados huecos detrás de los lóbulos.

—¡Pero nadie va a verme las piernas!

Pensar en su cuerpo apretado por las fuertes y esbeltas pantorrillas de Emelia hizo que a Nikolas se le secara la boca. Clavó la mirada en sus sonrientes ojos azules. Si quería, podía seducirla allí mismo, llevarla a la cama de la que sólo los separaban un par de metros, subirle el sarafán hasta la cintura...

Con la cara al nivel de las caderas de su esposo, Emelia no pudo evitar percatarse del cambio que se produjo en su cuerpo cuando la carne se endureció bajo la férrea restricción de sus pantalones. Un leve color sonrosado le cubrió las mejillas, y se aclaró la garganta antes de hablar.

—Nikolái, ¿quieres que...?

—No —dijo él secamente, al tiempo que se daba la vuelta. Fue hacia la puerta, se detuvo en el umbral y habló sin mirar atrás—. Sugiero que os deis un poco de prisa, madame. Os guste o no, esta noche vais a interpretar el papel de anfitriona ante el zar. Y esperemos que sepáis interpretarlo como es debido, o ambos lo pagaremos muy caro.

Los seis actores representaron la comedia de Molière con el tono justo de ligereza. Un grupo de aproximadamente treinta invitados congregado alrededor del zar disfrutaba de la obra en el teatro privado de la finca de los Angelovski. El teatro era pequeño pero lujoso, con paredes pintadas en tonos dorados cubiertas por los óvalos de los antepasados de la familia. Flanqueado por Nikolas a su izquierda y Alexandr Menshikov a su derecha, el zar celebraba las gracias de los actores con ruidosas carcajadas.

Nikolas era agudamente consciente de la tensión que sentía su esposa. Emelia estaba muy quieta en el asiento contiguo al suyo, y lanzaba miradas ocasionales al zar. Supuso que se sentía intimidada por Pedro. A los humildes campesinos entre los que había crecido Emelia se les enseñaba que el zar de Rusia era el hombre más poderoso de la Tierra, una omnipotente figura paterna, y que por encima de él sólo estaba Dios. Para tranquilizar un poco a Emelia y mantener su atención centrada en la obra, Nikolas le susurraba frecuentemente al oído, traduciendo al ruso las frases y los chistes en francés.

Cuando concluyó la obra, los invitados fueron acompañados al comedor para que se acomodaran alrededor de una larga mesa. Una vez más, Nikolas tomó asiento a la izquierda de Pedro, mientras Menshikov lo hacía a su derecha. A unos cuantos asientos de distancia, Emelia estaba visiblemente incómoda entre las elegantes mujeres de la corte sentadas a la mesa. Les sirvieron grandes bandejas llenas de pescado abundantemente condimentado y caza asada, y el vino fue escanciado en copas de plata con borde de cristal rosado.

Nikolas apenas habló, y permaneció recostado en su asiento sin quitarles los ojos de encima al zar y Menshikov. Había habido pocas personas en su vida a las que odiara a primera vista, pero Alexandr Danilovich Menshikov, al que hacía poco se le había concedido el título de príncipe de Izhora, era una de ellas. Quizá fuese porque saltaba a la vista que Menshikov lo odiaba con parecida intensidad.

Menshikov, un hombre alto de expresión impasible al que las penalidades de su campaña polaca habían dejado en los huesos, se pegaba al zar como una sombra e intentaba anticipar todos sus pensamientos y necesidades. Sus ojos, de un azul turquesa muy poco frecuente, eran intensos y calculadores, y un bigote idéntico al de Pedro adornaba unos labios minúsculos que siempre parecían estar fruncidos en una rígida mueca. A través de una combinación de aguante, inteligencia y ambición, había llegado a acumular un poder que solía permitirle hablar en el nombre de Pedro. Una profunda sensación de camaradería parecía existir entre los dos hombres. Menshikov defendía celosamente su relación con el zar, y era obvio que se sentía amenazado por cualquier hombre al que Pedro pudiese admirar o dirigir la palabra.

Justo en ese momento se volvió hacia Nikolas y le habló en un tono felino.

—¡Encuentro admirable que hayas sabido seguir la tradición familiar de contraer matrimonio con una campesina! No les cuesta nada traer hijos al mundo, y aprenden enseguida.

—Alexashka... —dijo Pedro en un tono de advertencia, pero Menshikov hizo como si no lo hubiera oído.

—Hiciste bien al casarte sin amor, Nikolái. Un hombre no debe permitir que nada interfiera en su devoción al zar y a Rusia. En este sentido, el amor por una mujer es particularmente peligroso. Las mujeres son unas criaturas muy exigentes que siempre lo quieren todo para sí mismas. Mientras un hombre tenga presente eso, siempre triunfará en la vida.

—Lo tengo muy presente —le aseguró Nikolas, sin levantar la voz. Como vio que Emelia se sonrojaba ante las maliciosas observaciones sobre sus orígenes que acababa de hacer Menshikov, se volvió hacia ella—. Uno puede llegar muy alto en nuestro país, *ruyshka*. Ahora nuestro amigo Menshikov es un príncipe de Rusia, pero empezó vendiendo pasteles en el mercado de Moscú.

Menshikov se estremeció como si le hubieran clavado un alfiler, y Pedro rió ruidosamente.

—Tú te lo has buscado, Alexashka —dijo sin dejar de reír—. A estas alturas ya deberías saber que nunca hay que provocar a Nikolái. Es un tigre dormido. Más vale no despertarlo.

—No todos podemos nacer aristócratas como los Angelovski —musitó Menshikov—. ¡Por suerte para Rusia, su zar cree que un hombre debe ser recompensado de acuerdo con méritos y no porque tenga sangre noble!

—Lo único que le pido a mi pueblo es que me sea leal y me sirva ardientemente —replicó Pedro—. De este modo un campesino puede demostrar ser mucho más noble que un príncipe. —Vio que Nikolas miraba a Emelia, y volvió su atención hacia ella—. ¿De qué aldea eres, niña?

La pregunta era muy común, una mera cortesía a la que recurrían casi todos los rusos en el trato con los demás para mostrar un interés educado. El efecto que tuvo sobre Emelia, sin embargo, fue inesperado. Se puso muy pálida, y un sudor frío le cubrió la frente. Su silencio se prolongó hasta un grado casi insoportable, tanto que Nikolas pensó que quizá no respondiera.

—De... de... Preobrazhenskoe —respondió Emelia con un hilo de voz.

Pedro se quedó inmóvil como una estatua, salvo por el extraño tic que apareció en su mejilla izquierda.

«¿Qué diablos significa eso?», pensó Nikolas con preocupación. Por fin cayó en la cuenta de que Preobrazhenskoe era la aldea que había dado origen a muchos levantamientos que hicieron correr ríos de sangre. Era el hogar de los rebeldes *streltsi*, quienes habían sido responsables de la muerte de una gran parte de la familia del zar cuando aún era un niño. Los *streltsi* habían asesinado a sus parientes ante sus ojos. El trauma lo había afectado tanto que sufría pequeños ataques epilépticos ocasionales en el lado izquierdo de la cara y el cuello, un trastorno que le duraría toda la vida. Después de la segunda rebelión *streltsi* en Preobrazhenskoe, se sucedieron las ejecuciones en masa hasta que el suelo quedó empapado de sangre en varios kilómetros a la redonda. Nada podía garantizar una reacción más negativa por parte de Pedro que la mera mención de esa aldea.

Menshikov contemplaba a Emelia con mal disimulado regocijo.

—¿Toda tu familia es de Preobrazhenskoe, querida? —preguntó en un tono delicadamente malicioso.

—Sí —susurró ella finalmente, sin levantar la vista. Era la viva imagen de la culpabilidad.

La comprensión llegó con la fuerza de un mazazo en la frente. Nikolas recordó retazos de la conversación que habían mantenido en la mansión de Golorkov, lo mucho que le había costado a Emelia responder a sus preguntas...

«Mi padre murió... Mi familia estaba mal vista debido a las convicciones políticas de mi padre...»

A su padre probablemente lo habían ejecutado por ser un rebelde *strelets*.

El esfuerzo de asimilar aquella nueva información hizo que Nikolas sólo se enterara a medias de lo que ocurría a su alrededor.

—Ya hemos hablado bastante —ordenó Pedro, visiblemente disgustado por el curso que había tomado la conversación—. ¡A comer todo el mundo! —Se volvió hacia Emelia y la miró severamente—. No me extraña que estés tan delgada, con la poca comida que tienes en el plato. ¡Y no hay nada de carne!

—No..., no me gusta —balbuceó Emelia.

La expresión de Pedro se hizo aún más tenebrosa.

—¿No te gusta la carne? ¡No seas chiquilla! Nadie puede vivir sin comer carne. —Tomó un trozo de pollo con sus enormes dedos y se lo arrojó al plato, donde aterrizó ruidosamente—. Ten, un poco de carne servida por mi propia mano. ¡Cómetela!

Nikolas la miró con un inicio de comprensión. Emelia era exactamente como sería en el futuro, con las mismas aficiones y aversiones instintivas. Comer carne iba en contra de su naturaleza. Nikolas decidió que no podía permitir que abusaran de ella de esa forma, y menos cuando probablemente el resultado sería que lo vomitaría todo sobre la mesa.

—*Batushka* —intervino sin levantar la voz—, enviaré a mi desobediente esposa a su habitación, para que el quedarse sin cenar le enseñe a dejar de portarse como una niña.

Pedro señaló el pollo.

—No hasta que se haya comido eso.

Nikolas miró a Emelia. Se llevaba el trozo de pollo a los labios. Una palidez verdosa le cubría el rostro, y Nikolas supo que no podría retenerlo en el estómago.

—Vete —ordenó secamente.

Emelia le lanzó una mirada de desdicha y gratitud, y huyó a toda prisa.

Seis horas después, Nikolas subía la escalera con paso cansado. Tenía el cuerpo rígido por la ira, las expectativas frustradas y por una intensa sensación de traición. La velada había sido infernal. Después de que Emelia se hubiera ido, el mal humor de Pedro había emponzoñado todos los intentos de conversación. Menshikov contribuía a empeorar el estado de ánimo del zar con sus continuos susurros y taimadas insinuaciones, mientras los invitados dudaban entre el deleite escandalizado y la inquietud. Estaba claro que la elección de prometida hecha por Nikolas no era del agrado de Pedro. Nikolas empezaba a ser de su misma opinión. Después de vaciar entre todos un buen número de botellas de vino y vodka, Pedro y su séquito fueron a acostarse. Y finalmente Nikolas quedó en disposición de vérselas con su embustera esposa.

«¡Perfecto! —pensó agitado—. ¡Por si mi situación no fuese lo bastante complicada, ahora encima he de cargar con una mujer cuya familia participó en conspiraciones para derrocar al zar!» Ardía en deseos de llegar a la habitación de Emelia y descargar su ira sobre ella. La obligaría a admitir que su padre había sido un *strelets*, y luego haría que lamentase eternamente haberlo engañado para que se casara con ella. Emelia tenía que haber sabido que él no podía poner en peligro su posición eligiendo a la hija de un traidor. La sombra de la sospecha se había extendido hasta Nikolas, y a partir de ese momento cada uno de sus pasos sería observado con mucha atención.

Llegó a la cámara de Emelia, entró y cerró la puerta con exquisito cuidado. El resplandor rojo y amarillo de la chimenea era la única luz que había en la habitación. Nikolas apenas pudo entrever a Emelia acurrucada junto a la cama. Parecía estar rezando. «Haces bien —se mofó para sus adentros—, porque tendrás que rezar muchísimo antes de que termine contigo.»

—Tú y yo vamos a tener que hablar —dijo, la voz tirante de furia.

Emelia fue hacia él.

—Nikolái, tienes que castigarme —murmuró mientras lo miraba con los ojos muy abiertos y llenos de miedo de una cierva asustada—. He hecho enfadar al zar, y ahora su ira caerá sobre ti. Ten, coge este látigo: me merezco un buen castigo. Por favor, no puedo soportar saber lo que he hecho...

—Espera —dijo Nikolas, interrumpiendo su frenético parloteo. Vio brillar el mango del látigo de plata, y le indicó con un gesto que lo apartara—. Quiero hacerte algunas preguntas...

—Toma, úsalo —insistió ella.

—¡Dios, no voy a darte de latigazos! —Le quitó el látigo de la mano y lo arrojó a un rincón de la habitación, donde chocó ruidosamente con la pared. Cuando se volvió hacia su temblorosa esposa y vio las estelas de lágrimas que caían de aquellos ojos que no parpadeaban, la ira que sentía se esfumó en un instante. Nikolas se maldijo a sí mismo por perder los estribos con tanta facilidad.

—Pero has de hacerlo —susurró Emelia.

—¡No he de hacer absolutamente nada!

—Por favor... —Inclinó la cabeza y se estremeció.

Nikolas sabía que no hubiese debido hacerlo, pero extendió las manos hacia el esbelto cuerpo de su esposa y la atrajo hacia sí.

—Cuéntame la verdad —dijo, los labios sobre el rojo torrente de su cabellera—. ¿Tu padre era un rebelde *strelets*?

Entonces ella se echó a llorar violentamente, y las palabras salieron de sus labios en un torrente incoherente.

—Sí..., lo ahorcaron..., mi madre murió de pena..., no podía decírtelo... Quería... ser tu esposa, y si lo hubieras sabido...

—Si lo hubiese sabido, no me habría casado contigo —terminó Nikolas por ella.

—Castígame, por favor —le rogó.

—No seas tonta —dijo Nikolas con voz ronca. La rodeó con sus brazos en un intento de calmarla mientras le acariciaba la espalda que no dejaba de temblar—. ¿Cómo se te ha podido ocurrir que yo sería capaz de dejarte marcada? Oh, no creas que no me tienta la idea, mi inteligente mujercita. Pero aunque me decidiera a intentarlo, nunca podría levantarte la mano.

—¿Porque soy tu esposa? —preguntó ella, sin dejar de estremecerse.

—Porque eres mía. Eres la única mujer a la que he deseado nunca, y me da igual que probablemente vayas a ser mi perdición. Ahora deja de llorar. Con eso no vas a arreglar nada.

—¡No puedo! —sollozó ella contra su cuello.

—¡Basta! —dijo Nikolas.

Desesperado al ver que no conseguía hacer que dejase de sollozar, apartó la roja cortina de sus rizos y puso los labios en la mejilla mojada por el llanto. El sabor de las lágrimas de Emelia, los rastros de sal sobre la seda de su piel, hicieron que perdiese la cabeza. Nikolas buscó la comisura de la boca de Emelia, la temblorosa curva de su labio inferior, la promesa de suavidad que encerraba. La besó, primero con ternura y después con más y más pasión, hasta que su lengua se abrió paso entre los bordes de los dientes de Emelia y entró plenamente en su boca, poseyéndola por completo. Los sollozos cesaron como por arte de magia, y Emelia se apretó contra él. La calidez de su cuerpo era tan irresistible que el deseo creció hasta hacerse incontrolable, y Nikolas supo que habría podido tomarla allí mismo. Pero en lugar de eso se apartó de ella con un gemido torturado para ir hacia la chimenea. Clavó la mirada en las llamas, luchando por recuperar la compostura.

—No puedo hacerlo —dijo secamente.

Emelia se había quedado en pie, inmóvil, detras de él.

—¿Por qué? —preguntó, jadeante.

Pensar en intentar explicárselo, en la imagen que ofrecería, hizo que Nikolas riera de forma sarcástica.

—Nunca podría hacértelo entender —murmuró después—. Dios, la de cosas que podría llegar a contarte... Nunca las creerías.

—Quizá sí... —dijo ella con vana esperanza, acercándose un poco.

—Ah, ¿sí? —exclamó Nikolas, con una carcajada que terminó en una nota salvaje—. ¿Y si te dijera que puedo ver el futuro? ¿Qué pensarías si te asegurase que volveremos a encontrarnos dentro de ciento setenta años?

—Podría creer eso..., me parece —replicó ella después de una larga vacilación.

—Es cierto. Sé exactamente lo que nos reserva el futuro. De nuestro matrimonio no puede salir nada bueno, nada que tenga ningún valor. Los Angelovski están podridos por dentro. Sé cuánto dolor y miseria llegarán a causar en las próximas generaciones, a sí mismos y a otras personas, y no puedo permitir que ese futuro vuelva a ocurrir. No habrá hijos de nuestro matrimonio, porque no puedo permitir que la descendencia de mi familia continúe.

—Si de verdad piensas eso, ¿entonces por qué te casaste conmigo? —le preguntó Emelia, sin ocultar su perplejidad.

Nikolas sacudió la cabeza y masculló un juramento.

—No lo sé. No puedo evitar sentirme atraído por ti.

—Es el destino —dijo ella simplemente.

—No sé qué es —musitó Nikolas—. Pero no tiene nada de bueno. —Tomó un atizador y lo clavó ferozmente en uno de los troncos que ardían en la chimenea.

—Nikki —preguntó ella—, ¿habrá amor entre nosotros cuando volvamos a encontrarnos en el futuro?

Nikolas se volvió, como movido por un resorte, al oírla usar ese nombre. Confusa y asustada, Emelia lo miraba con un tierno anhelo que lo estremeció hasta la médula.

—No —replicó mientras dejaba a un lado el atizador—. En el futuro me odiarás porque te habré quitado todo lo que más querías. Te haré daño, una y otra vez.

—Nada malo puede surgir de querer a alguien —susurró ella—. Soy muy ignorante, pero eso sí lo sé.

—No sé querer —dijo, y el odio que se tenía a sí mismo resonó en su voz—. Nunca he sabido. Y no merezco que me quieran. Créeme, Emelia.

Nuevas lágrimas brillaron en los ojos azules de su esposa.

—Yo te querría. Yo puedo quererte. Ni siquiera tendrías que corresponder a mi amor.

—No —insistió el príncipe, con la mirada puesta en el rostro trastornado de su esposa.

Emelia fue hacia él y lo rodeó con sus largos brazos. Se apretó contra el cuerpo de Nikolas, apoyando la cara en su cuello.

—Me da igual el futuro —dijo, y Nikolas sintió como si sus palabras le abrasaran la piel—. Lo único que me importa es que ahora estoy aquí contigo... y que te quiero.

—No puedes quererme —dijo él en voz baja, percibiendo una terrible quemazón en el pecho—. No hay ninguna razón para que...

—No necesito tener una razón. El amor no atiende a ellas.

Nikolas no encontraba ninguna defensa o retirada dignas ante aquella terca pasión que prescindía de la lógica. Gimió y buscó la boca de Emelia, para besarla con todo el fuego que sentía arder en su interior. Se llenó las manos con su cuerpo y le apretó las nalgas, las caderas y los pechos en una ávida sucesión. Emelia abrió los labios para él y le hizo entrega de su cuerpo con una tierna generosidad que lo devastó. Nikolas la rodeó con los brazos, y la apretó tan fuerte que Emelia gimió de dolor. Él aflojó el abrazo sólo ligeramente y apoyó la cabeza en su frente, con su respiración entrecortada en la boca de Emelia.

—No sé qué hacer —dijo. Nunca antes había confesado abiertamente una duda.

—¿Qué deseas? —susurró ella. Era una pregunta provocativa, sobre todo ahora que la tenía contra su cuerpo inflamado por el deseo.

¿Qué deseaba? Deseaba que aquella opresión intolerable en el pecho desapareciese. Deseaba liberarse de algún modo...

—Quiero que no haya ni pasado ni futuro. Quiero poder decirte...

—¿Decirme qué?

Nikolas retrocedió para poder contemplar el rostro radiante de Emelia. Sintió que el corazón le latía frenéticamente con algo parecido al terror. Tomó la cabeza de Emelia con unas manos que habían empezado a temblar, y miró sus relucientes ojos azules. Era tan hermosa, tan suya...

—No puedo —se oyó decir.

—Deja que el futuro cuide de sí mismo —lo apremió ella—. Deja que los demás sean responsables de sus actos. Ahora sólo debes intentar crearte una vida que valga la pena para ti, ahora, aquí, conmigo.

Nikolas sacudió la cabeza y se preguntó si realmente podía ser tan sencillo. Nunca había vivido sólo para sí mismo, sin que eso implicara cargar con la oscura historia de su familia. ¿Qué pasaría si dejaba de lado todo eso? Casi con toda certeza se repetiría; las crueldades de su padre, y el asesinato de su hermano pequeño, su propia corrupción. ¿Cómo podía amar a Emelia ahora cuando sabía lo que ocurriría en el futuro?

Pero deseaba tanto estar con ella... y no vislumbraba ninguna otra salida. ¿Cuánto hacía que intentaba negar lo que sentía por Emelia? Días, meses, años..., y todo en un esfuerzo vano. ¿Por qué seguir intentándolo? Le daba igual cuál fuera el precio que tuviera que pagar por quererla. Ella lo valía.

La tempestad emocional empezó a disiparse, y dejó tras de sí una sensación de paz que Nikolas nunca había conocido antes.

—Creo que al fin sé por qué estoy aquí —dijo roncamente—. No para cambiar la historia de mi familia, sino para estar contigo. Para recordar un tiempo en el que... En el que era capaz de sentir lo que siento ahora.

—¿Qué es lo que sientes? —susurró ella, deslizando las manos para sujetarlo por las muñecas.

Nikolas sintió que se le nublaba la vista, y se le hizo un nudo en la garganta. Tuvo que tragar saliva antes de poder hablar.

—Te... quiero. —Le rozó la frente con los labios, por una vez con toda ternura y humildad. Una pureza tan intensa que parecía atravesarlo todo a su paso se extendió por su ser—. Te quiero —repitió mientras besaba sus delicados párpados, y siguió susurrando aquellas milagrosas palabras contra su piel y su pelo. Durante un rato muy largo sólo supo que estaban inmóviles en el círculo de luz del fuego, completamente absortos el uno en el otro. Después se dirigieron al lecho, aunque Nikolas nunca iba a recordar cuál de los dos había dado el primer paso.

Las manos apresuradas del príncipe despojaron a ambos cuerpos de sus ropas, y luego acariciaron la piel desnuda de Emelia. Se hicieron un ovillo bajo la seda y el damasco, y Nikolas resiguió con la punta de un dedo la delicada forma de su boca, el firme ángulo de su nariz, las rojas pinceladas de sus cejas... Emelia le pasó las manos por la espalda y los costados, en unas primeras y todavía vacilantes caricias. Aquella calidez tan suave lo llenaba de un anhelo primitivo, de un impulso que a duras penas podía contener.

Sus labios fueron hacia la boca de Emelia para devastarla delicadamente, al tiempo que deslizaba la rodilla entre sus largas y sedosas piernas y se las separaba. Nikolas cerró las palmas sobre sus pechos hasta que sintió endurecerse los pezones bajo su contacto. Emelia temblaba y se agitaba implorante debajo de él, pero Nikolas mantuvo la suavidad y la ternura de las caricias. Nunca había sentido el éxtasis que experimentó al ver que por fin era capaz de demostrar amor con su boca, sus manos y su cuerpo. Besó tiernamente cada centímetro del cuerpo de Emelia, desde su cabeza hasta sus delicados pies, para luego volver sin ninguna prisa a los rizos rojizos y crujientes del pubis. Puso la boca sobre la parte más suave de su cuerpo, y lamió profundamente aquella mata acanelada. Ella dio un respingo de sorpresa y placer, y le enredó los dedos en el pelo mientras gemía de manera entrecortada. Cuando estuvo mojada y lista para recibirlo, Nikolas se le puso encima, brazos contra brazos, piernas contra piernas.

Emelia le rodeó el cuello y acercó los labios a su oreja.

—No sé cómo darte placer —susurró, desesperada—. ¿Qué puedo hacer? ¿Qué puedo darte?

—Date a ti misma. Eres todo lo que quiero. —La besó y la acarició, para que ella se sintiera alentada a explorarlo también. Cuando el deseo se volvió insoportable para ambos, Nikolas entró en ella con mucho cuidado, y se estremeció al oírla gritar de dolor.

—Lo siento —jadeó, pesadamente inmóvil dentro de ella—. Siento hacerte daño.

—No, no... —dijo ella, la espalda arqueada y los brazos y las piernas alrededor de él para tenerlo lo más cerca posible.

Nikolas empezó a moverse, despacio y con la mayor delicadeza posible mientras el placer crecía poco a poco dentro de él y lo arrastraba más allá de los límites de la cordura. Olvidó todo lo que había sido, y el pasado y el futuro se esfumaron sin dejar rastro. Ahora sólo existía ella... Emelia... Emma... Ella ponía en fuga la amargura, la furia... El alma de Nikolas quedó liberada de su prisión, y por primera vez en su vida supo lo que era ser feliz.

9

Transcurrió un mes, y aquellos crudos días de invierno pasaron para Nikolas como en un sueño. Se le había dado una nueva vida, una oportunidad de ser otro hombre, y asumió el papel con una sorprendente facilidad. Cualidades que siempre le habían sido ajenas, como la compasión, la tolerancia y la generosidad, ahora parecían acudir a su corazón de la manera más natural. No envidiaba a nadie, porque al fin tenía todo lo que quería. Siempre estaba ocupado. Tenía que organizar reuniones de los comerciantes del mercado *posad*; nombrar nuevos agentes y administradores para que se hicieran cargo de las propiedades de los Angelovski; y de vez en cuando, pero siempre de bastante mala gana, dedicar una velada a beber con Pedro y los caballeros de la corte. La mayor parte de su tiempo, sin embargo, lo pasaba con Emelia.

Su esposa lo deleitaba con su fuerza de voluntad y su inalterable animación. Daban largos paseos en trineo por los ríos helados, hacían acudir a la finca a músicos y actores para que los entretuvieran, o pasaban horas en callada compañía mientras Nikolas leía en voz alta una novela. Hacían el amor durante horas, y cada experiencia parecía ir más allá de la anterior. Nikolas no dejaba de asombrarse ante lo mucho que la necesitaba y lo importante que había llegado a ser para él poder sentirse próximo a alguien después de todos aquellos años de soledad. Nunca había permitido que nadie llegara a conocerlo tan bien. Emelia se sentía libre de bromear con él, o de mostrarse exigente, y Nikolas era tan feliz que nunca tenía un no por respuesta.

La cubría de regalos: vestidos de seda, terciopelo y brocado, con chaquetillas ribeteadas de bordados. Como complemento, pares de medias de seda, zapatillas, botas de cuero repujado y adornadas en oro, zapatos de tacón con los que Emelia, orgullosa, se tambaleaba. Para cuidar de su peinado, le había ofrecido una caja de oro y plata llena de peinetas de carey, diademas de piedras preciosas, horquillas con diamantes, y un arco iris de cintas.

—Es demasiado —protestó Emelia un día cuando estaban sentados en el saloncito con Ili Ilich, un ancianito con la cara llena de arrugas que tenía fama de ser el mejor joyero de Moscú—. No necesito más joyas, Nikki. Tengo tantas que nunca llegaré a llevarlas todas.

—Nunca se tiene demasiado de nada —protestó el joyero, al tiempo que esparcía sus artículos sobre un paño de terciopelo negro ante ella para que fuesen más tentadores.

—¿Por qué no un brazalete? —sugirió Nikolas, con un aro de rubíes que brillaban intensamente suspendido del dedo.

Emelia negó con la cabeza.

—Tengo joyas suficientes para cubrirme los brazos hasta los codos.

Ilich señaló los otros objetos preciosos

—¿Un collar de ámbar y diamantes? ¿Una cruz de zafiro para llevar en la iglesia?

Emelia rió y alzó las manos en un gesto defensivo.

—No necesito nada. ¡De veras!

—La princesa merece algo especial —le dijo Nikolas al joyero sin hacer caso de las protestas de su esposa—. Algo que se salga de lo corriente. ¿Qué más habéis traído?

La ya muy arrugada boca de Ilich se frunció en una serie de pliegues pensativos, y se puso a hurgar en su colección de bolsas de terciopelo.

—Hummm..., quizás os gustaría..., sí, me parece que esto será de vuestro agrado. —Metió la mano en un saquito y fue sacando de él una serie de figuritas que puso encima de la mesa, una por una.

Una sonrisa de deleite iluminó el rostro de Emelia en cuanto las vio.

—¡Oh, qué maravilla! —exclamó—. Nunca había visto nada igual.

La perplejidad oscureció por un momento la expresión de Nikolas.

—Yo tampoco —dijo, aunque era mentira.

Aquella colección de animales tallados era el mismo juego que había llevado consigo cuando lo habían exiliado de Rusia. El cisne de coral blanco con su pico de oro, la rana de malaquita, el lobo de amatista con las patas de oro y, entre todas aquellas figuritas, la pieza más soberbia de la colección: el tigre de ámbar con diamantes amarillos por ojos.

Emelia tomó el tigre y lo examinó desde todos los ángulos.

—Mira, Nikki. ¿Verdad que es precioso?

—Sí, es muy bonito —convino él en voz baja, sin dejar de mirar el rostro radiante de su esposa. Luego apartó los ojos el tiempo suficiente para decirle al joyero—: Nos los quedamos todos.

Emelia rió con gran alegría y se volvió para echarle los brazos al cuello.

—Eres tan bueno conmigo... —le murmuró al oído—. Vas a conseguir que te quiera demasiado.

Él le rozó la mejilla con los labios.

—Nunca se quiere demasiado...

Una siniestra sombra empezó a infiltrarse en los días llenos de felicidad de su vida con Emelia. Nikolas era consciente de que cualquiera que hubiese sido su relación con Pedro en el pasado, se había degradado hasta constituir una amistad que sólo podía ser calificada de tibia en el mejor de los casos. Sentía una distante admiración hacia Pedro, pero lo explosivo de su temperamento, su ferocidad y esa tozudez contra la que no había manera de razonar le impedían sentir un verdadero aprecio por él. Y sólo alguien que gozase del favor de Pedro podía sobrevivir en aquellos tiempos tan precarios.

Pedro estaba sometido a una tremenda presión, porque la guerra que libraba no era únicamente contra los suecos, sino también contra su propio pueblo. Había reclutado por la fuerza a cientos de miles de campesinos para que sirvieran en el ejército y construyeran San Petersburgo, con lo que se había ganado la ira de sus súbditos en todas las capas sociales. El descontento y la traición crecían por doquier, y pocos estaban a salvo de las sospechas de Pedro. La policía secreta no daba abasto a la hora de acumular información sobre cualquier persona que hubiese osado aunque sólo fuese murmurar una palabra hostil contra el zar y el gobierno. Nadie sabía cuántos hombres inocentes habían sido acusados y utilizados para dar ejemplo, a veces sin ninguna clase de juicio previo. Los alrededores de Moscú eran un hervidero de intrigas, y Nikolas sabía que muchos lo miraban con malos ojos.

—Todo eso son celos —le había explicado Sidarov, su ayuda de cámara, sin inmutarse después de que Nikolas le comentara que otros nobles se mostraban muy fríos con él—. Piensan que ningún hombre merece tantas bendiciones como las que vos disfrutáis. Vuestro apellido y vuestra riqueza, vuestra apostura... —Fue interrumpido por el bufido sardónico que soltó Nikolas—. Sí, sois muy apuesto, y os habéis casado con una mujer muy bella. Vuestras modernas ideas occidentales os ganaron el favor del zar, así que es lógico que los boyardos no os encuentren de su agrado.

—El favor del zar... —masculló Nikolas—. Eso, en mi opinión, vale lo que un par de bostas de caballo.

—¡Alteza! —protestó Sidarov, sus ojos color chocolate llenos de alarma—. No deberíais decir semejantes cosas en voz alta. ¡En Moscú hasta las paredes tienen oídos! Vuestra vida y la de la princesa podrían correr peligro.

—Ya están en peligro —dijo Nikolas en voz baja mientras se llevaba una mano a la mandíbula y reseguía los contornos de un oscuro moretón.

Le había sido infligido el día anterior, tras una reunión con Pedro y los ocho hombres a los que deseaba nombrar gobernadores de las nuevas provincias creadas en Rusia. Menshikov se haría cargo de San Petersburgo, el príncipe Dimitri Golitsin gobernaría Kiev, Kazán quedaría en manos del boyardo Apraxin, y así sucesivamente.

Nikolas había enfurecido a Pedro al rechazar el nombramiento de gobernador de la región de Arkangel. No había querido explicar sus razones, aunque éstas se reducían a que no estaba interesado en producir todavía más ingresos para el gobierno. En cambio, lo único que quería Pedro de sus gobernadores era que espoleasen al que en la práctica ya era un auténtico ejército de recaudadores de impuestos para sacarle todavía más dinero a la población. Nikolas tenía la desagradable certeza de que su rechazo del cargo probablemente tendría consecuencias imprevisibles, pero aun así fue incapaz de obligarse a aceptarlo.

Pedro hizo caer todo el peso de su desaprobación sobre Nikolas, y clavó en él una mirada tan acusadora que algunos de los hombres sentados a la mesa se estremecieron de temor, mientras que otros lo hacían con mal disimulada satisfacción.

—Bien, entonces nombraré a otro —había dicho Pedro, con desdén—. Pero visto que te cuesta tan poco negarte a hacer lo que te pide tu zar, entonces quizá podrías contarme qué has hecho, suponiendo que hayas hecho algo, en beneficio mío. Explícame por qué aún no has logrado convencer a los comerciantes de Moscú de que formen compañías mercantiles. —Se puso en pie, fue hacia Nikolas y se inclinó sobre él para gritarle directamente a la cara—. ¡Quiero más industria, más desarrollo! ¿Por qué se muestra tan reacio mi pueblo a la hora de cambiar? ¿Por qué no me proporcionan los ingresos que necesito para hacerles la guerra a los suecos? ¡Quiero que me des respuestas, y las quiero ahora!

Nikolas mantuvo el rostro vacío de toda expresión. No se había inmutado ante el rugido ensordecedor del zar, ni siquiera cuando unas cuantas gotitas de saliva salieron despedidas de la gigantesca boca de Pedro.

—Habéis encontrado todas las fuente de ingresos posibles y las habéis exprimido hasta dejarlas secas, *batushka* —había replicado finalmente sin perder la calma—. Vuestros recaudadores de impuestos le han arrancado hasta el último kopek al pueblo. Tenemos impuestos sobre todo, desde el nacer y el casarse hasta el beber agua. Incluso existe un impuesto sobre los bigotes, por ridículo que pueda parecer eso.

Había hecho una pausa, al comprobar que un silencio sepulcral acababa de caer sobre la habitación. Los ojos de Pedro se habían convertido en chispas de pedernal. Nadie podía creer que Nikolas se atreviera a hablar con esa claridad al zar.

—Y para colmo —había continuado pausadamente—, los monopolios estatales que habéis creado sirven para multiplicar el precio de los artículos hasta cinco veces su coste original. La gente no puede permitirse enterrar a sus muertos como es debido, porque los ataúdes cuestan demasiado. Los campesinos ni siquiera pueden permitirse tener sal en sus mesas. El alcohol, las pieles, hasta los naipes son demasiado caros. Los comerciantes no pueden obtener ningún beneficio decente bajo esas condiciones. Están furiosos, y no ven razón para trabajar aún más duro cuando sólo se trata de financiar vuestra guerra.

—Te agradezco la honestidad. —Y entonces, Pedro lo había golpeado en la mandíbula, sin avisar. El puñetazo fue tan devastador que Nikolas casi salió despedido del asiento—. Esto por tu insolencia.

Los deseos de progreso del zar coincidían plenamente con los ideales occidentales de Nikolas, pero no podía decirse lo mismo de los métodos con los que trataba de inducirlo. Nikolas se había concentrado en permanecer sentado mientras parpadeaba para disipar los puntitos de luz que le bailaban ante los ojos, y el zumbido que le invadía los oídos. La rabia ya había empezado a hervir en su interior, y todos los músculos de su cuerpo le pedían a gritos que atacara, que hiciese algo para defenderse. Pero levantar la mano contra el zar hubiese sido como firmar su propia sentencia de muerte.

—Gracias por la lección —había dicho finalmente, levantándose del asiento—. Ahora ya sé cuál es la recompensa por decir la verdad. —Su descaro fue acogido con un coro de jadeos y exclamaciones ahogadas y luego todos, Pedro incluido, guardaron silencio mientras lo veían salir de la habitación.

Nikolas se obligó a centrar sus pensamientos en el presente, volvió a acariciarse el moretón de la mandíbula y sonrió hoscamente mientras Sidarov le hablaba con voz preocupada.

—Pero, alteza, el zar le pega a todo el mundo. Él es así. ¡Cielos, pero si recuerdo que una vez le pegó al príncipe Menshikov, en esta misma casa, tan fuerte que toda la mesa en la que cenabais quedó manchada con su sangre! El zar lo hace sin darse cuenta. Sus íntimos tienen que aguantar los efectos de su frustración, y vos siempre lo habéis sabido.

—Pues la frustración del zar tiene un gancho de derecha realmente temible, te lo aseguro —mascculló Nikolas.

—El moretón no tardará en desaparecer —dijo Sidarov, su joven rostro fruncido en una mueca de preocupación—. Por favor, príncipe Nikolái, tenéis que intentar olvidar esto.

Por el bien de Emelia, así como por el suyo propio, Nikolas estaba dispuesto a intentarlo.

Ya entrada la noche, cuando fue a la habitación que Emelia y él compartían ahora, la encontró sentada a una mesita con una extraña colección de pequeños espejos, todos puestos de tal manera que se reflejaban unos a otros. Una vela ardía en el centro. La suave claridad de la llama se extendía a la pared posterior de la estancia, de tal modo que el icono de Elías y su nube color rubí brillaban como iluminados desde atrás.

Perplejo, Nikolas se detuvo y observó a su esposa. Emelia llevaba un vestido de terciopelo azul claro, cerrado por delante con botones tallados en madreperla.

—¿Qué haces? —preguntó.

Emelia se sobresaltó, pero al volverse sonreía.

—¡Has entrado tan silenciosamente que no te he oído!

—Miró otra vez los espejos—. Intento leernos el porvenir. Uno de los espejos debe revelarme el destino que nos aguarda. Si pasa el tiempo sin que pueda ver nada, entonces me parece que derretiré una vela en un cuenco de agua, y las gotitas de cera que caigan formarán una figura que me dará alguna pista...

Nikolas cerró la puerta, fue hacia ella y le tiró suavemente de un rizo pelirrojo.

—No creerás en esas cosas, ¿verdad?

Emelia se puso muy seria.

—¡Oh, sí, siempre funcionan! ¿Es que los occidentales no creen en la buenaventura?

—Supongo que algunos de ellos sí. Pero allí creen más en la ciencia que en la magia.

—¿Y tú en qué crees?

Nikolas le acarició la esbelta línea del cuello.

—Creo en ambas cosas. —La apartó de la mesita y la hizo volverse hacia él—. ¿Por qué estás tan preocupada por nuestro destino, niña?

Emelia clavó la mirada en el moretón de su rostro, y se lo acarició delicadamente con la punta de los dedos.

—Al zar no le gusta nada que te hayas casado conmigo. Todo el mundo lo sabe.

Nikolas apretó la mandíbula.

—¿Alguien se ha atrevido a decirte aunque sólo sea una palabra...?

—Oigo cómo murmuran cada vez que salimos juntos. Creo que Menshikov y sus amigos se han asegurado de hacer correr la voz de quién soy. Tener una esposa como yo te deja en muy mal lugar.

—Que se vayan todos al diablo —dijo él ásperamente, y la besó.

Emelia volvió la cara pasados unos instantes.

—A veces querría...

Nikolas inclinó la cabeza sobre su cuello y dejó una cadena de besos a lo largo de su piel.

—¿Qué es lo que querrías, *ruyshka*?

—Que pudiéramos encontrar alguna forma de hacer que el resto del mundo desapareciese. Que sólo quedáramos nosotros dos.

—Puedo hacerlo desaparecer —murmuró él, y deslizó delicadamente su boca sobre la de ella en una íntima fricción.

Emelia se resistió brevemente, y lo miró con sus ojos azules llenos de preocupación.

—No quiero causarte problemas. Sólo quiero darte paz y consuelo.

—Me das mucho más que eso —dijo Nikolas mientras buscaba las formas de su cuerpo bajo el vestido de terciopelo—. Me haces sentir cosas que nunca había imaginado. Te quiero más que a mi vida, *ruyshka*. —Cerró la mano sobre la curva de uno de sus pechos, hasta que la respiración de ella cambió y se apretó contra él con un gemido de súplica. Nikolas la llevó a la cama con una sonrisa de triunfo en los labios, determinado a hacerle sentir tanto placer que cualquier rastro de preocupación se desvaneciera, aunque sólo fuese durante un rato.

Consciente de que las sospechas que Emelia empezaba a tener acerca del príncipe Menshikov probablemente fuesen acertadas, Nikolas se puso a pensar en cuál sería la mejor manera de pararle los pies. Curiosamente, se encontraron por casualidad en la tienda de un librero, a la que acudían por las tardes la mayoría de los hombres instruidos de Moscú. Mientras elegía unas cuantas traducciones rusas de libros extranjeros, Nikolas experimentó una extraña sensación de frío, y al volverse comprobó que Alexandr Menshikov lo miraba, inmóvil, a un par de metros.

Los ojos verde azulados de Menshikov se mantuvieron inexpresivos como los de un reptil cuando lo saludó con una sonrisa.

—Buenos días, príncipe Angelovski. —Señaló un volumen cercano—. Os recomiendo este relato de los gloriosos logros del zar.

Nikolas no apartó la mirada del rostro de Menshikov.

—Ya sé todo lo que necesito saber sobre ese tema.

—Quizá deberíais leerlo de todas maneras, para que os recordara la grandeza de Pedro y su formidable voluntad, por no mencionar todo lo que ha hecho por vos y por el resto de nosotros. Esta misma mañana, él y yo hemos mantenido una larga conversación acerca de vos.

—¿Y? —inquirió Nikolas, los músculos súbitamente en tensión.

—Parece que Pedro está un poco decepcionado con vos. Había depositado grandes esperanzas en vuestra persona, pero habéis elegido desperdiciar vuestros talentos. Un potencial tan grande como el vuestro, y todo para nada. Os negáis a aceptar un nombramiento militar, y tampoco queréis cumplir con vuestros deberes cívicos aceptando el cargo de gobernador de Arkangel... Y luego incluso decidís casaros con la hija de un traidor.

—Ni una palabra acerca de ella —le advirtió Nikolas, sin levantar la voz, pero con un peligroso destello en los ojos.

Menshikov continuó hablando en un tono ligeramente más bajo.

—¿Os ha contado lo de su padre, Vasili? He descubierto muchas cosas acerca de él gracias a nuestro mutuo amigo, el jefe del Departamento Secreto. Vasili era un soldado *strelets*, los mismos que urdieron oscuras conspiraciones contra Pedro desde el día en que nació y mataron a su familia. Se suponía que debían proteger su vida, y en lugar de eso hicieron repetidos intentos de acabar con él. «Engendradores del mal», los ha llamado el zar. El padre de vuestra esposa llegó a hacerse famoso por sus magníficos discursos sobre cómo había que tomar la capital, matar a todos los boyardos y volver a sentar en el trono a Sofía, la hermana del zar. De pie entre la multitud con su pelo rojo como el fuego gritaba palabras incendiarias de traición... La gente lo llamaba «el diablo rojo». ¿Os acordáis de cuando los *streltsi* marcharon sobre Moscú hace ocho años? Vasili era uno de los miembros más activos y visibles de esa rebelión. Naturalmente fue arrestado, y murió mientras se lo torturaba. Pero la traición de los *streltsi* nunca morirá en la memoria del zar. Y cada vez que os ve con vuestra pelirroja esposa, el corazón de Pedro se endurece un poco más contra vos. Emelia no os conviene, políticamente hablando. Si yo fuera vos, me libraría de ella

Nikolas no pudo contenerse por más tiempo. Se abalanzó sobre Menshikov, lo arrinconó contra la pared y le rodeó el cuello con las manos.

—Quizá bastaría con que me librara de vos.

Los otros clientes interrumpieron sus conversaciones para mirarlos con asombro. Menshikov se había puesto blanco de miedo, o de ira, o de ambas cosas.

—Quitadme las manos de encima —siseó.

Nikolas así lo hizo, muy despacio.

—Ya estoy harto de escuchar los rumores y las murmuraciones que tanto os habéis esforzado por propalar a través de todo Moscú —musitó—. Si oigo una sola calumnia más contra mí o mi esposa, tendréis que responder por ello.

Menshikov separó los labios en una sonrisa torcida.

—Es demasiado tarde para que podáis reparar vuestra reputación, mi arrogante amigo. Vuestra estrella ya ha iniciado su declive. Ahora ya no gozáis del favor de Pedro, porque habéis valorado más vuestro orgullo y vuestra intimidad que sus afectos. ¿No veis que en el fondo todo esto no es más que un juego? Os habéis negado a jugar..., y ahora se os ha expulsado de la partida.

Nikolas pensó que Menshikov tenía razón. Sintió un escalofrío; sabía que si no estaba dispuesto a inclinarse ante los caprichos del zar, no tenía ningún derecho a esperar que Pedro fuese benévolo con él.

El invierno ruso llegó a su apogeo, y el aire se volvió tan frío que la congelación empezó a preocupar a todos los que se veían obligados a pasar más de unos minutos al aire libre. Desconocidos deseosos de ayudar frotaban con nieve las caras de los transeúntes que mostraban las delatoras manchas blancas en la piel. Nadie se exponía a la intemperie sin un grueso abrigo de piel, ya fuese de conejo o de marta cibelina. Las grandes estufas de cerámica de la mansión Angelovski llenaban todas las habitaciones con una incesante emanación de calor, mientras sus ocupantes mantenían calientes las manos con vasos humeantes llenos de té, chocolate o vino calentado con especias. La Navidad no tardaría en llegar, y su proximidad se anunciaba con fiestas, bailes y coros que cantaban villancicos por las calles. Pasteles de pan de jengibre a los que se había dado mil formas distintas, los *pryaniki*, eran horneados en cada casa y ofrecidos a los invitados.

Contagiada de la atmósfera festiva general, Emelia insistió en que Nikolas la llevara a la colina de hielo levantada para diversión tanto de los niños como de los adultos rusos. La colina consistía en una gigantesca rampa construida con madera y cubierta de bloques de hielo que luego habían regado, de forma que ahora una gran ladera helada cubría toda la estructura. La gente llevaba sus trineos de madera a lo alto de los quince metros de la rampa, y luego bajaban por ella como una exhalación, sin parar de reír durante todo el trayecto.

—¿Quieres bajar por esa cosa? —preguntó Nikolas de mala gana mientras Emelia tiraba de él y le rogaba que la acompañara.

—Sí, sí, es la sensación más maravillosa del mundo... Ya habrás bajado por una colina de hielo antes, ¿verdad?

—No desde que era niño.

—¡Ha pasado demasiado tiempo, entonces!

—Sospecho que luego me arrepentiré —masculló Nikolas mientras miraba los trineos que se lanzaban por aquella rampa tan larga e inclinada.

Emelia señaló el trineo con un gesto imperioso de su mano cubierta por el mitón. Estaba tan contenta que le brillaban los ojos. Nikolas obedeció con un gemido, y fue a instalarse en la parte de atrás del trineo con las piernas extendidas. Emelia se sentó entre sus muslos, rígida de excitación. La gente que esperaba detrás de ellos los ayudó dando un buen empujón al trineo, y partieron rampa abajo.

Nikolas sintió que un torrente de aire le entraba en los pulmones con una fría mordedura, y por un momento no pudo respirar. El sonido de los patines del trineo era un zumbido lejano en sus oídos. La emocionante sensación de velocidad enseguida se impuso a todo lo demás, y el trineo adquirió todavía más impulso cuando llegaron al centro de la reluciente ladera blanca. Emelia reía y gritaba, la espalda apoyada en el pecho de Nikolas. Más deprisa, más deprisa, en una loca carrera sobre el hielo..., y llegaron al final de la colina, donde se había esparcido arena para que frenase el descenso de los viajeros. Nikolas utilizó los pies calzados con botas para acabar de detener el trineo.

Sin dejar de reír, Emelia se volvió sobre el pecho de su marido, intentando besarle el rostro aterido por el viento y el frío. Lo abrazó con la afectuosa torpeza de un cachorro que tiene ganas de jugar.

—¡Quiero volver a hacerlo! —exclamó.

Nikolas sonrió y depositó un beso sobre sus labios.

—Con una vez he tenido suficiente.

—¡Oh, Nikki! —Se puso en pie, y lo abrazó mientras él empezaba a levantarse del trineo—. Bueno, probablemente sea mejor así. Estaba segura de que acabaría con las faldas encima de la cabeza.

—Eso luego —prometió él mientras besaba su fría mejilla, y Emelia le puso las manos en el pecho para empujarlo con una carcajada.

El príncipe Golorkov daba una fiesta navideña en su casa. Cuando entraron en el salón de baile, Emelia miró a Nikolas con una sonrisa en los labios: ambos recordaban la tarde en que él la había elegido de una hilera formada por quinientas aspirantes.

—El salón parece distinto ahora —dijo Emelia.

—Eso es por los adornos navideños —replicó Nikolas, sin apartar la mirada de los ríos de terciopelo rojo con flores y cintas doradas que cubrían hasta el último centímetro de pared libre. Las largas mesas adornadas con ramas de abeto estaban llenas de bandejas repletas de pasteles, manzanas secas y otras frutas, y cinco clases distintas de nueces. Una de las mesas contenía únicamente pan de jengibre, que había sido horneado, cortado y recubierto de azúcar glaseado para imitar muchos de los edificios importantes de Moscú, incluidos el Kremlin y la catedral de San Basilio con su profusión de cúpulas multicolores. La intensa fragancia del jengibre flotaba en el aire, donde se mezclaba con los olores de la cera y el pino.

Intimidada por la grandiosidad de la celebración, Emelia se alisó las faldas nerviosamente.

—Parezco una campesina vestida con ropa prestada. Si al menos me hubieras dejado echar mano de los polvos para mi cara...

—Estás magnífica —la interrumpió Nikolas mientras le rozaba las pequitas doradas con un beso.

En realidad, pese a la suntuosidad de sus prendas, Emelia no parecía una aristócrata. El resto de las mujeres presentes eran pálidas, de cuerpos endebles y gestos lánguidos, y su esposa relucía entre ellas como una luciérnaga rodeada de polillas. Sus magníficos rizos de un rojo ambarino habían sido adornados con perlas y recogidos en lo alto de su cabeza, con unos cuantos dejados en libertad para que le colgaran sobre los hombros. El azul oscuro de su vestido de terciopelo hacía que los ojos le brillaran como zafiros. Un escote cuadrado adornado con blondas mostraba la generosa redondez de sus pechos, y el corsé se encargaba de realzar las compactas líneas de su cintura. Nikolas estaba cautivado por la intensa belleza de su esposa, y a juzgar por las miradas admirativas que le dirigían, todos los hombres presentes sentían lo mismo que él.

Complacida por la admiración que veía en los ojos de Nikolas, Emelia abrió el abanico y lo miró incitadoramente por encima del borde de éste.

—Ya sé en qué piensas cuando me miras así —dijo muy bajito—. Quieres llevarme a la cama.

—Siempre pienso en eso —le aseguró él.

Emelia se pasó la mano por la cintura encorsetada.

—Voy atada con tantas cuerdas que esta noche no podrás llegar hasta mí.

Nikolas sonrió y le tocó los dedos con la mano.

—Encontraré el modo, créeme.

Su intercambio de insinuaciones se vio interrumpido por la llegada del zar. Pero esta vez el nervioso murmullo de comentarios que siempre acompañaba a sus entradas en escena fue mucho más sonoro que de costumbre. Nikolas se preguntó qué podría haber causado aquella conmoción, y recorrió con la mirada al gentío que rodeaba al zar y su séquito. Cuando por fin consiguió divisar a Pedro, Nikolas sacudió la cabeza con una mueca de sorpresa y Emelia sintió que le faltaba la respiración.

A diferencia de todos los invitados que lucían sus mejores galas, el zar llevaba puestas las sencillas prendas de un campesino, una casaca roja y holgados pantalones grises, y calzaba botas de fieltro bordado.

—¿Por qué? —preguntó Emelia con un hilo de voz.

—Es una broma de mal gusto —respondió Nikolas sin mirarla—. Se burla de los campesinos porque se atreven a quejarse de su política.

Los invitados rieron y aplaudieron mientras Pedro hacía un ridículo bailecito folclórico, con una serie de rápidos giros para que todos pudieran ver su atuendo.

—¡Qué horror! —dijo Emelia, roja de ira e incomodidad.

Nikolas no supo cómo responder. Se concentró en el parqué del suelo, hecho en varias clases de maderas adornadas por pequeñas incrustaciones de madreperla, con la ferviente esperanza de que el zar no tardara en cansarse de hacer el payaso.

—No parecéis apreciar el ingenio de Pedro —dijo una sedosa voz masculina cerca de ambos.

Nikolas contempló al príncipe Alexandr Menshikov con expresión de disgusto.

—Si queréis llamarlo así... —replicó en voz baja al

tiempo que le lanzaba una terrible mirada de advertencia.

En el rostro de Menshikov había algo que no le gustaba nada, como una maliciosa sensación de triunfo.

Menshikov se volvió hacia Emelia con una elaborada floritura.

—¿Cómo estáis, princesa?

—Muy bien, gracias —dijo ella, con el rostro inexpresivo y sin dignarse mirarlo.

Nikolas le puso la mano en el codo y empezó a llevársela de allí.

—Si nos excusáis, príncipe....

—Aún no —murmuró Menshikov—. Tengo noticias para vuestra atractiva esposa. Puede que ésta no sea la ocasión más apropiada para comunicárselas... Pero la verdad es que mucho me temo que se trate de la clase de noticia para la que ningún momento es bueno.

Nikolas miró a Emelia, que le devolvió la mirada con cara de no entender nada.

—Parece ser que habéis estado haciendo indagaciones, princesa, acerca de vuestra familia; para ser más exactos, acerca de vuestro tío y vuestro hermano, que fueron enviados a trabajar a San Petersburgo —dijo Menshikov, con un énfasis especial en la palabra «princesa», como si la empleara más en señal de desprecio que de respeto.

Nikolas miró a Emelia con el rostro inexpresivo. ¿Qué diablos estaba pasando? Su esposa no le había hablado de que quisiera encontrar a su tío y su hermano, y nunca le había oído una sola palabra de preocupación al respecto. Sidarov se había mostrado igualmente callado.

Un rubor de culpabilidad se extendió por las mejillas de Emelia, y se apresuró a explicarse.

—Le... le pedí a Sidarov que intentara averiguar cómo les iban las cosas a mi tío y mi hermano. No he tenido noticias suyas desde que los enviaron a trabajar a San Petersburgo, para que construyeran casas e iglesias. Quería dar con ellos, y contarles que me he casado, y... —Se calló, y dirigió una mirada temerosa al rostro de Menshikov.

—¿Por qué no acudiste a mí en busca de ayuda? —preguntó Nikolas—. ¿Pensabas que te la negaría?

—No lo sé —dijo ella con tristeza.

Menshikov sonrió con satisfacción ante la conmoción que había causado.

—Siempre hay que esperar un tiempo antes de que exista confianza en el seno de un matrimonio. En cualquier caso, vuestro sirviente Sidarov no logró averiguar nada. Hace poco me informaron de sus intentos, y decidí llevar a cabo mi propia investigación, como un favor personal. —Suspiró lastimeramente—. Vuestro tío y vuestro hermano tuvieron la fortuna de encontrar un destino común, princesa, aunque su muerte fue lamentable. Trabajaban codo a codo cuando un muro se les desplomó encima. —Se encogió de hombros con expresión apesadumbrada—. Ambos murieron. Pero para los que quedamos aquí la vida sigue, ¿verdad?

—Fuera de mi vista —dijo Nikolas con una sonrisa desdeñosa— antes de que te mate.

Menshikov retrocedió un par de pasos, pero se quedó cerca y no les quitó los ojos de encima.

Emelia tensó sus largos dedos alrededor del abanico, y lo apretó hasta que los nudillos se le pusieron blancos. Toda ella temblaba.

—No sabemos si es verdad —murmuró Nikolas, al tiempo que la rodeaba con el brazo.

—Es verdad. —Las lágrimas cayeron de los ojos de Emelia y corrieron hacia su barbilla—. Sabía que les ocurriría algo. Ahora ya no me queda nadie.

—Me tienes a mí. —Nikolas le pasó la mano por los hombros y la espalda. Pese a su preocupación por ella, también era muy consciente de la situación en que se encontraban y de los peligros que conllevaba—. No hables, *ruyshka*, la gente escucha.

—Ninguno de los dos quería estar allí —sollozó ella—. Tenían derecho a quedarse en la aldea y vivir en paz con sus familias hasta que hubiesen muerto de viejos. ¡Odio al zar por obligarlos a ir a San Petersburgo! Y otros miles de personas han padecido la misma suerte. No tiene ningún derecho a burlarse de esos campesinos a los que ha arrebatado tantas cosas.

Nikolas la agarró de los brazos, y se los apretó hasta que la vio fruncir los labios en una mueca de dolor.

—¡Calla! Ahora tienes que guardar silencio.

Emelia asintió con la cabeza, y consiguió tragarse las lágrimas y las palabras amargas que aún no había dicho.

Pero el daño ya estaba hecho. Nikolas lo supo por la sonrisa de satisfacción que vio en el rostro de Menshikov y las expresiones de perplejidad de los invitados que habían podido oír su conversación. El zar Pedro, al otro extremo de la sala, también había reparado en el pequeño incidente, y los miraba con una expresión tenebrosa que no presagiaba nada bueno.

Emelia estaba demasiado afectada como para reparar en nada que no fuese su propia pena. Obedeció sin decir palabra cuando Nikolas se la llevó de la fiesta para volver a casa, y permaneció acurrucada junto a él como una niña temerosa durante todo el trayecto en trineo. Nikolas la tenía abrazada, y de vez en cuando le murmuraba suaves palabras de consuelo al oído. Poco a poco, sus primeros pensamientos agitados se fueron disipando para dar paso a una apática resignación.

Habían estado condenados desde el principio, reflexionó. ¿La hija de un rebelde *strelets* y un consejero del zar? No, semejante unión nunca sería factible. Pero si tuviera que hacerlo todo por segunda vez, sabía que hubiese vuelto a casarse con ella.

Nikolas no era ningún estúpido, y tenía muy presente que ya no se hallaba protegido por una amistad con Pedro. Después de lo ocurrido en la fiesta, Emelia no tardaría en ser llevada al Kremlin e interrogada acerca de su pasado y sus creencias políticas, y eso muy probablemente conllevaría alguna clase de tortura. Nikolas se quitaría la vida antes de permitir que eso llegara a suceder. Para complicar aún más las cosas, existía la posibilidad de que Emelia pudiera estar encinta. Nikolas necesitaba asegurarse de que no le ocurriera nada, incluso si no podía protegerla personalmente.

Pensar en aquel bebé —su hijo— lo llenó de asombro angustiado. Un ser, pequeño y perfecto, tanta esperanza e inocencia contenidas en un paquetito indefenso...

—Dios mío —murmuró, y por primera vez se permitió pensar en Jacob. Su hijo, solo en el futuro sin nadie que lo quisiera, tan necesitado de la protección de un padre...—. Dios mío, qué inmenso error he cometido. —Nunca se había permitido sentir nada por su hijo ilegítimo, y de repente anhelaba abrazar al niño, asegurarle que estaba a salvo, que tenía un lugar en el mundo.

Besó a su esposa en la sien, y luego puso los labios junto a sus rizos pelirrojos para dejar una promesa silenciosa sobre su piel. «Si volvemos a encontrarnos en el futuro, te resarciré de todo lo que te he hecho. Y a él también. Os querré a ambos, lo juro.»

Cuando llegaron a casa, Nikolas se detuvo en el vestíbulo de la entrada el tiempo suficiente para informar a Sidarov de lo que había ocurrido en la fiesta. El ayuda de cámara quedó muy afectado, y su rostro palideció de miedo y pena.

—Alteza, nunca fue mi intención causar problemas...

—No te preocupes —dijo Nikolas—. Sólo intentabas prestarle un servicio a mi esposa. Además, tarde o temprano habríamos llegado a este punto, aunque tú no hubieses hecho nada. Todo está en manos de Dios, Fiodor.

—Pero ¿qué ocurrirá ahora?

—Creo que no tardarán en venir por nosotros —replicó Nikolas, y sintió cómo el cuerpo de su esposa se tensaba contra el suyo en cuanto le oyó decir aquellas palabras. Emelia se estremeció y lo miró con los ojos desorbitados por el miedo, pero Nikolas no apartó la mirada de Sidarov—. Escúchame con atención, Fiodor. Ayudaré a mi esposa a recoger algunas de sus pertenencias, y luego quiero que te vayas con ella inmediatamente. Llévala al convento de Novodevichi, ¿entendido? El mismo al que fue exiliada la hermana del zar.

Las monjas ofrecerán refugio a Emelia. —Nikolas se volvió hacia su esposa—. Podrás dejar el convento en cuanto haya pasado el peligro. Sidarov te ayudará a encontrar un lugar en el campo donde vivir.

Emelia lo miró, el rostro demudado por el horror.

—¡No! —susurró. Fue la única palabra que sus labios temblorosos pudieron llegar a articular.

Nikolas miró a Sidarov.

—¿Harás lo que te he pedido?

El sirviente asintió y se volvió con un sonido inarticulado antes de abandonar la sala.

Emelia no paró de hablar frenéticamente mientras Nikolas la llevaba escaleras arriba hacia su habitación.

—¡Nikki, no me mandes lejos! Por favor, Nikki, no hay necesidad de...

—Si no la hay, iré al convento y te traeré de vuelta a casa —replicó Nikolas, sin apartar la mano de la espalda de Emelia—. Pero ahora corremos peligro, Emelia. Quiero que estés a salvo.

Ella se echó a llorar mientras subía la escalera con paso cansino.

—Si no le hubiera pedido a Sidarov que encontrase a mi familia...

—Lo que le pediste a Sidarov no guarda ninguna relación con esto. Tengo enemigos, guiados por Menshikov, que han influenciado al zar para ponerlo en mi contra. El que me casara contigo tal vez les haya facilitado un poco las cosas, pero tarde o temprano hubiese sucedido de todas maneras. Es el destino, Emelia. —Sintió que las emocioness se encrespaban dentro de él en una ola de negativa y anhelo, pero logró controlarlas. Tenía que ayudar a su esposa a aceptar lo que iba a ocurrir, o nunca dejaría de culparse a sí misma.

—No iré a ninguna parte sin ti —dijo Emelia en voz baja—. No puedes obligarme a huir.

—¿De qué serviría que te quedaras? —preguntó él con dulzura—. Podré aguantar lo que sea, siempre que tenga la seguridad de que tú no corres peligro. Y existe una posibilidad de que ya te hayas quedado embarazada. ¿Estás dispuesta a arriesgar la vida de nuestro bebé? —Oyó un jadeo ahogado, y supo que a ella ni se le había pasado por la cabeza esa posibilidad—. Si estás embarazada, el bebé vivirá rodeado de peligros. Todos querrán acabar con el hijo de un sospechoso de traición que, además, es el heredero de todos los títulos y las propiedades de los Angelovski. Nadie debe saber de su existencia, ni siquiera el resto de la familia, hasta que sea lo bastante mayor para protegerse a sí mismo...

—¿Por qué hablas así? —exclamó ella, prorrumpiendo en sollozos—. ¡Si intentas asustarme, lo has conseguido admirablemente! Siento todo lo que he hecho..., ¡siento haber entrado en tu vida y haberla arruinado!

—No, no... —Nikolas la hizo entrar en su habitación, cerró la puerta y la estrechó entre sus brazos—. Nunca digas eso. Eres lo único que da significado a mi vida, Emelia... No lamentes quererme.

Sin dejar de llorar, ella le devolvió el abrazo apasionadamente.

—Tenemos que recoger tus cosas —dijo Nikolas pasados unos instantes—. No hay tiempo para...

Emelia volvió la cara hacia él y lo besó, con el sabor de las lágrimas en sus labios. Los pensamientos volaron de la mente de Nikolas como hojas barridas por el viento y respondió involuntariamente, apretándola contra su pecho hasta que los senos de Emelia quedaron atrapados entre sus cuerpos. Sólo entonces reparó en los latidos acelerados de su propio corazón, y pensó que no había dejado de palpitar así desde el baile navideño. Lo aterrorizaba pensar en lo que pudiera ser de Emelia, y el momento en que tendría que separarse de ella también lo llenaba de terror. Le tomó la cara entre las manos, y resiguió con los dedos la línea llena de resolución de su mandíbula, los delicados ángulos de sus pómulos.

Emelia puso las manos sobre el grueso terciopelo color ámbar de la chaqueta de Nikolas, y se aferró a él con desesperación.

—Sólo una vez más —dijo, los ojos brillantes de lágrimas—. Por favor..., es todo lo que puedo tener de ti.

—Emelia... —empezó a decir él mientras sacudía la cabeza, pero en cuanto la miró a los ojos, su voluntad se desmoronó y puso los labios sobre los suyos. Ella respondió ávidamente a aquella intensa presión, y Nikolas sintió sus manos sobre la espalda y las caderas. Los jadeos entrecortados de la respiración de Emelia se estrellaron contra su mejilla en una rápida sucesión.

Nikolas interrumpió el beso y la desnudó con una torpe premura, tan enardecido por el deseo que rompió los cierres cuando éstos se negaban a ceder lo bastante deprisa. El corsé quedó abierto, y Emelia exhaló un suspiro de alivio y se frotó las señales rojas que le habían dejado las ballenas de la prenda. Nikolas empezó a quitarse la ropa, y Emelia lo ayudó a subirse la holgada camisa blanca. Luego posó la boca sobre la dura llanura de su pecho, y le besó el hueco del cuello y se lo lamió hasta que Nikolas la llevó a la cama con impaciencia. Le quitó del pelo las horquillas y los adornos, para que pudiera derramarse sobre él aquel torrente de fuego.

Los minutos transcurrieron implacables mientras se tocaban y se besaban con una frenética intensidad. Las palabras y los pensamientos habían dejado de ser necesarios entre ellos, porque ahora les bastaba con la determinación compartida de olvidarse del mundo mientras pudieran hacerlo. Nikolas calentó la fría piel de Emelia con las palmas de las manos, en una rápida serie de caricias que fueron desde las costillas hasta su fina cintura. Ella levantó el cuerpo en una muda señal de aliento, con los ojos ya medio cerrados en nerviosa anticipación. La necesidad que de ella sentía lo llenaba de fuerza, y era consciente de cada una de las palpitaciones que mantenían su cuerpo enhiesto. En cuanto sintió vibrar los nervios de pura tensión, la agarró por las caderas y se sumergió en ella. Una empapada calidez lo envolvió acogedoramente. Nikolas inició una serie de pinceladas superficiales que luego profundizó, hasta que no pudo empujar más lejos.

Se quedó inmóvil, su rostro muy próximo al de Emelia,

y le sostuvo la mirada hasta que se sintió inmerso en un mar de destellos azules.

—Mi pelirroja esposa... Me has dado la única felicidad que he conocido nunca. —Un nudo de pena y anhelo le oprimió la garganta—. Prométeme que si volvemos a encontrarnos, te acordarás de mí.

—¿Cómo podría no reconocerte? —preguntó Emelia con un hilo de voz.

Nikolas se movió dentro de ella, en un ritmo de pequeñas acometidas que la hicieron gemir de placer.

—Dime que me quieres.

—Te quiero, Nikki..., y siempre te querré. —Emelia apretó las palabras contra su cuello, su mandíbula, su boca, y las repitió una y otra vez hasta que la tormenta se abatió sobre ellos y estalló por fin. Sollozó contra el cuello de Nikolas y se dejó devorar por el último torrente de sensaciones, tirando de él con sus brazos y sus piernas, cada vez más dentro de ella, hasta que Nikolas no pudo posponer más su propio y devastador clímax.

Nikolas habría deseado dormir en los brazos de su esposa, abandonarse al delicioso olvido de la inconsciencia. Pero obligó a sus cansados miembros a moverse, y se apartó de Emelia para abandonar la paz de la cama. Se estremeció al sentir lo fría que estaba la habitación, y se vistió rápidamente. Emelia permanecía callada, y seguía cada uno de sus movimientos con la mirada. Nikolas buscó en el armario, entre la ropa de Emelia y eligió un sencillo vestido de terciopelo oscuro, sin escote y con mangas largas.

—¿Tendré que llevar un hábito cuando esté en el convento? —preguntó ella con voz apagada desde la cama.

Nikolas no pudo evitar sonreír.

—No, por Dios. —Llevó el vestido a la cama, lo extendió sobre los cobertores revueltos y se detuvo un instante a admirar el cuerpo acostado de su esposa. Emelia era un enredo de largos miembros y una masa de pelo rojo, una deliciosa hechicera cuya boca haría pecar a cualquier sacerdote—. Tú nunca podrás parecer una monja, *ruyshka*, da igual cómo te vistas.

Emelia se sentó en la cama, con las sábanas abrigando su desnudez.

—¿Qué será de ti? —preguntó con un hilo de voz.

Nikolas guardó silencio, sin saber qué decirle.

—Te matarán, ¿verdad? —dijo ella—. Vas a sacrificarte, a causa de lo que he dicho y de lo que soy...

—No —se apresuró a decir él, y se sentó en la cama para abrazar su cálido cuerpo—. Pase lo que pase, no será culpa tuya. Yo ya tenía una vida entera plagada de errores antes de conocerte.

—No podré soportarlo —murmuró ella, tirando de la camisa con desesperación—. No permitiré que mueras por mí. —Las lágrimas cayeron de sus ojos para dejar pequeñas manchas oscuras sobre la fina lana del jubón de Nikolas.

—Si hubiera que llegar a ese extremo, yo moriría mil veces por ti —susurró él—. Es mucho más fácil que ser el que se queda solo en el mundo.

—Déjame quedarme contigo —suplicó ella, sin dejar de retenerlo en cuanto él quiso apartarse.

Nikolas, liberándose, le señaló el vestido y fue hacia la estufa de cerámica, que sólo desprendía un tenue calor. Puso las manos sobre la tibia superficie, y habló con voz hosca por encima del hombro.

—Vístete, Emelia. No tenemos mucho tiempo.

Luego no volvió a abrir la boca mientras la ayudaba a llenar una pequeña valija con ropa y artículos personales. Miró por las ventanitas de gruesos paneles del dormitorio, y vio que su trineo ya había sido preparado y traído a la entrada principal de la casa, donde sus patines habían dejado estrechos surcos sobre el terreno nevado.

Se volvió hacia Emelia. Llevaba el chal de encaje blanco que él le había regalado. Fino, exquisito, le cubría el pelo y dejaba una parte de su rostro envuelta en sombras, con lo que Nikolas sólo podía entrever el brillo de sus ojos y el temblor implorante de sus labios. No alcanzaba a comprender cómo era posible que aquella mujer pudiera seguirlo, como una obsesión, de una vida a otra, para llegar a ser el centro de su existencia en ambas. Cien imágenes de ella cruzaron por su mente en un abrir y cerrar de ojos: Emelia entrelazando su cuerpo con sus largas piernas, en la cama; Emelia correteando por la nieve como un chiquillo de la calle; Emelia sentada en el baño con el rojo de su melena oscurecido por el agua; y Emma, con todas sus seductoras sonrisas y apasionadas discusiones, bailando con él, de vuelta a casa con una camisa y unos pantalones de hombre después de ocuparse de sus animales... Nikolas la amaba en cualquiera de sus apariencias. Y la había perdido dos veces.

Emelia puso la mano en la suya sin decir nada. Se la apretó tan fuerte que le hizo daño. Sin deshacer ese nudo, Nikolas tomó la maleta y se dirigieron al piso de abajo.

Sidarov aguardaba en la entrada, el pelo castaño insólitamente despeinado, el rostro muy pálido. Apretada en sus brazos había una de las capas de Emelia, el rojo de la lana tan oscuro que parecía negro.

—Todo listo, alteza.

—Bien. —Nikolas se inclinó sobre el ayuda de cámara—. No permitas que se la lleven —dijo, en un tono demasiado bajo para que Emelia pudiera oírlo—. Ya sabes lo que le harían. —Dio un paso atrás y clavó la mirada en Sidarov, sin llegar a pronunciar en voz alta su siguiente pensamiento: que prefería que Emelia muriese rápidamente a manos de Sidarov antes que algún desconocido la torturase hasta matarla.

El ayuda de cámara asintió con la cabeza, como indicando que había entendido tal mensaje silencioso.

—No habrá que llegar a eso —dijo con calma.

Nikolas le puso la mano en el hombro y se lo apretó.

—Te confío lo que más valoro, Fiodor.

—Comprendo, alteza.

Nikolas tomó la capa que le ofrecía Sidarov y se volvió para ceñirla alrededor de los hombros de Emelia. Le cubrió la cabeza con la capucha, y trató de sonreír. El intento fracasó, sin embargo, y la miró con desesperación. No sabía cómo decirle adiós. Un nudo de dolor le oprimía la garganta mientras se esforzaba por mantener a raya sus emociones.

—No quiero dejarte —dijo humildemente mientras tomaba sus frías y rígidas manos.

Emelia bajó la cabeza, con los ojos llenos de lágrimas.

—Nunca volveré a verte, ¿verdad?

Nikolas negó con la cabeza.

—No en esta vida —dijo roncamente.

Emelia apartó las manos y le echó los brazos al cuello. Nikolas sintió cómo sus pestañas mojadas por el llanto le rozaban la mejilla.

—Entonces esperaré cien años —la oyó susurrar—. O mil, si no hay más remedio. Acuérdate de eso, Nikki. Estaré esperando a que vengas a mí.

De pie en la puerta, Nikolas vio cómo Sidarov la acompañaba al trineo. El vehículo se perdió de vista rápidamente en el negro azulado de la noche.

—Ve con Dios —murmuró Nikolas mientras se agarraba al quicio de la puerta. Pasado un rato, pidió a un sirviente que le llevara un poco de vodka a la sala de estar. De pie junto a la estufa de cerámica, bebió con aparente calma con los ojos clavados en la pared.

Una hora después, un sirviente vino a informarle de que acababan de llegar dos agentes del Departamento Secreto. Esa institución, creada por Pedro, tenía jurisdicción sobre todos los delitos que pudieran constituir una amenaza para la estabilidad del gobierno del zar.

Los agentes ya se encontraban allí, pues habían avanzado tras el sirviente cuando éste fue a informar a Nikolas. Uno de ellos lo trató con respetuosa deferencia, mientras que el otro, un hombre de pelo muy negro y facciones afiladas como una cuchilla, lo miraba con la sombra de una sonrisa burlona en los labios.

—Príncipe Nikolái —dijo el hombre de las facciones afiladas—, yo soy Valentín Necherenkov y éste es mi compañero, Yermakov. El Departamento Secreto nos ha enviado debido a un incidente que nos fue comunicado esta noche...

—Sí, lo sé. —Nikolas fue hacia una bandeja de plata y señaló la botella de vodka frío—. ¿Un refrigerio, quizá?

Necherenkov asintió.

—Gracias, alteza.

Nikolas llenó tres vasos y bebió con los dos agentes.

Necherenkov lo consideró con la mirada.

—Alteza, venimos a hablar con la princesa Emelia

—No es necesario que la veáis.

—Oh, sí que lo es —le aseguró Necherenkov—. Se nos ha comunicado que esta noche vuestra esposa dijo ciertas cosas que constituyen delito de alta traición, en un lugar en que incluso podían llegar a oídos del zar. Y los antecedentes familiares de la princesa Emelia no pueden ser más sospechosos...

—Mi esposa no representa ninguna amenaza, ni para el zar ni para nadie —lo interrumpió Nikolas con una sonrisa delicadamente persuasiva—. Es atractiva, pero no demasiado inteligente, ¿comprendéis? Una simple campesina, incapaz de formarse opiniones propias. Me temo que se limitó a repetir cosas que había oído. Por el bien de la justicia, lo que deberíais hacer es ir tras el verdadero culpable.

—¿Y quién es esa persona, alteza?

Nikolas dejó de sonreír.

—Yo —dijo secamente—. Incluso la investigación más superficial revelará que me he peleado con el zar. Todos lo saben. Nuestro país se ha desangrado sólo para que Pedro pudiera sentirse seguro de sí mismo, y no he vacilado en decirlo incluso en su presencia.

Necherenkov lo miró pensativo mientras bebía otro sorbo de vodka.

—Aun así tendremos que interrogar a vuestra esposa, alteza.

—Lo único que conseguiréis con eso será perder el tiempo. —Nikolas se sacó del bolsillo una bolsa de terciopelo negro y sopesó su satisfactorio peso en la palma de la mano—.

Estoy seguro de que sois un hombre muy influyente, y espero que os parezca mejor arreglar las cosas de modo que mi esposa quede olvidada.

Necherenkov recibió la bolsa, la abrió y vertió una parte del contenido en su palma. La bolsa contenía una fortuna en diamantes perfectamente tallados, la mayoría de ellos de entre quince y veinte quilates cada uno, algunos todavía más grandes. Las piedras preciosas brillaban en la ancha palma de Necherenkov como un estanque de fuego blanco. Nikolas resistió el impulso de sonreír cuando vio acelerarse la respiración de los dos agentes.

—Si vuestra esposa es, después de todo, una estúpida campesina —dijo Necherenkov en voz baja—, no parece que tenga ningún sentido interrogarla.

—Me alegro de que seamos de la misma opinión.

Necherenkov lo miró directamente a los ojos.

—Pero al librar de toda sospecha a vuestra esposa, habéis asumido la culpa, y ahora estamos obligados a llevaros al Kremlin para que seáis interrogado.

—Por supuesto.

A pesar de todas las oscuras certezas a las que debía hacer frente, Nikolas exhaló un gran suspiro de alivio para sus adentros.

Durante tres días Nikolas estuvo encerrado en la torre Beklemishevskaya, que formaba parte de la hilera de baluartes edificados sobre la orilla del río Moskva. La fortificación de piedra era oscura y húmeda, y Nikolas veía las nubecillas de su aliento en el frío aire de su celda. Curiosamente, nadie había acudido a interrogarlo. Nikolas se había visto obligado a sentarse y esperar en silencio. Dos veces al día le daban agua y un cuenco de avena hervida. No había ningún mobiliario en la celda, ni un catre, ni siquiera un montón de paja. Lo acompañaban dos presos, ambos de mirada vacía y rostro carente de expresión. No le dijeron cómo se llamaban, ni conversaron con él, salvo para replicar al comentario de Nikolas de que al menos deberían haberles suministrado una manta.

—No se nos debe proporcionar ninguna clase de comodidad —dijo uno de ellos con voz opaca—. Los crímenes de un boyardo son mucho más graves que la rebelión de un campesino, porque el zar espera mucha más lealtad de sus boyardos.

El otro hombre, que no abrió la boca, estaba evidentemente enfermo. El frío y la humedad de la torre no tardaron en agravar su estado, y empezó a sufrir ataques de tos durante los que se estremecía violentamente. Al tercer día, los dos hombres fueron sacados de la celda y nunca regresaron a ella. Nikolas oyó los sonidos lejanos de alguien que era torturado, unos gritos de dolor inhumanos, y se preguntó si sería uno de los hombres.

Empezó a acordarse de las torturas a las que lo habían sometido, y por primera vez empezó a sentir miedo, con lo que la neblina de la resignación se disipó un poco. Nikolas sabía que no iba a ser capaz de volver a pasar por aquello. El daño físico había cicatrizado, y su cuerpo había conseguido curarse. Pero ¿y el daño infligido a su alma? No, no sobreviviría a una segunda vez. Acurrucado sobre el duro suelo, Nikolas apoyó la espalda en la fría pared. Nunca se había sentido tan solo.

Transcurridos unos días, supo que había enfermado. Tiritaba y tenía fiebre, y sus pensamientos ya no parecían tener ningún sentido. Se apretó el cuerpo con los brazos y se estremeció, durmió, y al despertar dejó que las lágrimas manaran de sus ojos. En algunos instantes de su delirio veía fantasmas que visitaban su celda: Tasia... Su padre... Jacob... Misha, su hermano muerto, que lo contemplaba con un profundo cansancio en el alma. Nikolas trataba de rehuirlos, pero a veces preguntaba por Emelia, o por Emma..., que no venía. Iba a morir, les dijo a los fantasmas, y quería estar con su esposa, quería dejar caer la cabeza en su regazo y quedarse dormido para siempre.

Durante uno de sus períodos de lucidez, Nikolas recibió a un visitante inesperado, el zar en persona. Acurrucado en un rincón de la celda, vio cómo aquella figura gigantesca se adentraba en la oscuridad hedionda de su prisión.

—Nikolái —dijo Pedro; su profunda voz sonó como los ecos de un trueno en las paredes de piedra—. Me dijeron que estabas enfermo. Decidí visitarte.

—¿Para qué? —preguntó Nikolas, las palabras un chirrido en su garganta reseca.

Pedro lo miró como miraría un padre a su hijo descarriado.

—Quería ver si no habría manera de hacerte entrar en razón. Esto no es propio de ti, Nikolái. Hace meses que no pareces tú mismo. El afecto que me tenías, la profunda lealtad... ¿Qué ha sido de todo eso?

Nikolas volvió el rostro sin molestarse en responder.

—Has permitido que una mujer causara tu ruina —continuó Pedro en voz baja—. La influencia de una mera campesina bastó para hacer que te volvieras contra mí. Seguro que ha usado alguna clase de hechizo. Porque de otro modo nunca hubiese podido llegar a ocupar el lugar de todo lo que habías querido.

Nikolas sufrió otro acceso de temblores, y se hizo un ovillo en el rincón.

—Nunca quise a nada, ni a nadie, hasta que ella...

El zar suspiró y se puso en cuclillas ante él.

—Y ahora ella te ha llevado a la ruina. ¿Es posible que algo bueno pueda provocar semejante destrucción?

—No os he traicionado —dijo Nikolas.

—Puede que aún no, pero las semillas están ahí. Y es mi persona la que ha de ser lo más importante para ti, no ninguna otra. Ni siquiera Dios. Eso es lo que necesito para dar forma a Rusia, para que llegue a ser el país que tiene que ser. —Pedro clavó la mirada en el rostro que Nikolas mantenía obstinadamente vuelto hacia la pared—. Incluso ahora —observó en voz baja—, eres una de las criaturas más hermosas, hombre o mujer, que he visto nunca. Se te ha dado demasiado, Nikolái. Creo que estabas destinado a tener un final trágico.

—¿Qué queréis de mí? —musitó Nikolas, antes de que un espasmo de tos tan violento que sintió el sabor de la sangre en los labios hiciera presa en él.

Pedro le pasó suavemente por la cabeza una mano que parecía la pata de una fiera, y le alisó el pelo como habría hecho con su mascota favorita.

—Estoy dispuesto a ofrecerte una segunda oportunidad, Nikolái. Una oportunidad de que vivas tu vida, así como de que recuperes mi favor. Lo olvidaré todo si me demuestras que me eres leal.

Nikolas lo miró con ojos velados por la fiebre.

—¿Cómo debería hacer tal cosa?

—Disuelve tu matrimonio haciendo que Emelia tome el velo de novicia. Envíala lejos, y no vuelvas a verla nunca. Puedes elegir otra esposa, alguien que sepa servirte mucho mejor que ella. Regresa a la vida que habías tenido en el pasado, y ponte nuevamente a mi servicio. Prométemelo y haré que te saquen de aquí inmediatamente. Ordenaré a mi médico personal que te atienda hasta que te hayas recuperado.

Nikolas sonrió levemente.

—No podría mantenerme alejado de ella —dijo con voz rasposa—. Saber a Emelia en algún lugar de Rusia..., y no poder verla, tocarla... —Sacudió la cabeza—. No —dijo, y volvió a toser hasta que le ardieron los pulmones.

Pedro apartó la mano de su cabeza bruscamente. Luego se incorporó para fulminarlo con la mirada.

—Siento que valores en tan poco tu propia vida. Me equivoqué al ofrecerte una segunda oportunidad. Un hombre que elige la muerte y la traición antes que la vida no merece compasión.

—El amor —susurró Nikolas mientras apoyaba la cabeza en el suelo—. Eso es lo que elijo.

El delirio volvió a reclamarlo, misericordiosamente, antes de que nadie viniese a interrogarlo. El cuerpo rígido como un bloque de hielo, Nikolas temblaba de frío. Ninguna de las figuras del mundo de los sueños que vagaban por su celda prestaba oídos a sus súplicas de un chaquetón, una manta, una pequeña hoguera que le calentara las manos y los pies. Pensó en su esposa, en la forma en que lo rodearía con sus esbeltos miembros, los mechones de su pelo rojo como el fuego. «Emelia, tengo frío», intentó decir, pero ella se había ido y no podía oírlo, y Nikolas empezó a estremecerse tan violentamente que temió oír repiquetear sus huesos contra el duro suelo de piedra. Figuras salidas de los cuentos rusos de su infancia rondaban por su celda: ogros, cisnes encantados, brujas, un pájaro de fuego que alardeaba de sus plumas rojo y oro. Y entonces el pájaro se convirtió en Emma, su rostro aureolado por el esplendor color canela de su cabellera. Nikolas extendió las manos hacia ella, pero Emma se apartó antes de que él pudiera tocarla.

—Emma, no te vayas —jadeó, pero ella no quería tenerlo cerca. Se alejó flotando en el aire, mientras él le suplicaba que volviese—. Emma..., te necesito. —El tiempo se le escurría entre los dedos, la vida misma empezó a escapársele. Nikolas sintió que la oscuridad lo cubría con su negro manto, y todos los pensamientos y todos los recuerdos desaparecieron en sus insondables profundidades.

CUARTA PARTE

Cuando el reloj dé fin a su ronda
con ese dedo al que nada apresura
y se despida de los desconocidos
pidiéndoles que se vayan sin más tardanza,
la medianoche no podrá separarnos.

PUSHKIN

10

Londres, 1877

—¿Nikki? ¡Nikki, abre los ojos!

Nikolas farfulló una confusa protesta, deseoso de volver a sumergirse en aquella oscuridad tan confortable. Pero aquella voz, impaciente y llena de preocupación, lo arrancó del profundo sueño. Nikolas, ceñudo, se frotó los ojos y los abrió apenas. Estaba acostado en una cama, con su esposa sentada en el borde.

¡Estaba vivo...! Y ella estaba allí, tan vital y hermosa como siempre.

—¡Emelia...! —jadeó, intentando incorporarse. Las preguntas se le enredaron en la lengua, y empezó a hablar atropelladamente.

—¡No tan deprisa! Descansa unos momentos y tranquilízate. —Emma se inclinó sobre él, le puso los dedos en los labios y lo miró con extrañeza—. Además, estás hablando en ruso, y ya sabes que no entiendo palabra de lo que dices.

Nikolas guardó silencio, perplejo, e intentó dejar de pensar en ruso.

—Creía que nunca volvería a verte —dijo por fin con voz ronca.

—Yo misma también empezaba a tener mis dudas —replicó Emma secamente—. Al principio pensaba que fingías, hasta que te eché agua fría en la cara y como eso no te hacía reaccionar he mandado llamar al médico. Todavía no ha llegado. —Volvió a inclinarse sobre él y le puso una fría mano en la frente—. ¿Estás bien? ¿Te duele la cabeza?

Nikolas no pudo responder. Toda su atención estaba centrada en ella. Una serie de impulsos frenéticos se agitaban en su interior: quería tomarla en sus brazos y desnudar el alma ante ella... Pero tenía que esperar, o Emma pensaría que se había vuelto loco. El esfuerzo de permanecer inmóvil, de no extender las manos hacia ella, hizo que los ojos le escocieran.

Emma retiró la mano lentamente.

—¿Por qué me miras así?

Nikolas logró apartar la vista de ella y paseó la mirada por lo que lo rodeaba. Era su dormitorio de siempre, con los muebles de oscura madera adornada con molduras y los paneles de caoba en las paredes.

Robert Soames estaba de pie cerca de la cama, su delgado rostro ensombrecido por la preocupación. Sonrió a Nikolas.

—Nos teníais muy preocupados, alteza.

Nikolas parpadeó y volvió a centrar su atención en Emma.

—¿Qué ha pasado?

Emma se encogió de hombros.

—Lo único que sé es que miraste el retrato que Soames ha restaurado (que realmente se te parece mucho, por cierto), y de pronto te pusiste lívido y caíste redondo al suelo. El señor Soames tuvo la amabilidad de ayudarnos cuando yo y los sirvientes te subimos al piso de arriba. Llevas sin sentido al menos una hora.

—Una hora... —repitió Nikolas. Se miró, y vio que le habían desabrochado la camisa hasta la cintura.

—Te costaba bastante respirar —dijo Emma a modo de explicación, y un leve rubor le cubrió las mejillas.

Nikolas se llevó las manos al pecho, pasó los dedos por los pequeños promontorios de las antiguas heridas, y se las frotó para cerciorarse de que eran reales. Robert Soames apartó la mirada, claramente incomodado por la visión de las cicatrices.

—Quizá debería permitiros unos instantes de intimidad —dijo, al tiempo que se retiraba de la habitación.

—No hace falta que... —comenzó a decir Emma, y luego puso los ojos en blanco mientras Soames salía al pasillo. Una sonrisa amarga acudió a sus labios—. ¡Como si tú y yo necesitáramos intimidad! —musitó.

Una cacofonía de imágenes y palabras llenaba la cabeza de Nikolas, en cuyo interior seguían agitándose el pasado y el presente entremezclados. Abrumado por el amor y la necesidad, extendió las manos hacia Emma. Ella se apartó con una mueca.

—No me toques —dijo en voz baja mientras se levantaba—. Ahora que sé que no te pasa nada, puedes esperar solo a que venga el médico. Tengo cosas que hacer. ¿Quieres un vaso de agua antes de que me vaya?

Ella tomó un vaso de cristal tallado, lo llenó con el agua de una jarra de porcelana y se lo dio. Los dedos de Emma tocaron los suyos por un instante, y Nikolas sintió que una oleada de calor le recorría el cuerpo. Bebió con avidez el agua fresca, y se secó la boca con el dorso de la manga.

—No pareces el mismo —observó Emma—. Será que todo ese vodka ha empezado a afectarte. Con las cantidades que llegas a beber, lo que me sorprende es que los efectos hayan tardado tanto en hacerse sentir... —Se calló al ver que Nikolas contemplaba con hipnótica fascinación el icono colgado en la pared—. ¿Qué tienes? ¿Te pasa algo?

Nikolas dejó el vaso, se levantó de la cama y fue con paso inseguro hacia el icono del profeta Elías. Desde el siglo XVIII, el icono había sido adornado con láminas incrustadas de piedras preciosas que formaban un halo alrededor de la cabeza de Elías, cubrían el carro y circundaban la nube roja. Nikolas pasó los dedos por la superficie del cuadro y metió las uñas debajo de una de las laminitas de oro. La arrancó, sin hacer caso de las preguntas perplejas de Emma. Con la laminita apretada en el puño, miró el cuadro.

Había un arañazo en el borde de la nube roja..., el que él había hecho hacía ciento setenta años. Nikolas lo resiguió con la punta del dedo, y sintió que un hilillo de calor le corría por la cara. Estaba llorando.

—No fue un sueño —dijo con voz pastosa.

Oyó la voz de Emma, a su espalda.

—¿Por qué te comportas de una forma tan extraña? —preguntó—. ¿Por qué arañas ese icono? ¿Por qué...? —Se calló con un jadeo entrecortado cuando Nikolas se volvió hacia ella—. ¡Dios! —susurró al tiempo que daba un paso atrás—. ¿Qué te pasa?

—Quédate conmigo. —Nikolas dejó caer la laminita de oro y fue hacia ella muy despacio, como si cualquier movimiento demasiado rápido pudiera sobresaltarla y hacerla huir—. Emma..., hay cosas que necesito contarte.

—No me interesa nada de lo que tengas que decir —dijo ella secamente—. Después de lo que he averiguado hoy, la forma en que arruinaste mi relación con Adam e hiciste pedazos toda mi vida...

—Lo siento.

Emma sacudió la cabeza como si no creyera lo que había oído.

—¡Vaya, siempre hay una primera vez! Nunca habías pedido disculpas por nada. ¿Se supone que eso debe resarcirme por todo lo que me has hecho?

Nikolas trató de encontrar palabras.

—Me ha ocurrido algo que..., no sé cómo hacértelo entender. Yo... nunca he sido honesto acerca de mis sentimientos hacia ti. Siempre me he negado a admitirlos, y cuando se volvieron demasiado fuertes, intenté hacerte daño, para mantener las distancias...

—¿Por eso te acostaste con otra mujer? —preguntó ella, con desdén—. ¿Por lo fuertes que son tus sentimientos hacia mí?

Profundamente avergonzado, Nikolas fue incapaz de sostenerle la mirada.

—No volveré a hacerlo, Emma. Nunca.

—Me da igual lo que hagas contigo mismo. Por mí como si quieres acostarte con una mujer distinta cada noche. Déjame en paz, ¿de acuerdo?

—No quiero a ninguna otra mujer. —Nikolas la tomó

en sus brazos sin darle tiempo a que se apartara. El corazón le palpitaba con una violenta alegría por poder abrazarla de nuevo, y clavó los dedos en la suave carne de su esposa sin darse cuenta de la fuerza con que la apretaba. Emma se quedó inmóvil, el cuerpo rígido por el rechazo, y clavó en él una mirada fríamente acusadora—. Juro que te haré feliz..., sólo te pido que me dejes intentarlo. Lo único que quiero es amarte. Ni siquiera tienes que corresponder a ese amor.

Emma estaba como paralizada, y las palabras resonaron en su mente con ecos largamente olvidados.

—¿Qué? —preguntó finalmente con un hilo de voz. Había empezado a temblar.

Nikolas echó el orgullo y la cautela por la borda, y le puso el corazón a los pies.

—Tienes que saber la verdad. Hace mucho tiempo que te amo, Emma. Haría cualquier cosa por ti, hasta dar mi vida si fuese preciso...

Emma se soltó y lo fulminó con la mirada, sin dejar de temblar.

—¡Oh, por el amor de Dios! ¿Es que quieres volverme loca? Hace semanas que te comportas como un cerdo egoísta, y de pronto te da un desmayo en la sala de estar, ¿y al despertar dices que me amas? ¿Qué clase de juego perverso es éste, eh?

—No es ningún juego.

—Tú no eres capaz de amar. Tu principal preocupación siempre ha sido, y siempre será, tú mismo.

—En el pasado eso era cierto. Pero ya no. Ahora por fin me he dado cuenta...

—¡No me vengas con el cuento de que has decidido cambiar! ¿O es que piensas que soy lo bastante idiota para creerme semejante monserga de un hombre que rechaza a su propio hijo?

Nikolas hizo un gesto de dolor.

—Resarciré a Jacob por todo lo que le he hecho —dijo con voz grave—. Seré un buen padre para él. Estará a salvo y será feliz durante el resto de sus días...

—¡Basta! —gritó Emma, roja de furia—. Ni en sueños se me hubiese ocurrido pensar que serías capaz de obrar con semejante malicia. Una cosa es engañarme con tus promesas huecas, pero si te atreves a mentirle a ese niño y le haces creer que te importa lo que pueda ocurrirle, harás de él un lisiado emocional.

—Jacob me importa mucho.

—Lo abandonarás cruelmente como haces con todo el mundo, y luego no podrás recoger los pedazos. ¡Oh, los hombres sois unos cobardes que sólo sabéis mentir! Consigues que alguien crea que puede contar contigo, y luego te vas, sin pensártelo dos veces. No dejaré que tengas ocasión de traicionarnos así a Jake y a mí.

—A partir de ahora, puedes contar conmigo. Te lo probaré mil veces. —Nikolas tomó su rígida mano en la suya, se la llevó a la boca y apretó los labios contra sus nudillos endurecidos por la tensión—. No volveré a hacerte daño. Cree en mí.

Emma lo miró a los ojos, y lo que vio en ellos hizo que contuviese la respiración. Luego dio media vuelta y salió de la habitación.

—¡Maldito seas! —dijo entre dientes, y cerró de un portazo.

Sentada en un sofá de su salita privada, Emma se apretaba las rodillas con los brazos. Las preguntas corrían confusamente a través de su cerebro. Por mucho que la disgustara, tenía que reconocerle a Nikolas el mérito de encontrar una forma de sorprenderla. De ningún otro modo podría haber alcanzado semejante nivel de malicia y desdén. Sí, Nikolas intentaba hacerle creer que le importaba lo que fuese de ella, y en cuanto hubiese alcanzado su objetivo le volvería la espalda y la humillaría. ¡Qué mente tan diabólica tenía aquel hombre! Pero sus ojos... Había percibido como una vulnerabilidad extraña en ellos... ¿Qué le había sucedido? Emma regresó con el pensamiento a la escena de la biblioteca: Nikolas se estaba comportando con su arrogancia habitual, pero cuando vio el retrato de su antepasado cayó redondo. «Parece una apoplejía», había dicho Robert Soames mientras él y Emma se arrodillaban junto a Nikolas, que yacía desmayado en el suelo.

«¡Pero es demasiado joven para eso! —había gritado Emma mientras se inclinaba sobre Nikolas para ponerse su cabeza en el regazo—. Oh, Dios, quizá sea de tanto beber. Por favor, vaya a decir que llamen a un médico.» Le sostuvo la cabeza y alisó aquel pelo oscuro en el que brillaban reflejos dorados. Llamaron a los sirvientes para que ayudaran a llevarlo a su habitación, y Emma no se apartó de su lado ni un instante. No estaba segura de por qué se había asustado tanto. Después de todo, no eran un matrimonio de verdad. No había amor alguno entre ellos. Y sin embargo... Cuando Nikolas abrió los ojos, Emma sintió un alivio abrumador.

¿Qué podía haber ocurrido durante esa hora de silenciosa inmovilidad para que Nikolas se comportara de un modo tan extraño al despertar? Le había dicho que la quería. Emma rió incrédulamente, al borde del llanto.

«Juro que te haré feliz..., sólo te pido que me dejes intentarlo. Lo único que quiero es amarte. Ni siquiera tienes que corresponder a ese amor.»

Aquellas palabras la habían conmocionado. Nikolas tenía un talento especial para atravesar las defensas de la gente, sobre todo las de ella.

«Tasia ya me había advertido de cómo eras —murmuró para sí Emma—. Dijo que me mentirías, me manipularías y me traicionarías, y tenía razón. Bueno, pues voy a poner fin a tus jueguecitos, Nikki, tanto por el bien de Jacob como por el mío.»

Fue a la habitación de Nikolas, la espalda bien recta y los hombros erguidos mientras se acercaba a la puerta parcialmente abierta. El doctor Weide, un hombrecillo de aspecto meditabundo que llevaba gafas y tenía el pelo gris, estaba guardando los instrumentos en su maletín de médico.

—¿Cómo se encuentra? —preguntó Emma nada más entrar en la habitación.

—Alteza —murmuró el doctor con una sonrisa mientras iba hacia ella para besarle la mano—. Por la premura con que se me hizo acudir, esperaba encontrar a un hombre en su lecho de muerte. Sin embargo, vuestro marido parece gozar de una extraordinaria buena salud. No le ocurre absolutamente nada.

—¿Qué puede haber provocado ese desmayo? —preguntó Emma, al tiempo que fruncía el entrecejo—. Estuvo inconsciente durante cosa de una hora.

El doctor sacudió la cabeza.

—No he podido hallar ninguna razón física aparente para ello.

—Bueno, pues le aseguro que no fingía —dijo Emma—. Aparte de pincharlo con alfileres, hice todo lo que pude para despertarlo.

—Hay muchas cosas que no entendemos acerca de la mente —replicó el doctor Weide— Por lo que sé, el príncipe Nikolas se desmayó al ver cierto retrato, ¿no? Sería lógico pensar que ese retrato quizá le recordó algún acontecimiento traumático de su pasado...

Emma miró a su esposo. Nikolas mantenía una expresión distante y serena, pero aun así Emma pudo notar que estaba impaciente por ver marchar al doctor.

—Un acontecimiento traumático —murmuró—. Bueno, tú los has tenido en abundancia, ¿verdad?

Nikolas se concentró en abrocharse los botones de la camisa.

—No volverá a suceder.

—Infórmeme en el caso de que se repitiera —dijo el doctor Weide—. Mientras tanto, mis mejores deseos para ambos.

—Lo acompañaré hasta la puerta —dijo Emma.

El doctor negó con la cabeza.

—Quedaos con vuestro marido, alteza. Soy perfectamente capaz de encontrar mi camino a través de la mansión..., creo. —Le guiñó el ojo y se fue sin decir una palabra más.

Emma se cruzó de brazos y miró a su marido.

—¿Cómo te sientes?

—Estupendamente. No había ninguna necesidad de que el doctor me examinara.

—A nadie le hace daño una pequeña visita médica.

—Espera a que te la hagan a ti, la visita —resopló Nikolas mientras se levantaba y volvía a meterse la camisa en los pantalones.

Emma se revolvió en su postura, incomodada por la intimidad de ver vestirse a su marido.

—He venido a hacerte una advertencia —dijo bruscamente—. Es muy posible que no tarde en irme de aquí y me lleve a Jake conmigo.

Nikolas levantó la cabeza y clavó la mirada en ella. No dijo nada, pero el rechazo a tal idea era evidente en cada tensa línea de su cuerpo.

—Todavía no he tomado la decisión —continuó Emma sin inmutarse—. Sin embargo, en cuanto me parezca que nos estás haciendo daño a Jake o a mí, me lo llevaré conmigo tan deprisa que no tendrás tiempo de vernos marchar.

—Inténtalo —dijo Nikolas con suavidad—. A ver qué pasa. —Su tono no habría podido ser más tranquilo, pero tuvo un efecto devastador sobre Emma—. Jake no se moverá de aquí. Es mi hijo. Y tú eres mi esposa.

—El todopoderoso príncipe Nikolas —se burló ella—. Puede que los demás te tengan miedo, pero a mí no me asustas. No soy ninguna criatura indefensa a la que puedas manejar a tu antojo para aprovecharte de ella. Y no puedes obligarme a quedarme aquí.

—Puedo hacer que quieras quedarte.

Su arrogancia aún estaba llena de poder, tan puro y destilado que Emma sintió que le faltaba la respiración. No replicó de la manera que sin duda le hubiese gustado oír a Nikolas, preguntando cómo o por qué, o intentando negar que él pudiese hacer tal cosa. Lo que hizo fue empezar a retirarse.

—Ya he dicho todo lo que quería decirte —musitó.

Esa frase debería haber acompañado su salida de la habitación. Pero Nikolas fue tras ella, y la miró sin decir nada hasta que Emma se sintió físicamente intimidada. Para una mujer que jugaba con tigres y criaturas salvajes, esa sensación era alarmantemente rara.

—Voy a ser el esposo que hubiese debido ser desde el primer momento. Pronto volveré a estar en tu cama.

—¡Eso ni lo sueñes!

—No te dejaré marchar. Te necesito demasiado.

Antes él nunca había sido así, tan directo, tan sincero, con todas sus emociones puestas al descubierto. Aquello resultaba mucho más amenazador que su despreocupación habitual.

—Tú no necesitas a nadie —logró decir ella, pasados unos instantes.

—Eso no es verdad. Fíjate bien, Emma. Mírame, y dime lo que ves.

Emma no pudo obedecer. La asustaba demasiado pensar en lo que podía ver en sus ojos. Agachó la cabeza y salió corriendo de la estancia. Él la dejó marchar, afortunadamente, aunque Emma sintió su mirada abrasadora fija en ella hasta que llegó al final del pasillo y la perdió de vista.

Nikolas estuvo solo durante unos minutos. Le apetecía beber algo bien fuerte para darse ánimos, pero se negaba a tomar aunque sólo fuese una copa. No quería perder ni un ápice de sensibilidad, renunciaba a aturdirse para hacer frente a sus emociones. Necesitaba tener la mente lo más clara posible, puesto que odiaba la existencia vacía que se había creado para sí mismo, y no podía soportar la hostilidad que veía en el rostro de Emma. Ah, si ella pudiera volver a darle la comprensión y la confianza que tan generosamente regalaba en el pasado... Tenía que encontrar la forma de conseguir que su esposa volviese a quererlo.

—Emelia... —susurró.

Anhelaba saber qué le había ocurrido a su esposa. ¿Había sufrido mucho después de que él muriera? ¿Había encontrado alguna fuente de consuelo? ¿Había habido otro hombre para ella? Tal pensamiento lo llenó de furia y celos. Necesitaba saber qué había sido de Emelia, o las preguntas para las que carecía de respuesta lo harían enloquecer. Fue a la biblioteca y rebuscó entre los libros y los registros antiguos, decidido a encontrar alguna información por pequeña que fuese. No había nada sobre el destino de Emelia Vasilievna, y muy poco sobre su hijo, Alexei.

Efectivamente, en uno de los volúmenes de la familia estaba escrito que el joven Alexei Angelovski había aparecido de pronto en Moscú después de pasar la infancia lejos del mundo en un pequeño pueblo al este de Kiev. Aparentemente supo salir adelante en la vida, y no paró de acumular tierras y riqueza para la familia. La larga relación sentimental que tuvo con la emperatriz Isabel le fue de una gran ayuda en esas empresas. El príncipe Alexei era un hombre cultivado y encantador, un mecenas de las artes que tocaba el violín. Con el tiempo se había casado y tuvo dos hijos que llegaron a la edad adulta. Pero ¿y su madre? ¿Qué le había ocurrido a Emelia?

Nikolas apartó la pila de libros con un juramento. Contrataría a un historiador para que lo averiguase, y si no había más remedio, lo enviaría a Rusia acompañado por un destacamento de traductores. Apoyó los brazos en el escritorio de la biblioteca y se pasó los dedos por el pelo. Quizás había perdido el juicio, para ponerse a buscar desesperadamente la historia de una mujer que había vivido hacía un siglo y medio. ¿Realmente había ocurrido? ¿No podía ser que el arañazo en el icono de Elías sólo fuese una coincidencia? Quizá su mente atormentada tejía fantasías para no tener que pensar en el desastre que había logrado hacer de su vida.

Saltó de su asiento como impulsado por un resorte, y decidió subir al cuarto de los niños. Necesitaba ver a Jacob, reparar todo el daño que le había causado a su hijo. Rezó para que su hijo lo perdonara por haberlo abandonado. Sus pies lo llevaban cada vez más despacio, hasta que finalmente se detuvo a mitad de la escalera y se obligó a admitir la verdad: tenía miedo de su propio hijo. No sabía cómo era eso de ser padre. El suyo siempre había sido una bestia que sólo sabía pegar y maltratar. Sus recuerdos infantiles estaban tan llenos de dolores y sufrimientos que no quería que los ojos de su hijo se lo recordaran en ningún momento. Ahora su intención era no hacerle daño a Jacob... Y sin embargo ya se lo había hecho.

—Me he negado a reconocerlo y cuidar de él —musitó—. Bien sabe Dios que eso es lo peor que puede llegar a hacer un padre.

¿Cómo debería hablarle a Jacob? ¿Cómo podía hacerle entender que podía contar con él como padre? Ahora le parecía increíble que hubiese llegado a pensar en enviarlo lejos. No se había permitido ni plantearse cuidar de Jacob entonces, pero ahora era como si no pudiese pensar en otra cosa. Quería cuidar del niño, darle todo lo que deseara su corazón. Había tantas cosas maravillosas en el mundo que mostrarle. La gran finca que Nikolas tenía en el sur, donde podrían construir castillos de arena y recoger conchas en la playa. O su castillo en Irlanda, donde podrían cabalgar a través de las landas, comer al aire libre y pescar y nadar en el río. Lo llevaría a navegar en uno de sus yates, o saldrían a cazar en una de sus fincas.

«Ya podría haber hecho todo eso por él —pensó Nikolas con pesar—. Podría haberle dado una buena vida, y lo que hice fue volverle la espalda.» Terminó de subir la escalera y fue al cuarto de los niños. Se detuvo un instante ante la puerta entornada, y luego llamó suavemente antes de entrar.

Sentado en el suelo desnudo, Jacob estaba rodeado de objetos diversos: un cazo de la cocina, un surtido de piedras, una rama de árbol y un trozo de madera tallado en forma de oso. Nikolas reconoció la figura de madera como obra del conductor de su carruaje, al que le gustaba practicar el arte de la talla en su tiempo libre. Pensar que uno de sus sirvientes le había proporcionado un juguete a su hijo, cuando él no le había dado nada, lo llenó de pena. Paseó la mirada por la habitación, que llevaba mucho tiempo sin ser utilizada. Salvo por una pequeña cama, un viejo baúl y un antiguo caballito de balancín cubierto de polvo, el cuarto de los niños se hallaba lamentablemente vacío.

Jacob lo miró con curiosidad a través de aquellos ojos exactamente como los suyos.

«¡Cómo me recuerda a Misha!», pensó Nikolas en un fogonazo de agonía, pero se las arregló para sonreír.

—Hola, Jake —dijo con dulzura—. Se me ha ocurrido subir a hacerte una visita. ¿Te parece bien?

El niño asintió y volvió a jugar con su oso de madera.

—¿Sabías que el oso es el animal favorito de los rusos? —observó Nikolas mientras se sentaba a su lado con las piernas cruzadas—. Solíamos adorarlo como un dios. Existe la superstición de que la presencia de un oso mantiene alejados a todos los malos espíritus.

Jacob miró el animal tallado que tenía en las manos, y luego tocó el cazo junto al que estaba sentado Nikolas.

—¿Qué hay de las ranas?

Nikolas levantó el trozo de tela de alambre que cubría el cazo y vio que lo habían llenado con un par de centímetros de agua y una gran piedra plana, todo para mayor comodidad de una rana de color aceituna. Nikolas sonrió y cogió hábilmente la rana, que pataleó unas cuantas veces.

—Un ejemplar muy hermoso —dijo con una mirada admirativa—. ¿Dónde la atrapaste?

—En el estanque del jardín, ayer. Emma me ayudó.

—No me sorprende —dijo Nikolas con malicia, y volvió a depositar la rana en su hogar temporal. Le habría encantado ver a su esposa mientras chapoteaba por el estanque del jardín en pos de una rana.

—Emma dice que tengo que soltarla esta noche.

—Emma es muy amiga tuya, ¿verdad?

Jacob asintió mientras aseguraba la tela de alambre con una piedra, y luego miró a Nikolas con cara preocupada.

—Hoy te pusiste malo. Vi cómo caías al suelo.

—Ya se me ha pasado —dijo Nikolas con firmeza—. Hacía mucho que no me encontraba tan bien. —En el silencio que vino a continuación, volvió a pasear la mirada por el cuarto y sacudió la cabeza con una mueca de disgusto—. Deberías tener más juguetes, Jake. Unos cuantos libros y juegos, por no hablar de los muebles. —Extendió la mano hacia el baúl y subió la tapa, que crujió al moverse. Dentro había unos cuantos libros infantiles editados en Rusia y descoloridos por el paso del tiempo, una cajita de naipes y por último una vieja caja de madera, llena de arañazos. Una tenue sonrisa acudió a los labios de Nikolas, y sacó la caja del baúl—. ¡Vaya! No había vuelto a ver esto desde que tenía tu edad.

Observado por un Jake cada vez más interesado, Nikolas quitó la tira de cuero que aseguraba la caja. Dentro había dos ejércitos completos de soldados de metal pintados, y un tablero laqueado que se desplegaba para formar un campo de batalla. Era un escenario de la guerra de Crimea, con cañones, caballos, carros y un diminuto puente incluidos.

—Éstos son los ingleses —dijo Nikolas, sosteniendo una figura pintada de rojo—, y los que van de azul son los rusos. Mi hermano Misha y yo solíamos jugar con este tablero. En la vida real, los ingleses ganaron esa guerra, pero cuando jugábamos Misha y yo, siempre triunfaban los rusos. —Le pasó el soldado a Jacob—. Ahora son tuyos.

Jake examinó minuciosamente una figura tras otra.

—¿Jugarás conmigo? —preguntó—. Puedes ser los ingleses. —Nikolas sonrió mientras ayudaba a su hijo a disponer el campo de batalla en hileras de hombres y artillería. Le lanzaba frecuentes miradas al niño, orgulloso de que Jake fuera hijo suyo. Era muy guapo, de rasgos a la vez firmes y delicados, cejas prominentes y gruesas pestañas negras que daban sombra a sus ojos. Había algo levemente exótico en él, un rastro de ese antepasado tártaro que había dado su tozuda fuerza de voluntad a los Angelovski.

—Jake —dijo Nikolas en voz baja—, hay algo muy importante de lo que quería hablarte.

El niño se quedó quieto y alzó la mirada hacia él, mientras apretaba con fuerza un caballo en su manita. Era como si temiese lo que iba a decir Nikolas.

—Siento lo de tu madre —continuó Nikolas lentamente—. Debería habértelo dicho antes. Sé lo difícil que es para ti. Pero ahora que estás aquí conmigo, me gustaría que pasáramos muchos ratos juntos, y que llegáramos a conocernos.

Y... Lo que quiero por encima de todo es que a partir de ahora vivas conmigo.

—¿Siempre?

—Sí, siempre.

—¿No me enviarás lejos, entonces?

Nikolas tragó saliva.

—No, Jake. Eres mi hijo.

—¿Eso quiere decir que ya no seré un bastardo?

La palabra fue como un jarro de agua fría para Nikolas. Lo llenó de remordimiento... Y de furia.

—¿Alguien te ha llamado así?

—La gente del pueblo.

Nikolas guardó silencio un instante. Luego le alisó el pelo a su hijo con una mano que temblaba un poco.

—Eso es porque no me casé con tu madre —dijo finalmente—. Tú no tuviste la culpa, Jake. Tendría que haberme hecho responsable de ti. Si alguien vuelve a llamarte bastardo, dile que eres un Angelovski, un príncipe ruso. A partir de ahora tendrás lo mejor de todo: educación, casas, caballos de raza... ¡Me da igual que digan que te malcrío!

Pendiente de cada una de sus palabras, el niño lo miraba con aquellos ojos desconcertantes.

—¿Por qué no viniste a buscarme? —preguntó con una vocecita infantil—. ¿Por qué mi mamá nunca me habló de ti?

—Porque... —Nikolas tuvo que recurrir a toda su fuerza de voluntad para sostenerle la mirada y responder con honestidad—. He cometido muchos errores en mi vida, Jake. Estaba amargado, ¿sabes? He sido egoísta, y he hecho padecer a todos los que me rodeaban. Pero te prometo que intentaré ser un buen padre. Te daré lo mejor de mí mismo, por mucho que eso valga.

Emma salió a cabalgar una mañana. Cruzó el pueblo como una exhalación, sin prestar atención a las miradas entre sorprendidas y asustadas que le lanzaban quienes la veían pasar. Sabía que debía de ofrecer una imagen bastante extraña:

una virago pelirroja, una amazona a caballo, que galopaba como perseguida por el diablo. No conocía otra manera de dar salida a sus emociones, y le daba igual que se escandalizaran.

Galopó sin parar hasta que el caballo empezó a dar señales de cansancio, y entonces inició el camino de regreso a la finca. El ejercicio la había ayudado, pero sólo podía proporcionar una escapatoria temporal. Porque la verdad era que ahora vivía con un desconocido. Aun parecía Nikolas, se movía, hablaba y gesticulaba como Nikolas, pero nadie podía negar que había cambiado profundamente. Emma no sabía por qué, o cuál podía haber sido la causa, y ese misterio la irritaba. Habían pasado dos semanas desde el desmayo de Nikolas, y todavía no daba señales de volver a su antiguo yo. Los sirvientes apenas eran capaces de hacer su trabajo, tal era su asombro por la transformación de su señor.

Para empezar, Nikolas había reducido considerablemente sus actividades comerciales, y dedicaba una parte de cada día a Jake. El niño parecía florecer bajo su atención. Nikolas se llevaba consigo a su hijo a todas partes: en largos paseos a través de Londres, a dar una vuelta en carruaje por el parque, en visitas a la serrería, a la cochera donde se guardaban los carruajes, y a cualquier otro sitio que Jake encontrase interesante. Jake ya no comía a solas, sino con Nikolas y Emma en el comedor que utilizaban para las grandes ocasiones, y cuando su padre se ponía a trabajar en su escritorio de la biblioteca, Jake estaba sentado con una pila de juguetes cerca de él. Y lo que era aún más asombroso, Nikolas había dejado de beber, salvo por alguna copa de vino durante la cena.

Emma era invitada a acompañarlos en todas sus salidas, pero rechazaba la mayoría de las invitaciones. Seguía perpleja, aunque se esforzaba por asimilar el vuelco que Nikolas había dado a sus vidas en la finca. Le había comprado a Jake un poni ruso —al que puso por nombre *Ruslan*, como su héroe favorito de los cuentos de hadas—, y también un pequeño carruaje laqueado para que tirase de él. Llenó el cuarto de juguetes y muebles, y cada noche jugaba a las cartas o a los juegos de tablero con su hijo en la sala de estar.

Emma estaba bastante disgustada por lo poco que había tardado Jacob en encariñarse con Nikolas. Los niños otorgaban su confianza con una aterradora facilidad, y estaba claro que Jacob empezaba a adorar a su padre. El vínculo que los unía, si bien todavía frágil, nacía de un parecido intrínseco. Ambos eran independientes, perspicaces, desconfiados; ambos parecían anhelar seguridad. Y aparentemente la habían encontrado el uno en el otro.

Los últimos días Nikolas había empezado a entrevistar a un desfile de institutrices y preceptores, para lo que consultaba con Jake de una forma que ofendía o divertía a casi todo el mundo. Se suponía que los adultos nunca debían preguntar a un niño qué opinaba acerca de nada, sobre todo en asuntos importantes, pero al parecer Nikolas o no lo sabía o se saltaba alegremente esa regla. Jake estaba extasiado con su nueva vida. El niño reía, gritaba y se volvía un poco más rebelde cada día que pasaba, pero era tan encantador que nadie se sentía inclinado a quejarse al respecto. Finalmente, Emma decidió sugerir que Jake necesitaba un poco de disciplina.

Fue a hablar en privado con Nikolas. Aquel día, Jake se había acostado cuando ya habían tocado las diez de la noche.

—Sólo quería señalar que los niños necesitan unas cuantas reglas en su vida —dijo, inmóvil en el umbral del dormitorio de su marido—. Sería mejor para Jake que tuviese una hora de ir a la cama. Anoche se fue a acostar a las nueve, y hoy, a las diez. Y no sólo eso; esta tarde le dejaste comer tres porciones de pastel a la hora del té, y luego en la cena no tenía apetito...

—Jake ya ha tenido suficientes límites en su vida. Ahora le espera una temporada de pasárselo bien.

—Sólo piensas en tu conciencia culpable, y no en el bienestar de Jake —replicó ella secamente—. Así no le haces ningún favor. ¡Tienes que dejar de consentirle todos los caprichos!

—Pero entonces no tendré a nadie a quien malcriar —dijo él dulcemente, sus ojos de repente iluminados por unas llamitas que dejaron muy desconcertada a Emma—. A menos que te estés ofreciendo voluntaria para asumir dicha posición.

—No seas ridículo.

Nikolas sonrió ligeramente ante su confusión, y señaló los dos sillones tapizados en terciopelo junto a la chimenea encendida.

—Entra, *ruyshka*. Hablaremos y tomaremos una copa...

—No —dijo ella mientras intentaba volver la mirada hacia cualquier cosa para no tener que ver a su marido. Nikolas, vestido con un batín de terciopelo marrón, llevaba la brillante cabellera despeinada. Pésimo marido o no, aún era uno de los hombres más atractivos que Emma había visto en la vida—. Estoy cansada. Me voy a la cama.

Él se le acercó un poco más, y puso la mano sobre un largo rizo pelirrojo que le había caído encima del hombro.

—No te preocupes por Jake —murmuró mientras jugaba con el rizo—. No le ocurrirá nada.

Emma se humedeció los labios, nerviosa. Sentía como si su pelo fuese sensible y le transmitiera sensaciones. Imaginó las manos de Nikolas sobre su piel, la caricia de las puntas de sus dedos, y el corazón empezó a palpitarle frenéticamente.

—No puedo evitar preocuparme —dijo—. Se me hace extraño ver que ahora pasas tanto tiempo con Jake cuando antes no querías ni verlo.

—Sí, ya lo sé. —Se enredó el rizo alrededor de los dedos y tiró suavemente de él—. La primera vez que vi a Jake, sólo podía pensar en lo mucho que se parecía a Misha. Me dolía mirarlo y acordarme de mi hermano muerto. —Entornó los ojos, y la sombra de las gruesas pestañas doradas le oscureció la mirada como si quisiera ocultar sus emociones—. ¿Te acuerdas de cuando te conté cómo solía maltratarnos mi padre? Misha siempre se llevaba la peor parte, quizá porque estaba más indefenso al ser el pequeño. Yo intentaba consolar a mi hermano cuando me lo encontraba llorando y ensangrentado después de los ataques de mi padre. No te puedes imaginar la rabia y la culpabilidad que sentía al ver cómo se le hacía daño a una criatura tan vulnerable... —Se calló y esbozó una sonrisa—. Bueno, quizá sí que puedas. El caso era que no podía hacer nada por Misha. Entonces era demasiado joven para protegerlo. Pero ahora puedo cuidar de mi hijo, y darle todo lo que necesita para ser feliz. Es como tener una segunda oportunidad.

Emma no se movió, aprisionada por el silencio entre ellos, por el intenso deseo que flotaba pesadamente en el aire. Nikolas siempre había sabido cómo hacerle responder a su presencia. Emma lo odiaba por aquella farsa, aunque al mismo tiempo anhelaba con desesperación que fuese cierta. Nikolas fingía ser la clase de hombre del que hubiese podido llegar a enamorarse, el hombre con el que había soñado en el pasado. Y su interpretación era tan condenadamente buena que había momentos en los que Emma llegaba a creérsela. Su corazón gemía en silencio bajo la pesada carga de querer amar a un hombre que no merecía ser amado, que la dejaría de lado y la traicionaría sin pensárselo dos veces en cuanto le conviniese.

—¿Por qué me haces esto? —preguntó en un susurro atormentado, los ojos llenos de lágrimas delatoras.

—Emma —murmuró él, al tiempo que le soltaba el rizo.

Ella retrocedió con un estremecimiento, lo miró y sacudió la cabeza. Antes de que él pudiera decir una palabra, Emma se volvió y abandonó la estancia. Tuvo que recurrir a toda su fuerza de voluntad para no huir corriendo.

Después de medianoche, cuando Emma dormía profundamente, Nikolas entró en su sala de estar. Miró la puerta de su dormitorio, que había quedado entreabierta, y le pareció que podía oír el suave sonido de su respiración. Se sentó con parsimonia en un sillón tapizado de terciopelo y cogió uno de los animales tallados de la pequeña colección que le había regalado: el tigre de ámbar. Aquel pequeño cuerpo se vio calentado gradualmente por sus manos. Acarició con la punta del dedo el lomo reluciente de la criatura, y siguió con la mirada fija en las sombras del dormitorio de su esposa. La proximidad de su cálido cuerpo lo llenaba de deseo y hacía que se sintiera más solo que nunca. Pero no la tomaría hasta que ella lo acogiera con los brazos abiertos, hasta que lo amara, como había hecho Emelia en el pasado.

—Emelia, ¿qué fue de ti? —susurró en ruso, con el tigre de ámbar apretado en su mano.

Había interrogado a los sirvientes de la familia, las hermanas Sidarova incluidas, para averiguar si sabían algo acerca de Emelia más allá de la vieja historia familiar, pero ninguno de ellos tenía nada más que contar. Luego había contratado los servicios de uno de los conservadores del Museo Británico, sir Vincent Almay, para que fuese a Rusia y examinara los registros tanto privados como públicos y determinara el destino de la princesa Emelia. Nikolas no creía que su familia fuese a interferir en la investigación de Almay. Incluso podía ser que alguna de sus hermanas lo ayudara en la tarea. Hasta que supiera qué había sido de su esposa, Nikolas nunca conocería la paz.

Si pudiera haber hecho algo más por Emelia, haberla protegido...

Se obligó a seguir sentado, aunque todo su cuerpo vibraba con la necesidad de ir hacia Emma y tomarla en sus brazos. «Prometiste que te acordarías —pensó furiosamente sin apartar la mirada del dormitorio de su esposa—. Dijiste que me conocerías.»

Al día siguiente, Emma recibió una visita sorpresa cuando Nikolas y Jake habían salido a dar uno de sus largos paseos por Londres. Mientras apuraba una última taza de té después de un suculento desayuno, vio venir al mayordomo. Stanislav le traía una bandeja de plata con una tarjeta puesta exactamente en el centro. Emma abrió mucho los ojos cuando vio el nombre de lord Adam Milbank en la tarjeta.

—¿Le digo que se vaya, alteza? —preguntó Stanislav.

—No —respondió ella, nerviosa—. Acompaña a lord Milbank a la sala de estar.

Las facciones eslavas del mayordomo no mostraron ninguna expresión, pero sus negras cejas subieron un par de centímetros hacia su pelo gris.

—Muy bien.

Emma se alisó la melena, que llevaba recogida sobre la nuca con cintas de seda verde. Se puso bien el vestido de terciopelo verde bosque adornado con volantes de seda, y corrió a la sala de estar. ¿Qué podía haber impulsado a Adam a visitarla, con lo que aborrecía él a su marido? Quizá quería que hablaran del pasado, o incluso restablecer su amistad con ella, aunque no se le ocurría con qué propósito. No importaba; su presencia convenía admirablemente a los propósitos de Emma. Nikolas se enteraría de que Adam había ido a verla, y se pondría furioso. Emma quería que su marido sintiera algo de la pena y el orgullo herido que él le había hecho sentir en el pasado. Quizás hacía mal al utilizar a Adam con ese fin, pero le daba igual. Había sido utilizada por ambos, Adam y Nikolas, y ya era hora de que cambiaran las tornas.

Stanislav acompañó a Adam Milbank a la sala de estar, y preguntó a Emma si deseaba que les trajera algo.

—Té, por favor —dijo ella, y el mayordomo los dejó solos con un suave murmullo. Emma fue hacia Adam, el hombre al que siempre había considerado el gran amor de su vida, con las manos extendidas—. Adam —dijo con una sonrisa—. Tenía intención de escribirte una carta para invitarte a tomar el té. ¡Qué alegría verte!

Claramente sorprendido por el recibimiento, Adam le tomó las manos y se las apretó con suavidad. Una sombra de preocupación oscurecía su rostro de muchacho, pero sus ojos castaños brillaban de esperanza.

—Simplemente pensaba dejar una tarjeta...

—No, quédate y toma un poco de té conmigo —insistió ella—. Si dispones de tiempo, claro está.

—No se me ocurre nada mejor a lo que dedicarlo, créeme. —Adam dio un par de pasos por la sala, el sombrero y la fusta en la mano. Sacudió la cabeza con asombro mientras paseaba la mirada por el mobiliario—. Todo este lujo, y sin embargo parece como si no acabaras de sentirte en tu casa...

—Sí que es mi casa —dijo Emma con una risita—. Pero tampoco he cambiado tanto. Paso la mayor parte de mi tiempo en el refugio con el reparto de intérpretes habitual: *Manchú, Cleo, Listo...*

—¿Cómo están tus animales?

—Oh, se han acostumbrado muy bien a su nuevo ambiente.

—¿Y tú?

La sonrisa desapareció de los labios de Emma. Tomó asiento en una silla llena de cojines bordados y se puso bien la falda.

—Todavía no me he adaptado del todo —dijo honestamente—. Nikolas siempre consigue... confundirme. No es fácil entenderlo, o vivir con él.

—¿Te hace feliz, Emma?

Era una conversación demasiado íntima para un hombre y una mujer que estaban casados con otras personas. Sin embargo, la relación que habían tenido en el pasado hacía que a Emma no le costara nada recurrir a los viejos hábitos para hablar con Adam sin sentirse incómoda.

—No... Pero no soy tan desgraciada como pensaba que llegaría a ser. Es imposible de explicar.

Adam se sentó a su lado, con una mirada melancólica en sus ojos castaños. Inspiró profundamente.

—He pensado mucho en ti después de nuestra última conversación. Había otras cosas que quería decirte, pero no hubo tiempo. No podía dejar de pensar en lo mucho que quería que supieras la verdad acerca de lo que nos hizo tu esposo. Antes de volver a verte, quería que hubieras tenido ocasión de reflexionar sobre lo que ocurrió.

—Oh, he pensado mucho sobre eso —dijo Emma gravemente—. Y también le dije a Nikolas lo que pensaba de su manipulación.

—Tu esposo nos arruinó la vida a los dos, Em. Estoy casado con una mujer a la que no amo. Me pareció que la única alternativa que me quedaba era casarme con ella. Sabía que no podía tenerte, había demasiada oposición por parte de Nikolas y de tu familia, y entonces conocí a Charlotte...

—Por favor —dijo Emma, mientras levantaba la mano con una mueca de incomodidad—. No quiero hablar de ella.

—Claro. Pero al menos déjame decirte una cosa: no estamos bien juntos, Charlotte y yo. No nos compenetramos. No como lo hacíamos tú y yo. —Adam se pasó la mano por sus sedosos cabellos castaños, impaciente y un poco fuera de sí. Hablaba en un tono cortante y los ojos le brillaban con un destello acerado, dos cosas a las que Emma no estaba acostumbrada—. No dejo de pensar en lo que podríamos haber tenido tú y yo —murmuró él—. ¿Nunca te preguntas cómo habría sido todo si nos hubiéramos casado?

—Antes solía preguntármelo a cada momento —admitió ella—. Pero últimamente... No, supongo que ahora procuro no pensarlo.

—Pues yo no consigo dejar de pensar en lo que me arrebataron. Tu esposo se infiltró en nuestras vidas como una serpiente y se llevó todo lo que yo quería. Tengo extrañas fantasías sobre lo que me gustaría hacerle para causarle toda clase de horribles dolores, para que se degradara, despacio, muy despacio... —Se calló y puso cara de asombro cuando Emma se echó a reír.

—¡Perdona! —musitó ella, mientras intentaba acallar sus muestras de diversión—. Es sólo que... ¡No eres el primero, créeme! Creo que casi todo el mundo que ha conocido a Nikolas ha experimentado esos sentimientos acerca de él.

—No le veo la gracia —dijo Adam con extrema dignidad, mientras un leve rubor le cubría las mejillas.

Emma consiguió recuperar la seriedad, aunque unas cuantas burbujas de risa se le quedaron atrapadas en la garganta.

—Tienes razón. Nikolas es un auténtico canalla.

—Me tortura pensar que estás con él... La forma en que

tiene que abusar de ti, el cómo te ha humillado obligándote a cargar con ese hijo bastardo...

—No —dijo ella rápidamente—, yo quiero que Jake viva aquí. Ese niño me importa mucho, y a Nikolas también. —Se quedó callada cuando la verdad de su observación resonó en las paredes—. Pensaba que Nikolas era incapaz de querer a nadie —continuó en un tono dubitativo—, pero adora a su hijo. O ha cambiado, o... hay algo en él que nunca había notado antes. Sea como sea, es el mejor padre que he visto, aparte del mío.

—¿Tu padre? —preguntó Adam con indignación—. ¡Hablas de las dos personas que han logrado mantenernos separados! ¡Hombres dominantes y manipuladores a los que les encanta controlar todo lo que los rodea! —La tomó por la mano y se la apretó—. Em, ¿no recuerdas aquellos días? Nos queríamos tanto... Y nos vimos separados por esos dos hombres, por su egoísta necesidad de tenerte sólo para ellos. Lo hicieron con toda tranquilidad, sin pararse a pensar... —Se calló con un sonido de frustración.

—Sí —murmuró Emma—. ¿Por qué les resultó tan fácil? Si realmente nos queríamos, ¿por qué les costó tan poco separarnos?

Ambos guardaron silencio mientras rememoraban aquel momento, del que sólo se cumplían seis meses.

Emma no sintió el dolor que había esperado traería consigo hablar del pasado. No había anhelo o sensación de pérdida. Para su sorpresa, le hacía bien, la ayudaba a liberar la amargura y la pena. Y lo que era aún más asombroso, Adam había perdido una parte de esa chispa mágica con la que lo había dotado la memoria de Emma; era un poco menos guapo, un poco menos perfecto de lo que siempre había pensado ella. De hecho, parecía más bien corriente en ciertos aspectos. La revelación la dejó perpleja. Adam ya no hacía que el corazón le palpitase de alegría, ya no embriagaba sus sentidos.

«Ya no lo quiero como...», pensó.

—¡Te has vuelto tan hermosa...! —murmuró él, sin dejar de mirarla—. Elegante como una reina.

—No he cambiado nada —dijo ella, tímidamente.

—Sí que has cambiado. Antes solía haber en ti una encantadora sombra de incertidumbre, una expresión en los ojos como si quisieras esconderte del resto del mundo. Ahora todo eso ha desaparecido, y eres tan refinada, tan madura, tan indómita...

Emma arrugó la nariz y se echó a reír.

—¿Indómita? Ésa es una palabra que yo usaría para describir un gran barco..., ¡o una montaña!

Adam le devolvió la sonrisa.

—Eres como una rosa que ha abierto sus pétalos. ¿Está mejor así?

—Mucho mejor.

Adam pareció atesorar el momento entre ambos.

—Sonreímos ahora los dos y estamos cómodos juntos —murmuró pensativamente—. Igual que antes. ¿Recuerdas cómo era, lo felices que nos hacíamos el uno al otro? Nunca me había sentido así antes, y no he vuelto a experimentar esa sensación.

—Seamos francos —dijo Emma, sin apartar la vista del rostro de él—. También querías casarte conmigo por el dinero de mi familia. Si yo no hubiera venido acompañada por la promesa de una dote tan significativa, nunca te habría interesado.

—Te quería a ti, en primer lugar y por encima de todo. Si venías con una cuantiosa dote, tanto mejor. ¿Te parece una actitud tan terrible? ¿Por qué no debería gustarme tener dinero, y toda la seguridad y las comodidades que trae consigo?

—Ahora tienes dinero. Te casaste con una pequeña fortuna.

Una expresión extraña apareció en los ojos de Adam, una mezcla de pena, decisión y dureza.

—Pero eso no compensa el haberte perdido. Nada podrá compensarlo.

Emma intentaba encontrar algún comentario que aliviara la súbita tensión surgida entre ellos, cuando se dio cuenta de que alguien acababa de entrar en la sala. Levantó la vista con un cierto alivio, segura de que sería una doncella con la bandeja del té que había pedido. Para su consternación, vio a su esposo inmóvil en la entrada de la sala.

Emma hubiese debido sentirse complacida ante aquel pequeño golpe de suerte. Ni en sueños podía haber pensado en tantas coincidencias, en que a Nikolas se le ocurriría entrar en la sala justo cuando ella conversaba con su antiguo pretendiente. Pero en lugar de alegrarse, se sintió apesadumbrada. Su intención inicial era causar alguna clase de revuelo, pero ya no estaba tan segura de desearlo.

Nikolas estaba rojo de ira. Extraño, él que normalmente siempre era tan hábil a la hora de ocultar sus sentimientos. Pero ahora se lo veía absolutamente furioso, como si estuviera a punto de liberar algún frenesí demoníaco. Adam Milbank se levantó de su asiento con los puños apretados, con una expresión no defensiva sino igualmente rabiosa. El odio hirvió en el aire como un ser vivo. Hacía unos meses Emma hubiese podido provocar una pelea entre los dos hombres, y habría encontrado un gran placer de ello, pero ahora intentó distender la situación.

—Nikki —dijo con una sonrisa superficial—, has vuelto temprano. Estaba conversando con lord Milbank, esperando a que nos trajeran un poco de té...

—Me temo que no tengo tiempo para tomar el té —la interrumpió Adam, sin dejar de sostenerle la mirada a su marido—. Acabo de acordarme de que tenía un compromiso muy importante. Tengo que irme inmediatamente.

—¡Oh, qué lástima! —respondió Emma con rapidez e iniciando un movimiento para conducirlo hacia la puerta—. Ha sido un placer verlo. Recuerdos de nuestra parte a lady Milbank.

Nikolas habló entonces, en un tono lleno de beligerancia.

—Ésta es la última vez que viene a husmear alrededor de mi esposa, Milbank. No se le ocurra volver a intentarlo, o le arrancaré la cabeza.

En vez de miedo, la declaración provocó un destello de malévolo desafío por parte de Adam. Se detuvo junto a la puerta, su brazo rígido como el acero bajo la mano con que se lo apretaba Emma.

—Volverá a verme —dijo en un siseo amenazador—. Hace unos meses pudo hacer pedazos mis sueños porque yo le tenía miedo. Ya no se lo tengo. Sepa que voy a ajustarle las cuentas, y le prometo que no tendrá que esperar mucho. Estoy obligado a hacerlo, tanto por Emma como por mí.

Emma apartó la mano del brazo de Adam, y lo miró con sorpresa. Nunca lo había oído hablar así antes. Adam se fue rápidamente, dejándola sola para que se las viera con su marido, quien contempló su partida con una mueca desdeñosa en el labio.

—¿Dónde está Jake? —preguntó Emma en un tono de aparente tranquilidad y distensión, aunque sentía pinchazos de ansiedad en el estómago.

—Cuando Stanislav me dijo que Milbank estaba aquí, lo mandé al piso de arriba. —La miró de arriba abajo—. ¿Lo invitaste a venir?

—No, sólo era una visita social. ¡Aunque lo invitaré a él o a quien yo quiera, sin pedirte ningún permiso!

Nikolas dio un paso hacia ella, con una expresión cada vez más amenazadora.

—No toleraré su presencia en mi casa.

—Después de todo lo que me has hecho, no tienes ningún derecho a quejarte de mis amistades, ni por la manera en que yo decida pasar mi tiempo con ellas.

—No me estoy quejando. Te estoy diciendo que no quiero que te acerques a él.

—Tan arrogante y presuntuoso como siempre, ¿eh? ¡Guárdate esos modales de dictador para los demás, pero no te atrevas a usarlos conmigo! Y deja ya de tratarme como si fuese tonta, con todo este numerito de celos... ¡Sé muy bien que no te importo en lo más mínimo!

—Te quiero —gruñó él—. ¡Maldita seas por no creerlo!

Emma rió secamente y se volvió, dispuesta a salir.

—Tienes una forma realmente encantadora de demostrarlo.

—Te quiero —dijo Nikolas entre dientes—. Tanto que siento como si fuera a estallar. ¿Tienes idea de lo mucho que te necesito? Cada noche estoy a punto de enloquecer, porque sé que estás tan cerca, sola en tu cama...

Se calló y la sujetó por detrás, en una presa imposible de romper, evitando cualquier retirada de su esposa.

—Emma —murmuró mientras la estrechaba por la espalda contra su cuerpo para que pudiera sentir los temblores que lo estremecían, toda esa energía contenida a duras penas que pugnaba por liberarse. Estaba tan excitado que Emma sintió el duro promontorio enhiesto apretándose contra su espalda. Sobresaltada, comprobó que su cuerpo respondía con un súbito palpitar a la acometida de Nikolas. El pulso le latía en las venas, como si un grave acorde vibrara en su interior. De pronto, supo que quería que él la abrazara como en ese momento, que hacía semanas que lo quería.

Sintió los labios de Nikolas sobre los suyos, acuciantes, dulces e irresistibles; sintió la presión de sus manos que la apremiaban a elevarse contra su cuerpo. Un suspiro de alivio estremeció los pulmones de Nikolas y la besó más profundamente, en una ávida búsqueda por el cálido interior de su boca. Emma podía oler el frío aire que envolvía la ropa de su marido, el olor de la lana y el té que se entremezclaban en una agradable armonía familiar. Se volvió para enredarlo contra ella, con los brazos y las piernas, para mantenerlo dentro de su esfera. Arrastrada por el placer y la excitación, sintió que empezaba a respirar con jadeos entrecortados. Nikolas nunca la había besado de aquella manera antes, y no se trataba de habilidad ni de técnica, sino de puro sentimiento. Esas sensaciones subieron demasiado poderosas, demasiado rápidas, y Emma se apartó de él con un sollozo de miedo.

Nikolas la soltó sin intentar retenerla, y clavó en ella sus ojos dorados.

Emma intentó recuperar el aliento, y se apretó el vientre con las manos. Nunca se había sentido tan indefensa, tan aterradoramente vulnerable. En ese instante descartó cualquier plan de encararse con él para ponerlo en su lugar. Si quería seguir entera, lo único que podía hacer era mantenerse alejada de Nikolas.

—No vuelvas a tomarte semejantes libertades conmigo —dijo con voz temblorosa—. Si tanta necesidad tienes de una mujer, búscate a otra. No te quiero. Aunque me dieses placer, luego me odiaría a mí misma. —El nudo que le oprimió la garganta hizo que no pudiera decir nada más, y huyó de la sala.

Nikolas la siguió resueltamente. Aún no había acabado. Quería saber qué se habían dicho exactamente Emma y Milbank, y qué sentía ella por su antiguo pretendiente. La vio encaminarse hacia el refugio, su falda verde agitada sobre el frío suelo por el viento que había empezado a soplar.

—¡Emma! —gritó y ella volvió la cabeza para fulminarlo con la mirada por encima del hombro.

—¡Vete! ¡No quiero hablar contigo!

—¿Por qué ha venido a verte? ¿Qué es lo que quiere?

—Quiere que seamos amigos —dijo ella desdeñosamente—. Nada más.

—¡No me lo creo! —masculló Nikolas, mientras se disponía a seguirla al interior del refugio.

—¡No entres aquí, Nikki! —La voz de Emma flotó hasta él desde el recinto del tigre—. Quiero pasar unos minutos de paz con mi...

De pronto se hizo un silencio.

—¿Emma? —Nikolas, extrañado por la falta de respuesta, entró cautelosamente en el edificio. Entonces comprendió por qué se había quedado callada. El corazón le dejó de latir cuando vio la jaula de *Manchú*.

Jake estaba en su interior, con el tigre.

11

Nikolas no podía respirar, ni pensar, el cuerpo paralizado por un miedo que nunca antes había conocido. El pasador de seguridad que cerraba la entrada de la jaula estaba abierto, y luego Jake había levantado el pestillo para entrar. El niño estaba de pie en uno de los lados del recinto, y el tigre permanecía agazapado en el centro. *Manchú* gruñía de confusión y disgusto mientras observaba al pequeño intruso que había irrumpido en su territorio.

Emma se volvió muy despacio para mirar a Nikolas. Había palidecido, y sus cejas formaban dos relucientes arcos rojos en su rostro. Un estremecimiento le recorrió los labios como si quisiera decir algo, pero el terror la había dejado sin habla.

Los pensamientos corrían por el cerebro de Emma cien veces más deprisa de lo habitual. Mantuvo a raya el miedo y miró a *Manchú*, no muy segura de cómo iba a reaccionar. El tigre observaba al niño con una intensa concentración que no le gustó nada. Una atención tan paciente podía preceder a un ataque repentino. Emma lo vio erizar sus blancos bigotes mientras iba hacia el niño con mucha cautela, moviendo una pata cada vez. Aunque le hubiesen extraído las garras, *Manchú* aún tenía los dientes; quince a cada lado del cráneo, con unos caninos muy largos que atravesaban las vértebras del cuello de la presa para matar con rápida eficiencia, y unos incisivos afilados como navajas. Los poderosos músculos de la mandíbula de un tigre le permitían sujetar a su presa mientras ésta se debatía, mordiéndola en la nuca para cortar el cordón espinal, o aplastándole el cuello hasta que la víctima moría por asfixia.

Tratándose de una criatura de las reducidas dimensiones de Jake, *Manchú* probablemente utilizaría el mordisco en el cuello. Pero el tigre no parecía tener muy claro lo que iba a hacer, y Emma comprendió con una temerosa esperanza que aún no había tomado la decisión de atacar. Fue hacia el cubo de despojos vacío, y atrajo la atención de *Manchú* con un alegre silbido mientras levantaba el cubo como si estuviera tan lleno de carne que apenas podía con él.

—*¡Manchú!* —lo llamó mientras llevaba el cubo hasta el otro extremo de la jaula, lejos de Jake. Se quedó fuera del recinto, y volvió a llamar al tigre—. Ven aquí, guapetón... ¡Ven a ver lo que tengo para ti!

El tigre obedeció lentamente y fue hacia ella con un maullido quejumbroso. Al mismo tiempo, Nikolas corrió hacia el recinto, levantó el pestillo y entró. Cuando se percató de que otro intruso acababa de irrumpir en su recinto, *Manchú* dejó escapar un gruñido de frustración y se volvió en redondo, sin hacer caso de las llamadas de Emma. Nikolas abrazó a su hijo, lo sacó en brazos del recinto y cerró la puerta en el preciso instante en que el tigre llegaba a ella.

—¡Papá! —chilló Jake, indignado, mientras empezaba a debatirse—. ¡Aún no quería salir! ¡Papá, suéltame!

Pero Nikolas no podía soltar el cuerpecito que apretaba contra su pecho, y no dejó de abrazarlo mientras se estremecía de alivio. Emma dejó caer el cubo y se apoyó en una pared cercana, un poco mareada por la rapidez con que le latía el corazón y el torrente de miedo que había fluido a través de sus venas.

Cuando Nikolas volvió a sentirse capaz de hablar, puso al niño en el suelo y se acuclilló ante él para poder mirarlo a los ojos.

—¿Qué hacías ahí dentro? —preguntó con voz sorda—. Te dije que subieras a tu cuarto.

—No quería ir a mi cuarto. Yo quería ir a ver al tigre. —Jake lucía una expresión desafiante pero preocupada, y su mente de niño aún no había entendido el peligro que acababa de correr.

—Te tengo dicho que no debes visitar el refugio si Emma o yo no vamos contigo.

—*Manchú* nunca me haría daño, papá. Le gusto.

Nikolas, muy pálido, no abandonaba su expresión de seriedad.

—Me has desobedecido, Jake. No me gusta castigarte, pero no me dejas elección. Durante un mes no visitarás el refugio. —Mientras el niño protestaba y se resistía, Nikolas se lo puso encima de la rodilla y dejó caer la palma tres veces sobre su trasero. Jake, sorprendido, aulló y se echó a llorar. Nikolas se lo quitó de la rodilla y volvió a ponerlo de pie ante él—. Ese tigre es peligroso, lo mismo que el resto de esos animales. Nos has dado un susto terrible a Emma y a mí. No quiero que te ocurra nada malo, y por eso tienes que seguir las reglas que establecemos, aunque no las entiendas.

—Sí, papá —lloriqueó Jake, la cabeza baja para ocultar sus lágrimas.

Nikolas lo apretó contra su pecho, y el niño le echó los brazos al cuello.

—No pasa nada —murmuró Nikolas—. Todo está perdonado. Pero acuérdate de lo que te he dicho.

—¿Puedo ir a jugar a mi cuarto?

Nikolas asintió, y le dio un último abrazo.

—Sí, puedes ir a jugar.

Jake dio un paso atrás y se secó las lágrimas de los ojos con sus puñitos. Miró a su padre con curiosidad.

—¿Por qué lloras, papá? —preguntó.

Hubo un breve silencio, y luego Nikolas respondió con brusquedad.

—Porque odio tener que zurrarte.

Una sonrisita esbozada como a regañadientes pasó por el rostro de Jake.

—Yo también lo odio. —Corrió hacia Emma y le abrazó las caderas—. Lo siento, Emma.

Tan conmovida que no fue capaz de encontrar palabras,

Emma le besó la coronilla antes de que Jake corriera a su cuarto. Cuando el eco de sus rápidos pasos se hubo desvanecido, Nikolas se incorporó con un suspiro y se pasó las manos por la cara.

Emma fue hacia él, no muy segura de si hacía lo correcto.

—Nikki, creía que se lo había dejado claro...

—Jake sabía que no tiene que venir aquí solo —dijo Nikolas, al tiempo que se volvía hacia ella—. Pero es un niño testarudo, lleno de curiosidad. Supongo que debería habérmelo esperado.

Emma se preguntó por qué aún estaba lívido, y por qué la angustia se negaba a desaparecer de aquellos ojos.

—Bueno, ahora ya podemos estar tranquilos, gracias a Dios. No ha pasado nada.

Nikolas no parecía ser de la misma opinión. Se pasó la manga por la frente sudorosa, y apartó de ella un mechón mojado de sudor.

—Es la primera vez que pego a un niño.

Entonces Emma comprendió. El episodio había hecho que Nikolas se acordara de Misha, su hermano, y de todas las veces que había sido maltratado por su padre.

—Tú no has pegado a Jake —dijo en voz baja—. Le has aplicado un correctivo de lo más ligero. Querías asegurarte de que no volvería a exponerse al peligro. Jake lo ha entendido, Nikolas. No le has hecho ningún daño... —Hizo una pausa y continuó, en un tono muy suave—: Y tú no eres como tu padre.

Él guardó silencio, con la mirada extraviada, como ensimismado en recuerdos de otro tiempo y otro lugar.

—No es fácil ser padre, ¿verdad? —preguntó Emma, dulcemente—. Hay tantas cosas de las que preocuparse... cosas que nunca te esperas, y te torturan las decisiones que intentas tomar por su propio bien... —Se quedó callada, porque pensar en su padre la llenaba de pena y añoranza. Lucas Stokehurst siempre había sido el mejor de los padres, por mucho que se empeñara en protegerla demasiado, y ella prácticamente lo había excluido de su vida. Lo echaba de menos.

Estaba harta de castigarse y de castigar a su familia, y quería hacer las paces con ellos—. No te sientas culpable —murmuró, demasiado ensimismada en sus pensamientos para enterarse de cuál fue la réplica de Nikolas, o de si hubo alguna.

Aquella noche, Emma subió al cuarto de los niños después de las ocho. Tenía intención de explicarle a Jake que si bien ella solía referirse a *Manchú* como una mascota mimada, el tigre era un animal peligroso, y nunca había que considerarlo domesticado a la manera en que lo estaba un perro como *Sansón*. *Manchú* debía ser querido pero temido, porque su naturaleza siempre sería impredecible. Se sentía culpable por no haberle dejado eso lo bastante claro antes.

Cuando llegó al último escalón, la voz adormilada de Jake flotó hasta ella a través de la entrada del cuarto de los niños.

—Papá, cuando tengamos institutriz, ¿seguirás contándome cuentos?

—Claro que sí —fue la réplica de Nikolas—. Aunque me imagino que ella tendrá algunos de su propia cosecha con los que entretenerte.

—Me gustan más los cuentos rusos.

—A mí también —dijo Nikolas con voz alegre—. Bueno, ¿por dónde íbamos?

—El príncipe Iván acaba de encontrarse con el lobo gris.

—Sí. —Hubo un susurro de páginas cuando Nikolas abrió el libro—. Pues resultó que era un lobo encantado, que lo sabía todo acerca de la búsqueda del pájaro de fuego emprendida por el príncipe Iván. «¡Yo sé dónde está el pájaro de fuego!», exclamó el lobo, y se ofreció a llevar allí a Iván. El príncipe se subió a su espalda, y el lobo corrió a través de la noche hasta que llegaron a un jardín rodeado por unos grandes muros dorados. Era el palacio del zar Afrón...

Emma imaginó a Jacob hecho un ovillo en la cama mientras escuchaba la voz de barítono de su padre que lo ayudaba a conciliar el sueño, y se fue sigilosamente. Se sentía sola, desgraciada, quería algo que no podía nombrar. Bebió una copa de vino sin saborearlo y fue a acostarse temprano. Vestida con un delgado camisón de algodón, se acurrucó bajo un montón de mantas y esperó a que las sábanas de lino frías como el hielo empezaran a calentarse. El dormitorio estaba oscuro y silencioso, pero las sombras no tardaron en llenarse de voces que parecían burlarse de ella.

Se acordó de la advertencia de Tasia: «No se merece que nadie confíe en él, Emma. Nikolas es un hombre peligroso.»

La callada angustia de su padre: «Siempre puedes volver. Te recibiré con los brazos abiertos.»

Y la súplica de Nikolas: «No volveré a hacerte daño. Créeme.»

Los recuerdos la torturaron durante horas, hasta que finalmente la niebla del sueño vino a su encuentro. Pero ni siquiera entonces hubo paz para ella. Uno de los sueños más inquietantes que había tenido nunca tomó posesión de su mente, tan vívido y detallado que la heló hasta la médula.

Estaba en una fría y oscura celda con las paredes de madera, el suelo de piedra y una diminuta ventana rectangular. Cruces e iconos colgaban en las paredes, sombríos rostros pintados que la miraban desde lo alto y parecían reflejar la pena que sentía. Las largas faldas de su vestido oscuro se arrastraban por el suelo mientras iba y venia por la habitación, sin dejar de llorar. Sabía que Nikolas estaba sufriendo, y no podía ir con él. Lo único que podía hacer era esperar allí, en agónica impotencia. Dos mujeres —una de ellas una monja con hábitos grises— trataban de consolarla, pero Emma les apartaba las manos y volvía la espalda a sus rostros compasivos. «¡Se muere! —sollozaba—. ¡Me necesita, y no tiene a nadie! ¡Tengo que ir con él! ¡No lo soporto, no puedo...!»

Emma despertó con un sobresalto, y se sentó en la cama. El dormitorio de aquella *suite* que había llegado a conocer tan bien se hallaba sumido en el silencio.

—Sólo era un sueño —murmuró mientras se secaba las lágrimas de la cara. Pero no podía dejar de llorar, y estaba tan triste como si realmente hubiese muerto alguien. La pena se negaba a abandonarla, y Emma ya no sabía qué hacer. Se levantó de la cama y se encontró con que sus pies la llevaban hacia la *suite* de Nikolas. Usó la larga manga de su camisón para secarse las lágrimas, cruzó la puerta del dormitorio de Nikolas y se detuvo, como un esbelto fantasma lleno de confusión que flotaba en la oscuridad. Los rayos de luna que entraban por la ventana iluminaban las alfombras del suelo.

—Nikki —susurró.

Oyó un rumor de sábanas y la voz de Nikolas enturbiada por el sueño.

—¿Quién es...? ¿Emma?

—He tenido una pesadilla —susurró ella. Nunca había conocido una pena tan intensa. Estaba segura de que Nikolas también podía sentirla, como una presencia invisible en la habitación.

—Cuéntame —dijo él.

—Agonizabas..., querías tenerme a tu lado, pero yo no podía ir hacia ti. Estaba en la celda de un convento, y no me dejaban salir.

Él guardó silencio. Inexplicablemente, murmuró su nombre en ruso.

Llorosa e incapaz de encontrar palabras, Emma permaneció callada unos instantes. Luego las preguntas angustiadas, nacidas de semanas de frustración y anhelo, brotaron de sus labios.

—¿Por qué has cambiado tanto? ¿Qué te sucedió el día en que te desmayaste ante el retrato?

Por fin lo había preguntado. En un primer momento, Nikolas no pudo hablar, lleno como estaba de tal deseo, de tal impaciencia que seguramente su explicación iba a quedar reducida a un mero tartamudeo incomprensible. Había ensayado mentalmente centenares de maneras de contárselo, en busca de las palabras apropiadas que harían que Emma aceptase, creyera... Pero la empresa parecía estar condenada al fracaso. ¿Como iba a poder entender ella lo que ni siquiera él comprendía?

—Durante la hora que pasé inconsciente, soñé que estaba

en Rusia —replicó finalmente, en un tono tan bajo que era casi inaudible—. Soñé que era mi antepasado Nikolái.

—Tu antepasado... —repitió ella con voz titubeante—. ¿El que eligió a su esposa entre las quinientas doncellas?

—¿Cómo sabes tú eso? —preguntó él con una súbita intensidad.

—Rashel Sidarova me contó la historia. Me contó que Nikolái se casó con una de las doncellas...

—Sí, todo eso ocurría en el sueño. Tú eras la prometida. Tu nombre era Emelia Vasilievna, y yo me enamoraba de ti.

—¿Qué sucedió entonces? —preguntó Emma, nerviosa.

—Sólo pudimos estar juntos un corto período de tiempo antes de que me detuvieran por sospechoso de traición. Para escapar al mismo destino, fuiste al convento de Novodevichi, donde diste a luz a mi hijo. No sé qué fue de ti después de eso. Estoy intentando averiguarlo —añadió en voz baja.

Emma se había quedado atónita ante lo absurdamente tranquilo de su tono.

—Dios mío... Crees que ocurrió de verdad, ¿no? Estás convencido de que fue algo más que un sueño.

—Fue real.

Emma quedó tan anonadada por su admisión que se llevó las manos a la boca para no reír de miedo e incredulidad.

—¡Hablas como si hubieras perdido el juicio!

—Te amé hace ciento setenta años. Y ahora he vuelto a encontrarte.

Emma estaba tan confusa que empezó a temblar.

—No.

—No tengas miedo —dijo él, con dulzura.

—¡Es que esto no tiene sentido!

—¿Por qué soñaste que estabas en un convento, Emelia?

—¡No me llames así! ¡Eso fue una casualidad! —Respiraba entrecortadamente, y sentía el palpitar del miedo en su cuerpo—. Esto no es propio de ti, Nikki. Tú siempre has sido racional por encima de todo. ¡Oírte inventar semejante historia, y encima afirmas que ocurrió realmente...! ¿Acaso intentas volverme loca? Pues te aseguro que no va a funcionar...

—Es la verdad.

Emma lo vio levantarse de la cama y venir hacia ella, su esbelto cuerpo acariciado por los resplandores íntimos y las sombras de la desnudez. Aunque intentó huir, sus pies se negaron a obedecerla y se quedó donde estaba, paralizada por el estupor.

Los brazos de Nikolas, cálidos y fuertes, se deslizaron alrededor de ella, y una mano fue por debajo de su melena para rodearle la nuca. Emma se encogió, temerosa, y dejó escapar un jadeo ahogado mientras empezaba a temblar.

—No te creo —susurró—. No creo en tu sueño.

Haber sido capaz de contárselo hizo que Nikolas se estremeciese de alivio. El olor del cuerpo de Emma y el tenerla tan cerca, con todo lo que necesitaba comunicarle... Era demasiado. Necesitaba poseerla en ese mismo instante. Le habló en ruso, palabras guturales dichas en voz baja que ella no entendió.

—¿Qué dices? —preguntó con voz suplicante

Él se lo tradujo, su aliento fue una caricia abrasadora sobre la piel del cuello de Emma.

—Me da igual que no me creas. Esta noche te quiero en mi cama. Quiero estar dentro de ti, y sentir tus brazos y tus piernas alrededor de mi cuerpo.

Emma arqueó la espalda para alejarse de él, pero Nikolas era muchísimo más fuerte, y no estaba dispuesto a dejarla escapar.

—Te deseo —dijo, con un acento ruso más marcado que de costumbre—. Quiero hacerle el amor a mi esposa.

Emma sintió la boca de él sobre sus pechos, y el calor de su aliento atravesó la frágil tela del camisón. Nikolas le buscó los pezones, y chupó y mordisqueó las duras puntas hasta que Emma dejó de debatirse en sus brazos para empezar a gemir con una mezcla de protesta y placer. Nikolas le deslizó la mano entre los muslos, y acarició la suave cueva a través de la delgada capa de algodón que la cubría.

—Emma —gimió, estrechándola contra su dureza henchida por el deseo, hincándole los dedos en las nalgas.

—Sí —susurró ella, con el consentimiento y el deseo enmarañados dentro de su cuerpo.

Nikolas la llevó a la cama, e hizo que se inclinara mientras le levantaba el camisón. Emma agitó la cara entre el desorden de las sábanas y separó los muslos cuando sintió su presión. Nikolas se apretó contra ella en una agresiva búsqueda y dejó escapar un sonido de placer cuando el cuerpo de Emma lo acogió como un delicioso escudo protector, para atraerlo hacia las profundidades de su oscura dulzura. La empaló enérgicamente en respuesta al retroceso de las caderas de Emma, e inició un rítmico movimiento que no tardó en llevarla a un clímax devastador. Emma sollozó y se quedó quieta para él, y un estremecimiento de deleite le recorrió el cuerpo cuando lo sintió derramar su semilla dentro de ella.

Se quedaron inmóviles en la cama, estrechamente abrazados y tan exhaustos que apenas podían moverse. Emma sentía el calor de Nikolas en la espalda, sus piernas bajo las suyas, el brazo que le había puesto sobre el cuello. El clímax ya había quedado atrás, pero aún experimentaba pequeñas sacudidas de placer que le recorrían el cuerpo. Tuvo que esperar un rato antes de poder volver a hablar, y sólo en un tenue susurro.

—Tengo miedo —dijo.

—¿Por qué, *dushenka*?

—¿Eso qué quiere decir?

—Pobrecita mía —respondió él, al tiempo que le acariciaba el pelo—. ¿Por qué tienes miedo?

Una lágrima resbaló por la mejilla de Emma y tembló en la punta de su barbilla.

—Porque no quiero amarte —dijo con un jadeo entrecortado—. Si lo hago estaré a tu merced, y me harás pedazos. Y no permitiré que eso suceda, Nikki...

Él la hizo callar con un suave murmullo y le apartó las manos. Empezó a besarle la garganta, allí donde el encaje del camisón se encontraba con su piel; besos delicados como caricias que le aceleraron la respiración e hicieron que sus pezones se irguieran contra el algodón. Se movió sobre ella, sus anchos hombros iluminados por un resplandor plateado cuando un rayo de luna se deslizó a través de ellos. Aquellas manos, tan poderosas y capaces de tanta crueldad, recorrieron delicadamente el camino que llevaba desde sus caderas hasta sus pechos. Le hablaba en susurros, a veces en ruso y a veces en el idioma del exilio, y las palabras se derramaban sobre el cuerpo de Emma. Le subió el camisón muy despacio, en una celebración hecha de besos y suaves mordisqueos por cada centímetro de piel nuevamente revelada. Emma bajó las manos para apretarle los músculos de la espalda, y encontró la textura familiar de sus cicatrices.

Le quitó el camisón por la cabeza, y Emma, ahora completamente desnuda, rodeó a Nikolas con los miembros para sentirlo lo más cerca posible de ella. Se besaron ardientemente, y sus cuerpos rodaron sobre la cama fundidos en un estrecho abrazo. Nikolas gimió al sentir la caricia de las manos de Emma, la delicada flexión de aquellos dedos alrededor de su carne endurecida. Inclinó la cabeza sobre el firme plano del estómago de Emma y fue hacia la suave cueva entre sus muslos, hasta que su lengua localizó con habilidad el delicado lugar donde se centraban todos los placeres.

Estremeciéndose por el deseo de necesidad, Emma le acarició el pelo y tomó entre los dedos aquellos mechones suaves como la seda.

—¡Ahora! —susurró con voz apremiante, retorciéndose en respuesta a los movimientos de aquella boca—. Por favor, ahora...

Nikolas se incorporó para entrar en ella despacio, con una inmensa delicadeza, hasta que la oyó gritar de satisfacción. Ambos se quedaron inmóviles, completamente unidos. Emma veía brillar aquellos ojos en la oscuridad, el misterioso contorno de aquel rostro... Aquel Nikolas era un desconocido para ella, más tierno y apasionado de lo que nunca hubiese podido llegar a imaginar.

—¿Quién eres? —murmuró.

—Soy el hombre que te ama —susurró él—. Siempre te amaré, Emma. —Entró todavía más en ella, y el sollozo de placer que Emma no pudo contener pareció llenarlo de gozo. Emma se le entregaba, abiertamente y sin ninguna clase de limitaciones, y le daba todo su ser. Él le respondió de la misma manera, con una hoguera de pasión incontrolable que consumió todos los recuerdos, hasta que el mundo renació de sus cenizas, limpio y nuevo.

Por primera vez, Emma despertó por la mañana con los brazos de su esposo alrededor de ella. Esperó hasta que la confusión de los primeros instantes se hubo disipado, y volvió la cabeza para mirar a Nikolas. Sus ojos del color del ámbar estaban abiertos, y la escrutaba con la mirada.

—Buenos días —le dijo con voz de sueño.

No había dejado de tenerla abrazada en toda la noche, y sólo se había movido para interrumpir ocasionalmente los sueños de Emma cuando le besaba la cara o el cuello. Volvieron a hacer el amor cuando faltaban unos instantes para que amaneciese, sus cuerpos acompasados en un lánguido ritmo hasta que ambos se disolvieron en una estremecida liberación. ¿Qué podía decirle ella después de semejante noche de sensualidad sin barreras? Emma apartó la mirada, las mejillas encendidas, y fue a levantarse de la cama. Él la detuvo y volvió a atraerla hacia el lecho. La miró a los ojos.

—¿Cómo te sientes?

—No lo sé. No tengo ni idea de qué es lo debería hacer a partir de ahora, o de cómo estar contigo. Discutir constantemente es fácil; es lo que estoy acostumbrada a hacer. Pero que dos personas estén bien juntas... No sé si eso es posible para nosotros.

Él le envolvió el trasero en sus cálidas manos, y apretó las firmes curvas.

—No es tan complicado, *ruyshka*. Ya aprenderemos con el día a día.

Emma sintió que él se removía, con aquel insistente palpitar que indicaba que la pasión acababa de volver a despertar. Nikolas le apretó las nalgas con las manos, manteniéndola encima de él mientras su boca dejaba un húmedo sendero sobre sus pechos.

—No, Nikki —protestó ella con un hilo de voz—. Es hora de desayunar...

—No tengo hambre.

—... y esta mañana no he ido a ver los animales...

—Pueden esperar.

—Jacob podría venir a buscarte.

—No lo hará. ¿Olvidas que es hijo mío?

Emma hizo un último intento de distraerlo.

—Me duele todo...

—Eso lo puedo arreglar —susurró él, al tiempo que la hacía volverse hasta que la tuvo acostada boca arriba. Le separó los muslos y se aplicó a convencerla de que se quedara. Emma sucumbió con un gemido de placer mientras las manos y la boca de Nikolas hacían promesas que el resto de su ser estaba más que dispuesto a cumplir.

Nikolas parecía dar por hecho que después de aquello siempre sería bienvenido en su cama, y Emma no le negó ese derecho. Transcurrió rápidamente una semana, durante la que Emma despertaba cada día con una sensación de novedad. Descubría aspectos de su esposo que nunca antes, en todos los meses anteriores de su matrimonio, se le había ocurrido sospechar. Había momentos en los que Nikolas podía mostrarse asombrosamente cariñoso, como cuando la ayudaba a dejar suelta la pesada masa de su pelo al caer la noche, y le daba masajes con los dedos en los puntos del cuero cabelludo que le dolían a causa de las horquillas y las peinetas. Le ponía ungüento en las manos allí donde estaban enrojecidas o se las había arañado mientras trabajaba, o interrumpía su baño y la lavaba como hubiese hecho con una niña.

Un día el humor de Nikolas derivó hacia el comportamiento de un depredador, y la arrinconó en el refugio. Después le desabrochó los pantalones sin hacer caso de sus perplejas protestas y la tomó contra la pared, hasta que los dos quedaron cubiertos de sudor y jadeantes de satisfacción. Le tomaba el pelo implacablemente, provocándola y al mismo tiempo haciéndola reír, hasta que Emma no sabía si besarlo o matarlo.

Por las tardes, cuando Robert Soames pintaba el retrato de Emma, Nikolas iba a verla posar y la observaba con tanta concentración que finalmente tuvo que echarlo de la estancia.

—No puedo estarme quieta en una postura lo más digna posible si tú estás mirando —le informó mientras lo empujaba hacia la puerta. Nikolas obedeció de mala gana, y la miró con expresión ceñuda cuando ella le cerró la puerta en las narices.

Le habló de su sueño una vez más, el día en que salieron a pasear por los alrededores nevados de la finca. Los copos de nieve caían del cielo en silencio, y Nikolas se detuvo para besar las pequeñas partículas blancas que se derretían sobre el rostro de Emma.

—Pareces un ángel —murmuró mientras acariciaba los puntitos de nieve que se le habían pegado al pelo.

—Tú también —replicó ella, y rió mientras le quitaba la nieve de los mechones leonados—. Un ángel caído.

Nikolas se quedó callado. Emma lo vio mirarla fijamente, como si no pudiese dar crédito a sus ojos.

—¿Qué pasa? —preguntó con recelo.

—Estás exactamente igual que antes, en Rusia. Te regalé un chal de encaje blanco, y te lo pusiste encima del pelo.

A ella le entraron ganas de decirle que nunca había estado en Rusia, pero se contuvo al contemplar la expresión de su esposo. ¿Pensaría Nikolas muy a menudo en esa hora misteriosa que había pasado extraviado en su sueño del pasado? Emma podía percibir el anhelo tras aquella expresión reservada, el deseo de recuperar lo que le había sido arrebatado. Nikolas estaba convencido de que habían tenido una vida anterior en la que se habían conocido y enamorado. Emma no iba a hacer nada para alentar esa creencia, pero tampoco iba a reírse de Nikolas si él lo quería creer así.

—Amabas a la mujer de tu sueño, ¿verdad? —le dijo en voz baja.

Una emoción indistinguible llameó en los ojos de Nikolas.

—Esa mujer eras tú.

—Aunque así fuese, eso no tiene nada que ver con nosotros ahora —replicó ella—. No cambia en nada nuestra situación.

—Para mí lo cambia todo. Me acordaba de lo que sentía al amarte, y al ser amado a mi vez.

—Pues si lo que quieres de mí es eso, entonces lo siento mucho —dijo Emma, envarada—. No puede ser. ¿Es que no te basta con lo que tenemos ahora? ¿No es suficiente con que seamos amigos, y que cada uno encuentre pequeños placeres en la compañia del otro?

—No —fue la sombría réplica de él—. Eso no es suficiente.

Reanudaron el paseo en silencio hasta que llegaron a una pequeña estructura de piedra, la vieja capilla de la finca que Nikolas había mandado acondicionar para que pudieran usarla los sirvientes rusos.

—Nunca he entrado ahí —dijo Emma—. ¿Qué aspecto tiene?

Nikolas contempló la capilla con el rostro vacío de toda expresión, y acompañó a Emma hasta el pequeño arco de la entrada. Empujó la puerta con la mano y la sostuvo mientras ella entraba. Emma se cubrió el pelo con su chal de lana azul y paseó la mirada por la capilla. Estaba llena de iconos y altares repletos de velas. Algunas de ellas habían sido encendidas recientemente, y sus llamitas propagaban una suave claridad a través del aire. Era un lugar solemne y triste. Los muros parecían haber absorbido las confesiones y los ruegos de todas las personas que habían estado allí antes que ellos.

—¿Enciendo una vela? —preguntó Emma en voz baja.

Nikolas no le respondió. Sus facciones doradas permanecían tan inmóviles como los iconos que los rodeaban.

—Bueno, supongo que nunca estará de más —observó

Emma mientras elegía un cirio. Lo encendió con la llama que ardía en una mariposa de aceite, y lo puso en una de las palmatorias ante el icono de la Virgen con el niño Jesús. Luego se volvió, miró a Nikolas y sintió que le faltaba la respiración.

Nikolas tenía los ojos llorosos. Ver a Emma rodeada de pinturas rusas y velas encendidas había provocado en él una reacción que escapaba a todo control. Nunca había conocido semejante tormento. Era como si Emma ejerciese un poder absoluto sobre su persona. Nikolas no sabía qué podía ocurrirle si ella nunca llegaba a amarlo, y prefería no pensar en lo que sería de él entonces.

Pareció transcurrir una eternidad antes de que Nikolas hablara con un inhumano dominio de sí mismo, en voz baja y pausada.

—No sé qué fue lo que me ocurrió ese día. Ya no estoy seguro de lo que es real. Lo único que sé es que te necesito.

Emma se quedó inmóvil, confusa y sin saber qué decir, mientras contemplaba al esposo que la había seducido y traicionado. Tendría que ser muy valiente para seguir al lado de aquel hombre, el más complejo e inquietante que había conocido nunca. Era como estar cara a cara con un tigre, sin barrotes entre ellos. Emma sentía tantas cosas por Nikolas: miedo, deseo, ira, ternura. ¿Conocería alguna vez a un hombre que la fascinara tanto como él? ¿Podía atreverse a correr el riesgo de descubrir si Nikolas realmente sentía algo por ella?

Fue hacia Nikolas y le acarició la mandíbula con la mano. Sintió los temblores en el cuerpo de él, una tensión demasiado grande como para soportarla.

—Puede que yo también te necesite —susurró.

Nikolas le enredó los dedos en el pelo, una presa rígidamente posesiva, y la apretó contra su pecho, en un abrazo tan fuerte que Emma apenas podía respirar. Los labios de Nikolas murmuraron palabras ahogadas contra los suyos y luego la besó salvajemente, los brazos tensos alrededor del cuerpo de Emma, como si nunca fuera a soltarla.

—¿Adónde me llevas? —preguntó Jake el día siguiente, su manita en la de Emma mientras iban hacia el carruaje que los esperaba en el camino de acceso—. ¿Y por qué llevamos esta ropa tan elegante?

Emma lo había vestido con unos pantaloncitos negros y una chaqueta azul, y luego le había cubierto los negros mechones con una gorra azul. Para sí misma había elegido un precioso vestido gris con ribetes de seda cruzada por franjas de gris y violeta. Llevaba el pelo cuidadosamente trenzado y recogido en lo alto de la cabeza, con un sombrerito de fieltro gris adornado por una cinta de cuero y un fino pañuelo color lavanda. Una capa de terciopelo con capucha echada sobre los hombros completaba su atuendo.

—Vamos a visitar a mi familia —le explicó al niño—. He recibido una carta de mi madrastra en la que me contaba que iban a pasar unos días en la ciudad.

—¿Tú también tienes una madrastra? —le preguntó Jake con cara de sorpresa.

—Bueno, sí. —Emma se puso bien el gorro y le sonrió—. No tienes el monopolio sobre las madrastras, ¿sabes?

—¿Y la tuya cómo es?

—Es rusa, igual que tú y tu padre.

—¿Sabe cuentos rusos? —preguntó el niño, con un destello de curiosidad en los ojos.

Emma sonrió.

—Probablemente centenares. —Agradecía el alegre parloteo de Jake, la forma en que se acomodó sobre el asiento para escenificar una batalla con los soldados de juguete que se había sacado del bolsillo. Cualquier distracción era bienvenida, y la ayudaba a fingir que no sentía mariposas en el estómago.

Se había negado a ver a sus padres desde su boda con Nikolas hacía cuatro meses y medio. Apenas había habido comunicación, aparte de unas cuantas cartas llenas de formalidades entre ella y Tasia. Emma se preguntaba cómo reaccionarían al verla. ¿Cómo sería su acogida, cálida o fría? ¿Qué dirían cuando conocieran a Jacob? Quizás habría sido mejor ir sola, pero Emma sabía que necesitaba la compañía del niño. Y quería que supieran de su existencia: así quizás entendieran las cosas que intentaría explicarles. Jacob parecía ser una parte integral del cambio producido en Nikolas.

—Probablemente conocerás a mis hermanos, William y Zachary —dijo mientras el carruaje empezaba a avanzar por el largo camino de acceso—. William tiene exactamente tu misma edad, Jake, y se podría decir que sois primos, aunque tan lejanos que en realidad apenas existe ningún parentesco entre vosotros. Los rusos dan mucha importancia a la idea de la familia, y están muy orgullosos de sus parientes, así que me imagino que a William le encantará poder presumir de que tiene un primo ruso.

Jake no parecía muy convencido.

—¿Le gustaré?

—Puedes estar seguro de que sí —dijo Emma firmemente—. Es un chico encantador, Jake. No es de los que insultan y se burlan de los demás.

—Pero yo hablo como los aldeanos..., y además soy un bastardo.

Emma no se había dado cuenta de que el niño fuera consciente de su tosco acento campesino.

—No tienes por qué contárselo a la gente, Jake. Tu herencia no es algo de lo que debas avergonzarte, y ciertamente no está en tu mano evitarla. En segundo lugar, William ni siquiera reparará en tu acento. Y a medida que crezcas, se te notará cada vez menos.

—¿Sí? —Jake pareció vagamente complacido, y volvió a jugar con sus soldados.

El nerviosismo de Emma se incrementó mientras iban hacia la villa de estilo italiano que su familia tenía junto al Támesis. El hermoso trío de torres redondas con tejados cónicos y logias circundantes se hizo visible. El carruaje se detuvo ante la villa, y lacayos con libreas de brocado vinieron a ayudarlos a bajar de él. Quizá porque percibía la aprensión de ella, o la compartía, Jake deslizó su manita en la suya mientras iban hacia la puerta principal. Emma le dirigió una rápida mirada y luego se examinó a sí misma para cerciorarse de que ningún detalle estropeaba la elegancia de su indumentaria.

El mayordomo fue a su encuentro en la puerta, y una leve sonrisa se abrió paso a través de su compostura habitual en cuanto la reconoció.

—Señorita Emma —dijo, acompañándolos al vestíbulo en el preciso instante en que Tasia llegaba a la carrera.

—Vi llegar el carruaje desde mi ventana —exclamó su madrastra mientras corría hacia Emma con el rostro iluminado por el deleite—. ¡Qué alegría volver a verte! —La abrazó y las dos rieron jubilosamente, el sonido no menos sincero por quedar un tanto ahogado por la capa con capucha que llevaba Emma. Su nerviosismo inicial empezó a disiparse mientras disfrutaba de la familiaridad del hogar y la cariñosa presencia de Tasia.

Su madrastra dio un paso atrás y la examinó con la mirada.

—Impresionante —dijo—. Sonríes, estás radiante, se te ve espléndidamente sana... Parece que tu nueva vida te sienta muy bien, Emma. —Su mirada fue hacia la figurita que permanecía inmóvil junto a Emma, y sus ojos grises azulados se hicieron un poco más grandes. La sorpresa hizo que su rostro palideciese levemente. Las suaves líneas de su boca temblaron, y susurró algo en ruso. Finalmente, pareció recuperar la compostura—. ¿Quién...? —dijo con voz vacilante—. ¿Quién es?

—Éste es Jake —replicó Emma, sin apartar la mano del tenso hombro del niño—. El hijo de Nikolas.

Tasia tuvo que recurrir a todo el dominio de sí misma, pero se las arregló para ocultar su sorpresa.

—Claro..., basta con mirarlo para saber que es un Angelovski. Por los ojos, especialmente. —Le sostuvo la mirada y se obligó a esbozar una sonrisa—. El hijo de Nikolas... —dijo cariñosamente—. Supongo que eso me convierte en tu abuela, ¿verdad? —Se arrodilló entre un rumor de seda y un suave hálito de perfume, y rodeó a Jake con sus esbeltos brazos.

—Eres demasiado guapa para ser una abuela —dijo Jake francamente mientras aceptaba su abrazo—. Y tampoco hueles como una —añadió con voz ahogada.

Tasia se echó a reír.

—Ya veo que nuestro jovencito sabe tratar a las mujeres. En eso has salido a tu padre, ¿verdad? Puedes llamarme *babushka*, si quieres. Es la palabra rusa para abuela. —Incorporándose le quitó la gorra a Jake para alisarle el pelo—. ¿Te gustaría ir a sentarte con mi hijo William y su preceptor mientras terminan la lección? Ven conmigo, y veremos por dónde van.

—¿Y Zachary? —preguntó Emma.

—Está en el cuarto de los niños. Es su hora de la siesta. —Tasia le tendió la mano a Jake, quien la aceptó, obediente.

Los tres atravesaron las salas, con sus suelos y sus columnas de mármol, hasta que llegaron a la escalera, junto a la que había colgados numerosos y valiosos tapices que representaban escenas sociales de la vida medieval. Tasia animó a Jake a hablar, y éste se apresuró a contarle todo lo referente a la colección de animales y las cosas que hacía con su papá. Llegaron al estudio, una acogedora habitación repleta de juguetes y libros cuyas paredes estaban llenas de mapas y grabados enmarcados con escenas de cuentos infantiles.

William, sentado a la mesa con un hombre joven que tenía cara de estudioso, levantó la vista hacia los visitantes. Su mirada se posó primero en Emma, y saltó de su asiento con un chillido de deleite.

—¡Emma! —exclamó mientras corría a abrazarla—. ¡Emma, has vuelto!

Emma se echó a reír y lo estrechó entre sus brazos.

—¡Oh, William, cómo has crecido! —Su moreno hermano estaba tan maravillosamente sano y lleno de energía como siempre. Emma miró a Jake, que había retrocedido unos pasos y los observaba con una mezcla de curiosidad y celos posesivos. Fue a buscarlo, le puso las manos en los hombros y lo llevó hacia su hermano—. William, éste es tu primo Jake. El hijo de Nikolas.

Los niños se miraron, y unos pocos segundos bastaron para que llevasen a cabo todo un complicado proceso de evaluación y aceptación.

—¿Eres un Angelovski, entonces? —preguntó William.

Jake asintió con cauteloso orgullo.

—Soy en parte ruso.

—Yo también —replicó William, e intercambiaron una tímida sonrisa.

—Mira lo que tengo. —Jake se sacó un puñado de soldados del bolsillo, y William los examinó con gran interés.

Tasia se apresuró a interceder, y después de hablar unos momentos con el preceptor, le pidió que incluyera a Jake en la sesión de estudio. Cuando los dos niños estuvieron sentados a la mesa uno al lado del otro, Tasia y Emma salieron del cuarto de estudios y fueron a la sala de estar.

—¿Está papá en casa? —preguntó Emma.

—Ha ido a una reunión de la junta directiva de la compañía del ferrocarril. No tardará en llegar, espero. —Tasia pasó el brazo alrededor de la esbelta cintura de Emma—. Bien, y ahora háblame de Jake.

—Nikolas nunca lo había visto, hasta hace unas semanas. La madre trabajaba en una lechería en una de las granjas de Nikolas. Murió recientemente, y alguien de la aldea nos trajo al niño. Nikolas ha decidido quedarse con él y reconocerlo públicamente como su hijo.

—Cosa que me sorprende mucho —dijo Tasia—. No recuerdo que a Nikolas le hayan gustado nunca los niños. Además Jake se parece tanto a Misha... Tiene que hacerlo sentir tremendamente incómodo.

—Sí —dijo Emma en un tono muy serio—, todo esto ha supuesto un golpe terrible para él. Al principio solamente con verlo se sentía molesto. Pero ahora lo adora. Es asombroso verlos juntos.

Tasia sacudió la cabeza. No entendía nada.

—Supongo que tratar con niños puede poner de manifiesto lo mejor de las personas. Incluso en un hombre como Nikolas. —Hizo una pausa—. Se te ve tan sana y feliz, Emma... Espero que eso signifique que Nikolas te trata bien.

—Al principio no lo hizo —admitió Emma con un ligero rubor—. Pero últimamente... —El rubor se intensificó—. Últimamente las cosas han mejorado mucho. Ahora Nikolas es diferente. Ni siquiera estoy segura de que el cambio pueda ser para siempre. Lo único que puedo hacer es esperar.

Sentadas en la sala de estar, hablaban mientras Tasia trabajaba con la aguja. Sus delicadas manos reparaban con rápida destreza un roto en el puño de una de las camisas de su esposo. Emma sabía que poder quitarse de encima la carga de aquel secreto supondría un gran alivio para ella, así que le habló del extraño comportamiento de Nikolas durante los últimos meses.

—Al principio fueron esos extraños episodios en los que le parecía ver cosas que ya conocía de antes. Tenía visiones de las que no le gustaba hablar, y que parecían alterarlo muchísimo.

—¿Visiones? —repitió Tasia, con la camisa remendada sobre el regazo y los ojos fijos en Emma—. ¿Qué clase de visiones?

—No lo sé exactamente. Pero cada vez que ocurría, veías una expresión tan extraña en su rostro, tanto miedo, tanta ira..., y entonces encontré el cuadro. ¿Te acuerdas de que en una de las cartas que te envié mencionaba que íbamos a hacer restaurar un viejo paisaje? Pues resultó que debajo de ese paisaje había un retrato de un antepasado de los Angelovski: el tatarabuelo de Nikki, de hecho. Es su doble exacto. Nada más verlo, Nikki se puso blanco y perdió el conocimiento. No hubo manera de revivirlo durante una hora. Y cuando por fin despertó, era... diferente.

—¿Diferente? —Tasia estaba sorprendida e intrigada.

—Fue como ver la otra cara de una moneda. Antes de desmayarse no quería tener nada que ver con Jake o conmigo, y después de que recobrara el conocimiento, pasamos a ser lo que más le importaba en el mundo. Luego me contó que había recordado una... vida pasada, en la que estuvimos casados. Eso parece haberlo cambiado todo para él. —Emma frunció el ceño tímidamente—. Ninguna persona racional creería semejante historia. Lo que me sorprende es que Nikolas, precisamente él, haya podido llegar a inventarse algo así. Dime, *belle-mère*, ¿es que mi marido se está volviendo loco, o sólo es una de sus tretas?

Tasia se concentró en su labor de costura y tardó un rato en volver a hablar.

—Pues yo me creería la historia que te contó Nikolas —respondió finalmente.

—¡No lo dirás en serio!

—Es muy propio de la naturaleza de un ruso creer en esas cosas. Somos un pueblo lleno de contradicciones. Místicos, supersticiosos, nada amantes de la moderación... —Tasia se encogió de hombros y sonrió ligeramente—. Puede que todos hayamos vivido otras vidas. ¿Quién soy yo para decir que no es así?

—¡Pero tú eres tan religiosa...! ¡Te sabes la Biblia de memoria!

—Para los rusos, la religión es algo muy elástico. Abarca muchas clases de creencias e ideas distintas.

—Yo no soy así. Me siento incapaz de creer en algo tan extraordinario. Pero sé que Nikolas está convencido de que su experiencia fue real, y parece que lo ha cambiado para mejor.

—Entonces quizá no deberías hacerte tantas preguntas, Emma. Podrías tratar de aceptar lo que ha ocurrido y seguir adelante con tu vida a partir de ahí.

—Pero ¿cómo...? —comenzó a decir Emma, y fue repentinamente consciente de que alguien acababa de entrar en la sala. Alzó la mirada, y le dio un vuelco el corazón al ver a su padre. Lucas Stokehurst estaba igual que siempre, alto y distinguido, sus ojos azules intensos y penetrantes. Un cambio tuvo lugar en su rostro mientras la miraba, y la esperanza y el amor suavizaron sus rasgos.

—Emma...

Ella saltó de su asiento y corrió a abrazarlo. Su padre era tan reconfortantemente sólido y adorable... Apoyó la cabeza en su hombro, llena de felicidad.

—Papá, escúchame —dijo, las manos entrelazadas sobre la nuca de su padre—. ¡He comprendido tantas cosas últimamente...! Siempre he exigido mucho de los demás, porque esperaba que fuesen perfectos. Y como las personas a las que más les exigía eran aquellas a las que quería, me enfadaba muchísimo cuando me decepcionaban siendo humanas. Tú sólo intentabas protegerme y ayudarme, y tenías muchísima razón acerca de Adam Milbank. Perdóname por todas las cosas horribles que te dije. Estaba rabiosa, y en realidad no las sentía. Te quiero, papá. ¡Te he echado tanto de menos...!

Su padre se había quedado sin habla, y como respuesta se limitó a apretarle el pelo con la barbilla mientras tragaba saliva y la abrazaba muy fuerte. Emma se secó las lágrimas de felicidad que habían acudido a sus ojos. Estaba con su familia, y ahora todo volvía a estar bien.

Se sentó con sus padres y les contó una versión cuidadosamente arreglada de su vida en la finca Angelovski. Le encantaba que de vez en cuando su padre extendiera la mano hacia ella para apretarle los dedos en un gesto lleno de cariño. Tasia los contemplaba con una sonrisa radiante, deleitada por la renovada intimidad que veía entre ellos. Pasado un rato, los chicos entraron en la sala para tomar el té con pasteles. William y Jake ya se habían hecho amigos. Zachary, todavía un poco adormilado por la siesta, se sentó en el regazo de Tasia.

—Quiero ir a ver a Jake y visitar los animales —anunció William, los dedos y las mejillas pegajosos a causa de los pasteles que devoraban él y Jake—. ¿Cuándo podré ir? ¿Me llevarás allí, Emma?

—Tenéis que venir pronto —replicó Emma con una sonrisa—. A los animales les encantaría verte, William. —Tituteó antes de sugerírselo a sus padres—. Ahora que falta tan poco para las fiestas, quizá podríais asistir a nuestra celebración navideña, y después compartir la cena con nosotros.

Tasia se mostró de acuerdo de inmediato, y chasqueó los labios ante la perspectiva de todas las exquisiteces rusas que la cocinera de los Angelovski indudablemente prepararía. Ya se habían puesto a hacer planes cuando entró el mayordomo para anunciar que un inspector de policía aguardaba en la entrada principal.

—Esperaba su visita —dijo Luke—. Disculpadme. El inspector y yo tenemos que hablar en privado.

William y Jake enseguida encontraron una excusa para irse. Emma estaba segura de que iban a ver al visitante.

Mientras la sala se vaciaba rápidamente, Emma miró a Tasia con los ojos muy abiertos por la sorpresa.

—¿Qué puede traer por aquí a un inspector de la policía?

Tasia torció el gesto.

—¡Hace dos noches entraron a robar, mientras dormíamos! Todavía estoy un poco nerviosa, y los niños tardarán lo suyo en calmarse. Tu padre está que se sube por las paredes. —Bajó la voz confidencialmente—. Que a un hombre le roben sus propiedades delante de las narices supone un duro golpe para el orgullo masculino. Luke ha puesto en pie de guerra a Scotland Yard (ayer enviaron dos sargentos y un inspector), y no dejará descansar a nadie hasta que el culpable haya sido capturado.

—Compadezco al pobre ladrón cuando papá lo encuentre —dijo Emma—. ¿Qué se llevó?

—Algunas joyas, una caja con un poco de dinero en efectivo y un estuche de pistolas. —Tasia frunció el ceño y sacudió la cabeza—. La facilidad con que actuó el ladrón sugiere que estaba familiarizado con la casa, y que sabía dónde guardábamos nuestros objetos de valor.

—Entonces es probable que conozcamos a la persona que lo hizo, ¿no?

Tasia asintió, y le besó la coronilla al pequeño Zachary al tiempo que lo abrazaba.

—Los sirvientes llevan mucho tiempo con nosotros y tenemos plena confianza en ellos, así que creemos que el culpable probablemente había venido a visitarnos en el pasado. Puede que incluso cenara con nosotros, o asistiera a alguna de nuestras fiestas.

Emma se estremeció ligeramente.

Tasia se encogió de hombros y recurrió a su pragmatismo habitual.

—La vida siempre está llena de sorpresas, alabado sea Dios.

Cuando Emma y Jake regresaron a la finca de los Angelovski, Nikolas acompañaba a la puerta a un pequeño grupo de agentes inmobiliarios, contables y abogados, todos los cuales le habían entregado informes semestrales sobre sus propiedades. Cuando el último de los visitantes hubo partido, Nikolas se puso a su hijo en la rodilla y le preguntó qué tal había ido el día. Escuchó pacientemente el nervioso relato de Jake de cómo había conocido a sus primos y sus abuelos.

—¿Qué te han parecido los Stokehurst? —preguntó en voz baja.

—¡Oh, son muy simpáticos! —le aseguró Jake—. Nunca había conocido a personas como ellos.

—No hace falta que me lo jures —replicó Nikolas secamente, con una mirada de soslayo a Emma. Sonrió al ver que ella fruncía el ceño levemente, y volvió a mirar a su hijo—. ¿Por qué no subes a tu cuarto, Jake? A lo mejos te encuentras con que hay un nuevo juguete esperándote.

Jake corrió al piso de arriba, tan impaciente por ir a investigar que Nikolas y Emma se echaron a reír.

Nikolas se levantó y arqueó una ceja leonada interrogativamente.

—¿Qué tal ha ido?

Emma fue hacia él y pasó los brazos alrededor de su esbelta cintura.

—Tasia estuvo tan cariñosa y encantadora como siempre, y papá y yo conseguimos olvidar todas nuestras diferencias. Antes de que nos fuéramos, papá incluso llegó a admitir que no podías ser tan mal esposo si yo tenía tan buen aspecto. No te sorprendas demasiado si luego resulta que quiere hablar contigo en privado cualquier día de éstos. Me parece que podría estar dispuesto a aceptarte como hijo político.

Nikolas sonrió sardónicamente.

—¿Por qué será que me entran escalofríos sólo de pensarlo?

Ella le mordió la oreja con suavidad.

—Si papá decide ser agradable contigo, espero que intentarás mostrarte lo más encantador posible. Hazlo por mí.

Nikolas le quitó el sombrero y le pasó las manos por el pelo.

—No me gusta que lo lleves recogido de esa manera tan apretada.

—Intento parecer respetable.

—No estás hecha para ser respetable. Tú tienes que ser natural y directa, como tus animales. Eh, no se te ocurra volver a morderme... Tengo un regalo para ti.

—¿Qué clase de regalo? ¿Dónde está?

—Tendrás que encontrarlo —dijo él con una sonrisa mientras ella empezaba a rebuscar en sus bolsillos—. Ten un poquito más de cuidado, *ruyshka*... Podrías estropear algo de valor.

Emma ya había localizado una pesada bolsa de terciopelo, y se la sacó del bolsillo con una mueca de triunfo. Aflojó el cordón e hizo caer el objeto en la palma de su mano.

—Oh —murmuró, y por un momento le faltó el aire. Era un solitario, un zafiro del tamaño de un huevo de petirrojo montado en oro. La piedra, realmente magnífica, parecía contener todos los tonos del azul en sus relucientes profundidades. Emma alzó una mirada perpleja hacia el rostro de su esposo.

—Veamos qué tal te queda —dijo Nikolas.

Emma lo miró sin decir nada mientras él le deslizaba el enorme zafiro en el dedo. El anillo le iba perfectamente, una bola de fuego azul en equilibrio sobre la superficie de su mano.

—¿Por qué me has comprado este anillo? —preguntó, muy impresionada.

—Porque la piedra hace juego con tus ojos.

—Es tan increíble... pero... —Acarició la dura curva de

músculo de su pecho—. ¿Por qué me has comprado esto?

—Verte llevar cosas hermosas siempre es un placer para mí... Un placer casi tan grande como el de verte sin nada encima. —Le susurró palabras cariñosas, la acarició y le subió las manos por el cuerpo muy lentamente hasta llegar al cuello de su vestido. Se lo desabrochó para acariciar con los labios la suave piel que acababa de desnudar, y le hizo cosquillas con la lengua allí donde su pulso latía rápidamente.

Emma suspiró y cerró los ojos.

—Nikki, no...

—Vayamos arriba.

—No antes de la cena —exclamó ella, ya un poco sonrojada.

—Quiero verte desnuda... Salvo por el anillo.

—Eres imposible —dijo Emma, mientras dejaba que él la tomara de la mano para llevársela de la habitación.

Faltaba una semana para que fuese Navidad, y Emma estaba muy atareada adornando la mansión con campanas, kilómetros de cinta roja, muérdago y acebo. Subidas a unas escaleras de mano, las hermanas Sidarova y un par de lacayos colgaban adornos en el enorme pino que habían traído al vestíbulo central. Mientras trabajaban, entretenían a Emma cantando villancicos rusos.

—Si este sitio no fuera tan grande... —se lamentó Emma mientras ataba ramilletes de acebo a la barandilla—. Tienes que poner el triple de adornos de lo habitual para que se vean un poco.

—Sí, pero quedan maravillosos —exclamó Rashel, ocupada en atar un hombrecito de pan de jengibre a una de las ramas del pino. El pan de jengibre había sido horneado en una gran variedad de formas, y ya empezaban a tener problemas con los intrusos que se atrevían a mordisquear las golosinas. *Sansón* era una constante amenaza, con sus continuas incursiones para tragarse las figuritas de jengibre colgadas en las ramas más bajas del árbol navideño. Luego el perrazo se echaba bajo la fragancia de las ramas, y de vez en cuando se rascaba el lazo rojo que le habían atado alrededor del cuello.

El mayordomo fue hacia Emma con una expresión de perplejidad en su rostro de halcón.

—Alteza —murmuró—, acabo de encontrar este paquete en el escalón de la entrada.

Emma abandonó su labor en el pasamanos, bajó los escalones y tomó el objeto que le tendía Stanníslav. Era una cajita blanca envuelta con un lazo rojo, acompañada por una tarjeta en la que se leía, simplemente, *Emma*.

Una sonrisa cruzó fugazmente por sus labios.

—Me pregunto a quién se le puede ocurrir entregar un regalo de semejante manera.

Desató la cinta y abrió la cajita de cartón, fría y ligeramente húmeda. Contenía una tira de terciopelo, una rosa encarnada acabada de cortar y una tarjetita en la que habían escrito la inicial A. La sonrisa se esfumó de los labios de Emma, y una expresión de enojo le oscureció la frente. ¿Quién podía enviarle semejante regalo, y con tanto misterio? ¿Podía ser de Adam Milbank? Una vez, hacía mucho, él le había dado una rosa encarnada. Emma tocó la rosa, y apartó la mano con un grito cuando una espina se le clavó en la punta del índice. Se chupó la heridita, el sabor salado de la sangre en los labios.

Stanníslav frunció sus negras cejas.

—Alteza, si me permitís... —Tomó la caja, desenrolló la tira de terciopelo y vertió su contenido en la palma de Emma. Ésta dejó escapar una exclamación de sorpresa cuando dos pendientes de perlas, incrustadas en finos aros, le cayeron en la mano. Las hermanas Sidarova enseguida acudieron a admirarlos, y los cubrieron de elogios.

—¡Son preciosos! —dijo Rashel.

Emma no pudo evitar sentir un escalofrío de inquietud. Había leído en algún sitio que las perlas significaban lágrimas. Una caja con una rosa encarnada y perlas: sangre y lágrimas. Dejó caer los pendientes dentro de la caja.

—Me alegro de que Nikolas no esté en casa —murmuró—. Creo que no le haría ninguna gracia ver que recibo regalos de otros hombres.

—No, alteza —dijo Stanislav.

Emma miró el regalo con una mueca de disgusto.

—Haz el favor de devolverlo a lord Milbank. Sospecho que es el responsable de que me lo hayan enviado. —Hizo una pausa y miró a los sirvientes, expectantes a su alrededor—. No hay necesidad de mencionarle esto al príncipe Nikolas. Se enfadaría o se pondría celoso, y prefiero que nuestra primera Navidad esté libre de problemas.

Todos estuvieron de acuerdo y volvieron al trabajo, en un intento por recuperar la atmósfera festiva de hacía unos instantes. El regalo inesperado había dejado un poco alterada a Emma, pero decidió que no pensaría en ello. ¿Qué mensaje había querido enviarle Adam? ¿Deseaba recordarle que aún sentía algo por ella? ¿Que quería algo de ella, quizás incluso que tuviesen una aventura? ¡Qué bobos eran algunos hombres, empeñados en desear únicamente aquello que no podían obtener! O tal vez el regalo sólo pretendía expresar una sincera despedida... Daba igual: Emma estaba decidida a concentrarse en el futuro, no en el pasado. Tenía una buena vida con Nikolas, y sólo prometía mejorar. Nada echaría a perder sus oportunidades. Emma iba a asegurarse de que así fuera.

12

Por la mañana, Stanislav fue al encuentro de Emma en la salita privada donde estaba tomando el té.

—Alteza... —dijo el mayordomo.

Pero a continuación guardó silencio, como si se preguntara cómo continuar. Sus negras cejas estaban rígidamente fruncidas, y tenía los labios apretados.

—¿Qué pasa, Stanley? ¿A qué viene esa cara tan rara?

El mayordomo fingió no haber oído el apodo con que solía llamarlo Emma.

—Alteza —respondió—, he encontrado esto en el escalón de la entrada. —Le tendió lo que llevaba en la mano.

Emma dejó su taza de té y contempló con asombro lo que le ofrecía Stanislav. Era la misma rosa encarnada que le habían enviado ayer.

—¿No la devolviste?

—Sí, alteza, junto con las perlas. Aparentemente esta vez sólo han dejado la flor.

Emma sacudió la cabeza sin apartar la mirada de los pétalos mojados.

—No sé quién me enviará esos regalos, pero es de lo más persistente.

—¿Se lo decimos al príncipe Nikolas?

Emma reflexionó unos instantes. Estaba segura de que la rosa venía de Adam. Para suscitar sospechas, probablemente. Adam quería provocar a Nikolas, quería suscitar problemas entre ellos.

—No —dijo con cierta brusquedad—. Sólo es un gesto ridículo. Deshazte de ella, y nos podremos olvidar de todo este asunto.

Era Nochebuena, y un intenso olor a pino emanaba del arbolito navideño en el rincón de la sala familiar, una acogedora estancia llena de tapices que adornaban los relucientes paneles de roble de las paredes. Grandes colgaduras de terciopelo color borgoña, ahora recogidas a los lados para revelar un cielo lleno de estrellas, enmarcaban las ventanas.

Recostado entre las pilas de cojines de terciopelo esparcidas por el suelo, Nikolas observaba las idas y venidas de su atareada esposa. En su cama del cuarto de los niños, Jacob dormía y soñaba con la mañana siguiente. Y ellos tenían toda la noche por delante.

—Ven aquí —dijo Nikolas lánguidamente, y bebió un sorbo de vino de una copa de cristal recubierto de oro y plata con diamantes y rubíes incrustados.

—Enseguida voy —replicó Emma, concentrada en acabar de poner bien las guirnaldas hechas con arándanos que habían colgado del árbol—. Aún no he terminado.

—Hace dos días que no dejas de apretarle el nudo a las cintas o subir y bajar las guirnaldas un par de centímetros...

—Con casi doscientos invitados que van a venir mañana, quiero que todo esté perfecto.

—Todo está perfecto. —Nikolas se sirvió un poco más de vino, y admiró la forma de las nalgas de su esposa, que se marcaban en sus pantalones mientras seguía inclinada y reconcentrada en su tarea—. Y ahora ven aquí. Tengo un regalo para ti.

—Yo también tengo un regalo para ti —replicó ella pícaramente. Metió el brazo detrás del sofá y sacó un gran objeto cuadrado, con el tamaño y la forma propios de un cuadro enmarcado, cubierto por una tela oscura.

Nikolas se enderezó en su asiento y contempló el objeto con interés.

—¿Es tu retrato?

—Sí, el señor Soames trabajó día y noche para tenerlo terminado a tiempo.

—Déjame verlo.

—Primero mi regalo —dijo Emma mientras iba hacia él. Se sentó a su lado, cruzó sus largas piernas al estilo indio y aceptó una copa de vino.

Nikolas sacó un paquete envuelto en papel de regalo de debajo de uno de los cojines con borlas. Emma extendió las manos hacia la cajita del tamaño de un puño.

—¡Oh, qué bien! —exclamó, contenta como una niña—. Los pequeños son los que más me gustan. —Arrancó el papel, abrió la cajita forrada de terciopelo y contempló con deleite el objeto que contenía. Lo sacó con mucho cuidado, y el regalo brilló con intensos destellos a la luz de la chimenea. Nikolas había pedido al joyero que le hiciese un broche en forma de tigre, con franjas de ónice negro y diamantes amarillos por ojos—. ¡Gracias! —dijo con una sonrisa radiante—. Me recuerda a ti.

—Se supone que tiene que recordarte a *Manchú*.

—Tampoco sois tan distintos —comentó ella al tiempo que le acariciaba el pelo de la nuca—. Ambos sois criaturas solitarias que fueron heridas en el pasado, y nunca estaréis del todo domesticados.

Él la miró con un destello dorado en los ojos.

—Y tú tampoco querrías que lo estuviéramos.

Emma sonrió maliciosamente ante la verdad que encerraban aquellas palabras, y tomó el cuadro.

—Ahora tu regalo. —Hizo una pausa antes de descubrir el retrato y frunció el entrecejo—. No es demasiado... convencional.

Él le indicó con un gesto que continuara.

—Sea, pues. —Con una floritura, Emma apartó el paño que cubría el retrato—. ¿Qué te parece?

Nikolas contempló el retrato con silenciosa concentración. Robert Soames había pintado a Emma sentada en el repecho de una ventana. Llevaba una camisa blanca con el cuello desabrochado y unos pantalones beis claro; y, en un toque extrañamente sensual, iba descalza. Su larga melena roja, iluminada por el sol que se filtraba detrás de ella, caía en una brillante cascada, hasta las caderas. La expresión del rostro, ensoñadora y un poco seria, ponía el contrapunto perfecto al abandono de su postura. Nikolas encontró el retrato irresistible y profundamente erótico.

—Es un poco raro, ¿verdad? —preguntó Emma, pendiente de la reacción de él.

Nikolas sonrió, se la sentó en el regazo y volvió a contemplar el retrato.

—Es magnífico. Gracias, *ruyshka*. Lo valoraré más que ninguna de las obras de arte que poseo.

—No sé dónde lo vamos a colgar —dijo Emma, apoyada en su pecho—. Algunas personas se sentirán ofendidas al ver a una princesa en pantalones.

Él bajó la mano por sus largas piernas de potrilla en una suave caricia.

—Ésa es la única clase de princesa que quiero, *ruyshka*.

Emma sonrió, complacida por el cumplido, y empezó a jugar nerviosamente con los botones de su camisa.

—Nikki, he estado pensando... Hay algo que deberías saber.

—¿Qué es? —Nikolas había percibido su repentino cambio de humor.

Esperó en silencio, sin dejar de abrazarla mientras Emma trataba de encontrar palabras.

—No sabía cómo decírtelo —consiguió murmurar finalmente.

Nikolas le puso los dedos debajo de la mandíbula y le levantó la cara para mirar en sus profundos ojos azules. Algo temblaba dentro de él, como un acorde de incredulidad sobrecogida. Con una súbita certeza que lo atravesó hasta la médula, Nikolas supo de qué se trataba. Pero necesitaba oír aquellas palabras.

—Dilo, Emma.

—Yo... —Apretó los dedos sobre el suave lino de su camisa—. Me parece que estoy... —Se quedó callada y lo miró en silencio, incapaz de concluir la frase.

Él puso la mano sobre la lisa superficie de su estómago, y le sostuvo la mirada interrogativamente. Emma se ruborizó, e inclinó la cabeza a modo de respuesta.

Nikolas respiró hondo. Un hijo concebido con Emma, una parte de él dentro de ella... Pensarlo le causó, no júbilo, sino una especie de perpleja humildad ante la oportunidad que se le concedía. Toda su vida había girado alrededor de tres niños: Misha, el hermano al que no había podido salvar; Jake, el niño que se había negado a aceptar como suyo; y Alexei, el hijo que nunca llegaría a conocer. Poder ver nacer a su hijo, tomar parte en su vida, borrar de su memoria las ruinas del pasado con un nuevo comienzo... Nikolas inclinó la cabeza sobre Emma y enterró la cara en el fulgor de su masa de pelo.

—¿Estás contento, entonces? —preguntó Emma, los brazos alrededor de su cuello.

Por unos instantes él fue incapaz de replicar.

—Mi mundo eres tú —logró decir finalmente, la voz enronquecida por la emoción.

Después de una animada mañana de Navidad, durante la que los sirvientes intercambiaron regalos en la gran sala y los Angelovski hicieron su celebración privada en la sala familiar, la casa quedó llena de cintas y envoltorios rasgados. Emma sabía que los invitados a su gran fiesta navideña no tardarían en llegar, así que se puso un vestido de seda azul con unas finas bandas negras. La falda era sencilla, sin fruncidos o volantes, sólo un gran dobladillo de calado negro. Por única joya llevaba el broche en forma de tigre, sujeto a la pequeña ola de encaje blanco que adornaba el cuello del vestido.

Las doncellas se encargaron de recoger la pequeña montaña de cajas vacías y restos de envoltorios, mientras la cocinera y sus pinches se afanaban en preparar un banquete navideño para aproximadamente doscientos invitados. Los apetitosos olores del pavo y el ganso asados a la inglesa se mezclaban con los de platos rusos como los champiñones a la crema, la col aliñada y el pastel de pasas con ron al que llamaban *baba au rhum*. Jake correteaba por la casa, loco de contento mientras enarbolaba sus juguetes nuevos y preguntaba impaciente cuándo iban a llegar sus primos.

—Pronto —prometió Emma, sin poder contener la risa ante el contraste entre la feliz expectación de Jake y el aire resignado de su padre. Sabía que Nikolas no estaba nada entusiasmado con la perspectiva de tener que ver a los Stokehurst, y particularmente a su padre. Luke y él nunca se habían llevado bien, y tras la boda Nikolas había hecho todo lo posible para no tener que encontrarse nunca con su suegro.

Nikolas vio que Emma lo miraba con expresión divertida, y se las arregló para esbozar una mueca que casi hubiese podido pasar por una sonrisa.

Emma fue hacia él y le besó la mejilla.

—Ya verás que no será tan terrible —murmuró—. Todo el mundo estará de buen humor, y a mis padres les hizo mucha ilusión que los invitáramos. Alegra esa cara, que cualquiera diría que te van a sacar una muela.

—¿Piensas decirle a tu familia lo del bebé?

—Me gustaría mantenerlo en privado durante un tiempo.

Antes de que él pudiera responder, Rashel Sidarova apareció en la entrada.

—Una comitiva de carruajes se aproxima por el camino de acceso —dijo con la voz entrecortada por la emoción.

—Gracias, Rashel. —Emma dio una palmada de excitación, y se llevó consigo a Nikolas para recibir a sus invitados.

La casa no tardó en llenarse de conversación y alegría. Una veintena de niños hacían corro alrededor del gran árbol de Navidad en la sala central, mientras los adultos se congregaban en la sala de estar para beber ponche de huevo, vino con especias y una bebida rusa a la que se daba sabor añadiéndole miel fermentada. Lord Shepley, un invitado que tenía mucho talento para la música, tocaba villancicos al piano mientras otros aportaban sus voces. Emma empezó a sentirse más tranquila cuando vio lo bien que discurría la tarde. Su padre y Nikolas se mostraban muy educados el uno con el otro, manteniendo las distancias y refugiándose en la contemplación de los juegos infantiles. Tasia, que estaba preciosa con su vestido de seda color cereza, buscó la mirada de Emma y le guiñó el ojo.

Emma decidió que iría a ver si la cocinera tenía muy avanzado el primer plato de la cena, y se escabulló de la sala discretamente. Canturreó unos cuantos compases de «Noche de paz» mientras se encaminaba hacia la cocina. De pronto una mano se cerró suavemente sobre su codo. Emma se giró en redondo, muy sorprendida, y vio a Nikolas. Sus labios empezaron a separarse para formular una pregunta, pero él le tomó la cara entre las manos y la besó apasionadamente.

—¿Por qué has hecho eso? —preguntó ella cuando tuvo ocasión de hablar.

Nikolas señaló el techo del pasillo, en el que alguien había colgado un ramito de muérdago.

—Podría usar eso como excusa. Pero la verdad es que lo hubiese hecho de todos modos.

Una sonrisa curvó los labios de Emma.

—Deberías estar entreteniendo a los invitados.

—Prefiero entretenerte a ti.

Emma rió y le empujó el pecho, pero él la rodeó con los brazos.

—Quiero estar a solas contigo —dijo mientras su boca descendía sobre la suya.

Casi inmediatamente fueron interrumpidos por un sonido inesperado de traviesas risitas infantiles. Emma se quedó rígida, puso fin al beso y se volvió hacia los intrusos. Los colores se le subieron hasta el nacimiento del pelo cuando vio al grupo de tres niños: Jake y sus medio hermanos, William y Zack..., e iban acompañados por su padre.

El rostro de Luke no mostró ninguna expresión, pero una de sus oscuras cejas se elevó.

Jake rompió el silencio.

—¡Venga, vámonos! —dijo el niño poniendo los ojos en blanco—. Siempre están igual.

Muy sonrojada, Emma se liberó del abrazo de su esposo y se apresuró a ponerse bien el corpiño.

—¿Adónde vais los cuatro? —preguntó, en un intento de ocultar su incomodidad.

Jake sonrió, encantado.

—Los llevo a que vean a mi poni, *Ruslan*.

—Corred a verlos entonces —musitó Nikolas—. ¿A qué esperáis?

Emma lo pellizcó discretamente por aquella observación tan descortés y se aclaró la garganta.

—Nikolas tal vez quiera acompañaros.

Luke lo miró especulativamente.

—Sí, ¿por qué no vienes con nosotros?

Jake y los otros niños empezaron a pedirle a gritos a Nikolas que fuese con ellos, y él obedeció de mala gana, con una mirada asesina dirigida a Emma. Ella le sonrió dulcemente, con la esperanza de que así su padre encontraría una ocasión de decirle unas cuantas palabras a Nikolas en privado. En cualquier caso, les convenía pasar algún tiempo juntos.

Emma atravesó la sala central, y ya casi había llegado a la cocina cuando se detuvo al sentir un extraño hormigueo en la nuca. Era como si estuviese a punto de ocurrir algo terrible, como si una oscura sombra hubiese empezado a caer sobre la casa. Emma miró por encima del hombro, y vio a Stanislav dando la bienvenida a un trío de invitados en la entrada de la sala. La primera persona a la que reconoció fue el señor Oliver Brixton, el fabricante de porcelana esmaltada americano que ya había sido invitado en una ocasión a la mansión de los Angelovski. Era hermano de la mujer con la que se había casado Adam Milbank. Luego apareció una mujer, menuda y de rostro nada agraciado, con un carísimo vestido de seda y encaje y el pelo recogido en un peinado de señora mayor. Iba del brazo de un hombre de pelo oscuro cuyos rasgos le eran muy familiares a Emma.

Adam había venido a la fiesta navideña..., y se había traído consigo a su esposa.

Emma se quedó inmóvil, como una estatua, mientras los

pensamientos corrían atropelladamente por su mente. ¿Cómo podía ser? Cierto que se le había enviado una invitación al señor Brixton, más como cortesía que porque realmente se esperase que él asistiera. Pero había decidido venir, y en una asombrosa infracción de la etiqueta, se había traído consigo a los Milbank. Brixton, quien estaba claro se había olvidado por completo de la antigua relación de Emma con Adam, sonreía plácidamente. Pero Charlotte Milbank lo sabía. La curiosidad y el recelo brillaron en sus ojos grises cuando miró a Emma.

El corazón empezó a latirle tan fuerte que parecía golpearle las costillas. Un ligero sudor le perló la cara. ¿Por qué habría venido Adam? ¿Qué intenciones podía tener? La gente lo miraría y se preguntaría qué había ido a hacer allí, y todos contendrían la respiración a la espera de ver qué ocurría entre Adam y Nikolas. Emma se obligó a sonreír y fue a darles la bienvenida. El feo pero simpático rostro del señor Brixton se iluminó nada más verla, y le besó la mano.

—Feliz Navidad, alteza.

Emma murmuró una réplica y bajó la mirada hacia la esposa de Adam, a la que sacaba por lo menos una cabeza de ventaja.

Charlotte Milbank la sorprendió hablando primero, en un tono bien modulado pero trenzado de acero. Su profunda voz sonaba incongruente en labios de una mujer tan menuda y regordeta.

—Espero que podréis acoger a dos invitados extra, alteza. Me temo que insistí en acompañar a mi esposo a vuestra fiesta. Desde que me vine a vivir a Inglaterra, no dejo de oír hablar del príncipe Nikolas y de su magnífica finca, lo mismo que de su esposa y su colección de animales.

Emma mantuvo los ojos fijos en la mujer, sin atreverse a mirar a Adam.

—Nos alegramos mucho de que hayan decidido venir a compartir las Navidades con nosotros, lady Milbank.

Pronunciar aquel nombre hizo que sintiera un escalofrío en la espalda. Lady Milbank, el título que no hacía tantos meses ella anhelaba más que ninguna otra cosa en el mundo...

Charlotte Milbank tenía la cara tan regordeta que parecía carecer de huesos, pero su piel era impecable, blanca como la leche con apenas un atisbo de rosado en las mejillas. Si estuviese llena de vida y tuviera una gran personalidad quizá se la habría podido considerar atractiva, pero había acusación en sus ojos grises como el pedernal, y apretaba la boquita como si por nada del mundo quisiera sonreír.

Emma sintió la extraña necesidad de consolarla. «Le aseguro que no tiene nada que temer de mí», anhelaba decir. Pero lo que hizo fue sonreírle educadamente y llevarla hacia un grupo de invitados reunidos en la sala de estar, para presentárselos uno por uno. Brixton y Adam se quedaron atrás, mientras el americano admiraba el enorme árbol navideño de la sala central.

Emma dejó a Charlotte Brixton en la sala de estar y fue a hablar con los otros invitados, pero su mirada no dejaba de recorrer la escena. Nikolas no tardaría en volver, así que tenía que encontrarlo. Había que advertirle de que Brixton y los Milbank habían llegado a la fiesta. Emma se negaba a mirar a Adam, aunque notaba que él sí lo hacía. «Maldito seas, Adam —pensó furiosamente—. ¿Por qué tienes que crearme problemas? Lo hecho hecho está. Me dejaste y te casaste con otra, y yo conseguí recuperarme de todo el daño que me hiciste. ¡Ahora déjame seguir adelante con mi vida!»

Se concentró en interpretar el papel de anfitriona mientras iba entre el gentío, y finalmente dedicó un momento a mirar a Adam. Lucía una expresión satisfecha, pero parecía tenso, con una sonrisa un poco forzada. Su esposa no se separaba de él, su redonda y blanca mano rodeándole el antebrazo. Emma oyó un breve retazo de su conversación cuando pasó cerca de ellos. Adam estaba intentando contar una historia.

—... unos amigos nuestros tenían a su servicio a un lacayo bastante estirado que llevaba la librea azul más espléndida...

—Su librea era negra, querido —lo interrumpió Charlotte cariñosamente.

Adam continuó hablando como si no la hubiera oído.

—... y fuimos a dar un paseo por su jardín, junto a los tejos...

—Eran árboles frutales, querido —lo corrigió Charlotte.

—... cuando oímos un terrible alarido, y ¡chaf! El lacayo había resbalado mientras iba hacia la cochera y se cayó dentro del estanque de los peces. ¡Nunca me había reído tanto!

—Fue de lo más vulgar —añadió Charlotte remilgadamente.

Emma sintió que le tocaban el codo y se volvió para encontrar a Tasia junto a ella. Su madrastra, visiblemente preocupada, indicó a los Milbank con un vaivén de los ojos.

—Veo que tienes compañía inesperada —dijo en voz baja.

Emma puso una cara cómica y suspiró.

—Cuando Nikolas los vea...

—Nikolas no hará ninguna escena —le aseguró Tasia—. Tiene demasiado dominio de sí mismo.

—Eso espero.

—Adam parece un poco intimidado por su esposa —observó Tasia.

—Sí, ya me he fijado. —Adam era un hombre lleno de sensibilidad, con un orgullo muy susceptible. ¿Por qué se habría casado con una mujer como Charlotte? Emma pensó que su esposa quizá se comportaba de esa manera porque se sentía insegura, y trataba de imponerse como una manera de reafirmar su posición—. Pobre mujer —dijo impulsivamente—. Sé lo que es tratar de retener a un hombre que no consiente que lo retengan. Lo intenté durante mucho tiempo, y finalmente me di cuenta de que era una locura.

—¿A quién te refieres? —preguntó Tasia—. ¿A Adam o a Nikolas?

Emma sonrió compungidamente.

—A los dos, supongo. Pero Nikolas ha cambiado, y Adam, no. Me parece que a Adam le encanta hacer que una se sienta insegura, y prefiere que nunca sepas si puedes contar del todo con él.

—¿Y a ti te parece que puedes contar con Nikolas? —fue la suave pregunta de Tasia.

—Sí. Todo lo que he visto durante las últimas semanas me ha convencido de que tengo que correr ese riesgo. He tomado la decisión de confiar y creer en Nikolas, hasta que él me demuestre que estaba equivocada.

Tasia la escrutó con la mirada.

—¿Has llegado a sentir algo por él, Emma?

Emma se quedó callada mientras debatía la respuesta en su interior. Por el rabillo del ojo, vio que Adam dejaba a su esposa con el grupito de invitados e iba entre el gentío, para detenerse ante las puertas vidrieras que conducían al jardín. Se volvió y miró directamente a Emma.

Adam quería hablar con ella en privado. Emma apartó la mirada, la frente marcada por un fruncimiento de inquietud, y decidió que iría a reunirse con él en cuanto pudiera.

—¿Estás segura de que es prudente? —preguntó Tasia, que ya había leído la situación correctamente.

—Puede que no lo sea, pero es necesario. Tengo que aclarar las cosas entre nosotros, de una vez por todas.

Nikolas volvió nuevamente a la sala de estar con una sensación de alivio. A los niños les había encantado el poni, y Jake estaba feliz. En cuanto a Stokehurst, se había mostrado cortés, incluso afable, y le había murmurado que le gustaría hablar con él uno de esos días mientras tomaban una copa de coñac. Nikolas se apresuró a acceder, dándose cuenta de que Emma tenía razón: su padre parecía querer que hubiera paz entre ellos.

Al entrar en la sala, una mujer a la que no conocía de nada vino hacia él. Menuda y regordeta, con unos sorprendentes ojos de halcón en su redonda cara.

—Alteza —le dijo con voz profunda—, soy lady Charlotte Milbank. Vuestra esposa y mi marido parecen haber desaparecido. Como no conozco vuestra finca, me veo en la obligación de pediros que me ayudéis a localizarlos.

El jardín estaba oscuro y parecía susurrar con el tenue rumor de las brisas invernales. El frío había endurecido el suelo, y los setos estaban ribeteados de escarcha. El aliento de Emma flotaba en efímeras nubecillas blancas ante su rostro mientras avanzaba entre el gélido aire nocturno.

Aquél era el único lugar en el que ella y Adam podían tener garantizada la intimidad que necesitaban. Parecía apropiado que se encontraran allí, el último sitio en el que habían estado verdaderamente juntos antes de que Nikolas interviniera en sus vidas.

Emma encontró el pequeño claro detrás de una hilera de tejos irlandeses que buscaba. Adam la esperaba allí, sus largos mechones agitados por la brisa alrededor de la cara y el cuello. Parecía mucho más viejo, como si hubieran transcurrido años en lugar de meses. Emma sintió como si ella también hubiera envejecido. ¿Cómo era posible que ambos hubiesen cambiado tanto?

No, ya no eran dos jóvenes enamorados e impetuosos. Enseguida comprendió que estaban separados por algo más que sus matrimonios con otras personas. Ella nunca había amado realmente a Adam. El verdadero amor consistía en aceptar los defectos de las personas, y en perdonarlas cuando te fallaban en algo. En comprender sus flaquezas, y en amarlas todavía más por ellas. Lo que había compartido con Adam no era más que una ilusión, algo que se había desmoronado ante el primer desafío al que habían tenido que hacer frente.

Se detuvo a un par de metros de él. Los labios le temblaban de frío.

—¿Por qué has venido, Adam?

Él extendió la mano, cuya palma rebosaba del brillo blanco de las perlas.

—Quería darte esto.

Eran los pendientes que ella le había devuelto. Emma sacudió la cabeza y cruzó los brazos sobre su regazo.

—No puedo aceptarlos.

—¿Por qué no? ¿Es que no son tan buenos como las joyas que te regala él? —Bajó la mirada hacia el broche en forma de tigre prendido en el cuello de su vestido.

Emma tragó saliva, incómoda al estar a solas con él.

—¿Qué quieres de mí? —preguntó en una mezcla de impaciencia y súplica.

—Quiero retroceder hasta la noche en que tú yo estuvimos en este jardín. Lo haría todo de otra manera. Esta vez no me dejaría intimidar, no dejaría que me separasen de ti. Cuando por fin comprendí que tú eras mi única oportunidad de conocer la felicidad ya era demasiado tarde.

—Eso no es verdad.

—¿No lo es? La gente dice que Nikolas ha cambiado, que casarse contigo ha hecho de él un hombre mucho mejor. Tú podrías haberme cambiado de la misma manera si te hubieses casado conmigo. Habrías desafiado a tu familia y al mundo entero con tal de llegar a ser mi esposa. Me habrías amado.

Hacía unos meses, ver lo mucho que él lamentaba haberla abandonado hubiese podido llenar de placer a Emma. Pero ahora no quería tener que cargar con sus penas, y sólo deseaba que ambos encontrasen la paz.

—Adam, aferrarse al pasado no es bueno para ninguno de los dos.

—¿Y si no puedo evitar hacerlo? —preguntó él vehementemente, y le arrojó los pendientes a los pies con tanta fuerza que uno de los aros se rompió y las perlas se esparcieron alrededor de la falda de su vestido—. Quería vértelos puestos esta noche... Quería verte llevando algo mío.

—Deberías habérselos regalado a tu esposa.

—No la amo —dijo Adam, los ojos oscurecidos por una terrible pesadumbre—. Después de renunciar a ti, vendí mi alma. Pensaba que la fortuna de Charlotte sería un consuelo adecuado. ¿Y sabes qué descubrí? —Rió amargamente—. Mi recién encontrada riqueza va acompañada por una serie de obligaciones que me revuelven el estómago. Charlotte me trata como si fuera un mono amaestrado. Espera que haga su voluntad en todo momento, y me recompensa únicamente cuando la complazco. He perdido el orgullo, me doy asco a mí mismo.

—¡Oh, Adam! —murmuró Emma tristemente—. No deberías contarme estas cosas. No puedo ayudarte.

—¡Claro que puedes!

Emma ya había abierto la boca para convencerlo de que era imposible cuando oyó un sonido de pasos sobre el duro suelo y el movimiento de alguien que venía hacia ellos junto a los setos del jardín. Unos instantes después, vio aparecer a Charlotte Milbank. Su pálido rostro parecía inexpresivo, pero sus ojos brillaban con un furioso triunfo.

—¡Los hemos encontrado! —anunció a su acompañante, quien entró en el sendero junto a ella.

—¡Nikki! —dijo Emma, sintiendo que se le caía el alma a los pies.

Su esposo le habló a Adam pronunciando con tranquilidad cada una de las terribles palabras:

—Sal de mi propiedad si no quieres que te mate.

Para algunos hombres una frase semejante podría constituir una figura retórica, pero Nikolas hablaba muy en serio.

—¡No! —se apresuró a intervenir Emma—. Déjalo, Nikki. No des pie a más murmuraciones. Tienes negocios con el señor Brixton y sus amigos americanos, ¿verdad? Pues ofenderías a Brixton enemistándote con su hermana y su esposo.

Nikolas clavó en ella su mirada de tigre.

—¿Por qué quieres que Milbank se quede?

—El caso es que tenemos que irnos —murmuró Charlotte Milbank, adelantándose para tomar del brazo a Adam—. Me ha entrado dolor de cabeza. Y ya he visto lo que había venido a ver. Vámonos, querido.

Al principio no estuvo claro si Adam iba a obedecer o no. El silencio se prolongó hasta volverse insoportable. Finalmente cedió a los imperiosos tirones de su esposa y abandonó con ella el jardín.

Nikolas contempló las perlas esparcidas por el suelo junto a los pies de Emma.

No había ninguna razón para ello, pero Emma no podía evitar sentirse a la defensiva. Irritada ante su propia inquietud, optó por pasar a la ofensiva.

—¿Y ahora qué, Nikki? —preguntó secamente—. ¿Reproches? ¿Acusaciones?

—¿Lo invitaste? —No había apartado la mirada de las perlas.

—¿Piensas que quería que estuviese aquí?

—Tal vez sí. ¿Me estás poniendo a prueba, Emma?

La pregunta la puso furiosa.

—No pienso defenderme. Cree lo que quieras.

—Quiero tu explicación.

—¿De veras? —preguntó ella, toda inocencia sarcástica—. ¡No sabes cómo me alegra que hayas decidido ser justo conmigo, después de que ya hayas sacado tus propias conclusiones! Tú y Adam sois exactamente iguales, un par de perros que se pelean por un hueso. Bueno, pues no pienso permitir que tiréis de mí y me manipuléis a vuestro antojo. ¡Cómo te atreves a mirarme con sospecha cuando me he esforzado tanto por creer lo mejor de ti! ¿No merezco la misma consideración? ¿La misma confianza ciega?

No hubo ningún sonido, ningún cruce de palabras, sólo silencio. Nikolas parecía estar absorto en una lucha interior que requería toda su concentración. Emma contempló su austero perfil, las líneas de su nariz y sus pómulos esculpidas por la luz plateada de la luna.

Nikolas respiró hondo y exhaló muy despacio, y todo su cuerpo pareció relajarse.

—Sé que no lo invitaste —dijo bruscamente—. Pero cuando te vi aquí con él, me entraron ganas de estrangularos a los dos. Estaba... celoso.

Emma ya no estaba tan furiosa.

—No existe ninguna razón para que lo estés.

—¿No? —murmuró Nikolas, y luego guardó silencio otro largo instante—. Hace seis meses estuve en este jardín y oí cómo le decías a Adam que lo amabas; unas palabras que nunca me has dicho.

—¿No te lo dije en tu vida pasada? —preguntó ella en un débil intento de humor.

—Sí —replicó él, absolutamente serio—. Y quiero volver a oírlo. Es la única esperanza que me mantiene en pie, Emma.

Para alivio de todos, las fiestas navideñas transcurrieron sin más incidentes. Los Milbank quedaron borrados de la mente de Nikolas en cuanto atendió las necesidades de la familia, los aparceros y los negocios. Cuando consiguió encontrar un candidato altamente cualificado para el puesto de preceptor de Jake, Nikolas lo hizo acudir a la finca de los Angelovski una tarde. El anciano fue acompañado a la biblioteca, donde lo esperaban Angelovski y Jake.

Nikolas le indicó que tomara asiento.

—Señor Robinson, a mi hijo y a mí nos gustaría ofrecerle el puesto de preceptor. Sus credenciales son excelentes, y después de que hablase con usted la semana pasada, tanto mi hijo como yo estuvimos de acuerdo en que era el hombre apropiado.

Robinson, un robusto caballero de pelo gris, había pasado los últimos cuarenta años dando clases en Eton, y ahora quería una vida menos complicada como preceptor privado. La bondad y el suave sentido del humor que veía en aquel anciano enseguida fueron del agrado de Nikolas, pero también había en él una veta de acero que sugería disciplina y sentido común. Además, lo que era todavía más importante, Jake lo aprobaba, y veía en él a una figura semejante a un abuelo.

Una sonrisa atravesó la barba pulcramente recortada de Robinson.

—Acepto —dijo sin tardanza—. Me permito añadir que dejar que el niño tomara parte en una decisión de esas características es bastante insólito... Pero también refrescante. —Un brillo de jovialidad le iluminó los ojos mientras miraba a Jake—. Creo que el señor Jacob y yo nos llevaremos muy bien.

—Le proporcionaremos el mejor alojamiento posible en

cualquier lugar al que se traslade la familia. También nos gustaría que viajara con nosotros de vez en cuando.

—Será un placer, alteza. Viajar siempre es una excelente oportunidad de aprender. Incluso para un hombre de mi edad.

—Me alegro de que... —Nikolas se calló cuando vio aparecer al mayordomo en la puerta de la biblioteca—. ¿Sí, Stanislav?

—Un mensajero acaba de entregar esto en la entrada principal, alteza. —El mayordomo le trajo una nota doblada y sellada puesta en una pequeña bandeja de plata, y luego volvió a salir de la biblioteca.

—Disculpe —le murmuró Nikolas al señor Robinson mientras rompía el sello de lacre y leía la nota, que iba dirigida exclusivamente a él.

> Nikolas:
>
> Quiero que hablemos de un asunto de la mayor importancia. Está relacionado con Emma. Reúnete conmigo en la vieja casa del guarda de Southgate Hall, a las cuatro de esta tarde. Preferiría que no le mencionaras esto a nadie.
>
> Stokehurst

—¿Qué diablos...? —musitó Nikolas, y volvió a leer la nota. El críptico mensaje no encajaba con el habitual estilo directo de Stokehurst. Pero eso quizá se debiera a que el hombre estaba preocupado por su hija. Nikolas no tendría más remedio que hacer lo que se le pedía. Quería estar en los mejores términos posibles con la familia de Emma. Y si eso significaba complacer a su padre en sus pequeños caprichos, el esfuerzo merecía la pena.

Jake lo miró con curiosidad, en tanto que el señor Robinson parecía un poco preocupado.

—¿Malas noticias, alteza?

—No —dijo Nikolas, pensativo—. Sólo inesperadas. —Dudaba que Emma supiera nada acerca del mensaje que acababa de enviarle su padre. En aquel momento no estaba en casa, ya que había ido a una reunión de la Real Sociedad para el Trato Humanitario a los Animales. Dichas reuniones solían prolongarse durante toda la jornada, por lo que probablemente Emma no volvería antes de la cena. Si salía ahora mismo, Nikolas podría ir a la casa solariega de los Stokehurst, hablar con Luke y estar de regreso antes de que hubiera llegado Emma.

—La familia política —comentó secamente mientras empujaba la nota hacia la esquina de su escritorio—. No se dan por satisfechos hasta que no te han causado un montón de problemas.

El anciano caballero sonrió.

—Estoy de acuerdo, alteza. Mi querida esposa falleció hace diez años, y aún no he conseguido quitarme de encima a su familia.

Nikolas sonrió y le alborotó el pelo a su hijo.

—Jake, ahora tengo que irme, así que quizá deberías enseñarle el cuarto de estudios al señor Robinson. —Se volvió hacia el preceptor—. Stanislav lo ayudará a hacer los arreglos necesarios para trasladar sus pertenencias aquí a finales de semana. Escríbale la lista de las cosas que va a necesitar.

—Gracias, príncipe Nikolas. Me honra que hayáis decidido confiarme la educación del señor Jacob.

Jake tiró impacientemente de la manga de Nikolas.

—¿Adónde vas, papá?

—Volveré a tiempo para la cena.

—Quiero ir contigo.

—Esta vez no. Tienes que quedarte aquí, y comportarte como el hombre de la casa hasta que yo regrese.

—Sí, papá. —La réplica de Jake fue obediente, pero había una pequeña expresión de disgusto en sus pequeñas y negras cejas.

Emma volvió de la RSTHA radiante por lo bien que le había ido el día. La reunión propiamente dicha había sido pura rutina —más bien aburrida, en realidad— y por la escasez de novedades dignas de mención y el curso normal de los proyectos iniciados finalizó más temprano de lo habitual. La única diferencia estuvo en cómo la habían tratado todos. Como le había prometido Nikolas, la influencia social de Emma era al menos diez veces mayor en esos momentos, y eso por el mero hecho de ser su esposa.

Efectivamente, todos los miembros de la Sociedad eran conscientes de la legendaria fortuna a la que había accedido a través del matrimonio, así como de su impresionante nuevo título. Todos le rindieron pleitesía, estuvieron de acuerdo con cada una de sus sugerencias y elogiaron su inteligencia y su naturaleza caritativa. El presidente de la organización había declarado que era el miembro más prestigioso de la Sociedad. Emma se sintió incómoda, complacida y también ligeramente furiosa ante aquella nueva confirmación de que haberse casado con Nikolas la hacía acreedora de un reconocimiento que todo su trabajo anterior nunca había llegado a granjearle.

Entró en la casa y se estremeció de placer ante el contraste entre el ambiente cálido del interior y la temperatura ártica que había fuera.

—Hola, Stanley —le dijo al mayordomo mientras éste la ayudaba a despojarse de la capa. Se quitó los guantes y el sombrero de fieltro gris—. ¿Dónde está mi esposo? ¿En la biblioteca?

—Dejó la finca hace unos minutos, alteza.

—¿De veras? ¿Por qué?

—No lo dijo, señora.

—¡Emma! —llegó la voz de Jake, y ella se volvió para verlo bajar como una exhalación por la escalera, seguido por un anciano caballero elegantemente vestido que iba a un paso mucho más reposado—. Éste es mi preceptor, el señor Robinson.

—Mi esposo ya me ha hablado de usted, señor Robinson

—dijo Emma con una gran sonrisa—. ¿Ha decidido aceptar el puesto?

—Sí, alteza.

—No sabe cuánto me alegro. —Bajó la mirada hacia Jake y preguntó, con despreocupación—: ¿Dejó dicho Nikolas cuándo regresaría?

—Antes de la cena.

—¿Sabes adónde ha ido?

—Sí.

Como el niño no parecía dispuesto a suministrar mayor información, Emma sonrió y preguntó pacientemente:

—¿Te importaría decírmelo?

—No lo puedo decir. Te lo he de enseñar.

Bastante perpleja, Emma lo siguió a la biblioteca mientras el preceptor se quedaba en el vestíbulo con Stanislav. Jake fue al escritorio de Nikolas, rebuscó entre unos cuantos papeles hasta encontrar lo que buscaba y fue hacia ella con una nota doblada sujeta entre sus deditos.

—Toma.

Emma sacudió la cabeza para recriminar su acción.

—Nunca hay que mirar las cartas de otras personas, Jake.

—Pero tú querías saber adónde había ido papá.

—Sí, pero... —Miró la nota, con el vivo deseo de leer su contenido—. Qué diablos... —murmuró, y la tomó con una sonrisa—. No debería hacer esto, Jake. Tenemos que respetar la intimidad de los demás.

—Sí, señora.

Jake no se perdió detalle de su reacción mientras leía la nota, con los ojos tan dorados y luminosos como los de un gato.

Emma se quedó bastante confusa.

—Qué raro. —No era propio de su padre enviar semejante mensaje. ¿Por qué iba a hacerlo, y por qué...?—. ¡Pero si ésta no es su letra! —chilló.

Un súbito espasmo de nervios le oprimió el estómago. Algo iba terriblemente mal, porque aquella nota había sido escrita por Adam Milbank. Por un instante Emma lo vio todo borroso, y la tinta pareció arrastrarse a través de la nota como un ejército de pequeños insectos. Ya había visto esa letra antes, cuando él le enviaba pequeños mensajes de amor, y en aquella última carta de despedida.

Adam Milbank quería ver a Nikolas a solas.

El papel se le escurrió de entre los dedos y cayó al suelo. Le vinieron a la memoria todas las cosas que le había oído decir a Adam acerca de Nikolas, y las palabras rodaron atropelladamente a través de su mente...

«... no consigo dejar de pensar en lo que me arrebataron. Tu esposo entró en nuestras vidas como una serpiente y se llevó todo lo que yo quería...

»Sepa que voy a ajustarle las cuentas, y le prometo que no tendrá que esperar mucho. Estoy obligado a hacerlo, tanto por Emma como por mí...

»¡Dios mío, alguien debería hacerle un favor al mundo y quitarlo de en medio, antes de que arruine más vidas inocentes!»

—¡No! —dijo al tiempo que apretaba los puños—. Esto es una locura. Él nunca haría algo así.

Pero todos los instintos de Emma le gritaban que Nikolas corría peligro. Sin hacer caso de las confusas preguntas de Jake, fue hacia un armarito de madera en el que Nikolas guardaba las licoreras de cristal tallado y unos cuantos objetos de valor.

—Hiciste bien al enseñarme esa nota, Jake —dijo mientras rebuscaba dentro del armarito—. Ahora haz el favor de ir al vestíbulo.

—Pero ¿por qué...?

—Haz lo que te digo, Jake. —Le dirigió una sonrisa tranquilizadora por encima del hombro—. No te preocupes, que no pasa nada —dijo alegremente.

Jake obedeció de mala gana y se fue arrastrando los pies sobre las alfombras. Emma encontró lo que buscaba: unos estuches de caoba que contenían un juego de pistolas finamente labradas. Escogió un revólver francés hecho en oro y plata con las cachas de marfil. Sentir el considerable peso del arma en la palma de la mano la tranquilizó un poco. Abrió el revólver para comprobar que estuviera cargado, y vio que el tambor estaba lleno.

Guardó el arma en el bolsillo del vestido, donde quedaría oculta por los gruesos pliegues de sus faldas. Después regresó al vestíbulo, y allí pidió con un gesto que le trajesen su capa. Emma creía que su expresión era tranquila, pero algún indicio tuvo que delatar lo que sentía en aquellos instantes, porque tanto Stanislav como el señor Robinson la miraron extrañados.

—Stanley, haz que vuelvan a traer el carruaje a la entrada —dijo Emma—. Estoy segura de que aún no les habrán quitado los arneses a los caballos.

El mayordomo titubeó, como si se sintiera tentado de retrasarla con alguna excusa o quisiera preguntarle a qué venía aquello, pero cuando su mirada se cruzó con la de Emma, asintió.

—Sí, alteza.

Un carruaje esperaba ya junto a la antigua casa del guarda, y el aliento del caballo creaba nubecillas blancas en el frío aire. El edificio, pequeño y con unos cuantos siglos de antigüedad, quedaba a unos pocos kilómetros de Southgate Hall y se alzaba junto a un frondoso bosque, en un tortuoso sendero que antes había servido como camino de acceso a la residencia principal. Últimamente había caído en desuso, después de que unos años antes la finca hubiera pasado a contar con una nueva casa del guarda y un camino más directo.

Nikolas bajó de su carruaje tirado por un caballo bayo, y le dio unas palmaditas en el humeante cuello que echaba vapor antes de encaminarse hacia la casa del guarda. El frío era intenso, pero se quedaba en nada comparado con la terrible mordedura de los inviernos rusos que Nikolas había conocido durante la mayor parte de su vida. Aun así, esperaba que aquella reunión terminara lo antes posible para poder volver a casa con Emma. Maldijo a su suegro por haber puesto semejantes condiciones a la cita, pero ya se había hecho a la idea de que iba a tener ciertas obligaciones para con él.

Empujó la pesada puerta de madera y entró en la fría y húmeda estructura, iluminada por la luz del día que se filtraba a través de las pequeñas ventanas cuadradas. Parpadeó unas cuantas veces para acostumbrar los ojos al cambio en la iluminación después de la brillante blancura nevada del exterior.

—Bueno, Stokehurst —musitó—. Cuénteme de qué se trata.

Pero la voz que replicó no era la de Stokehurst. Era suave, satisfecha, hostil.

—No estás acostumbrado a esta clase de ambientes humildes, ¿verdad? El príncipe Nikolas siempre exije lo mejor. Una casa magnífica, lujos, una hermosa esposa..., pero ahora todo te será arrebatado. Por aquel al que le robaste todo lo que tenía.

El hombre que había hablado avanzó, y Nikolas reconoció los rasgos de Adam Milbank.

Confuso y desorientado, Nikolas lo miró sin pestañear.

—¿Qué demonios quieres?

Milbank hizo un ademán, y el gesto reveló que empuñaba una pistola de grueso cañón.

—Quiero venganza, y pienso tomármela con esto. Estabas celoso de lo que yo tenía con Emma, y decidiste quedártela para ti. Te crees mejor que yo, ¿verdad? Bueno, pues resultó que somos muy parecidos, Angelovski. Ninguno de los dos se merece a Emma. —Adam tomó puntería con el arma que empuñaba, y usó el pulgar para amartillarla—. Esta pistola pertenece a Stokehurst. Ahora te mataré con ella y la dejaré aquí, en su propiedad. Tú y Stokehurst conspirasteis contra mí. Ya es hora de que se haga justicia.

—¡Idiota! —dijo Nikolas en voz baja, sin apartar la mirada de la pistola. La violencia con que la veía temblar en la mano de Adam le dejó claro que era presa de una tremenda agitación—. Nadie creerá que haya sido Stokehurst.

—Al menos arrojará una sombra sobre ese respetable

apellido del que tan orgulloso se siente. Y el mundo estará mejor sin ti, ¡sucio ruso egoísta!

—¿Qué piensas que ocurrirá después? —preguntó Nikolas, alzando la mirada hacia el rostro sudoroso de Milbank—. El verdugo te pondrá la soga al cuello. Y seguirás sin tener a Emma. Ella no te quiere.

—¡Me quiso hasta el día en que tú destruiste nuestras vidas! —La pistola osciló en su mano, y Nikolas no pudo evitar encogerse sobre sí mismo. Milbank rió ásperamente—. Haces bien en tener miedo, Angelovski. Porque estoy decidido a hacerlo. Matarte me dolerá tan poco como aplastar una mosca. Pero primero ponte de rodillas. —Nikolas titubeó, y su vacilación pareció redoblar la rabia de Milbank—. ¡Arrodíllate! Quiero verte humillado por una vez.

Nikolas hincó las rodillas en el frío suelo de piedra, despacio y sin apartar la vista del otro hombre mientras la rabia y la negativa hervían dentro de su ser.

—Empecé a planear esto el día en que supe que te habías casado con Emma —dijo Adam—. Tu vida no ha valido un penique desde entonces.

Nikolas se lamió los labios resecos.

—¿Sacrificarías tu propia vida por la venganza? ¿Qué pasa con tu esposa?

—Mi esposa... —repitió Adam, y luego rió amargamente—. Esa gallinita gorda que no para de dar picotazos a cuantos la rodean. Cada vez que miro a Charlotte, me acuerdo de que tú tienes la culpa de que esté con ella. Y tú tienes a Emma... ¡tú precisamente, cuando no hay hombre en el mundo que se la merezca menos!

—Eso no lo niego —murmuró Nikolas.

—Emma me agradecerá el resto de sus días lo que me dispongo a hacer.

—¡No, Adam!

Una nueva voz irrumpió en la escena, sorprendiendo a los dos hombres, que dieron un respingo. Ambos estaban tan concentrados en lo que se decían que ninguno había reparado en la esbelta figura que acababa de escurrirse sigilosamente por la puerta entreabierta. Ahora Emma estaba inmóvil ante ellos, el extremo de sus faldas mojado de haberlo arrastrado por el suelo, su rostro anguloso entre las sombras. Nikolas nunca le había visto los ojos tan fijos y brillantes, como si estuviera en un trance hipnótico. Dio un paso adelante con un revólver sujeto en una mano mucho más firme que la de Adam.

—Esto es una locura —la oyeron decir—. ¡Deja de apuntar a Nikolas! Atrévete a hacerle aunque sólo sea un rasguño y te meteré una bala en el cuerpo.

Adam apenas si la miró.

—No quiero matarlo delante de ti. Pero lo haré si no me queda otro remedio.

—Por el amor de Dios, ¿por qué haces esto? —preguntó Emma—. ¿Intentas asustar a Nikolas? Bueno, pues has conseguido darnos un susto de muerte a los dos. Y ahora suelta esa arma.

Adam se había puesto muy serio. Parecía cada vez más nervioso, y la pistola oscilaba en su mano.

—Deberías agradecer que vaya a librarme de él. ¿No es eso lo que quieres, Emma? No puedes amar a semejante monstruo. Lo que quieres es verte libre de él, ¿verdad?

—No, eso no es cierto. —La mandíbula le temblaba visiblemente—. ¡Ya está bien de tonterías, Adam!

—¡Emma, por Dios! ¡Vete! ¡Sal de aquí! —dijo Nikolas, al borde de la desesperación.

No, no podía ser que su destino fuera volver a verse separado de ella. Después de todo lo que había tenido que soportar, todo lo que había aprendido... ¿Volvería a perderla una última vez? Los ecos del pasado resonaron en sus oídos, el susurro lastimero de Emelia... «Nunca volveré a verte, ¿verdad?» «No en esta vida.»

—¡Emma, sal de aquí! —volvió a ordenar Nikolas.

—¡No te atrevas a decir una palabra más! —gritó Adam, los ojos llenos de odio. Su mirada atormentada volvió a posarse en Emma—. Nunca entendí lo que sentía realmente hasta que te perdí. Tengo que hacerlo, ¿comprendes? No puedo permitir que él se salga con la suya. Nunca volveré a sentirme como un hombre mientras no le haga pagar por todo lo que ha hecho. Nadie ha creído nunca que yo te amara, Emma... Ni siquiera tú. Ésta es la única forma en que puedo probarlo. Entonces lo sabrás.

—No necesitas probar nada —dijo Emma—. Te creo. —Sentía el escozor de las primeras lágrimas en las comisuras de sus ojos, y una vocecita gritaba desesperadamente en su interior. «No le hagas daño, por favor, no le hagas daño...» Parpadeó para no echarse a llorar y mantuvo el revólver apuntado hacia Adam—. Pero yo no te amaba, Adam. Estaba sola, insegura de mí misma, y tú me halagabas y me hacías sentir deseada. Mi inmadurez me impulsó a confundir eso con el amor...

—¡Él te ha engañado para que creas sus mentiras! —dijo Adam con vehemencia.

—Tú y yo llegamos a ser muy amigos. Pero la amistad no es lo mismo que el amor. Ahora cada uno se ha creado una buena vida con otra persona. No destruyas todo eso. ¿Qué crees que vas a conseguir matando a Nikolas? Guárdate esa pistola y saldremos de aquí. Iré..., iré contigo a algún sitio y hablaremos...

—¡No! —dijo Nikolas rápidamente.

—¡Tú...! Tú no tienes nada que decir —se burló Adam—. ¡El que manda aquí soy yo!

—Baja esa pistola ahora mismo —dijo Emma—. Hablo en serio, Adam.

—¡No puedo! —fue su tozuda réplica.

—Bájala.

Adam no pareció oírla, su mirada obstinadamente fija en Nikolas.

—Es demasiado tarde.

Durante el resto de sus días Emma recordaría lo que ocurrió a continuación, como si todo hubiera tenido lugar fuera del tiempo, en segundos que se convertían en horas, cada movimiento lento y visible y fácil de comprender. Nunca llegaría a saber qué fue lo que vio Nikolas en los ojos de Adam, pero en cualquier caso lo convenció de que estaba a punto de morir. Volvió la cara hacia Emma para una última mirada, sus ojos pálidos y penetrantes.

Emma apretó el gatillo del revólver. La detonación pareció increíblemente ruidosa, y los ecos se repitieron una y otra vez dentro de su mente.

—¡Nikolái! —gritó una voz estridente, y sólo mucho después Emma comprendió que había sido la suya. El impacto del proyectil hizo retroceder a Adam, y la parte de arriba de su hombro se abrió en un estallido de rojo. Su pistola se disparó, y falló el blanco por una buena distancia. La bala se enterró en la pared detrás de Nikolas.

Nikolas no movió un músculo cuando Adam se desplomó ante él. Estaba paralizado, la mente aún aturdida por la certeza de que iba a morir. Era curioso, porque estaba ciego y sordo, como si se hubiese extraviado en un oscuro vacío. Después los sentidos regresaron poco a poco y se encontró aún arrodillado en el suelo, con Emma sentada en cuclillas junto a él. Sus manos le rodeaban la cara, y sentía el calor de su aliento sobre la piel.

—Nikki —susurró ella, el brillo de las lágrimas en sus ojos azules—. ¡Dios, te quiero! —Le besó los párpados, las mejillas, los labios—. Mírame —dijo sin dejar de llorar—. No puedo perderte, ¿entiendes? Te amo.

Nikolas la rodeó con los brazos mientras el rugir de la sangre empezaba a disiparse en sus oídos. Miró el cuerpo boca abajo de Milbank. La herida parecía estar en el brazo o en el hombro: aquel bastardo probablemente viviría. Volvió a concentrar su atención en Emma e intentó secar las lágrimas que corrían por sus mejillas. Parecía tan vulnerable... una tigresa asustada que buscaba ser consolada. Ya no había defensas levantadas entre ellos. Se apretaron el uno contra el otro, por fin enteros, mientras el pasado hecho jirones se alejaba, definitivamente vencido.

—¿Cómo supiste...? —logró preguntar Nikolas.

—Vi la nota. Reconocí la letra de Adam, y supe que quería hacerte daño. Tenía que venir.

El abrazo de Nikolas se hizo dolorosamente fuerte.

—No vuelvas a exponerte de esa manera. Por ninguna razón.

Una sonrisa temblorosa acudió a los labios de Emma.

—No me digas lo que he de hacer —murmuró mientras se secaba las lágrimas con la manga de Nikolas.

—No llores —susurró él—. Se acabó. Ahora ya estamos a salvo.

—Cuando me di cuenta de que Adam podía matarte, supe lo vacía que estaría mi vida sin ti. Te necesito. —Su mandíbula tembló con el esfuerzo de intentar controlar sus emociones—. Así que más vale que estés siempre a mi lado, Nikki... o convertiré tu vida en un infierno.

—Me has llamado Nikolái —dijo él, al tiempo que le acariciaba la curva de su mejilla mojada por las lágrimas.

—¿Lo hice? —Emma pareció sorprenderse, y reflexionó unos instantes—. Sí, lo hice —dijo lentamente—. Me pregunto por qué. Quizás... estoy empezando a creer en tu sueño.

El sueño ya no tenía ninguna importancia para él, no con el futuro suspendido ante ellos como una deliciosa fruta madura.

—Olvídate del sueño. Me conformo con que me ames ahora, *ruyshka*.

—Sí —susurró ella, y le rodeó la cabeza con las manos para atraerla hacia su boca.

Epílogo

En los meses que siguieron al procesamiento de lord Adam Milbank por intento de asesinato, su esposa, Charlotte, no pudo soportar el escrutinio público y el desdén con que empezó a ser tratada en los círculos sociales. Huyó a la casa que su familia tenía en América, donde los otros Brixton cerraron sus filas protectoras alrededor de ella. Culpable según el veredicto de un jurado de sus iguales, Adam fue sentenciado a una corta condena de cárcel, y a la pérdida de la mayor parte de sus tierras y propiedades.

En sus momentos privados, Emma pensaba en Adam con una sensación de culpa, y se preguntaba si no habría podido hacer o decir algo que hubiera evitado que intentase asesinar a Nikolas. Al igual que ella, Adam se había enamorado de una ilusión, y había culpado a otros por las decepciones que le deparaba la vida. Gracias a Dios, Emma había sabido percatarse de su error, de otro modo nunca habría podido encontrar aquella felicidad ganada con tanto esfuerzo junto a Nikolas.

Durante los últimos meses de su embarazo, el mundo de Emma quedó reducido a su finca y los hogares de su familia y sus amistades más próximas. Se consideraba de mal gusto que las mujeres encintas se mostraran en público, salvo durante las fases iniciales, cuando aún podían ocultar sus cuerpos con chales y vestidos que fuesen lo menos reveladores posible. Tasia y unas cuantas mujeres más la visitaban regularmente, aliviando con su presencia el aburrimiento de estar confinada, pero Emma ya no salía de casa para acudir al teatro, los bailes o las fiestas, se habían terminado los paseos por Londres o por el parque, y lo que era aún peor, su trabajo en el refugio para los animales le había quedado prácticamente prohibido.

Nikolas casi la había sacado a rastras de los establos la tarde en que les habían traído aquel caballo. El animal, brioso y temperamental, había sido tan maltratado por su propietario anterior que no guardaba ninguna confianza en los humanos. El animal acababa de propinarle una coz a un mozo de cuadra que intentaba curarle una herida infectada cuando Emma fue a tratar de calmar al animal. Nikolas, alertado por un sirviente, corrió a los establos.

Emma se había mostrado primero desafiante y luego culpable mientras su esposo le pasaba el brazo por la espalda y se la llevaba del edificio.

—¡Déjame a solas unos minutos con él! —dijo furiosamente—. ¡Se calmará, ya verás! Lo hago a cada momento con otros animales. ¡Tú me has visto hacerlo!

—Ese maldito caballo ha mordido y dado coces a todos los que se le han acercado —replicó Nikolas secamente, mientras tiraba de ella con tanto brío que Emma no tuvo otra opción que seguirlo.

—Puedo tomar mis propias decisiones —insistió ella, aunque sabía que su esposo tenía razón.

—No mientras estés embarazada de mi bebé.

El enfado de aquella tarde tardó bastante en disiparse. Emma estaba furiosa sobre todo consigo misma, pero también porque por primera vez en su vida tenía que depender físicamente de otras personas. Ahora se cansaba enseguida, y su rápida zancada habitual empezaba a parecerse al contoneo de un pato.

—Esto no durará siempre —murmuró Nikolas cuando fue a sentarse en la cama junto a ella después de que Emma se hubiera acostado para echar su siesta de la tarde. Amoldó su cuerpo al suyo por detrás, y le acarició suavemente los pechos y el estómago acrecentados por el embarazo. Emma lo sintió reír contra su nuca—. Pronto podrás volver a trabajar en el refugio, para llenarte de mordiscos y arañazos y para recoger todo el estiércol que quieras con la pala...

Emma suspiró con nostalgia.

—No consigo acostumbrarme a que la servidumbre haga las cosas que quiero hacer yo. No sólo eso, sino que estoy tan torpe y tan gorda...

Él rió suavemente y le puso la palma en el abdomen.

—Estás esbelta en todas partes salvo aquí, *ruyshka*. Y no estás gorda, sino encinta. Los rusos piensan que no hay nada más hermoso que una mujer en tu estado.

—No estamos en Rusia —gruñó ella—. Estamos en Inglaterra, donde una madre en estado de buena esperanza está pasada de moda. —Nikolas le puso la mano en el final de la espalda, y empezó a darle masaje para disipar la rigidez y los pequeños dolores, hasta que Emma suspiró de satisfacción—. Oh, adoro tus manos —murmuró mientras se arqueaba ligeramente.

—¿Sólo mis manos?

—Bueno, tus manos son lo único que puedo sentir en este momento.

—¿Y qué hay de esto? —Pegó la ingle a la espalda de Emma, para que pudiera notar la dureza de su excitación—. Te encuentro encantadora, hermosa..., y muy deseable —dijo al tiempo que le besaba el lado del cuello—. ¿Qué opinas de eso, madrecita?

Emma sonrió y se estremeció.

—Opino que eres un hombre muy raro, con gustos perversos. —Se acostó boca arriba y le rodeó el cuello con los brazos—. Y yo tengo la inmensa suerte de ser tu esposa.

Dos meses después, Emma estaba sentada en la cama con Nikolas sentado junto a ella y le hacía arrumacos a su hijita. Pasó la punta del dedo por la cabecita de la pequeña y alisó la nubecita de pelo rojo que la cubría. Los rojos arcos de las pestañas de Emma abanicaban las curvas rosadas de las mejillas de su hijita.

—¿Qué nombre le pondremos? —preguntó—. No sabría decirte por qué, pero ninguno de los que he considerado hasta ahora me parece apropiado.

—Tengo uno que sugerir. —Nikolas puso la mano en el punto donde las mantas se curvaban sobre la forma de la rodilla de Emma—. Me gustaría llamarla Mary, por tu madre.

Emma guardó silencio un instante, la cabeza inclinada sobre el bebé. Cuando volvió a mirar a Nikolas, lágrimas de felicidad brillaban en sus ojos.

—Sí, me gusta. Se llamará Mary Nikoláievna Angelovski. Bien sabe Dios que nunca aprenderá a deletrearlo.

Fueron interrumpidos por una suave llamada en la puerta del dormitorio.

—¿Sí? —preguntó Nikolas, al tiempo que se volvía para mirar a la doncella que acababa de aparecer en la entrada.

—Alteza, hace cinco minutos trajeron un paquete para vos. El señor Stanislav dijo que lo envía sir Almay. ¿Lo dejo en la biblioteca, señor?

Emma vio una extraña expresión en el rostro de su esposo.

—No —dijo Nikolas—. Tráelo aquí.

—¿Qué es? —preguntó Emma en cuanto se hubo marchado la doncella—. ¿Quién es sir Almay?

Nikolas no pareció oírla, pero pasados unos momentos replicó con voz distante.

—El historiador al que contraté para que examinara los archivos de los Angelovski en Rusia.

—Oh. —La mirada de Emma fue del rostro de su esposo a sus dedos rígidamente hincados en las mantas. Entonces comprendió—. Le pediste que averiguara qué había sido de Emelia.

—Tenía que hacerlo.

—Sí, claro. —Emma le tomó la mano y le acarició los dedos. Podía imaginar lo que aquello significaba para Nikolas. Ese tiempo aún era tan real para él que lo afectaba de incontables pequeñas maneras; ciertamente lo llenaría de pena descubrir que a Emelia Vasilievna le había ocurrido algo terrible—. Nikki, lo que le ocurriera... no fue culpa tuya. Lo sabes, ¿verdad?

Nikolas no respondió, los ojos fijos en la puerta como si esperase ver aparecer un fantasma. La doncella volvió con el paquete y se lo dio. Emma le hizo una seña, y la doncella llevó a la pequeña al cuarto de los niños para que echase una cabezadita.

Nikolas quitó los cordeles muy lentamente y separó las capas de papel marrón que formaban el paquete. Emma se inclinó hacia delante, muerta de curiosidad. El paquete contenía una carta doblada, dos o tres volúmenes con caracteres cirílicos en las cubiertas y otro objeto que Emma no tuvo ocasión de ver. Nikolas extendió la mano hacia él y le volvió la espalda, absorto en su contemplación, fuera lo que fuera. Luego se levantó de la cama sin decir nada y fue a la ventana. Emma lo vio llevarse una mano a la cara, y no hubiese sabido decir si para secarse el sudor o para enjugarse las lágrimas.

Emma tomó la carta y vio que estaba escrita en lo que Nikolas solía llamar el idioma de su exilio.

A su alteza el príncipe Nikolas Dimitrievich Angelovski:

Habiendo completado la investigación que me encargasteis, me gustaría agradeceros la experiencia de viajar a Rusia. Los alojamientos eran soberbios, y encontré al traductor, el señor Sigeyov, de lo más efectivo. Si tenéis alguna pregunta sobre los materiales que os he enviado, me encantaría reunirme con vos para proporcionaros más detalles. La mayor parte de la información concerniente al destino de Emelia Vasilievna estaba contenida en correspondencia personal escrita por su hijo, el príncipe Alexei Nikoláievich Angelovski. Las cartas se hallaban en posesión de vuestra hermana mayor, Katia, una mujer encantadora que me las entregó junto con sus mejores deseos para vuestro futuro. También se mencionaba el lugar en el que Emelia pasó sus últimos años, una pequeña propiedad moscovita a la que al parecer acudía regularmente la emperatriz Isabel en compañía de Alexei...

—¿Qué le ocurrió? —preguntó Nikolas con voz ronca, todavía de espaldas a ella.

Emma escudriñó la carta rápidamente, saltándose un par de páginas.

—Emelia dejó el convento siete años después de que tú... de que Nikolái muriera —dijo—. Unos parientes de los Angelovski que vivían en San Petersburgo tuvieron con ellos a Emelia y al niño durante un breve período de tiempo. Los funcionarios y los agentes del gobierno imperial no dejaban de acosarlos, hasta que Emma y su hijo prácticamente desaparecieron durante los diez años siguientes. Es posible que vivieran en su antiguo hogar de Preobrazhenskoe: una mujer no identificada y su hijo de padre anónimo aparecen en el registro de la iglesia de la aldea, y la anotación corresponde a uno de esos años. Esa mujer podría haber sido Emelia. —Emma encontró otro pasaje significativo del informe de Almay y lo leyó en voz alta.

> Dos años después de la muerte del zar Pedro en 1725, Emelia y su hijo dejaron de esconderse. Por aquel entonces Alexei tendría diecinueve o veinte años. Tomó posesión de todas las propiedades de los Angelovski, y asumió su lugar como el legítimo heredero de Nikolái. Aparentemente nadie de la familia quiso o pudo disputárselo. Alexei instaló a Emelia en un palacio fuera de Moscú, donde vivió rodeada de comodidades el resto de sus días. Durante los veinte años siguientes, Alexei puso todo su empeño en incrementar la fortuna de los Angelovski. Se conservan varias cartas de este período, escritas de su puño y letra y dirigidas a su madre en su palacio. Las he incluido en los materiales que os remito. Esta correspondencia deja bastante claro que Emelia no

veía con buenos ojos que su hijo se convirtiera en el consorte privado de la emperatriz Isabel, la hija de Pedro. Sin embargo, vivió lo suficiente para asistir a su boda con una noble rusa que le dio dos nietos, Sergei y Lida. La muerte de Emelia figura en los registros del año 1750. Tenía sesenta y tres años. Entre la colección de vuestra hermana Katia descubrimos una miniatura de Emelia Vasilievna, pintada poco antes de su muerte...

Emma se calló cuando comprendió qué era lo que Nikolas tenía en las manos.

—¿Nikki? —murmuró mientras dejaba la carta. Se levantó de la cama y fue a reunirse con él. Al principio el sol que entraba por la ventana le impidió ver la imagen que sostenía Nikolas. Emma le tocó la mano, y él inclinó la miniatura hasta que el rostro pudo distinguirse con claridad.

Emma contempló el diminuto retrato de una anciana en cuya melena pelirroja brillaba la plata de las canas. Su rostro, arrugado pero todavía lleno de majestad, estaba muy serio y la miniatura no permitía ver de qué color tenía los ojos. Parecía como si mirara con nostalgia algo —o alguien— que estaba muy lejos.

—¿Se me parece? —preguntó Emma, y sintió que se le hacía un nudo en la garganta mientras entrelazaba los dedos con los de Nikolas—. Sí, supongo que sí.

—Nunca volvió a casarse —murmuró él.

Emma alzó la mirada y vio el brillo de las lágrimas en su mejilla.

—No, parece que no.

—No tenía a nadie.

—Tenía a su hijo —dijo Emma—. Halló consuelo en Alexei, así como en sus recuerdos de Nikolái. Por encima de todo, sabía que volverían a encontrarse..., y lo hicieron.

Emma percibió que la tensión empezaba a disiparse dentro de él, barrida por un alivio tan inmenso que le hizo aflojar los dedos.

—¿Lo hicieron? —preguntó mientras se volvía hacia ella

con la miniatura sujeta en su mano—. ¿Cómo puedes estar segura?

Emma sonrió y se apoyó en él, hasta que los brazos de Nikolas se cerraron alrededor de ella.

—Simplemente lo sé.

Nikolas apoyó la cara en su pelo y le susurró que la amaba, mientras permanecían inmóviles bajo la saludable calidez del sol de la mañana.